Die linke Hand des Mörders

Richter Alberti ermittelt

Paul Henkes

lincom pocket

LINCOM GmbH 2017

LINCOM GmbH
Hansjakobstr.127a
D-81825 Muenchen

contact@lincom.eu
www.lincom.eu

webshop: www.lincom-shop.eu

Titel der Erstveröffentlichung (1891): Verwehte Spuren.
Stuttgart: Union Deutsche Verlagsgesellschaft, Bibliothek der
Unterhaltung und des Wissens, 10.-14. Band.

Erstauflage in der lincom pocket Reihe 2017,
in einer Nachbearbeitung des Verlages.

Bibliografische Information der Deutschen Nationalbibliothek

Die Deutsche Nationalbibliothek verzeichnet diese Publikation in der
Deutschen Nationalbibliografie; detaillierte bibliografische Daten sind
im Internet über http://dnb.dnb.de abrufbar.

lincom pocket 09 · ISBN 978-3-96206-005-3

Gesetzt aus der Sabon

Printed in E.C. by Clays Ltd., St. Ives plc.

Umschlagfoto und Foto der Titelei: Ulrich J. Lüders

Inhalt

I

Die Stille des Todes

Warm und hell schien an einem Vormittag im Juli die Sonne auf die Straßen der Stadt hernieder. In der vergangenen Nacht hatte sich ein schweres Gewitter über dem mäßig weiten Talkessel, in welchem die Stadt lag, entladen. Noch hingen an dem Gezweig der Bäume und Sträucher die schweren Regentropfen, aber blau und verheißend lachte der Himmel schon wieder zur Erde nieder. Nur am äußersten Rande des Horizontes, dort, wo die in einem weiten Gürtel die eigentliche Stadt umgebenden Fabrikschlote ihre schwärzlichen Rauchmassen zum Himmel empor wirbelten, schien ein fahler Nebel die Stadt gleichförmig von der Außenwelt abzusperren.

Vor einer in vornehmem Stil erbauten zweistöckigen Villa in der Kochstraße hielten zwei Wagen. Mehrere dunkelgekleidete Herren sowie einige Schutzleute in Uniform entstiegen denselben. Der zuerst Ausgestiegene war ein schlanker, hochgewachsener Herr von etwa fünfzig Jahren mit einem klugen, von einem leicht ergrauten Vollbart eingerahmten Gesicht, die kalt und scharf blickenden Augen hinter zwei goldumränderten Brillengläsern halb verborgen. Er war es auch, der sich an den Schutzmann wandte, welcher unmittelbar hinter dem das Portal der Villa öffnenden Diener erschien und militärisch grüßte. „Wie lange sind Sie schon zur Stelle?" fragte er ihn.

1

„Seit einer Stunde, Herr Untersuchungsrichter. Der Herr Polizeilieutenant war selbst mit hier; er hat alles abgesperrt und mir die Schlüssel übergeben."

„So schreiten Sie einstweilen voran und öffnen Sie immer!" befahl der Beamte. Dann wandte er sich an den sich vor ihm verbeugenden Diener. „Ich bin der Untersuchungsrichter Alberti", sagte er kurz und gemessen. „Die Kommission kommt auf Grund der heute Morgen im diesseitigen Revier gemachten Anzeige."

Der Diener nickte eifrig mit dem Kopf. „Wollen die Herren näher treten?" meinte er in gedämpftem Ton. „Sie befinden sich am richtigen Ort!" Dabei öffnete er das Portal weit und trat dann ehrerbietig zur Seite.

Der Untersuchungsrichter, gefolgt von den übrigen Herren, trat in die geräumige, geschmackvoll ausgestattete Vorhalle. „Sie machten die Anzeige wohl selbst?" fragte er dann den Diener, als dieser die Tür hinter den Eingetretenen wieder geschlossen hatte.

Der Gefragte verneigte sich. „Es können jetzt ungefähr zwei Stunden her sein", meinte er.

„Sie waren es auch, der das geschehene Verbrechen zuerst entdeckte?"

„Ja, ich trat in das Schlafzimmer des gnädigen Herrn", versetzte der Diener, während er noch in der Rückerinnerung zu erbeben schien. „Es war ein schrecklicher Anblick... oh mein armer, armer Herr!"

„Wieviel Uhr war es ungefähr, als Sie das Schlafzimmer betraten?"

„Genau dreiviertel acht Uhr."

„Woher wissen Sie das so genau?"

„Ich hatte ein für allemal den Auftrag vom gnädigen Herrn empfangen, ihm sein Frühstück um diese Zeit pünktlich zu bringen."

„Bei dieser Gelegenheit machten Sie auch die Entdeckung?"

„Jawohl."

Der Untersuchungsrichter schritt weiter. Er schien die Lokalität angelegentlichst zu betrachten. „Es ist noch eine zweite Anzeige erfolgt", versetzte er dann wieder. „Ist die betreffende Entdeckung ebenfalls durch Sie herbeigeführt worden?"

„Nein, durch die Köchin Anna", entgegnete der Diener. „Sie wollte in dem Wohnzimmer des gnädigen Fräuleins ihrer Gewohnheit nach aufräumen, dabei fand sie Fräulein Dora auf dem Fußboden ausgestreckt tot liegen. Sie stürzte durch den Verbindungsgang zu mir, ich aber hatte inzwischen schon den grausigen Anblick im Zimmer meines gnädigen Herrn gehabt."

„Wohin führt diese Türe?"

„In den Hof."

„Und der niedere Eingang links unter dem Treppenhaus scheint nach dem Keller hinabzuführen?"

„So ist es, Herr Untersuchungsrichter."

Der Beamte nickte. „Befinden sich die Wohnräume im Erdgeschoss oder im ersten Stockwerk?"

„Oben. Hier unten sind nur einige wenige leerstehende Zimmer, die aber von der Herrschaft fast niemals benutzt worden sind."

„So führen Sie uns hinauf!"

Der Diener eilte, gefolgt von der Gerichtskommission, über die teppichbelegte Treppe voran. Auf dem ersten Treppenabsatz erwartete sie eine verweint aussehende ältliche Frauensperson. Während des Vorüberschreitens sah der Untersuchungsrichter sie scharf an. „Sie sind die Köchin?" fragte er.

„Euer Gnaden zu dienen."

„Befindet sich noch mehr Dienerschaft im Hause?"

„Nein."

Der Untersuchungsrichter nickte und setzte seinen Weg fort. Am oberen Ende der Treppe angelangt blieb er neuerdings stehen. Das Treppenhaus mündete in einen kleinen, einfenstrigen, einfach ausgestatteten Vorraum aus. Zur Rechten befand sich eine durch eine Portière halb verhüllte Tür. Dieser gegenüber zog sich ein langer, mit Oberlicht versehener Flur hin, auf den verschiedene Türen mündeten.

„Wir befinden uns im Vorzimmer", erläuterte der Diener mit flüsternder Stimme. „Hier zur Rechten liegt das Schlafzimmer des gnädigen Herrn."

Der Blick des Beamten fiel auf den neben der Tür militärisch stramm aufgerichtet stehenden Schutzmann. „Die Leiche befindet sich in diesem Raum?" wandte er sich an denselben.

„Zu Befehl, Herr Untersuchungsrichter."

„Öffnen Sie die Tür!"

Gleich darauf trat der Untersuchungsrichter, wiederum gefolgt von den übrigen Herren, in einen mäßig großen, dunkel verhangenen Raum ein. Ein widerlich dumpfer, süßlicher Geruch kam ihnen entgegen, wie von vergossenem, sich zersetzendem Blute und unterschiedlichen scharfen Medikamenten herrührend. In dem im Zimmer herrschenden Dämmerlicht war nur undeutlich das mit dem Kopfende an der Wand stehende Bett und eine quer über diesem regungslos ausgestreckt liegende Gestalt wahrnehmbar.

„Ziehen Sie die Gardinen zurück und öffnen Sie ein Fenster!" befahl der Beamte dem Schutzmanne. Gleich darauf flutete der helle Sonnenschein in das Gemach und ließ sofort gewahren, dass nur noch die leblose Hülle eines greisen Mannes es war, die dort auf der Bettstatt ausgestreckt lag. Es hätte nicht des noch in „der Brust steckenden Dolchmessers

4

bedurft, um wahrnehmen zu lassen, dass hier ein Verbrechen verübt worden war. Das greise, welke, pergamentartige Angesicht trug einen schrecklichen Ausdruck. Die Augen waren halb geöffnet und schienen noch im Tode mit verglastem Blicke den Eingetretenen entgegenzustarren. Noch waren die Lippen wie zum Schrei geöffnet. Unwillkürlich glaubte man noch den letzten ersterbenden Laut, der ihnen entronnen war, vernehmen zu müssen. Die stark gekrümmten, erkalteten Finger, die noch im Tode die zerknüllten Kopfkissen krampfhaft festzuhalten schienen, deuteten auf einen heftigen, der Untat vorausgegangenen Kampf zwischen dem Mörder und seinem Opfer. Eine größere dunkle Blutlache stand auf dem Fußteppich vor dem Bett, Blut besudelte auch dessen schneeig-weiße Linnenbezüge.

Der zweite der Herren trat jetzt ebenfalls bis dicht an den Leichnam heran. Er betastete denselben prüfend, schob die Augenlider ein wenig in die Höhe und wandte sich dann nach dem Untersuchungsrichter um. „Die Leichenstarre ist schon völlig eingetreten", versetzte er, seine Uhr ziehend, „die Mordtat kann spätestens um ein Uhr morgens vollbracht worden sein. Der Tod ist unzweifelhaft durch diesen Dolchstich, der das Herz durchbohrt hat, herbeigeführt worden."

„Richtig, da steckt die Waffe noch!" murmelte der Untersuchungsrichter, der ebenfalls ganz nahe an das Bett herangetreten war, während die übrigen Beamten sich mehr in der Nähe des Eingangs hielten. Behutsam ergriff der Arzt die Waffe beim Heft, aber er musste seine ganze Kraft aufwenden, um sie aus der Wunde herauszuziehen. „Die Waffe ist von einer geschickten Hand geführt worden!" versetzte er alsdann, das bluttriefende Instrument an einem Kissen reinigend und es dann dem Untersuchungsrichter einhändigend.

Dieser betrachtete das ganz schmale, nur an der Spitze mit

einer Doppelschneide versehene Instrument mit prüfendem Blicke. „Es ist das eine ebenso ungewöhnliche wie furchtbare Waffe", versetzte er, das Werkzeug hin- und her wendend.

„Ganz recht; es ist offenbar ein Grabstichel, wie er von Kupferstechern und Feinmechanikern vielfach angewendet wird", fiel der Arzt bestätigend ein. „Der Stahl scheint in der Tat vorzüglich zu sein!"

„Was ist das?" fragte der Untersuchungsrichter plötzlich wieder. Er hatte mit prüfendem Blick den kunstvoll eingelegten Griff des Werkzeuges betrachtet. „Sehen Sie einmal hierher, Herr Doktor!" Dabei deutete er auf eine kleine Metallplatte am Kopfende der Waffe. „Hier sind kunstvoll verschlungen die Buchstaben *K.B.* eingraviert!"

Der Arzt sah schärfer hin. „In der Tat!" bestätigte er. Der Andere wandte sich um und winkte einen schwarzgekleideten Herrn zu sich heran. „Herr Polizeikommissär Grösser, wollen Sie das Instrument an sich nehmen!" sagte er, dann wandte er sich von der Leiche ab und musterte eingehend das Schlafzimmer. Dasselbe befand sich im Gegensatze zu dem von einem heftigen Kampfe zeugenden durchwühlten Bett in musterhafter Ordnung. Eine Menge großer und kleiner Arzneiflaschen stand auf einem seitwärts vom Bett aufgestellten Tische.

„Wohin führt diese Türe?" wandte der Untersuchungsrichter sich wieder an den Diener.

„In das Arbeits- und Kassenzimmer des gnädigen Herrn", berichtete dieser, mit sichtbarem Entsetzen auf den Leichnam seines Herrn starrend.

Der Untersuchungsrichter trat in das kleine, einfenstrige Zimmer ein, dessen ganze Ausstattung ein massiver Kassenschrank sowie ein Eichentisch nebst einigen Lehnstühlen bildeten. Auch hier befand sich anscheinend alles in bester Ordnung. Der Kassenschrank war verschlossen, aber der untere Rand desselben war mit Stearintropfen bespritzt, die sich auf dem kostbaren Smyrnateppich des Fußbodens abhoben. Auf dem Schreibtische befand sich nur eine Arbeitsmappe und eine bronzene Schreibgarnitur. Beides machte indessen den Eindruck, als ob es seit geraumer Zeit nicht mehr benützt worden wäre.

„Herr von Engler ist schon seit geraumer Zeit bettlägerig gewesen?" forschte der Untersuchungsrichter weiter.

„Der gnädige Herr lag nunmehr fast schon im zweiten Jahre beinahe unausgesetzt zu Bett", berichtete der Gefragte.

„Man hielt ihn für reich?"

„Er war es auch. Ich hatte öfters wichtige Gänge für ihn zu besorgen, ich genoss das Vertrauen des gnädigen Herrn und musste oft bedeutende Summen zu dem Herrn Justizrat Braun tragen."

„Derselbe ist vor etwa einem halben Jahr gestorben?"

„So ist es, Herr Untersuchungsrichter. Seit dieser Zeit verwaltete der gnädige Herr sein Vermögen ganz allein. So oft er etwas im Schranke zu tun hatte, musste ich ihn auf einen Krankenstuhl setzen, dann trugen Fräulein Dora und ich ihn gemeinschaftlich aus dem Schlafzimmer hierher. Wir mussten ihn immer dicht vor dem Schranke niedersetzen und uns dann aus dem Zimmer entfernen, sogar die Tür mussten wir hinter uns abschließen. So hatte es der gnädige Herr ein für allemal befohlen; er wollte durchaus ungestört sein."

„Ihr verstorbener Herr war wohl sehr misstrauisch?"

„Er war die Vorsicht selbst!"

„Und wo befanden Sie sich heute nacht?"

„Ich hatte Urlaub bekommen."

„Von dem Herrn Baron selbst?"

„Nein, Herr Untersuchungsrichter, das gnädige Fräulein meinte gestern abend, ich möge mir einmal einige vergnügte Stunden bereiten, ich hätte sowieso die letzten Nächte über

7

meine Kräfte wachen müssen; der gnädige Herr habe einen Schlaftrunk bekommen und werde mich also nicht nötig haben, sagte sie."

„Sonst hatten Sie die Nachtwache bei dem Kranken?"

„Jawohl, ich schlief auf dem Sofa im Vorzimmer. Der gnädige Herr brauchte nur zu klingeln, dann war ich sofort zur Stelle, denn ich habe einen sehr leisen Schlaf.

„Um welche Zeit kamen Sie heute nacht nach Hause?"

„Es mag ungefähr vier Uhr gewesen sein."

„Sie bemerkten nichts Auffälliges?"

„Nicht das Geringste. Ich trat vor dem Niederlegen an die Schlafstubentür und horchte, aber da alles ruhig war, so legte ich mich zu Bett. Großer Gott, hätte ich ahnen können, dass die Stille des Todes in diesem Hause herrschte!" Es sprach soviel aufrichtige, schmerzliche Teilnahme aus den Gesichtszügen des schon bejahrten Dieners, dass der Untersuchungsrichter befriedigt mit dem Kopf nickte.

„Wo befindet sich der Schlüssel zum Kassenschrank?"

„Der gnädige Herr pflegte ihn immer unter seinem Kopfkissen aufzubewahren."

„War das bekannt?"

„Nein. Nur das gnädige Fräulein und ich wussten darum."

„Die Köchin nicht?"

„Nein, denn sie hatte niemals hier oder nebenan im Schlafzimmer zu tun. Fräulein Dora und ich teilten uns ausschließlich die Krankenpflege."

Der Untersuchungsrichter schritt nach dem Schlafzimmer zurück. Dort näherte er sich der Bettstatt. Mit Beihilfe des Polizeikommissärs suchte er unter den zerknüllten Kopfkissen eine Weile vergeblich nach den Schlüsseln. „Es ist kein Schlüssel da. Hat Ihr Herr nicht vielleicht noch einen anderen Aufbewahrungsort für denselben gehabt?" fragte er den

Diener.

„Durchaus nicht!" widersprach dieser. „Der gnädige Herr war ja gelähmt, er vermochte ohne fremde Beihilfe sich nicht einmal im Bett zu erheben."

Der Beamte begab sich nach dem Kassenzimmer zurück. „Der Schrank ist regelrecht verschlossen, es ist keine Spur äußerer Gewalt sichtbar."

„Wenn der Herr Untersuchungsrichter eine Bemerkung gestatten", wandte der Diener ein, „gestern Nachmittag beschäftigte sich der gnädige Herr noch mit dem Inhalte des Kassenschrankes — wohl der Bequemlichkeit halber hatte er nach dem Öffnen den Schlüssel vor sich in das Schrankinnere gelegt — da passierte ihm das Unglück, dass die Tür zufällig ins Schloss schnappte. Er rief mich herbei, und ich musste in die Nachbarschaft zu dem Mechaniker Beck..."

Der Untersuchungsrichter stutzte. „Der Name ist mir nicht unbekannt", sagte er.

„Das ist wohl möglich, Herr Untersuchungsrichter. Herr Beck hat früher die große Kassenschrankfabrik vor dem Südtor gehabt."

„Ach ja, ich erinnere mich. Er hat Unglück gehabt und ist in Konkurs geraten."

„Er ist ein sehr geschickter Mechaniker", fuhr der Diener fort. „Soviel ich weiß, stammt übrigens auch dieser Kassenschrank aus seiner ehemaligen Fabrik. Da er hier in der Nähe wohnt, rief ich ihn herbei; in kaum zwei Minuten öffnete er denn auch den Schrank"

„Da würde es wohl das Geratenste sein, den Herrn wieder zu rufen", entschied der Untersuchungsrichter nach kurzem Besinnen. „Er wohnt hier in der Nachbarschaft?"

„Sie können seine Wohnung von den Hinterzimmern aus sehen."

„Würden Sie ihn wohl herbeiholen wollen? Es würde zu

sehr auffallen, wenn wir einen Beamten hinschickten, und ich möchte jedes Aufsehen möglichst vermeiden."

„Ich bin sofort wieder hier", sagte der Diener. Tief aufatmend eilte er von dannen, anscheinend froh, dem grässlichen Anblick im Totenzimmer und der schwülen, drückenden Luft, die in demselben herrschte, auf Augenblick entrinnen zu können.

Es dauerte nur wenige Minuten, bis er wieder kam. In der Zwischenzeit war der Untersuchungsrichter mit dem Polizeikommissär im Totenzimmer auf und nieder geschritten. Sie hatten eine Spur zu verfolgen begonnen, welche unregelmäßig auf die Bodenteppiche herabgetropfte Stearinflecken ihnen offenbarten. Bei Verfolgung derselben waren sie aus dem Schlafzimmer des Ermordeten getreten, hatten den Vorraum durchschritten und waren eben im Begriff, am Treppenhaus vorüber in den langen Gang einzutreten, als der Diener atemlos zurückkam.

„Nun, Sie kommen allein?" fragte der Untersuchungsrichter.

Der Diener nickte. „Herr Beck konnte leider nicht mit mir kommen", berichtete er, „der Zustand seiner schon länger schwer kranken Frau ist seit gestern schlimmer geworden."

Unmutig schüttelte der Beamte den Kopf. „Das kommt recht ungeschickt."

„Vielleicht können wir zu unserem gerichtlichen Sachverständigen, Herrn Walter, schicken", warf der Polizeikommissär ein. „Er wohnt nicht übermäßig weit. Der Schutzmann könnte mit ihm in einer halben Stunde zurück sein."

„Tun Sie das", entgegnete der Untersuchungsrichter. „Wir haben in der Zwischenzeit Arbeit in Hülle und Fülle." Ein Schutzmann erhielt bezügliche Befehle und eilte davon.

„Ein Mann bleibt hier zur Bewachung zurück", ordnete der Untersuchungsrichter an. „Wir wollen uns inzwischen nach den Gemächern der ermordeten Dame begeben.“

Unterwegs machte der Polizeikommissär seinen Vorgesetzten auf einzelne Stearintropfen, welche auf dem Boden sichtbar waren, aufmerksam. „Hier ist entschieden jemand in großer Hast gegangen“, meinte er in flüsterndem Ton.

Der Untersuchungsrichter wandte sich an den Diener. „Dieser Korridor ist der einzige Verbindungsweg zwischen den verschiedenen Wohnräumen, nicht wahr?“ fragte er.

„Der einzige.“

„Dann ist es wohl häufig vorgekommen, dass abends mit brennenden Stearinkerzen auf und nieder gegangen worden ist?“

„So ist es.“

„Nun, dann sind die Stearinflecken hier von keiner Bedeutung“, schaltete der Polizekommissär sich ein.

„Verzeihen Sie“, unterbrach ihn der Diener, „aber gestern abend waren die Stearintropfen noch nicht vorhanden. Das könnte ich beschwören.“

„Woher wissen Sie das so genau?“ fragte der Untersuchungsrichter verwundert.

„Fräulein Dora war immer sehr streng“, erläuterte der Gefragte, „sie konnte den geringsten Flecken nicht ausstehen. Ich musste erst gestern den Korridor frisch bohnern.“

„Das ist etwas anderes“, meinte der Untersuchungsrichter, gedankenvoll vor sich niederschauend, „es ist hier im Korridor ziemlich dunkel, bringen Sie eine Lampe herbei.“

Als der Diener den erhaltenen Befehl ausgeführt hatte, setzten beide Herren ihre Nachforschungen fort. Unverkennbar führten die Stearinspuren den Korridor weiter hinauf. Plötzlich fasste der Kommissär seinen gänzlich in ihre Verfolgung vertieften Vorgesetzten beim Arme. „Erlauben Sie, Herr Untersuchungsrichter, wofür halten Sie dies?“ Er deutete auf eine Stelle der hellen Gangtapete, die bei oberflächlichem Anschauen beschmutzt erschien. Der Diener leuchtete auf einen Wink des Beamten mit der Lampe näher hin.

„Das ist eine Blutspur!" versetzte der Untersuchungsrichter nach sekundenlangem Schweigen.

„Es ist zweifelsohne der Abdruck einer Hand", nahm der Kommissär das Wort. „Der Mörder hat sich von seinem Opfer im Schlafzimmer durch diesen Korridor nach dem anderen Teile der Wohnung begeben. Er mag rasch gegangen sein; das flackernde Stearinlicht hat vielleicht nicht genügende Helle verbreitet, darum hat er während des Vorwärtsschreitens mit der freien Hand um sich getastet, damit er nicht zu Falle käme. Vielleicht ist er trotzdem gestolpert, denn dem Abdrucke nach ist die blutbefleckte Hand mit schwerlastender Wucht gegen die Tapete gepresst worden."

„Es muss eine ganz schmale, feingeformte Hand gewesen sein", bemerkte der Arzt, der inzwischen ebenfalls herangetreten war, „die Finger ziemlich lang und konisch geformt; es befand sich mutmaßlich ein Ring am Goldfinger."

„Ganz recht, es ist die linke Hand des Mörders, deren Abdruck wir vor uns haben!" bestätigte der Untersuchungsrichter. „Sie werden die Güte haben", wandte er sich dann an den Kommissär, „und die genauen Maße abnehmen."

Der Kommissär verbeugte sich und befahl einstweilen einem Schutzmanne, bei der Spur Aufstellung zu nehmen. Dann verfolgte die Kommission ihren Weg weiter.

II

Dora von Gerstenberg

Der Korridor endete vor einem Wandschrank. Unmittelbar vor diesem befand sich zur Rechten eine Tür. Der Schutzmann, welcher die Gerichtskommission vorhin unten im Hausgange empfangen hatte, eilte voran und schloss die Tür auf.

„Es ist das Wohnzimmer des gnädigen Fräuleins Dora von Gerstenberg", bemerkte der Diener auf den fragenden Blick des Untersuchungsrichters.

Die Herren traten in das ziemlich geräumige, behaglich ausgestattete Gemach. In demselben waren ebenfalls die Gardinen herabgelassen. Eine drückend schwüle Atmosphäre herrschte in dem Raum. Wieder befahl der Untersuchungsrichter das Öffnen der beiden Fenster. Dann wandten sich die Blicke der Eingetretenen auf den regungslos ausgestreckt auf dem Boden liegenden Körper einer Dame. Dieselbe mochte ausgangs der dreißiger Jahre gestanden haben; ihr verkniffenes Gesicht, das zahlreiche Falten zeigte, mochte schon im Leben nicht schön zu nennen gewesen sein, jetzt aber wies es eine geradezu abschreckende Hässlichkeit auf. Ein seltsames Erschrecken schienen die erstarrten Züge noch im Tode zu offenbaren, ein angstvoller Zug hatte die schlaff herabhängenden Mundwinkel versteinert.

Der Untersuchungsrichter befahl, die Leiche auf das Sofa zu legen. Dann trat er mit dem Polizeikommissär an dieselbe heran. Der Letztere hob die linke, erkaltete Hand der Toten in die Höhe. Dann stieß er einen kurzen Ausruf aus: „Seltsam! Eine schmale, zierliche Hand, die Finger lang und konisch!" rief er.

Prüfend betrachtete auch sein Vorgesetzter die Hand. „In der Tat, die Übereinstimmung mit der Spur im Korridor ist unverkennbar. Auch befindet sich ein breiter Goldreif am Ringfinger. Aber es ist keine Spur von Blut an der Hand wahrnehmbar."

Der Kommissär blickte spähend im Zimmer umher. Sein Blick fiel auf eine angelehnte, zu einem Nebenraum führende Tür. Einer Eingebung folgend, eilte er nach derselben und stieß sie vollends auf. „Bitte kommen Sie hierher, Herr Untersuchungsrichter", ersuchte er. „Hier ist das Schlafzimmer der Toten, das Waschbecken ist mit blutgetränktem Wasser angefüllt, offenbar hat sich hier der Täter die Hände gereinigt!"

Sein Vorgesetzter trat in das Nebenzimmer und überzeugte sich von der Richtigkeit der gemachten Wahrnehmung. „Das wäre schon immerhin eine Spur", meinte er gedankenvoll. „Messen Sie doch die linke Hand der Toten genau ab und vergleichen Sie die Maße mit der Spur draußen!"

Der Kommissär kam dem Befehle nach. Beide Herren gingen dann nach dem Korridor zurück. Sorgfältig maß der Kommissär, aber er hörte bald kopfschüttelnd auf. „Wir haben uns getäuscht, Herr Untersuchungsrichter", meinte er, „die Finger der Spur sind über einen Zoll länger, wenngleich eine seltsame Übereinstimmung in der Bildung beider Hände sich nicht bestreiten lässt."

Untersuchungsrichter Alberti überzeugte sich durch nochmaliges Nachmessen von der Richtigkeit dieser Behauptung. Nachdenklich wiegte er dann den Kopf. „Sie haben Recht, lieber Grösser, die Spur ist von der Handfläche der

Toten verschieden; es scheint überhaupt der Abdruck einer männlichen Hand zu sein. Die Tat ist aber offenbar auch nicht von einem Einzelnen begangen worden."

Die Herren kehrten nach dem Wohngemache zurück, in welchem der Gerichtsarzt inzwischen mit einer genauen Untersuchung der Leiche begonnen hatte. Neben dem Sofa stand ein weißgedeckter Tisch, auf dem sich die Überreste einer feinen Abendmahlzeit und einige geleerte Weinflaschen befanden. Ein einziges Glas stand leer auf dem Tische. Der Polizeikommissär war prüfend an das Fenster getreten, dann deutete er auf einige weißliche Flecken, die sich auf dem Fußboden dicht neben einem niedrigen Schränkchen zeigten. „Sehen Sie, Herr Untersuchungsrichter, hier ist wieder dieselbe Stearinspur. Zum Überfluss steht hier auch noch ein silberner Armleuchter, beide Kerzen fast herabgebrannt. Das Metall ist an der einen Seite mit Stearin völlig besudelt, ein sicheres Zeichen, dass während des Brennens der Leuchter schief getragen wurde."

„Eine sonstige äußere Spur ist nicht zu entdecken. Ich stimme Ihrer Vermutung bei, der Verbrecher kann nicht gut von Außen eingedrungen sein. Ist dies aber dennoch der Fall, dann muss er einen Mitschuldigen im Hause selbst besessen haben", flüsterte der Untersuchungsrichter. „Sagen Sie", wandte er sich dann an den Diener, „das Fräulein war gestern abend und einen guten Teil der Nacht allein mit dem Herrn Baron in der Wohnung. Die Köchin war ja auch wohl ausgegangen nicht wahr?"

„Sie hatte ebenfalls Urlaub."

„Gut, rufen Sie mir dieselbe!" Der Diener eilte aus dem Zimmer.

„Ich glaube schon klar zu sehen", meinte der Untersuchungsrichter dann in flüsterndem Ton zu dem Kommissär. „Jene Person dort" — er deutete leichthin mit der einen

Hand auf die Tote, um die noch immer der Arzt beschäftigt war —"scheint den Mord verübt zu haben. Vielleicht sind alsdann Gewissensbisse in ihr erwacht und sie hat sich selbst vergiftet."

Der Diener, gefolgt von der Köchin, trat wieder in das Gemach ein. „Sie befanden sich heute nacht ebenfalls nicht im Hause?" fragte der Untersuchungsrichter, hart an die Köchin herantretend.

„Ich hatte Ausgangserlaubnis von dem gnädigen Fräulein erhalten", versetzte diese ängstlich, dabei einen entsetzten Seitenblick nach dem auf dem Sofa liegenden Leichnam werfend. „Es ist sonst gar nicht meine Gewohnheit, mich abends auswärts aufzuhalten, aber gestern hatte gerade eine Verwandte Geburtstag; ich hatte das gnädige Fräulein gefragt und wollte nur höchstens bis elf Uhr Erlaubnis haben, sie meinte aber gütig, ich könne getrost so lange bleiben, wie ich nur wolle. Sie gab mir sogar den Hausschlüssel mit, was sonst niemals geschah."

„Lag es denn in der Eigenart der Toten begründet, aus eigenem Antriebe Urlaub zu erteilen?"

Die Köchin zuckte die Achseln. „Ich habe mich selbst darüber gewundert", versetzte sie alsdann, „früher hat Fräulein Dora so leicht keine Ausgangserlaubnis erteilt."

„So ist es", bestätigte der Diener. „Erst seit einigen Monaten ist sie anders geworden. Ich sagte ihr auch gestern abend, dass ich lieber zu Hause bleiben wolle, weil sie ja sonst ganz allein mit dem kranken Herrn sei, aber sie meinte durchaus, ich solle nur gehen."

„Fiel Ihnen das nicht auf?" wandte der Untersuchungsrichter sich an die Köchin.

Diese schüttelte den Kopf. „Es war nun bereits das dritte Mal, dass Fritz und ich zu gleicher Zeit nachts beurlaubt worden waren. Das zweite Mal wollte ich zu Hause bleiben, weil ich Zahnschmerzen bekommen hatte, aber das gnädige Fräulein erlaubte es nicht, ich musste fortgehen."

„Machten Sie sich darüber nicht Ihre besonderen Gedanken?"

„Das wohl, aber der Gnädigen durfte man nicht widersprechen."

„Das Fräulein war überhaupt sehr eigen", schaltete der Diener sich ein. „Ich dachte gar nicht daran, die vergangene Nacht auszugehen, aber Fräulein Dora bot es mir selbst an. Sie gab mir sogar den anderen Hausschlüssel, obwohl sie nun selbst keinen mehr hatte."

„Wie stand denn die Verstorbene mit ihrem Oheim?"

„Hm, Fräulein Dora hatte so eine eigene Art, wie ihr gerade die Laune kam. Ich glaube, unser gnädiger Herr fürchtete sich wohl ein wenig vor ihr."

„Hatten sie öfters miteinander Streit?" forschte der Beamte weiter.

Die Bediensteten schauten sich an. „Nicht dass ich wüsste", meinte die Köchin alsdann, „der gnädige Herr war zu krank dazu. An Pflege hat es ihm Fräulein Dora durchaus nicht fehlen lassen. Sie war nur so gar eigen und machte nicht gerne viele Worte."

„Hat der Verstorbene vielleicht einmal gegen Sie geäußert, dass er Angst vor einem gewaltsamen Tode habe, etwa in der Art, dass er sich von seiten seiner Nichte nichts Gutes versehe?"

„Bewahre!" fiel der Diener ein. „Er hielt sogar große Stücke auf Fräulein Dora. Dieselbe war ja auch seine dereinstige Erbin; wenigstens sagte er oft in meiner Gegenwart, dass Fräulein Dora ganz besonders in seinem Testamente bedacht worden sei."

„Fräulein Dora sagte mir sogar einmal in der Küche, dass sie mit dem Verstellen des Schlosses im Kassenschranke beauftragt werde", fiel die Köchin ein.

Fritz nickte bestätigend mit dem Kopf. „So ist es", meinte er, „aber die Sache hatte doch einen Haken. Der alte Herr war eben sehr misstrauisch; ich schlief im Vorzimmer und hatte den Befehl, während der Nachtstunden Fräulein Dora nicht allein ins Schlafzimmer eintreten zu lassen. Der Herr hatte immer Angst, sie möchte ihm einmal an den Kassenschrank gehen."

In Albertis Augen leuchtete es auf, und er tauschte einen vielsagenden Blick mit dem Kommissär aus. Dieser näherte sich ihm und wechselte verstohlen einige Worte mit ihm. Hastig wandte der Untersuchungsrichter sich an die Köchin. „Pflegten Sie das Abendessen für das Fräulein zuzubereiten?" fragte er.

Die Gefragte nickte. „Regelmäßig. Aber es war kaum der Mühe wert, für das Fräulein zu kochen. Sie aß fast gar nichts, ein Tässchen Tee und höchstens einen dünnen Zwieback."

„Dann trank sie wohl schwere Weine und dergleichen?"

„Gott bewahre, das Fräulein war die Mäßigkeit selbst, am wenigsten trank sie — sie konnte es nicht einmal leiden, wenn wir zum Abendbrot eine Flasche Bier tranken."

Der Untersuchungsrichter deutete auf den gedeckten Tisch. „Sie muss aber doch gestern eine Ausnahme gemacht haben", versetzte er dann. „Dort stehen vier geleerte Weinflaschen — es sind ganz teure und äußerst schwere Marken — außerdem befinden sich noch die Überreste einer reichlichen Abendmahlzeit auf dem Tische."

Die Köchin nickte eifrig mit dem Kopf. „Ja, darüber habe ich mich auch gewundert", versicherte sie. „Ich musste alle die kalten Schüsseln fertig machen, das Fräulein meinte, um vorkommenden Falls etwas vorsetzen zu können. Schon die beiden ersten Male, als Fritz und ich zusammen Ausgangserlaubnis erhalten hatten, wunderte ich mich; da hatte ich auch Pasteten und Gelees machen müssen. Am anderen Morgen war fast nichts mehr in der Speisekammer. Als ich das Fräulein darum fragte, meinte sie kurz, das ginge mich nichts an, und ich schwieg natürlich."

„Ob Fräulein Dora während Ihrer Abwesenheit Besuche angenommen hat, wissen Sie wohl nicht?"

Nachdem beide die Frage verneint hatten, wandte er sich an den Arzt, der inzwischen sein trauriges Amt beendet zu haben schien. „Nun?" fragte er in gedämpftem Ton.

„Es liegt unzweifelhaft auch hier eine Ermordung vor", meinte der Arzt in ebenso leisem Ton. „Die Unglückliche ist einem furchtbaren Rückenmarksgift zum Opfer gefallen. Bei ihr ist der Tod mit blitzesähnlicher Schnelligkeit eingetreten."

„Es ist nicht ausgeschlossen, dass sie sich selbst vergiftet haben kann?"

Der Arzt schaute ihn überrascht an. „Das glaube ich nicht", meinte er alsdann.

„Es scheint aber doch der Fall gewesen zu sein. Sie sprachen übrigens vorhin drüben im Schlafzimmer die Vermutung aus, dass eine sichere Hand den Todesstoß - geführt haben müsse. Woraus schlossen Sie das?"

„Ich meine nicht nur eine sichere, sondern auch eine kräftige Hand muss den Todesstoß versetzt haben", erläuterte der Arzt. „Die Klinge hat den vierten Brustwirbel völlig durchbohrt."

„So glauben Sie nicht, dass etwa jene Person dort die Tat verübt haben kann?"

Der Arzt schüttelte den Kopf. „Kein Gedanke daran", versetzte er schneller, als es sonst in seiner Art lag. „Ich möchte sogar mit soviel Gewissheit, als eine erste Untersuchung zulässt, behaupten, dass sie früher ermordet worden ist."

Der Andere sah ihn überrascht an. „Ah, das würde freilich meine Ansicht völlig ändern", entgegnete er bedächtig. „Es liegen gewisse Anzeichen vor, aus denen ich mich zu schließen für berechtigt halte, dass..."

„Nein, nein!" unterbrach ihn kopfschüttelnd der Arzt. „Die Leichenstarre hat bei jener Unglücklichen bereits ihren Höhepunkt erreicht. Sie ist vielleicht eine volle Stunde vor ihrem Oheim ermordet worden. Überdies kann sie nicht gut einen Selbstmord verübt haben."

„Woraus schließen Sie das?"

„Ich muss natürlich mein endgültiges Urteil vom Resultat der Leicheneröffnung und darauffolgenden chemischen Untersuchung des Mageninhaltes abhängig machen, aber ich glaube schon jetzt versichern zu können, dass die Unglückliche dem sogenannten Tikunagift erlegen ist. Es ist das wohl das furchtbarste Gift, welches wir kennen, und wird von den Tikuna-Indianern aus einer Liane, welche auf der im oberen Amazonenstrome liegenden Insel Mormorote wächst, bereitet. Es wirkt augenblicklich tödlich, indem es das Rückenmark lähmt, bildet farblose Kristalle, wird an der Luft braun und schmierig, reagiert alkalisch und bildet mit Säuren kristallisierbare Salze, so dass also eine chemische Untersuchung des Mageninhaltes seine Anwesenheit zweifelsohne feststellen wird."

„Aber warum sollte jene Person sich mit diesem Gift, das also doch einen verhältnismäßig leichten und schmerzlosen Tod bereitet, nicht selbst getötet haben können?" warf der Untersuchungsrichter ein.

„Ich glaube nicht daran", widersprach der Arzt. „Erstlich ist Tikunagift in unseren Arzneischatz nicht aufgenommen und deshalb auch in keiner Apotheke erhältlich; nur selten bringt es ein Reisender, welcher die unwirtlichen Gegenden des oberen Amazonenstromes durchstreift hat, in kleinen, getrockneten Kürbissen mit."

„Sie könnte das Gift aber doch durch Zufall erhalten haben."

„Im Selbstmordfalle würde die Körperlage, in welcher wir sie aufgefunden haben, eine andere gewesen sein. Es widerstrebt der weiblichen Natur, im Stehen zu leiden oder gar zu sterben; sie würde sich zu solchem Zwecke entweder niedergesetzt oder gelegt haben. Aber ganz abgesehen davon, es müsste doch ein Trinkgeschirr vorhanden sein, aus dem sie den Todestrank getan hat."

„Kann sie dasselbe nicht beiseite geschafft haben?"

„Kein Gedanke daran! Wie ich schon sagte, ist die Wirkung des Tikunagiftes eine augenblickliche. Zwischen Trinken und Niedersinken liegt kaum eine Sekunde. Ein sich mit Tikunagift selbst Tötender hat nicht mehr die Kraft, das Glas von den Lippen zu nehmen, geschweige denn es irgendwo niederzusetzen."

Er blickte suchend im Zimmer umher. „Hier steht freilich ein Glas", setzte er dann hinzu, auf das auf dem Tische befindliche Kristallglas zeigend, „aber es ist völlig leer und anscheinend noch ungebraucht. Doch nein!" unterbrach er sich gleich darauf, prüfend das Glas ergreifend und, nachdem er daran gerochen, es gegen das Licht wendend. „Es ist ein schwach säuerlicher Geruch im Glase, dann aber befinden sich hier im Innern kleine Fäserchen. Das Glas ist mit einem Tuch ausgewischt worden." Er schaute schärfer hin. „Irre ich mich nicht, so befinden sich sogar noch auf dem Boden Spuren mineralischer Substanz!"

Alberti hatte seinen Ausführungen mit größter Aufmerksamkeit gelauscht. Jetzt schaute er das Glas ebenfalls prüfend an. „In der Tat, Sie mögen Recht haben", versetzte er alsdann. „Das Weitere wird Sache einer chemischen Untersuchung sein."

Er händigte dem Kommissär das Glas mit dem Bedeuten ein, es sorgsam aufzubewahren. „Also, auf keinen Fall hat die Verblichene Zeit gehabt, selbst das Glas auszuwischen", wandte er sich an den Arzt zurück.

„Es ist ganz unmöglich. Ich berufe mich in dieser Beziehung auf das Gutachten unserer ersten Autoritäten."

Der Untersuchungsrichter nickte nachdenklich. „Wir stehen vor einem vollständigen Rätsel", wandte er sich dann an den näher herangetretenen Polizeikommissär. „Es ist keine Spur äußerer Gewalt sichtbar. Sie haben auch nichts Auffälliges weiter bemerkt, Herr Grösser?"

Dieser schüttelte den Kopf. „Ein so dunkler Fall ist mir in meiner Praxis noch nicht vorgekommen. Wir müssen es mit einem überaus raffinierten Verbrecher zu tun haben und überdies mit jemandem, der in der Wohnung ungehinderten Ein- und Ausgang gehabt hat."

Der Untersuchungsrichter wandte sich plötzlich an den Diener. „Sie sind im Stande, Ihr Alibi nachzuweisen?" fragte er unvermittelt.

Eine flammende Röte stieg in den Wangen des Mannes auf. Bittere Kränkung spiegelte sich in seinen Gesichtszügen wieder. „Herr Untersuchungsrichter, ich bin ein armer Mann, aber ein ehrlicher Mensch", sagte er mit vor innerer Erregung zitternder Stimme. „Ich war meinem armen gnädigen Herrn aufrichtig zugetan — zudem befand ich mich heute nacht in größerer Gesellschaft und..."

„Schon gut. Ich wollte Sie nicht kränken", unterbrach ihn der Beamte. „Ist etwa jemand hier im Hause ungehindert aus und ein gegangen?"

„Nicht dass ich wüsste", versicherte der Diener. „Der Arzt kam freilich täglich, sonst verkehrte der Herr mit niemandem."

„Auch Verwandte ließen sich nicht sehen?"

„Der Herr stand so ziemlich allein; außer Fräulein Dora hatte er nur noch einen Neffen, den Herrn Baron Hugo von Engler; aber dieser ist seit länger als einem halben Jahre nicht mehr hier gewesen, er ist ein flotter junger Herr und hat sich mit seinem Oheim überworfen."

„Es muss sich aber doch ein Unberufener eingeschlichen haben! Haben Sie denn gar keine eigene Vermutung?"

„Mir ist das ganze schreckliche Ereignis unfassbar!" stammelte jener. „Das Fräulein war die Vorsicht selbst; sobald es Abend wurde, mussten auf ihren Befehl sowohl die Haustür als auch die nach dem Hofe führende Pforte geschlossen werden. Gestern abend begleitete sie mich selbst bis an das Portal und blieb stehen, bis ich von außen zugeschlossen und den Schlüssel abgezogen hatte. Sie selbst hatte vorher in meiner Gegenwart die Hintertür abgeschlossen. Die Fenster des Erdgeschosses sind mit eisernen Läden verwahrt, es kann gar niemandem möglich gewesen sein, in das Haus einzudringen."

„Es könnte höchstens mit Einverständnis des Fräuleins geschehen sein", forschte der Untersuchungsrichter wieder.

Der Diener schüttelte den Kopf. „O nein, das glaube ich nicht", entgegnete er. „Das Fräulein verkehrte mit niemandem. Noch dazu, wo sie allein im Hause war, hätte sie sicher keinen Menschen eingelassen."

„Aber es fiel Ihnen doch selbst auf, dass Sie nun schon zu wiederholten Malen zugleich mit der Köchin beurlaubt wurden."

„Ich wunderte mich freilich darüber", bestätigte der Diener, „aber ich dachte mir nichts Schlimmes dabei."

Alberti brach das Verhör ab, denn eben trat ein Schutzmann ein und meldete, dass der gerichtliche Sachverständige, Schlossermeister Walter, angelangt sei.

III

K.B.

An dem neben der Blutspur wachenden Schutzmann vorüber
begab sich die Kommission nach dem Schlafzimmer des Ermordeten und durch dieses in das Kassenzimmer. Der
Schlossermeister, welcher während des durchschreitens einen
scheuen Blick auf den erkalteten Leichnam Englers geworfen, machte sich unverzüglich an die Arbeit. Aber es wollte
ihm nicht gelingen, den Schrank zu öffnen.

„Das ist ein böses Stück Arbeit", meinte er nach einer
Weile vergeblichen Bemühens zu dem Untersuchungsrichter.
„Diese verzwickten Schlösser kenne ich! Es ist ein Kassenschrank von dem verkrachten Beck. Die soll einmal ein
Spitzbube aufmachen! Auch ist's ein Buchstabenschloss. Hat
man selbst den richtigen Schlüssel und weiß die Kombination nicht, so kann man zehntausendmal probieren!"

„Sie finden keine Spur äußerer Gewalt am Schranke?"

„Der Schrank ist ordnungsmäßig verschlossen", entgegnete Walter. Wieder begann er zu arbeiten. „Es ist nicht möglich, das Schloss zu öffnen", meinte er endlich ablassend,
„ich muss mit einem Zentrumsbohrer die ganze Fläche des
Schlosses herausholen."

„Tun Sie das", erwiderte der Untersuchungsrichter. „Wir
wollen inzwischen einen Gang durch das Haus machen."
Unter Führung des Dieners begab sich die Kommission,
während ein Schutzmann bei dem emsig arbeitenden Schlos-

ser zurückblieb, nach dem Erdgeschoss. Dieses wurde aufmerksam durchforscht, ohne dass irgendwelche Spur aufzufinden gewesen wäre. Die Hinterpforte, welche nach dem Hofraum hinausführte, war verschlossen.

„Das Fräulein hat den Schlüssel immer bei sich getragen", erläuterte der gefragte Diener.

Ein Schutzmann wurde nach dem oberen Stockwerk zurückgeschickt, um in den Zimmern und nötigenfalls auch in den Taschen der Verblichenen nach den Schlüsseln zu forschen. Nach einer Weile kam er mit einem kleinen, stählernen Drücker zurück, den er in der Tasche der Ermordeten gefunden hatte. Aber derselbe ließ sich nicht einmal in das Schlüsselloch einschieben. Der Schlossermeister musste herbeigerufen werden, um die Tür zu öffnen, was ihm auch sofort gelang. Nun traten die Herren auf den Hof hinaus. Dieser war nur mäßig groß, auf beiden Seiten begrenzten ihn Nachbargebände. Links stieß eine mächtige Brandmauer daran, zur Rechten erhob sich das zur Villa gehörige, schon seit Jahr und Tag leerstehende Stall- und Remisengebäude. Die Rückseite des Hofes wurde durch eine ziemlich hohe Mauer begrenzt, bis zu welcher sich das Stallgebäude heranzog. Ungefähr in der Mitte derselben befand sich eine kleine, schmale durchgangstür.

Jenseits der Mauer sah man ein mäßig hohes, schon verwittert ausschauendes Gebäude im Schweizerstil, dessen erstes Stockwerk von einem frei um alle vier Seiten des Hauses herumführenden Holzbalkon eingefasst war. Der letztere stieß mit seiner Schmalseite so nahe an die Trennungsmauer, dass man vom Hofe der Villa aus anzunehmen versucht war, er berühre dieselbe fast. Sofort lenkte sich die Aufmerksamkeit des Untersuchungsrichters auf den Holzbalkon. „Von dort aus müsste man eigentlich leicht hier auf das Grundstück gelangen können", meinte er. „Wer wohnt denn dort?" wandte er sich an den Diener.

„Ich sprach schon vorhin von ihm", entgegnete der Diener dienstbeflissen. „Der Herr Untersuchungsrichter schickten mich zu ihm; es ist der Kunstschlosser Karl Beck."

Der Beamte schien hastig noch etwas fragen zu wollen, aber er besann sich wohl und trat, während sich unverkennbare Überraschung in seinen Gesichtszügen widerspiegelte, einen Schritt zurück. „Karl Beck?" murmelte er dann. „Sagen Sie", wandte er sich an den Kommissär, „lauten denn die Buchstaben auf dem Grabstichel von vorhin nicht *K.B.*?" Der Kommissär bestätigte dies.

„Äußerten Sie vorhin nicht, dass Ihr Herr den Kunstschlosser Beck gestern Nachmittag zur Öffnung seines Kassenschrankes habe rufen lassen?" fragte er den Diener.

„Jawohl."

„Und er bewohnt in jenem Hause das erste Stockwerk?"

„So ist es."

„Er befindet sich in nicht eben glänzenden Vermögensverhältnissen?"

Der Diener zog die Achseln hoch. „Ich habe mich nur wenig um andere Leute gekümmert, überdies steht das Grundstück in einer ganz anderen Straße, aber ich fand es recht ärmlich in seiner Wohnung eingerichtet. Wie man so in der Nachbarschaft sagt, soll der Gerichtsvollzieher bei ihm Stammgast sein."

„Nun, wir werden ja sehen", brach der Untersuchungsrichter kurz ab. Dann deutete er mit der Rechten auf die in die Mauer eingelassene Pforte. „Diese Tür führt wohl in den Hof des zum Teil von dem Schlossermeister bewohnten Gebäudes?" fragte er. Der Diener bejahte.

„Ist sie verschlossen?" Während dieser Worte war er dicht an die Tür herangetreten. Jetzt klinkte er das Schloss nieder und fand die Tür verschlossen. „Gehört die Mauer zum diesseitigen oder jenseitigen Grundstück?"

„Die Mauer gehörte noch meinem Herrn", berichtete der Diener. „Die Tür wurde häufig von Fräulein Dora bei ihren Ausgängen benutzt. In der Kochstraße gibt es keine Verkaufsläden; wenn Fräulein Dora also Einkäufe besorgte, was regelmäßig jeden Tag geschah, begab sie sich über den Nachbarhof direkt nach der Linkstraße."

„Wer besaß den Schlüssel zur Verbindungstür?"

„Fräulein Dora trug ihn stets bei sich."

Ein verständnisvoller Zug zeigte sich in dem hageren Gesicht des Beamten. „Ah, vielleicht passt dann der Schlüssel, der vorhin in der Rocktasche der Leiche gefunden worden ist. Geben Sie einmal her", befahl er. Einer der Schutzmänner überreichte seinem Vorgesetzten den zierlichen Stahldrücker von vorhin.

„Ganz recht, das ist der Schlüssel für die Tür!" fiel der Diener hastig ein. Der Untersuchungsrichter vermochte mit leichter Mühe die Tür zu öffnen. Sein Blick fiel auf einen kleinen, ziemlich verwahrlosten Hof, zwischen dessen holperigen Pflastersteinen üppig das Gras wuchs. Gerade ihm gegenüber erhob sich das unscheinbare Haus mit dem Holzbalkon.

„Ah, ich verstehe", sagte er, mit der Hand nach dem offenstehenden Torweg weisend, „die Verblichene passierte den Hof, durchschritt den Flur jenes Hauses und befand sich dann sofort in der Linkstraße."

„So ist es", bestätigte der Diener.

Der Polizeikommissär war inzwischen mit prüfendem Blicke an dem Stallgebäude entlanggeschritten. Jetzt bat er den Untersuchungsrichter, mit ihm zur Seite zu treten. In die an die Trennungsmauer anstoßende Schmalwand des Stallgebäudes war ein vergittertes Fenster eingelassen. Auf den Gitterstäben desselben nun befand sich Straßenschmutz, wie von Stiefelsohlen herrührend. Am oberen Ende des Fensters aber war das Mauerwerk frisch abgestoßen. „Es hat den Anschein, als ob jemand in großer Hast vom diesseitigen Hofraum aus über das Dach des Stallgebäudes auf die Mauer geklettert sei", flüsterte der Kommissär. „Einmal auf der Mauer, wird es dem Verbrecher ein Leichtes gewesen sein, sich auf den Holzbalkon zu schwingen."

Der Untersuchungsrichter nickte mit dem Kopf. „Sie mögen Recht haben", versetzte er. „Aber wissen Sie auch, dass in Ihren Worten eine furchtbare Anklage gegen den Bewohner jener Wohnung liegt?" Damit deutete er auf die zu der Wohnung des Kunstschlossers gehörigen Fenster.

„Wer weiß, verdächtig ist der ganze Handel auf jeden Fall", meinte der Kommissär. „Der aufgefundene Grabstichel gibt mir zu denken, obwohl es mir auf der anderen Seite nicht in den Kopf will, dass ein fein überlegender und kaltblütiger Verbrecher so unvorsichtig sein und die sofort an ihm mit zwingender Notwendigkeit zur Verräterin werdende Mordwaffe am Tatort zurücklassen sollte."

„Nun, jedenfalls begeben wir uns, sobald unsere Tätigkeit hier zu Ende ist, nach der Wohnung des Schlossers", entschied Alberti. Damit wandte er sich nach einem Schutzmanne um, der zur Erstattung einer Meldung eben in dienstlicher Haltung vor ihn hintrat. „Was bringen Sie?" Der Schutzmann meldete, dass dem Schlossermeister das Öffnen des Kassenschrankes soeben geglückt sei.

„Gehen wir in das Haus zurück", entschied der Untersuchungrichter. Er ließ die Verbindungstür wieder abschließen und steckte den abgezogenen Drücker zu sich. Als sie in das Kassenzimmer eintraten, stand der Geldschrank offen. Der Schlossermeister teilte dem Beamten mit, dass der richtige Schlüssel im Kassenschranke gelegen habe und die Tür nur einfach zugeschlagen gewesen sei.

Der Inhalt des Kassenschrankes schien beim ersten Anblick unberührt zu sein. Geradezu peinlich geordnet lagen
die Wertpapiere, zu kleinen Bündeln zusammengebunden, in
den verschiedenen Behältnissen da. Der Kommissär unterzog
den Inhalt einer gründlichen durchsicht. „Ein Verzeichnis
der vorhandenen Werte ist nicht aufzufinden", entgegnete er
auf eine diesbezügliche Frage seines Vorgesetzten. „Es sind
meistens Pfandbriefe und Rententitel. Bares Geld scheint gar
keines vorhanden zu sein."

Der Diener fiel ihm überrascht ins Wort. „Doch, doch!
Bargeld muss vorhanden sein. Ich musste gestern bei unserem Bankier zehntausend Mark auf einen Scheck erheben",
schaltete er erläuternd ein. „Einen der Scheine wechselte ich,
um einige kleine Rechnungen bezahlen zu können, die übrigen müssen sich aber noch im Schranke befinden, denn der
gnädige Herr hat nichts weiter fortgeschickt."

Der Kommissär sah nochmals nach. „Es ist nichts vorhanden", wandte er sich dann kopfschüttelnd an seinen
Vorgesetzten.

„Aber sie müssen im Schranke sein!" beharrte der Diener.

Der Untersuchungsrichter warf seinem Untergebenen einen raschen, vielsagenden Blick zu. „Sie haben sich die
Nummern natürlich nicht gemerkt?" fragte er den Diener
wie beiläufig.

Dieser nickte jedoch eifrig mit dem Kopf und zog ein Notizbuch hervor. „Doch, ich bin darin sehr vorsichtig", meinte
er. „Ich habe einmal vor Jahren dem gnädigen Herrn einen
Hundertmarkschein verloren und musste ihn ersetzen, weil
ich mir die Nummer nicht gemerkt hatte. Seit dieser Zeit
schreibe ich mir alle Nummern auf."

Alberti nahm" das Notizbuch in Empfang und las:
„098,463 bis 098,472. Sie erhielten also fortlaufende Nummern?"

„Jawohl, Herr Untersuchungsrichter."

„Welchen Schein ließen Sie wechseln?"

„Den zuerst notierten."

Auf einen Wink des Untersuchungsrichters machte der Kommissär sich eine Notiz. Dann gab der Beamte dem Diener das Notizbuch wieder. Der Untersuchungsrichter wollte schon anordnen, den Schrank wieder zu schließen und zu versiegeln, als der Kommissär sich plötzlich bückte und einen Ausruf der Überraschung ausstieß. Gleichzeitig schien er aus der inneren Türfuge etwas hervorziehen zu wollen. „Hier, hier, Herr Untersuchungsrichter, sehen Sie nur. Was ist das?" Gleich darauf brachte er zwei kleine, mit Amethysten besetzte Goldglieder von wenigen Zentimetern Umfang, die offenbar zu einem großen Halsschmucke gehört hatten und aus diesem herausgeklemmt waren, zum Vorschein. Das Gold war reich und kunstvoll graviert, ebenso waren die Steine von auserlesener Pracht und seltener Güte. „Hier unten steckte es in der Türfuge."

Alberti besichtigte das Aufgefundene. „Das ist unzweifelhaft der Bruchteil einer Halskette", meinte er, dem Kommissär den aufgefundenen Gegenstand wieder zurückreichend. „Bewahren Sie es sorgfältig auf!" Er blickte auf seine Uhr. „Einstweilen sind unsere Obliegenheiten an diesem Orte zu Ende", wandte er sich an den Diener. „Sie werden sich zur Verfügung der Wachmannschaften halten, die ich im Hause zurücklasse, und mitsamt der Köchin zur Protokollaufnahme heute Nachmittag auf mein Bureau in das Gerichtsgebäude kommen. Die Leichen bleiben vorläufig an Ort und Stelle liegen." Dann wandte er sich an den Kommissär. „Wir werden uns nunmehr zu diesem Herrn Karl Beck begeben", versetzte er, von neuem mit seinem Untergebenen einen vielsagenden Blick austauschend. „Ich bin begierig, aus dem Munde des Herrn selbst die Gründe für seine Weigerung, unserem Rufe Folge zu leisten, zu vernehmen. Sie folgen mir mit drei Mann."

Er kehrte sich höflich nach dem Arzt um. „Sie haben wohl die Güte, mir einen vorläufigen Bericht bis heute Nachmittag einzureichen?"

Der Arzt nickte. „Wenn Sie gestatten, werde ich die Leichenöffnung morgen Nachmittag an Ort und Stelle vornehmen."

„Ich bitte, mich nur die Stunde wissen zu lassen." Er verabschiedete sich höflich von dem Arzt, der ebenfalls von der Stätte seiner ernsten Berufstätigkeit aufbrach.

Alberti begab sich mit seinen Begleitern durch die rückwärtige Pforte nach dem Hofe. Er durchschritt denselben, öffnete mit dem vorhin eingesteckten Drücker die Verbindungstür und begab sich nun mit den Übrigen auf den Nachbarhof. Mit kritischen Blicken musterte er nochmals das einen ärmlichen Eindruck machende Haus. Einfache, aber peinlich sauber in Stand gehaltene Zwirngardinen waren es, welche in schneeiger Weiße die Fensterfront des ersten Stockwerks verhüllten. Im Gegensatz dazu zeigten sich im Erdgeschoss hinter den erblindeten, schon lange reinigungsbedürftigen Fensterscheiben schmutzigrote und zerrissene Zitzgardinen. Der Untersuchungsrichter nahm einen weiblichen, dem Anscheine nach noch jugendlichen Kopf wahr, der einen Augenblick hindurch an einem der Fenster des ersten Stockwerkes erschien, um sich gleich darauf wieder zurückzuziehen.

„Gehen wir!" sagte er. Sie betraten den langhingestreckten, gepflasterten Torweg des Hauses. Es herrschte eine dumpfige Luft in demselben. Vielerlei altes Gerümpel, das auch den ohnehin engen Hofraum noch mehr versperrte, füllte ihn an. Zur Linken des Torweges führten einige schmale, ausgetretene Steinstufen zum eigentlichen Treppenhaus. Als der Untersuchungsrichter mit seinen Begleitern an der Eingangstür zur Erdgeschosswohnung vorüber nach dem Treppenaufgange schritt, öffnete sich erstere ein wenig. Vorsichtig lugte durch die entstandene Spalte ein kleiner, unansehnlicher, mit einem fettglänzenden, schwarzen Anzuge bekleideter Mann, dessen Gesicht mit den fest aufeinandergepressten Lippen und den gekniffenen, listig und kalt zugleich funkelnden Augen einen geradezu abstoßenden Eindruck machte.

Er musste den Untersuchungsrichter wohl von Ansehen kennen, denn er öffnete plötzlich die Vorsaaltür ganz und begann dann demütig zu dienern. „Der Herr Gerichtsrat Alberti! Schau, schau. Was verschafft meinem armen Hause die große Ehre?" begann er mit unangenehm scharf klingender Stimme, die in schroffem Gegensatz zu der zur Schau getragenen Demut stand.

Alberti lüftete leicht den Hut. „Mein Weg führt mich nicht zu Ihnen, Herr —" Er schien sich offenbar nicht auf den Namen des kleinen Mannes besinnen zu können.

„Schimmel ist mein Name", beeilte sich das Männchen zu versichern, angelegentlich die dürren, fleischlosen Hände gegeneinander reibend.

Alberti blieb zögernd stehen. „Sagen Sie doch, Herr Schimmel", fragte er dann plötzlich, „ist Ihnen im Verlauf der Nacht irgendetwas Außergewöhnliches aufgefallen?"

Der Trödler sah ihn verwundert an. „Nicht dass ich wüsste", meinte er nach kurzem Besinnen. „Freilich, es war ein schreckliches Unwetter, wenn Sie das meinen, Herr Rat? Ich bin kein Freund von solchen Wettern, ich kann das Blitzen nicht vertragen! Darum steckte ich den Kopf unter die Bettdecke und bin glücklich darüber eingeschlafen."

Alberti schaute ihn, zwischen Ärger und Lachen schwankend, an. „Sonst haben Sie keine Wahrnehmung gemacht,

Herr Schimmel?"

Das Männchen schüttelte verdutzt den Kopf. „Nicht gesund will ich sein, wenn ich etwas gehört hab'! Aber was ist denn nur los, was hat's denn eigentlich wieder gegeben, Herr Gerichtsrat?"

Aber der Untersuchungsrichter war mit seinen Begleitern schon vorübergeschritten. Sie erstiegen die zum ersten Stockwerk emporführende Treppe. Gleich darauf schrillte droben mit grellem Klange die Glocke der Vorsaaltür. Der kleine Mann war auf dem Flur stehengeblieben. Mit seltsam lauernden, dabei aber doch äußerst betroffenen Blicken starrte er dem Untersuchungsrichter und dessen Begleitern nach. Dann schlurfte er auch schon wieder nach seiner Wohnung zurück, ließ aber die Vorsaaltür spaltbreit offen stehen.

IV

Spuren

Wiederholt musste der Untersuchungsrichter den an der Vorsaaltür des ersten Stockwerks angebrachten Klingelzug in Bewegung setzen, bevor ihm geöffnet wurde. Ein hochgewachsener, breitschultriger Mann erschien im Rahmen der Tür. Er wäre ein Hüne an Kraft und Gesundheit zu nennen gewesen, hätten nicht die blauen, ausdrucksvollen Augen tief in den Höhlen gelegen und wäre nicht jener resignierte Ausdruck in seinen Zügen ausgeprägt gewesen, welchen die unbarmherzige Frau Sorge den ihr verfallenen Menschenkindern unnachsichtlich zu verleihen pflegt.

Mit erstaunten Blicken schaute der Öffnende — offenbar nach der Aufschrift des kleinen, an der Vorsaaltür angebrachten Metallplättchens der Kunstschlosser und Feinmechaniker Karl Beck selbst — bald auf die ihm völlig unbekannten, schwarzgekleideten Herren, bald auf die drei uniformierten Schutzleute.

„Sie verzeihen", begann er mit wohllautender, etwas unsicher klingender Stimme, „aber sollte hier nicht ein Irrtum vorliegen?"

Indessen Alberti war schon an dem Sprechenden vorüber in den dunklen, schmalen Korridor getreten. „Sie sind der Kunstschlosser Karl Beck?" fragte er in gemessenem Ton.

Der Gefragte bejahte. „Der bin ich freilich", versetzte er verwundert. „Dürfte ich nach den Gründen Ihres Besuches fragen?"

„Ich bin der Untersuchungsrichter Alberti und genötigt, einige Fragen an Sie zu richten", begann der Beamte wieder. „Es wird in Ihrem eigenen Interesse liegen, dieselben wahrheitsgetreu zu beantworten."

Eine leichte Röte stieg in die Wangen des Angeredeten. „Sie setzen mich wirklich in Verlegenheit", begann er dann in unsicherem Ton. „Ich weiß wirklich nicht, welcher Umstand Sie hierhergeführt haben kann. Indessen bin ich selbstredend bereit, den Vertretern des Gesetzes bedingungslos zu gehorchen. Nur möchte ich Sie bitten, ein wenig Rücksicht obwalten zu lassen; meine Frau ist recht krank —"

Alberti neigte leicht den Kopf. „Seien Sie unbesorgt, es ist mir glücklicherweise in diesem Falle möglich, die allgemeinen Gesetze der Menschlichkeit mit meinen Amtspflichten in Einklang zu bringen", beruhigte er. „Vielleicht führen Sie uns zuerst durch die Wohnung, ich habe alsdann noch einige Fragen an Sie zu stellen."

Ergebungsvoll neigte der Mechaniker den Kopf und schritt durch den dunklen Korridor nach der Tür voran, öffnete dieselbe und lud durch eine Handbewegung die Kommission zum Eintreten ein.

Es war ein gar einfaches, ja dürftig eingerichtetes Zimmer, das sich den Blicken der Eintretenden darbot. Zwei Fenster und eine Balkontür erhellten den Raum, in welchem sich beim Eintritt der Männer zwei Frauen — offenbar Mutter und Tochter — befanden. Erstere, eine zarte Gestalt mit bleichen, durchsichtigen Zügen, lag im Bett. Mit erschrecktem Blicke schaute sie auf den in Begleitung des Polizeikommissärs eintretenden Untersuchungsrichter. Den übrigen Beamten hatte dieser Weisung erteilt, im Korridor zurückzubleiben. Alberti verneigte sich mit teilnahmsvoller Freundlichkeit schweigend vor der kranken Frau, ein ebenso artiges

Kopfnicken hatte er für das junge, blühend schöne Mädchen, welches, mit einer Handarbeit beschäftigt, neben dem Tische gesessen und sich hastig vom Strohsessel erhoben hatte. Mit Wohlgefallen ruhte der Blick des Beamten auf der schlanken, wohlgeformten Gestalt des jungen Mädchens, aus dessen rosig angehauchten, regelmäßig geformten Zügen eine reine, unberührte Seele sprach, und dessen mäßig hohe, aber energisch gefügte Stirn, dicht von lose hereinfallenden goldblonden Löckchen umrahmt, von ebenso viel Klugheit, wie die veilchenblauen, großen Augen von Herzensgüte zu sprechen schienen.

Ein trüber Schatten glitt über die Stirn des Untersuchungsrichters, als er daran dachte, zu welchem Zweck er diese Wohnung betreten hatte, aber die Erinnerung an seine amtlichen Pflichten gab ihm sofort seine ganze Unbefangenheit zurück. Prüfend schaute er sich im Raum um. Sein Blick fiel auf eine offenstehende Tür, die zu einem Nebenraum führte.

Beck, welcher seinen Blicken gefolgt war, deutete erläuternd mit der Hand nach dem Nebenraum. „Es ist mein Arbeitszimmer", fügte er dann hinzu. „Es befinden sich in ihm nur mein Arbeitstisch sowie mein Lager."

Der Untersuchungsrichter war bis an die Türschwelle herangetreten und hatte einen prüfenden Blick durch den nur einfenstrigen, sein Licht vom Hofe empfangenden, kahlen Raum schweifen lassen. Dann trat er zurück und wies auf die Balkontür.

„Der Holzbalkon zieht sich um das ganze Haus?" fragte er den Mechaniker.

„Er bildet die einzige Annehmlichkeit unserer Wohnung", meinte der schwach lächelnd. „Obwohl mitten in der Stadt wohnend, vermögen wir uns doch zuweilen den Genuss frischer Luft zu verschaffen."

„Sie gestatten?" sagte Alberti, der an ihm vorübergeschritten war und die Balkontür geöffnet hatte. In Begleitung des Kommissärs betrat er, ohne die Erlaubnis abzuwarten, den Balkon. Sie hatten von demselben eine ziemlich umfassende Aussicht auf die von vielen Geschäften belebte Linkstraße, welche demzufolge auch ein reger Verkehrsweg für die Bewohner des Stadtviertels war. Rasch orientierte sich der Untersuchungsrichter. Der Balkon ging wirklich um alle vier Seiten des Hauses herum. Man konnte letzteres auf ihm ungehindert umschreiten.

Als Alberti mit dem Kommissär die Rückseite des Hauses erreicht hatte, blieb er stehen. Sein Blick fiel auf das etwa mit zwei Meter Abstand sich erhebende Stallgebäude, dessen Dachfläche mit der Balkonhöhe in einer Flucht zu liegen schien. „Einem geübten Turner würde ein Sprung vom Dache des Stallgebäudes nach dem Balkon herüber nicht eben schwer fallen", flüsterte der Kommissär.

Alberti nickte. „Das Haus ist hochgradig verwittert und baufällig", meinte er dann, die Wandflächen des Gebäudes betrachtend. „Der Kalk blättert überall herab — es ist da schwer, eine Spur aufzufinden."

Der Kommissär hatte sich inzwischen gebückt und bald das Holz des Balkons, bald das Mauerwerk betrachtet. Er deutete lebhaft auf einige Stellen des letzteren. „Hier sind aber entschieden ganz frische Abschürfungen", meinte er in flüsterndem Ton. „Hier", fügte er hinzu, auf eine Stelle deutend, die sich ungefähr in gleicher Höhe mit der Balkonbrüstung befand, „ist ganz deutlich der Abdruck eines Absatzes. Beim Herüberspringen mag der Springende ausgeglitten und mit den Füßen gegen das Mauerwerk geschnellt sein. Hier liegt auch auf dem Balkonboden ganz frischer Mörtel!"

Der Untersuchungsrichter nickte schweigend mit dem Kopf. Dann verfolgte er den Weg um die andere Seite des Hauses, bis er wieder vorn an der Straßenfront angelangt war. In einigen Schritten Entfernung war der Mechaniker den beiden Herren gefolgt. Mit verständnisloser Miene hatte er dem Gebaren der beiden zugeschaut; noch weniger hatte er ihre leise geflüsterten Worte zu verstehen vermocht. Als sich jetzt der Untersuchungsrichter weit über die Brüstung beugte, trat auch er hinzu. „Ist Ihnen etwas aufgefallen?" fragte er in befangen klingendem Ton.

Alberti wandte sich um und maß ihn mit einem strengen Blicke. „Sehen Sie sich einmal das Firmenschild an, das hier unten über dem Torweg an der Hausmauer angebracht ist!" forderte er auf. Dabei deutete er auf ein mäßig großes Eisenschild, dessen verblasste Goldbuchstaben die Inschrift ergaben: „Ludwig Schimmel. Ein- und Verkauf von Kleidungsstücken, Gold- und Silberwaren, Antiquitäten."

„Das Schild ist ja ganz verbogen!" rief der Mechaniker plötzlich überrascht.

Alberti schaute ihn scharf an. „Ist das erst kürzlich geschehen?" fragte er.

„Ich möchte behaupten, dass es gestern noch nicht gewesen ist", entgegnete hastig Beck, von neuem nach dem Schild hinunterschauend. „Die zweizöllige Handstange ist ja fast gänzlich heruntergebrochen. Eine schwere Last muss sich vorn an das Schild gehängt haben, es ist gerade, als ob das Gewicht eines menschlichen Körpers die Eisenstange verbogen habe."

Der Untersuchungsrichter schaute ihn lange und prüfend an. „Ich bewundere Ihre Kombinationsgabe", meinte er dann trocken, „es wäre indessen auch möglich, dass sich irgendjemand das Vergnügen gemacht hat, das Firmenschild mutwillig zu zerstören, um den Anschein zu erwecken, als ob etwa von diesem Balkon hier in der letztverflossenen Nacht jemand auf die Straße hinabgestiegen sei und dabei sich am Schild festgeklammert habe. Nicht wahr?"

Beck wurde rot im Gesicht. Er fühlte die Ironie, welche in den Worten des Untersuchungsrichters lag. „Ich verstehe Sie wirklich nicht", versetzte er deshalb, „welcher Mensch sollte sich heute nacht hier herabgelassen haben?"

„Oh, ich glaube auch nicht daran, dass sich überhaupt ein Mensch hier herabgelassen hat", unterbrach ihn Alberti. „Aber wenn es Ihnen recht ist, kehren wir nach dem Zimmer zurück."

Das geschah. Immer betretener werdend, folgte der Mechaniker den beiden Herren, deren Gebaren und Reden ihm nachgerade rätselhaft geworden zu sein schien.

„Verweilten Sie heute nacht im Hause?" wandte Alberti sich gleich darauf wieder an den Mechaniker.

„Ich war unausgesetzt im Hause anwesend."

„Es zog heute nacht ein starkes Gewittter herauf?"

„Jawohl, dasselbe brach etwa um zehn Uhr abends aus", lautete die Antwort Becks. „Meine Frau ängstigte sich, und ich blieb deshalb auf."

„Blieben Sie allein auf oder leistete Ihnen vielleicht Ihr Fräulein Tochter Gesellschaft?"

„Ich wollte aufbleiben, aber der Vater gestattete es mir nicht", nahm das junge Mädchen mit tiefer, wohlklingender Stimme das Wort.

„Lagen Sie einen Teil der Nacht schlaflos?" fragte Alberti, sich direkt an das junge Mädchen wendend.

Dieses wurde glühend rot im Gesicht und schaute verwirrt vor sich nieder. „Ich war ziemlich ermüdet", versetzte sie dann. „Das Gewitter hatte mich etwas abgespannt. Ich glaube, ich bin sofort eingeschlafen; als ich erwachte, war es bereits lichter Tag."

„So haben Sie also während der Nacht nichts Ungewöhnliches vernommen?"

Das junge Mädchen sah ihn erstaunt an. „Dass ich nicht

wüsste."

„Und Sie blieben also auf", wandte Alberti sich wieder an den Mechaniker. „Ihre Gattin konnte auch nicht schlafen?"

„Kurz nach Mitternacht schlief sie glücklicherweise ein", entgegnete Beck, der noch immer nicht den Sinn der an ihn gestellten Fragen zu begreifen schien.

„Und Sie begaben sich dann auch zu Bett?"

„Nein. Meine Frau schlief sehr unruhig, ich beschloss aufzubleiben, zudem hatte ich noch verschiedene Arbeiten zu erledigen."

„Während der Nacht?"

„Unsereins muss verdienen, wann und wo man immer kann", entgegnete der Mechaniker. „Die Krankheit meiner Frau kostet viel Geld, und ich habe darum schon manche Nacht durchgearbeitet."

„Wie lange setzten Sie Ihre Beschäftigung fort?"

„Das kann ich wirklich nicht sagen", gestand er. „Das Gewitter mag mich wohl schläfrig gemacht haben; ich tat alles Mögliche, um mich wach zu erhalten, ich rückte meinen Arbeitstisch direkt an das Fenster — Sie sehen, er steht jetzt noch dort — ja, ich öffnete das Fenster, in der Hoffnung, die eindringende abgekühlte Luft werde mich wach erhalten, aber schließlich siegte die Ermattung doch über meinen Willen. Als ich erwachte, war es bereits fünf Uhr morgens, und ich beeilte mich nun, hastig zu Bett zu kommen, nachdem ich mich vorher überzeugt hatte, dass meine Frau schlief."

„Ihnen ist heute nacht also ebenfalls nichts Ungewöhnliches aufgefallen?"

„Nicht das Geringste."

„Sie waren gestern Nachmittag bei Ihrem Nachbarn, dem Baron von Engler, beschäftigt?"

„Nur wenige Minuten. Dem Herrn Baron war das Missgeschick passiert, den Kassenschrank zuzuschlagen, während der Schlüssel sich innen im Schranke befand. Da der Schrank aus meiner früheren Fabrik stammte, so war ich mit dem Mechanismus ganz vertraut. Es gelang, ihn in wenigen Minuten zu öffnen."

„Sie erhielten Bezahlung dafür?"

„Ein bitteres Lächeln umzuckte die Lippen Becks. „Der Herr Baron hielt es für angemessen, mich mit einer halben Mark abzufinden", sagte er.

„Seit jener Zeit haben Sie die Nachbarvilla nicht wieder betreten?"

„Nein!"

„Sie wissen nicht, was sich seitdem in der Wohnung des Herrn Baron zugetragen hat?"

Befremdet schaute der Mechaniker auf den Beamten, dessen Fragen ihn offenbar peinlich zu berühren schienen. „Was sollte sich denn ereignet haben?" fragte er zögernd.

Alberti schaute ihn durchdringend an. „Sollte Ihnen dies wirklich nicht bekannt sein?" fragte er dann, jedes Wort einzeln scharf betonend. „Nun, so will ich es Ihnen verkünden. Der Herr Baron von Engler und seine Nichte sind heute nacht von ruchloser Hand freventlich ermordet, und der Kassenschrank ausgeraubt worden."

„Großer Gott!" schrie der Mechaniker auf, während er erdfahl im Gesicht wurde. „Das ist ja nicht möglich! Nein, nein, das kann nicht sein!" Auch die kranke Frau im Bett stieß einen kurzen Ausschrei äußersten Erschreckens aus. Das junge Mädchen aber trat unwillkürlich einen Schritt näher an den Vater heran. Sie legte, einer inneren Eingebung nachgebend, wie schirmend die Hand auf dessen Arm, während sie zugleich mit weitgeöffneten, angstvoll blickenden Augen auf den Untersuchungsrichter schaute. Eine Sekunde hindurch herrschte tiefes Schweigen im Zimmer.

Der Untersuchungsrichter hielt während dieser Zeit den Blick unausgesetzt auf den Mechaniker gerichtet. Dieser aber schlug die Augen nicht nieder; anscheinend offen und unbefangen erwiderte er den Blick des Beamten.

„Sie befinden sich in misslichen Vermögensverhältnissen?" fragte letzterer dann plötzlich.

Beck wurde glühend rot im Gesicht. „Mein Unglück ist ja stadtbekannt", versetzte er in bitterem Ton. „Vor wenigen Jahren war ich noch ein reicher Mann. Das Unglück begann plötzlich mit harter Hand auf mir zu lasten, noch mehr waren es indessen falsche Freunde, welchen ich arglos vertraute, die mich um alles brachten. Oh, es ist ein Unglück, arm zu sein!" stöhnte er dann mit einem Male auf, während sein Blick sich mit schmerzlichem Ausdrucke auf seine offenbar im letzten Stadium der Lungenschwindsucht befindliche Frau richteten. „Mein armes Käthchen, in unseren früheren Verhältnissen hätte sie sich im sonnigen Süden erholen können."

„Kommen wir zur Sache", unterbrach ihn Alberti. „Sie haben vermutlich Schulden?"

Wieder zuckte es eigentümlich erregt um Becks Lippen. „Ja — ich habe Schulden", versetzte er, das Gesicht abwendend. „Nicht nur die schwere Wucht des Unglücks habe ich zu ertragen, die schlimmsten Sorgen bereiten mir unerbittliche Gläubiger, die in den Tagen des Glücks vielfach erheblich höhere Summen an mir verdient haben, als ich sie ihnen jetzt schulde und, ach, so gern bezahlen möchte!"

Der Untersuchungsrichter war einmal im Zimmer auf und nieder geschritten und dabei zufällig an eine Seitenwand des Schrankes herangetreten. Als er auf dieser ein viereckiges, weißes, mit einem blauen Stempel bedrucktes Blättchen Papier kleben sah, schaute er wieder scharf nach dem Mechaniker. „Dieser Schrank ist ja versiegelt!" sagte er.

Ein Ächzen glitt über die Lippen des Mechanikers. „Gestern erst hatte ich den Besuch des Gerichtsvollziehers."

„Derselbe versiegelte Ihr letztes Mobiliar?"

„So ist es. Er nahm mir den letzten Rest des Geldes, das ich noch besaß. Nur noch mein Handwerkszeug ließ er mir —" Der Mechaniker schien noch etwas hinzufügen zu wollen, aber offenbar übermannte ihn der Schmerz. Er biss die Zähne aufeinander und wandte sich hastig zur Seite. Seine Tochter schlang den Arm um seinen Hals und schaute ihm seelenvoll ins Auge. „Fasse Mut, Vater, es wird wieder besser werden", flüsterte sie.

Der Untersuchungsrichter hatte sich abgewendet. Er war, wie um mit sich selbst zu Rate zu gehen, im Zimmer auf und nieder geschritten. Dann hatte er sich der ins Nebenzimmer führenden Tür genähert. Er warf einen Blick in die kahle Stube. Gleichgültig hafteten seine Augen dann auf dem niedrigen, festgefügten Tisch, dessen Platte mit zahlreichen Werkzeugen, Hämmern, Feilen, Ahlen und Grabsticheln bedeckt war. „Hier also ist Ihr Arbeitsraum?" wandte er sich nun nach dem Mechaniker zurück, während der Kommissär vollends in das Arbeitszimmer trat und sich dem in diesem aufgestellten Arbeitstische näherte.

Der Mechaniker nickte mit dem Kopf. „Ich musste mich in meiner bescheidenen Wohnung so gut oder schlecht einrichten, wie es eben ging", versetzte er, ebenfalls an die Tür des Nebenraumes herantretend.

In demselben Augenblick stieß der Kommissär einen kurzen Ausruf der äußersten Überraschung aus. „Bitte, Herr Untersuchungsrichter, treten Sie näher!" rief er dann in hastigem Ton, der seltsam von seiner sonstigen kalten und unerschütterlichen Gelassenheit abstach.

„Nun?" fragte Alberti, unwillkürlich näher tretend. Auch der Mechaniker schaute überrascht auf und folgte dem Untersuchungsrichter auf dem Fuße. Alberti trat neben den

Kommissär, welcher vor dem Arbeitstische, dessen Rückseite direkt gegen das Fenster gelehnt war, stand. Überrascht entrang sich auch seinen Lippen ein kurzer Ausruf, als er in den Händen des Kommissärs verschiedene Banknoten anscheinend höheren Wertes wahrnahm.

„Was haben Sie da?" fragte er.

„Bitte, sehen Sie", entgegnete der Kommissär. „Vier Eintausendmarkscheine!"

Ein heiserer Aufschrei wurde laut, aber die beiden Herren beachteten ihn nicht. Blitzschnell hatte der Kommissär sein Notizbuch hervorgezogen und einen Blick in dasselbe getan. „Überzeugen Sie sich selbst", versetzte er dann in gedämpftem Ton, auf die Nummern der einzelnen Banknoten weisend, „der letzte Zweifel ist hinfällig geworden. Die Nummern 098,463 bis -72 sind geraubt worden, und hier in meinen Händen befinden sich die Nummern 098,464, -65, -69, -71."

Der Untersuchungsrichter hatte sich nach dem Mechaniker umgewendet. Dieser stand an allen Gliedern zitternd, mit aschfarbenem Gesicht, ein Bild unfassbaren Staunens und Befremdens da. „Das ist unmöglich!" rief er, nachdem er wiederholt vergeblich zum Sprechen angesetzt hatte. „Ich habe keine zwei Mark im Hause, „geschweige denn solche Banknoten!"

Ein verächtliches Lächeln umspielte die Lippen Albertis, als er sich von dem Mechaniker abwandte; er hielt offenbar die Bestürzung desselben für vollendete Heuchelei, die ihn anwiderte. „Sie müssen sich doch wohl getäuscht haben", meinte er dann. „Dies hier sind wirklich und wahrhaftig echte Banknoten."

Der Kommissär zupfte ihn heimlich beim Arme. Mit vielsagender Miene deutete er dann auf einige der über der Tischfläche ausgebreitet liegenden Werkzeuge. „Dasselbe

Monogramm *K.B.* findet sich fast ausnahmslos auf den Griffen aller Instrumente hier", flüsterte er.

Der Untersuchungsrichter musste an sich halten, seine große Überraschung nicht laut werden zu lassen. „Selbstverständlich belegen Sie alles mit Beschlag", versetzte er, sich nach dem Mechaniker umwendend. „Hier herrscht nunmehr volle Klarheit."

„Hier ist noch mehr!" rief der Kommissär, einen blitzenden Gegenstand unter einem Handamboss hervorziehend. „Sehen Sie, Herr Untersuchungsrichter, hier ist das fehlende Stück des Amethysthalsbandes!" Damit überreichte er auch schon dem Untersuchungsrichter ein etwa fußlanges Stück eines mit auserlesen schönen Amethysten besetzten, reich gravierten Goldhalsbandes.

„Wir fanden davon vorhin zwei Glieder", versetzte Alberti kaum hörbar. Die beiden Beamten tauschten einen Blick des Einverständnisses aus. Dann wandte sich der Untersuchungsrichter plötzlich mit der Kette in der Hand an den Mechaniker und hielt diesem das glitzernde Geschmeide dicht vor Augen. „Wie kommt dieses Schmuckstück hier auf Ihren Arbeitstisch?" fragte er. „Wir fanden vorhin zwei Glieder davon eingezwängt in dem Kassenschrank des ermordeten Barons von Engler."

Beck war aschfarben im Gesicht geworden. Auf seiner Stirn traten dichte Schweißtropfen hervor. Mit erloschenem Blicke starrte er auf das verhängnisvolle Geschmeide. Dann griff er sich mit der Hand nach der Stirn. „Nein, nein, es ist nur ein Traum. Das kann nicht wahr sein!" murmelte er. „Verzeihen Sie, meine Herren, ich —"

„Kein Leugnen mehr!" unterbrach ihn schroff der Untersuchungsrichter, während er zugleich mit der Rechten seine Schulter berührte. „Im Namen des Gesetzes, Karl Beck, verhafte ich Sie wegen des in der letztvergangenen Nacht von

Ihnen an dem Baron von Engler und dessen Nichte verübten Doppelraubmordes."

Ein schriller Schrei entrang sich den Lippen des unglücklichen Mannes. Die Augen quollen ihm weit aus den Höhlen hervor, die Adern traten dick aus seiner Stirn heraus, seine Brust hob und senkte sich krampfhaft. Seine Fäuste ballten sich, und einige Sekunden hatte es den Anschein, als ob er in entfesselter Wut sich auf den Beamten stürzen wolle.

Sein Aufschrei hatte einen doppelten Widerhall gefunden. Ein schwacher, jammernder Laut war von den Lippen der todkranken Frau gedrungen, ein leises, wehes Schluchzen erschütterte jetzt noch die mit über der Brust gefalteten Händen am Türeingange stehende Tochter des verhafteten Mannes. Der Polizeikommissär war schon bei den ersten Worten seines Vorgesetzten rasch durch das Wohnzimmer geeilt und hatte die Ausgangstür desselben aufgerissen. Im nächsten Augenblick schon durcheilte er — gefolgt von den bis dahin auf dem Korridor verbliebenen Schutzleuten — das letztere wieder und trat mit ihnen in den Arbeitsraum ein. „Karl Beck, Sie sehen, jeder Widerstand ist unnütz. Ergeben Sie sich gutwillig", ermahnte der Untersuchungsrichter.

„Nein, es ist nicht möglich!" schrie da der Verhaftete jäh auf, „Man kann mir keine solche Untat zutrauen!"

„Verantworten Sie sich vor Gericht!" schnitt ihm der Untersuchungsrichter das Wort ab, „meine Pflicht ist hier zu Ende." Sekundenlang war es wieder still im Zimmer.

Flehend blickte Beck auf den Beamten. „Haben Sie Mitleid mit mir!" stöhnte er dann auf. „Bei Gott dem Allmächtigen schwöre ich Ihnen, dass ich keine Ahnung von den Banknoten oder dem Geschmeide hatte. Ich weiß nicht, wie sie auf meinen Arbeitstisch gelangt sind — ich habe sie vorhin zum ersten Male gesehen."

Der Untersuchungsrichter zuckte nur frostig mit den

Schultern. Die Schutzleute waren an den Unglücklichen herangetreten und hatten ihn an beiden Armen ergriffen. Den
Kopf tief auf die Brust herabgesenkt ließ Beck dies willenlos
geschehen. Da klang aus dem Nebenzimmer zu seinem Ohr
ein leises Weinen, das ihm bis tief ins innerste Herz dringen
mochte. Ein schriller, heiserer Schrei entrang sich seinen
Lippen. Mit gewaltigem Rucke riß er sich von den Polizisten
los. Den sich ihm entgegenstellenden Kommissär stieß er
zurück und stürzte aus dem Arbeitsraum.

Die Beamten, voran der Untersuchungsrichter, eilten ihm
nach. Als aber Alberti wahrnahm, dass der Mechaniker sein
Heil nicht in schneller Flucht gesucht, sondern neben der
Bettstatt seiner Frau auf die Knie niedergesunken war, da
winkte er den Beamten zu, sich vorläufig zurückzuhalten.

Ein ergreifendes Schauspiel entwickelte sich vor den Augen der Herbeigeeilten. Die arme kranke Frau, zu schwach
fast, um sich aufzurichten, hatte mit letzter Kraftanstrengung
mit beiden zitternden Händen den Kopf des geliebten Gatten
umspannt. „Mein teurer Mann — mein guter, guter Karl",
hauchte sie kaum vernehmbar, „wie können die Herren dich
verhaften wollen! Du bist unglücklich, aber ein Ehrenmann.
Stelle es ihnen vor, dass es ein Irrtum ist — oh, verlasse mich
nicht — bleib' bei mir, Karl!" Ein dumpfes Schluchzen erschütterte den Körper des neben ihr auf den Knien Liegenden.

Die Tochter, welche bisher, bleich wie der Tod, ein Bild
starren Schreckens, dagestanden hatte, eilte jetzt an das Bett
heran und sank neben ihrem Vater auf die Knie nieder.
„Weine nicht, verzweifle nicht, Vater", hauchte sie ihm zu.
„Gott ist gerecht, er kann und wird uns nicht verlassen!
Deine Unschuld muss sich herausstellen. Wir glauben an
dich, wir wissen, dass du nicht fähig bist, Unrecht zu tun!"

Beck hob den Kopf aus den Kissen empor. Der Ausdruck

seines Gesichtes hatte sich entsetzlich verändert; jene verzweiflungsvolle Unruhe sprach aus seinen Zügen, die eben-
sogut einem foltergequälten, unschuldigen Herzen, als dem
mahnenden Drucke eines fluchbeladenen bösen Gewissens
zu entspringen vermag. Mit zitternder Hand strich er über
den Scheitel seines Kindes. „Ich danke dir, Hedwig — du
hast Recht — es ist nur ein Irrtum, es kann nur ein solcher
sein!" rief er mit gebrochener Stimme.

Dann wandte er sich an die Polizisten, welche näher traten und ihn ergreifen wollten. „Lassen Sie mich Abschied
nehmen von meiner Frau, sie ist so krank und schwach",
murmelte er. „Der plötzliche Schreck kann sie —" Er vermochte nicht weiterzusprechen. Der namenlose Jammer, der
sein Inneres erbeben machte, brach seine Stimme. Mit beiden
Armen umschlang er die zarte, gebrochene Gestalt Frau, auf
dessen Angesicht schon der verklärte Abglanz der Ewigkeit
ausgebreitet lag. „Käthchen", murmelte er dann mit inniger
Stimme, „Käthchen, halte dich aufrecht, sei ruhig und weine
nicht! Dein Leben ist der Inhalt meines sonst wertlosen und
verfehlten Daseins, erhalte es mir — auf Wiedersehen, Käthchen, auf baldiges Wiedersehen — nicht wahr?"

Aber er erhielt keine Antwort von der Kranken. Mit banger Scheu blickte er in deren leichenblass gewordenes Gesicht. Plötzlich nahm er wahr, dass der Kopf seiner Frau
schwer nach hinten übersank. Ein Schrei entrang sich seinen
Lippen. „Sie ist tot! Ihr habt sie ermordet!" schrie er auf.
Dann wandte er sich händeringend wieder nach der Leblosen
zurück. „Käthchen", rief er ihr in die Ohren, „wache auf —
ich bitte, ich beschwöre dich, wache auf!"

Seine Tochter eilte zum Tische und holte frisches Wasser
herbei. Die Beamten traten zurück. Keiner von ihnen wagte,
die erschütternde Tragik des vor ihren Augen sich abspielen-
den Auftrittes zu unterbrechen. Mit fast irrem Mienenaus-

drucke hatte der Mechaniker sein Ohr auf die Brust seiner Frau gepresst; atemlos lauschte er auf den lange ausbleibenden Herzschlag der Unglücklichen. Dann entrang sich ein erlösender Seufzer seinen Lippen. „Gott sei gepriesen; sie lebt — sie lebt!" stöhnte er auf. Er sprang auf und trat zu seiner Tochter. „Beschirme die Mutter — dir befehle ich sie an!" stieß er hervor. „Und noch eines, wende dich sofort an deinen Bräutigam Rudolph. Er ist Rechtsanwalt, er soll, er wird mir beistehen."

In diesem Augenblick legte ihm der Untersuchungsrichter die Hand auf die Schulter. „Ich habe Ihnen hinreichend Zeit gelassen, Abschied zu nehmen von den Ihrigen", versetzte er ernst und gemessen. „Sie sehen, Ihre Gattin erholt sich zusehends. Es ist besser, Sie schicken sich jetzt gleich in das Unvermeidliche, als dass Sie durch einen erneuten Auftritt das Leben der Kranken ernstlich gefährden."

„Es ist also wirklich Wahrheit!" stöhnte der Mechaniker auf. „Unter grässlichem Verdacht schleppt man mich von Frau und Kind! — Gut denn, ich folge Ihnen, aber ich schwöre, dass ich unschuldig bin!" Er machte einen Schritt gegen die Beamten. Sofort erfassten die Polizisten seine beiden Arme.

Hedwig hatte sich umgewendet. Ein leiser, weher Schrei entrang sich ihren Lippen. Von neuem stürzte sie an die Brust des geliebten Vaters. „Mut! Mut!" hauchte sie, „Gott ist mit dir, er wird auch uns behüten!" Der Unglückliche nickte ihr zu; sprechen konnte er nicht. Dann ließ er sich willenlos von den Schutzleuten fortführen.

V

Das Verhör

Schon in den Vormittagsstunden des nächsten Tages ließ Alberti sich den Angeschuldigten zum Verhör vorführen. Oft, ja fast immer stellt ein Verhör einen ebenso erbitterten wie schrecklichen Zweikampf zwischen Richter und Angeschuldigtem dar. Der Erstere, die Verkörperung des Gesetzes, kämpft mit der ganzen Kraft, deren er fähig ist, im Interesse der Gerechtigkeitspflege und der Wahrheit, um den Angeklagten seiner Schuld zu überführen. Dieser aber kämpft verzweifelt für sich selbst, für seine Freiheit, ja selbst für sein Leben.

Als Beck in das Amtszimmer des Untersuchungsrichters geführt wurde, nahm Letzterer gerade hinter einem großen Schreibtische Platz, auf welchem verschiedene Gegenstände ausgebreitet zu erblicken waren, darunter ein Grabstichel, vier Eintausendmarkscheine und Bruchstücke der gestern vorgefundenen Amethystkette. Außerdem bedeckten den Tisch noch verschiedene Akten, sowie das Protokoll über die Vorfälle am Tage zuvor in der Englerschen Villa und in der Wohnung des Mechanikers.

An einem Nebentische vor einem der Fenster saß der Protokollführer. „Treten Sie näher!" begann der Untersuchungsrichter. Beck versuchte zu gehorchen, aber er schwankte auf seinen Füßen hin und her. „Sie scheinen angegriffen zu sein. Sie können sich setzen." Beck ließ sich auf einen Stuhl niederfallen.

Alberti fuhr fort: „Sie sind augenscheinlich sehr stark erregt. Wenn nötig, warte ich gern einige Minuten, ehe ich mit dem Verhör beginne. Die Anklagepunkte, welche Sie belasten, sind derartige, dass Sie Ihrer ganzen Ruhe und Kaltblütigkeit, der ganzen Spannkraft Ihres Geistes bedürfen, um mir zu antworten." Obwohl in gemessenem Ton gesprochen, verrieten die Worte Albertis doch eine gewisse Teilnahme; sie gaben zu gleicher Zeit aber auch zu verstehen, dass in seinen Augen die Lage des Mechanikers eine völlig aussichtslose war.

Der Untersuchungsrichter benutzte die kurze Unterbrechung, um das Protokoll nochmals aufmerksam durchzulesen und sich einige Worte mit Bleistift auf dem Seitenrande des Papiers zu vermerken. Jetzt nickte er seinem Protokollführer zu, dass das Verhör beginne. Er eröffnete es mit der Frage: „Sie heißen?"

„Karl Beck."

„Wie alt?"

„Siebenundvierzig Jahre."

„Wo geboren?"

„Hierselbst."

„Verheiratet?"

„Ja."

„Sie haben Kinder?"

„Eine Tochter im Alter von neunzehn Jahren."

„Ihre Beschäftigung?"

„Zur Zeit bin ich Mechaniker."

„Besitzen Sie Vermögen?"

„Ich bin ausschließlich auf den Ertrag meiner Arbeit angewiesen."

„Sind Sie schon bestraft?"

Diese Frage, welche bei jedem Verhör gleich allen vorangegangenen an jeden Beschuldigten ausnahmslos gestellt

wird, jagte dunkle Röte in Becks Wangen. „Oh niemals —
niemals!" rief er aus, „und ich glaubte leben und sterben zu
dürfen, ohne dass das Gericht sich jemals mit meiner Person
beschäftigte."

Der Untersuchungsrichter schien auf seine Worte nicht zu
hören; er schaute schweigend einige Minuten vor sich hin
und schien angestrengt nachzudenken. Wieder blätterte er in
dem Protokolle; plötzlich hob er das Haupt und richtete
einen durchdringenden Blick auf den Angeschuldigten.
„Können Sie mir sagen", fragte er, „auf welche Art und
Weise Baron von Engler und seine Nichte gestern nacht ermordet worden sind?"

„Die Beantwortung dieser Frage ist mir schon aus dem
Grunde unmöglich, weil ich selbst nicht weiß, was Sie von
mir zu erfahren wünschen."

„Dann kann ich es Ihnen ja sagen. Der Baron ist in seinem
Bett erdolcht und seine Nichte durch ein stark wirkendes
Gift getötet worden."

„Mein Gott", murmelte Beck, „das ist schrecklich!"

Alberti antwortete nicht. Er nahm einen der auf seinem
Schreibtische liegenden Gegenstände und hielt ihn dicht vor
die Augen des Mechanikers. „Kennen Sie dieses Instrument?" Beck wurde totenbleich; sein erster Blick hatte ihn
darüber belehrt, dass das vorgehaltene Werkzeug ein Grabstichel war.

„Nun?" fragte der Untersuchungsrichter, „ist Ihnen das
Instrument bekannt?"

„Jawohl", sagte Beck, der sich inzwischen wieder gefasst
zu haben schien. „Das ist ein Grabstichel und sogar bis vorgestern Nachmittag mein Eigentum gewesen."

„Und wissen Sie auch, dass mit diesem Instrument der unglückliche Baron von Engler ermordet worden ist? Wie erklären Sie es, dass Ihr Eigentum in der Brust des Ermordeten

aufgefunden wurde?"

„Daran kann nur ein unglückseliger Zufall Schuld haben", entgegnete der Verhaftete, „denn ich habe vorgestern Nachmittag sowohl dieses Instrument wie auch verschiedene andere verkauft."

„An wen?"

„An Herrn Schimmel, meinen Hausherrn."

Der Untersuchungsrichter nahm ein Blatt Papier, welches mit amtlichem Stempel versehen war, und schrieb auf dasselbe einige Worte. Dann läutete er und befahl einem eintretenden Kriminalschutzmann: „Nehmen Sie einen Wagen, fahren Sie unverzüglich nach dem aus dieser Vorladung bezeichneten Hause, lassen Sie sich von dem Trödler Schimmel sein Ein- und Verkaufsregister einhändigen und bringen Sie ihn womöglich selbst zur Stelle. Sie können ihm sagen, dass es sich um eine wichtige Zeugenaussage handelt."

Der Schutzmann verließ das Zimmer, um ungesäumt den erhaltenen Befehl auszuführen. Beck zitterte an allen Gliedern; kalter Angstschweiß war auf seiner Stirn hervorgetreten. Die Gewissheit, dass mit dem Werkzeug, das er tagtäglich in Händen gehabt, solch ein verabscheuungswürdiger Mord ausgeführt worden war, schien ihm augenscheinlich in diesem Augenblick noch schrecklicher vorzukommen als die sein eigenes Haupt bedrohende furchtbare Gefahr.

Alberti beobachtete ihn einige Sekunden lang schweigend. „Fahren wir nunmehr in unserem Verhör weiter fort", nahm er alsdann wieder das Wort. „Bis der Schutzmann mit dem Zeugen zurückkehrt, können wir alle übrigen Punkte erledigt haben." Wieder hielt er einen Augenblick inne. Unschlüssig blätterte er in den Akten, dann schaute er Beck wieder scharf an. „Sie haben Schulden?" fragte er. Der Mechaniker neigte den Kopf.

„Sie befanden sich offenbar in drückendster Notlage. Ihr

Mobiliar war versiegelt, und Sie konnten auf Nachsicht Ihrer Gläubiger nicht rechnen. Es handelte sich also für Sie darum, entweder Ihre Schulden auf Heller und Pfennig zu bezahlen, oder Ihr letztes Mobiliar zu verlieren und mit den Ihrigen unter Umständen obdachlos zu werden."

Ein banges Stöhnen glitt über des Verhafteten Lippen. „So ist es", murmelte er, während das Kinn ihm tief auf die Brust herabsank.

„Wie kommt es nun, dass sich auf Ihrem Arbeitstisch gestern Morgen die immerhin für Ihre Verhältnisse sehr erhebliche Summe von viertausend Mark befand, Banknoten, die nachweislich in der Mordnacht aus dem Kassenschranke des Barons von Engler geraubt worden sind?"

Einen hilflos fragenden Blick ließ Beck durch das Gemach gleiten, dann seufzte er schmerzlich auf.

„Angeschuldigter", begann der Untersuchungsrichter von neuem in scharfem Ton, „in Ihrem eigensten wohlverstandenen Interesse glaube ich Ihnen raten zu müssen, gehörig zu überdenken, was Sie aussagen wollen. Verzichten Sie auf alle haltlosen Ausflüchte, die Ihnen doch kein Mensch glaubt; eine vollkommene Aufrichtigkeit würde Ihr Gewissen erleichtern und zweifelsohne auch Ihre Richter milder stimmen."

Beck starrte verstört vor sich nieder. Von neuem hob ein schwerer Seufzer seine Brust. „Ich fühle nur zu gut, dass Sie meinen Worten mißtrauen", murmelte er dann gepresst, „dennoch aber spreche ich die lautere Wahrheit. Bei Gott dem Allmächtigen schwöre ich Ihnen, dass ich nimmermehr meine Lippen durch eine Lüge entweihen würde!"

„Auf welche Weise wollen Sie also in den Besitz des Geldes gelangt sein?"

„Ich weiß es so wenig wie Sie selbst, Herr Untersuchungsrichter!" rief der Mechaniker sogleich hastig. „Aber ich habe während der letztvergangenen grässlichen Stunden eifrig über das rätselhafte Vorkommnis nachgedacht und bin zu der Überzeugung gekommen, dass mir das Geld von einem Unbekannten durch das Fenster geschoben worden ist."

Der Untersuchungsrichter schaute ihn ironisch lächelnd an. „So hätten wir uns also wieder einmal mit dem großen Unbekannten zu beschäftigen", meinte er dann. „Aber lassen Sie einmal sehen. Ich glaube, der Unbekannte kann ganz gut vom Hofe des Nachbargrundstückes aus über das Dach des Stallgebäudes auf den Balkon geklettert sein. Ebenso gut hätte er aber auch den Weg vom Balkon über das Stallgebäude nach der Villa zurücklegen können."

Beck hörte nur die ersten Worte des Untersuchungsrichters. „Mein Gott", rief er dann plötzlich, während tiefes Grauen in seinen Gesichtszügen sich widerzuspiegeln schien, „dann muss ja dieser Mensch der Urheber des furchtbaren Verbrechens sein! Oh, die Wahrheit tagt in meinem Innern! Der wahre, einzige Schuldige, welchen Sie suchen und finden müssen, jener feige Mörder, der das Blut einer wehrlosen Frau und eines siechen Greises vergossen hat, ist derselbe Mann, welcher mir die unheilvolle Summe Geldes durch das Fenster auf meinen Arbeitstisch gelegt hat!"

Albertis Züge blieben nach wie vor unverändert; das Angesicht seines Schreibers dagegen wies den Ausdruck großer Ungläubigkeit auf. Einige Sekunden verstrichen in bangem, lautlosem Schweigen. Der Gefangene hatte voll ängstlicher Spannung seine Blicke auf das Gesicht des Untersuchungsrichters gerichtet; jetzt stöhnte er plötzlich dumpf auf. „Oh mein Gott", schrie er, „Sie glauben mir nicht!"

„Es wird mir erst möglich sein, Ihren Worten zu glauben, wenn Sie Mittel und Wege angegeben haben, jenen großen Unbekannten, den Sie beschuldigen, mir vorführen zu lassen. Bis dahin aber sehe ich mich gezwungen, die Existenz einer solchen geheimnisvollen Persönlichkeit in Zweifel zu ziehen."

„Ach, Herr Untersuchungsrichter", murmelte Beck tief niedergeschlagen und mit gebrochener Stimme, „Sie wissen nur zu gut, dass ich selbst diesen Dämon nicht kenne. Nicht in meinem Vermögen liegt es, Sie auf seine Spur zu führen. Ich kann nur wiederholt meine Unschuld beteuern; das Verbrechen, dessen Täterschaft man mich verdächtigt, hat ein Anderer begangen."

„So beharren Sie also bei Ihrem Leugnen?"

„Ja, Herr Untersuchungsrichter", entgegnete Beck.

Alberti winkte seinem Schreiber, die Aussage niederzuschreiben, und schüttelte missbilligend den Kopf. Dann ergriff er die goldene Halskette. „Kennen Sie diese?" fragte er kurz.

Beck starrte auf den kostbaren Schmuck. Ein Seufzer glitt über seine Lippen. „Sie fragten mich schon einmal danach, aber ich habe das Schmuckstück gleich den Banknoten gestern Morgen zum ersten Male in meinem Leben gesehen."

„Sie behaupten also, dass der große Unbekannte Ihnen auch dieses Amethysthalsband großmütig zugewendet hat?"

„Wiederum schwieg Beck; nur ein leises Aufstöhnen glitt über seine festgeschlossenen Lippen, während seine Blicke mit starrem, verzweiflungsvollem Ausdruck am Boden hafteten. Alberti schüttelte leicht den Kopf. „Sie sind doch ein gebildeter Mann, dem es klar sein muss, dass sich die Vertreter der Justiz mit einem solchen, obendrein noch recht schlecht erfundenen Ammenmärchen nicht beschwichtigen lassen können und werden. Hier diese beiden Kettenglieder sind in der Fuge des Kassenschrankes eingezwängt gefunden worden. Überzeugen Sie sich selbst, der Bruch stimmt ganz genau mit dem einen Ende des in Ihrer Behausung aufgefundenen Halsbandes überein. Nur noch ein ganz kleiner, wenige Zentimeter umfassender Bruchteil der Kette, an welchem sich offenbar das sicherlich kostbare Schloss befunden hat, kann fehlen. Wollen Sie nun noch immer nicht der Wahrheit die Ehre geben, beharren Sie auf Ihrem nutzlosen Leugnen?"

„Mein Gott — oh mein Gott", murmelte Beck, „was soll ich Ihnen sagen? Sie glauben mir ja doch nicht!"

„Weil hier niederschmetternde Beweise gegen Sie vorliegen", unterbrach ihn streng der Untersuchungsrichter. „Standen Sie in näherer Beziehung zu der Nichte des Barons?"

Beck sah ihn anscheinend erstaunt an. „Ich kannte die Dame nur vom Sehen", meinte er dann. „Sie ging fast täglich durch unseren Hof, und ich grüßte sie immer, wenn ich sie sah."

„Sie standen in keinem näheren persönlichen Verkehr mit dieser Dame?"

„Nein!"

„Wann sahen oder sprachen Sie dieselbe zuletzt?"

„Sie öffnete dem Diener und mir vorgestern Nachmittag die Vorsaaltür, als ich zum Öffnen des Kassenschrankes geholt worden war."

„Sie sprach aber nicht mit Ihnen?"

„Nein, sie befahl dem Diener nur, mich zu ihrem Oheim in das Kassenzimmer zu führen."

„Sie sind also nicht etwa abends von der Dame in das Haus eingelassen worden. Dieselbe hat Sie nicht durch die Versprechung einer hohen Belohnung zu veranlassen gesucht, den Mord an ihrem Oheim zu begehen? Ich fordere Sie nochmals auf: sprechen Sie die volle, ganze Wahrheit!"

„Nein, nein, und abermals nein!" schrie der Mechaniker, „der Schein mag wider mich sein, aber ich verbitte es mir entschieden, dass mir Motive untergeschoben werden, von denen meine Seele nichts weiß. Ich bin unschuldig!"

Wieder blätterte Alberti in den Akten. „Sie waren vorgestern abend kurz vor sechs Uhr in der Marienapotheke?"

„Jawohl, ich holte Arznei und eine Flasche Marsala für meine Frau."

„Mit welchem Gelde? Sie waren doch an demselben Nachmittag erst ausgepfändet worden!"

„Ich hatte fünfzig Mark vom Trödler für meine Werkzeuge erhalten, außerdem hatte mir auch Baron von Engler eine halbe Mark eingehändigt."

„Sie verbrauchten diese immerhin beträchtliche Summe noch an demselben Nachmittag?" forschte Alberti ungläubig weiter.

„Jawohl, denn ich musste einige dringliche rückständige Schulden beim Fleischer und beim Bäcker bezahlen."

„Bei Ihrer Verhaftung fand man noch etwas über zwei Mark kleines Geld vor, welches Ihrer Tochter ausgehändigt worden ist", schaltete der Untersuchungsrichter sich ein. „Haben Sie sich in der Marienapotheke mit jemandem unterhalten?"

Beck sann einen Augenblick nach. „Jawohl, mit dem Provisor", entgegnete er dann.

„Worüber unterhielten Sie sich?"

„Er fragte mich nach dem Befinden meiner Frau. Ich erklärte ihm, dass es übel genug darum bestellt sei. Dann meinte er wieder, ich sollte sie nach dem Süden schicken oder vielleicht auch nach Görbersdorf, da wäre allenfalls noch Heilung für sie zu finden." „Was erklärten Sie darauf?"

„Soviel ich mich entsinne, meinte ich, dass, wenn ich das Geld hätte, welches ich am Nachmittag in müßiger Ruhe im Kassenschranke des Barons von Engler gesehen, meiner Frau und mir freilich geholfen wäre", fiel der Mechaniker ein.

„Sie sollen den Ermordeten einen alten knickerigen Geizhals genannt und hinzugefügt haben, dass Sie in dem Augenblick, als er Sie mit einer elenden halben Mark abgefunden, während er ungezählte Tausende im Schranke liegen gehabt, die Versuchung herannahen gefühlt hätten, den alten Geizhals niederzuschlagen."

„Das war unbedacht von mir gesprochen, ich war erbittert und wusste kaum, was ich redete."

„Aber Sie geben den Wortlaut zu?"

„Ich gebe es bedingungslos zu", entgegnete Beck. „Hätte ich ahnen können, dass jene unbedachte Äußerung auf solche Weise wider mich angewendet werden würde, ich hätte sicherlich geschwiegen."

Der Untersuchungsrichter war mit dem Verhör zu Ende gekommen. Er stellte nur noch einige untergeordnete Fragen. Dann ließ er den Schreiber das inzwischen aufgesetzte Protokoll vorlesen. Er änderte Einiges und ergänzte Verschiedenes; dann musste der Schreiber es Beck verlegen, um es von diesem unterschreiben zu lassen. Kaum war dies geschehen, so öffnete sich die Tür und der Amtsdiener trat ein. „Schutzmann 214 ist mit dem Handelsmann Schimmel zur Stelle", meldete er.

Alberti nickte mit dem Kopf. „Lassen Sie beide sofort eintreten", befahl er. Gleich darauf erschien der Schutzmann mit dem Trödler. Letzterer sah geängstigt und verstört aus; er mochte kein sonderlich gutes Gewissen haben. Der Schutzmann erstattete seine Meldung und überlieferte dem Untersuchungsrichter die Geschäftsbücher des Trödlers.

Als Beck den Letzteren eintreten sah, prägte sich in seinen Gesichtszügen eine flüchtige freudige Erregung aus. „Endlich, Herr Untersuchungsrichter", murmelte er halblaut, „werden Sie den tatsächlichen Wahrheitsbeweis meiner Aussagen erhalten. Und wenn Sie wissen werden, dass ich in diesem Punkte nicht gelogen habe, werden Sie vielleicht geneigter sein, meinen übrigen Worten ebenfalls Glauben zu schenken."

Schimmel beeilte sich, sobald sich die Tür wieder geschlossen hatte, sich demütig vor dem Untersuchungsrichter zu verneigen. Seine Augen streiften auch die Gestalt des Verhafteten, aber er vermied es, diesem in die Augen zu schauen. „Setzen Sie sich. Bereiten Sie sich vor, mir Antwort zu geben", redete der Untersuchungsrichter den Trödler an. Schimmel gehorchte. Seine Beine zitterten, seine Knie schienen ihn kaum noch tragen zu wollen. Die gewöhnlichen Personalfragen schickte der Untersuchungsrichter voraus; dann schaute er den Trödler scharf an. „Jener Mann ist Ihnen persönlich bekannt?" fragte er.

„Ich kenne ihn recht gut", entgegnete der Trödler. „Er bewohnt das erste Stockwerk meines Hauses."

„Sie haben ihm vorgestern verschiedene Werkzeuge abgekauft. Unter denselben befand sich auch dieser Grabstichel, welchen ich Ihnen hier zeige? Überlegen Sie Ihre Antwort wohl, denn dieselbe ist von der allergrößten Wichtigkeit!"

Becks ganze Seele schien an den Lippen des Trödlers zu hängen. Aber Schimmel schüttelte den Kopf. „Ich habe vorgestern nichts gekauft, und ebenso hat mir Herr Beck vorgestern nichts verkauft."

Beck stieß einen Schrei aus. „Was?" murmelte er dann mit erstickter Stimme, „Sie haben vergessen — nein — nein, das ist unmöglich! Sie selbst haben ja die Buchstaben auf der Klinge wahrgenommen!"

„Herzlich gern würde ich Ihnen aus der Klemme helfen", versetzte der Trödler, ohne jedoch Beck dabei anzusehen. „Es ist ja selbstverständlich peinlich, seinen Mieter in Ungelegenheiten verwickelt zu sehen. Unglücklicherweise bin ich aber nicht im Stande, das zu können, ich befinde mich hier an einem Orte, der Anspruch auf volle und lautere Wahrheit erheben darf."

Den Mechaniker schien eine Art von kalter Wut zu überkommen und seine Sinne zu verwirren. Er befand sich anscheinend in einer jener Gemütsbewegungen, wo der ehrenwerteste Mann, wenn er eine Waffe in seiner Hand verspürt, zustößt und tötet. „Oh, das ist schändlich", schrie er. „Dieser Mensch erinnert sich wohl, er hat nichts vergessen, aber er ist mein Feind. Er will mich verderben! Schwöre nur einen Meineid, dass ich gelogen habe, die Strafe wird nicht ausbleiben, Gott der Herr wird dich treffen, früher oder später!"

Schimmel verfärbte sich sichtbar, aber der Untersuchungsrichter schaute Beck missbilligend an. „Angeschuldigter", sagte er in strengem Ton, „Sie haben den Zeugen weder zu beschimpfen noch zu bedrohen! Merken Sie sich dies wohl! — Zeuge", wandte er sich dann wieder an den Trödler, „Sie beharren bei Ihrer Behauptung, dass dieser Grabstichel durch den hier anwesenden Karl Beck Ihnen vorgestern nicht verkauft worden sei?"

„Weder vorgestern, noch an einem anderen Tage", entgegnete Schimmel, „ich habe ihm niemals etwas abgekauft, und er hat mir niemals etwas zum Kaufe angeboten. Ich will die heiligsten Eid darauf ablegen!"

Der Untersuchungsrichter blätterte in dem ihm vorhin vom Schutzmann überreichten Ein- und Verkaufsregister des Trödlers. Die letzten Seiten, auf welchen die jüngsten Eintragungen vermerkt waren, erhielten in der Tat keinen Eintrag über einen zwischen dem Trödler und Beck abgeschlossenen Handel, wie das polizeilich vorgeschrieben gewesen wäre, wenn derselbe überhaupt geschehen war. Kein Zweifel blieb mehr in der Seele des Untersuchungsrichters zurück; er vereidete, der Wichtigkeit seiner Zeugenaussage wegen, den Trödler angesichts des Angeschuldigten. Schimmel musste

noch ein Protokoll unterzeichnen und wurde dann entlassen.
„Angeklagter, ich frage Sie nochmals: Wollen Sie Ihr nutzloses Leugnen aufgeben?"

Beck schaute ihn mit kaum menschenähnlichem Blicke an. „Ich bin unschuldig!" schrie er mit erstickter Stimme.

Mit einer verächtlichen Bewegung wandte sich Alberti von dem Angeschuldigten ab.

VI

Schweigen

Am anderen Morgen wurde Beck in einem Wagen, von Schutzleuten überwacht, nach der Villa des Barons von Engler gebracht. Beim Aussteigen blickte Beck rückwärts. Es gelang ihm, die Hinterseite des Hauses, das er bisher bewohnt hatte, mit seinen Blicken zu streifen. In seiner Wohnung standen die Fenster offen, die weißen Gardinen wurden vom Winde hin und her gezerrt. Tränen verdunkelten seinen Blick. Jetzt, wo er nur wenige Schritte von seinen Lieben entfernt war, schien er wieder die furchtbare Schwere seines Schicksals zu begreifen.

Die neben ihm gehenden Schutzleute führten ihn durch den Hofeingang der Villa die Treppe hinauf. Der Untersuchungsrichter und sein Schreiber schritten voran. In dem Wohnzimmer des ermordeten Fräuleins war nach den ergangenen Anordnungen alles unverändert geblieben. Die Leiche befand sich in derselben Lage, welche ihr der Arzt bei seiner gestrigen Untersuchung gegeben hatte. Auf einen Wink des Untersuchungsrichters führten die Schutzleute den Verhafteten bis dicht an die Leiche heran.

„Karl Beck", sagte der Untersuchungsrichter in feierlich ernstem Ton, „wenn Sie den Mut dazu haben, schauen Sie diese Frau an!" Der Blick des Mechanikers richtete sich auf das verzerrte Totenangesicht der Ermordeten.

„Erkennen Sie diese Person?" fragte Alberti wieder.

„Jawohl", entgegnete der Mechaniker. „Es ist der Leichnam des Fräuleins von Gerstenberg."

„Wollen Sie bekennen, dass Sie in näheren Beziehungen zu der Toten gestanden haben?"

„Nein! Die Dame dankte kaum auf meinen Gruß. Sie war sehr stolz und ich stand in keinerlei Beziehungen zu ihr!"

Der Untersuchungsrichter wollte noch weitere Fragen stellen, aber da fiel ihm Beck hastig ins Wort. „Hören Sie auf, mich mit unnötigen Fragen zu quälen. Meine Hände sind rein, und mein Gewissen ist ruhig! Ich weiß, Sie glauben mir doch nicht, darum werde ich Ihnen auch nicht mehr antworten!"

In der Tat hüllte sich Beck von diesem Augenblick an in undurchdringliches Schweigen. Er hatte das Haupt auf die Brust herabgeneigt und schien die Fragen, welche der Untersuchungsrichter noch an ihn stellte, nicht einmal zu hören. Dieser gab es bald auf, gegen diese Art von Widerstand zu kämpfen. Auf seinen Wink verließ der traurige Zug das Wohnzimmer der ermordeten Dora; von neuem hatten die Schutzleute Beck beim Arme ergriffen.

Der Untersuchungsrichter schritt voran, blieb aber inmitten des Verbindungsganges stehen. Auf seinen Befehl hatte der Diener wieder eine Lampe herbeigebracht. „Legen Sie Ihre linke Hand auf diese Spur", befahl der Untersuchungsrichter dem inzwischen herangekommenen Gefangenen. Dieser gehorchte stillschweigend. Der ebenfalls anwesende Polizeikommissär legte prüfend die Handfläche Becks auf der vorgefundenen blutigen Spur zurecht. Alsbald malte sich eine lebhafte Enttäuschung in seinen Gesichtszügen. „Die Handfläche des Gefangenen ist eine viel breitere, die Fingerlänge dagegen eine kürzere", meinte er dann in gedämpftem Ton zu dem Untersuchungsrichter. „Eine besonders feingeschnittene Hand muss es sein, die sich hier ausgeprägt hat."

Alberti nickte gedankenvoll mit dem Kopf. Dann wandte er sich an die Schutzleute. „Führen Sie den Gefangenen in das Schlafzimmer des Barons." Der unerträgliche Geruch des vergossenen Blutes verbreitete sich schon in unangenehmer Weise vor dem Schlafzimmer des Barons. Der Leichnam hatte noch dieselbe Haltung, in der er seine letzten Atemzüge getan. Beck, zum zweiten Male vor solch einen grausigen Anblick gestellt, fühlte, wie seine Nerven erzitterten; dennoch aber blieb er anscheinend ruhig und unberührt durch den Anblick.

„Angeklagter", fragte der Untersuchungsrichter, „kennen Sie Ihr zweites Opfer „wieder?" Beck gab keine Antwort.

„Sie schweigen?" fuhr Alberti fort. „Sie beharren auf Ihrem Entschlusse, Stillschweigen beobachten zu wollen?" Beck nickte bestätigend. „Sei es!" fuhr der Beamte mit erhobener Stimme fort. „Ich kann Sie nicht zum Reden zwingen, aber es ist leicht, den Grund Ihres Schweigens zu erraten."

Wenige Minuten später saß Beck wieder zwischen den Schutzleuten im rasch dahinrollenden Wagen. Jetzt bog derselbe in die Straße ein, in der Beck bis zu seiner Verhaftung gewohnt hatte, da stießen plötzlich seine Lippen einen erstickten Schrei aus. Ein furchtbares Zittern erschütterte seinen Leib. Erloschenen Blickes starrte er aus dem Wagenfenster. Ein Leichenwagen stand vor der Tür seines Hauses, soeben trug man einen einfachen schwarzen Sarg heraus, der reich mit Blumen umkränzt war. Gleich darauf trat, völlig schwarz gekleidet, mit verweinten Augen seine Tochter in Begleitung eines hochgewachsenen jungen Mannes aus dem Hause.

„Lasst mich — lasst mich!" schrie Beck wild auf. „Lasst mich — es ist meine Frau — mein süßes, holdes Käthchen!" schluchzte er mit gebrochener Stimme. Aber die Schutzleute hielten ihn gewaltsam auf seinem Sitze fest.

VII

Baron Hugo von Engler

In der Englerschen Villa walteten inzwischen die Ärzte ihres traurigen Amtes. Die Diagnose des Gerichtsarztes erwies sich als richtig. Seine Kollegen stimmten mit ihm darin überein, dass nur eine besonders geschickte und kräftige Hand den tödlichen Dolchstich nach dem Herzen des Barons geführt haben könne. Ebenso war auch die Todesart Doras von Gerstenberg über jeden Zweifel erhaben. Dieselbe war wirklich den verheerenden Folgen des Tikunagiftes erlegen. Eine vorläufig an Ort und Stelle vorgenommene mikroskopische Untersuchung ließ die farblosen Kristalle der im Magen vorgefundenen Giftspuren bereits entdecken. Es wurde ein Protokoll aufgenommen, dann ordnete der Untersuchungsrichter noch die Fortschaffung der Leichen nach dem Schauhause an. Die Ärzte verabschiedeten sich und verließen das Haus des Unglücks.

Alberti selbst hatte noch in der Villa zu tun. Ihm lag die ebenso mühevolle wie zeitraubende Verpflichtung ob, mit Beihilfe des Polizeikommissärs ein ausführliches Inventar des im Kassenschranke vorgefundenen Bestandes aufzustellen und den letzteren vorläufig an das Gericht abzuführen. Endlich waren sie damit fertig. In Begleitung des Kommissärs verließ Alberti das Gebäude und trat die Rückfahrt nach dem Justizgebäude an. Er lud den Kommissär ein, mit ihm zu fahren, und bot dann, als sie nebeneinander Platz ge-

nommen, seinem langjährigen Mitarbeiter eine Zigarre an.
Während der Fahrt tauschten die beiden Beamten ihre Meinungen über den vorliegenden Fall aus, und der Untersuchungsrichter war nicht wenig überrascht, von dem Kommissär das Bekenntnis zu hören, dass dieser von der Schuld
des Verhafteten nicht wirklich überzeugt war.

„Ach was", unterbrach Alberti ihn unmutig, „es soll von
jeher nicht viel an ihm gewesen sein. Er war durchaus kein
Geschäftsmann, hing allerlei eitlen Träumereien nach und
vernachlässigte seine Fabrik. Ich erinnere mich des Geredes
noch gar gut, das es damals gab, als er Bankrott machte. Für
mich steht seine Schuld außer jedem Zweifel."

Der Kommissär schüttelte nachdenklich den Kopf. „Die
Blutspur passt nicht auf seine Hand", gab er zu bedenken.
„Und zweifelsohne hat doch der Mörder — eben von seinem
Opfer kommend — dieselbe verursacht. Wo soll der in den
allerdürftigsten Verhältnissen Lebende übrigens auch das so
seltene Tikunagift herbekommen haben, das überhaupt nur
durch Zufall in Deutschland erhältlich ist?"

„Angesichts der geradezu erdrückenden Schuldbeweise
können diese Einwendungen gar nicht in Betracht kommen",
unterbrach ihn Alberti ärgerlich. „Das Wie und Wo dieser
Mordtat werden wir bei dem verstockten Leugnen des Verhafteten wohl niemals aufzuklären vermögen; wichtig und
erfreulich für uns ist nur, dass wir in der Person des Letzteren den wirklichen Mörder gefaßt haben."

„Ich wünsche Ihnen, dass Sie sich nicht täuschen", entgegnete der Kommissär mit leichtem Achselzucken. „Mir
will, offen gestanden, manches nicht recht einleuchten, ich
vermag es zum Beispiel nicht zu fassen, dass ein Verbrecher,
der fähig ist, kaltblütig solch eine Entsetzenstat zu vollbringen, auf der anderen Seite die unverzeihliche Torheit begehen soll, die Beweise seiner Schuld auf offenem Arbeitstische

liegen zu lassen; zudem hatte er stündlich den Besuch des Gerichtsvollziehers zu erwarten, der zur Abholung der Möbel kommen musste. Wie leicht hätten diesem Kette und Banknoten in die Hand kommen können?"

Alberti lächelte überlegen. „Sie vergessen, dass er müde vom blutigen Werke heimgekehrt ist. Er verbarg die geraubten Gegenstände aufs Geratewohl, damit sie von seinen Angehörigen nicht entdeckt werden sollten, und behielt sich vor, die Wertsachen nach seinem Erwachen besser zu verbergen. Das wäre sicherlich auch geschehen, wenn wir ihn nicht schon unmittelbar am nächsten Morgen nach seinem Aufstehen abgefasst hätten."

„Aber kann — Ihre Vermutung in Ehren — seine Behauptung, dass der unbekannte Mörder ihm während der Nacht die Wertstücke durchs offen stehende Fenster unter die Werkzeuge auf den Arbeitstisch gelegt habe, nicht einen Schein von Glaubwürdigkeit erhalten?" wandte der Kommissär wieder ein.

Alberti schüttelte den Kopf. „Sie vergessen das Lügengewebe, in welches er sich verstrickte", widersprach er bestimmt. „Er wollte das Mordwerkzeug an den Trödler Schimmel verkauft haben, aber die beschworene Zeugenaussage des Letzteren hat ihn Lügen gestraft."

Der Kommissär zuckte vielsagend die Achseln. „Dieser Schimmel ist nun auch gerade kein klassischer Zeuge", brummte er.

Alberti sah ihn erstaunt an. „Ihre Parteinahme für den Verhafteten führt Sie zu weit", meinte er dann. „Sie wollen doch nicht gar den Zeugen eines Meineids beschuldigen? Er ist bisher durchaus unbescholten!"

„Nun ja, was man so nennt", entgegnete der andere. „Man hat dem geriebenen Burschen freilich noch nicht beikommen können, aber er steht schon gar lang im Verdacht,

ein Diebeshehler zu sein. Wir lauern ordentlich auf eine Un-
regelmäßigkeit, die uns das Recht an die Hand gäbe, uns
innerhalb seiner vier Pfähle umzuschauen, das weiß der alte
Fuchs auch recht gut und nimmt sich deshalb höllisch in
Acht.“

„Jedenfalls ist er für uns ein durchaus einwandsfreier
Zeuge“, unterbrach ihn Alberti. „Was für einen Grund sollte
er auch haben, durch einen Meineid einen Mann, der ihm zu
keiner Zeit etwas zu Leide getan, in unabsehbares Elend zu
stürzen?“

„Sie vergessen, dass er vielleicht dabei sich seiner eigenen
Haut zu wehren hatte“, sagte der Kommissär. „Es ist ihm
vielleicht schon aus dem Grunde unmöglich gewesen, den
Erwerb der Werkzeuge einzugestehen, weil er alsdann den
Kunden, der diesen Grabstichel ihm abgekauft, hätte verra-
ten müssen. Jedenfalls wäre es mir nicht unangenehm, wenn
ich von Ihnen Vollmacht erhielte, eine Haussuchung bei dem
Burschen vornehmen zu dürfen.“

„Wo denken Sie hin? Es liegt das beschworene Zeugnis
eines vor Gericht unbescholtenen Mannes vor; auf bloße
Vermutungen hin darf ich keine Haussuchung anordnen, das
wäre ungesetzlich.“

Der Kommissär gab keine Antwort. Der Wagen hielt in
demselben Momente auch schon vor dem Justizgebäude.
Alberti stieg zuerst aus und verabschiedete sich dann von
seinem Untergebenen kürzer und förmlicher, als es sonst in
seiner Art lag. Kopfschüttelnd durchschritt er das Portal und
stieg die Treppen empor. „Ich verstehe den Mann nicht“,
murmelte er ärgerlich vor sich hin. „Er ist doch sonst recht
scharfsinnig; wie kann er zweifeln, wo die Schuld doch erwiesen ist!“

Als er sein Amtszimmer betrat, bekam sein Gedankengang
sofort eine andere Richtung, denn der Diener meldete ihm,

dass Baron Hugo von Engler bereits seit einer Viertelstunde auf ihn im Vorzimmer warte. Sofort nahmen Albertis Züge einen erwartungsvollen Ausdruck an. „Ich lasse den Herrn bitten, einzutreten."

Wenige Minuten später öffnete sich die Tür. Ein hochgewachsener, schlanker junger Mann, dessen hübsches, ausdrucksvolles Gesicht nur durch einen die Mundwinkel herabziehenden blasierten Zug in seiner Wirkung etwas beeinträchtigt wurde, trat in das Gemach ein und verneigte sich mit vollendetem Anstande vor dem Beamten. Dieser hatte inzwischen hinter seinem Schreibtische Platz genommen; jetzt deutete er artig auf einen Stuhl. „Bitte, nehmen Sie Platz", begann er.

Es tut mir leid, Ihnen die unangenehme Pflicht haben auferlegen zu müssen, vor mir zu erscheinen, allein es ist mir in hohem Grade wünschenswert, einige Auskünfte von Ihnen zu erhalten."

Der junge Baron verbeugte sich zustimmend. „Ich stehe mit Vergnügen zu Diensten", begann er mit einer wie ermüdet klingenden Stimme, während er sich auf den angebotenen Stuhl niederließ, „obwohl ich offen gestanden nicht weiß, worin ich Ihnen werde dienlich sein können."

„Durch die gleichzeitige Ermordung Ihrer Cousine sind Sie wohl jetzt der einzige Erbe Ihres Onkels?"

„Ich vermute es wenigstens. Mein Onkel ist zwar immer von unberechenbaren Launen abhängig gewesen und hat in einer solchen mir sogar vor einem halben Jahre in völlig unmotivierter Weise das Betreten seines Hauses verboten. Er hat sicherlich ein Testament hinterlassen, in welchem er — wie es sich bei seiner misstrauischen Charakterveranlagung eigentlich von selbst verstand — genaue Dispositionen über sein Vermögen getroffen hat."

„Das setzt mich in Erstaunen", warf der Untersuchungsrichter ein. „Trotz der sorgfältigsten durchsuchung des Gesamtnachlasses hat sich kein Testament vorgefunden."

Ein lebhaftes Rot verdunkelte die Wangen des jungen Barons. Ersichtliche Freude spiegelte sich in seinen Zügen wider. „Mein Onkel hatte kein Testament hinterlassen?" rief er dann. „In solchem Falle wäre ich ja unbestreitbar der alleinige Erbe! Aber nein, das ist gar nicht möglich", unterbrach er sich gleich darauf, „mein Onkel war ein viel zu vorsichtiger Mann, er hat sicher ein Testament gemacht, ich weiß es ganz genau, das Testament ist sogar schon zwei Jahre alt. Sein vertrauter Ratgeber, der Justizrat Braun, hat es, glaube ich, angefertigt."

„Sie sagen mir nichts Neues", entgegnete Alberti, „ich kann es Ihnen ja mitteilen, dass ich bereits von Seiten des hiesigen Moritzspitals, welchem bei Lebzeiten des Ermordeten von diesem die Verständigung zugegangen ist, dass es in seinem Testamente mit einer bedeutenden Summe bedacht sei, beauftragt worden bin, Nachforschungen nach einem solchen Testament zu halten. Ich wundere mich über das Verschwinden desselben um so mehr, als der Mörder doch eigentlich kein Interesse an einem solchen haben konnte."

Baron Hugo hielt frei und unbefangen den forschenden Blick des Untersuchungsrichters aus. „Ich weiß Ihnen wirklich darauf keine passende Antwort zu geben", meinte er dann im Ton sorgloser Fröhlichkeit. „Mir kommt offen gestanden die Nachricht, dass ein Testament nicht vorhanden gewesen ist, nur erwünscht. Ich glaube kaum, dass in einem solchen mein Oheim mich hervorragend bedacht haben würde, wie ich denn überhaupt bis zur Stunde kaum die Hoffnung gehegt habe, eine nennenswerte Erbschaft antreten zu dürfen."

„Der Vertreter des Moritzspitals, zugleich der direktor unseres Landgerichts, behauptet auf das Entschiedenste, dass ein Testament vorhanden gewesen ist", fuhr der Untersuchungsrichter nachdenklich fort. „Er will es aus dem Munde des verstorbenen Justizrats Braun selbst gehört haben."

„Dann muss sich in dessen Nachlasspapieren doch eine Abschrift oder dergleichen finden. Vielleicht hat mein Oheim auch ein zweites Testament bei Gericht deponiert", warf Hugo hastig ein. Alberti entging der rasch auftauchende und ebenso schnell wieder verschwindende, fast lauernde Blick nicht, den der andere auf ihn warf. Aber er fand dieses erwartungsvolle Fragen verständlich, hatte ihm doch der junge Baron deutlich zu verstehen gegeben, dass er sich der zu erhoffenden Erbschaft wegen nur wenig aus dem Tode seines ungeliebten Oheims mache.

„Bei Gericht ist kein Testament deponiert", entgegnete der Untersuchungsrichter nach sekundenlangem Stillschweigen. „Die Papiere des Justizrats Braun stehen ebenfalls nicht mehr zur Verfügung. Der alte Herr war Junggeselle, seine unverheiratete Schwester führte ihm die Wirtschaft, und diese hat nun unverantwortlicherweise in ihrer Rechtsunkenntnis die Nachlassakten ihres Bruders zum größten Teil als Makulatur verkauft. Es sind schon mehrere ärgerliche Prozesse dadurch entstanden." Ein leises Lächeln umspielte auf Augenblick die Lippen des Barons.

„Aber um auf den eigentlichen Grund der an Sie ergangenen Vorladung zu kommen", begann Alberti, der inzwischen vor sich ins Leere gestarrt hatte, wieder, „so möchte ich von Ihnen wissen, ob Sie nicht vielleicht irgendwelche Kenntnis von dem Inhalte des Testamentes gehabt haben."

„Vermutungen kann ich ruhig aussprechen", meinte der Baron. „Es ist ja leicht möglich, dass mein Oheim mich im Testament vollständig übergangen, meine Cousine Dora aber zur Universalerbin eingesetzt und bedeutende Summen zu wohltätigen Zwecken vermacht hat, aber wie die Sache nun einmal liegt und steht, kann es mir niemand übelnehmen, wenn ich als erstberechtigter Erbe auftrete und den Verwandten meiner überdies nur im dritten Grade mit mir verwandten Cousine das Nachsehen überlasse."

„Das sind Privatangelegenheiten, über welche mir keinerlei Urteil zusteht", unterbrach ihn Alberti höflich, aber bestimmt. „Wie standen Sie mit Ihrer Cousine?"

„Eigentlich gar nicht. Sie war eine alte Jungfer, misstrauisch und scheelsüchtig. Ich habe ihr zum großen Teil die Verfeindung mit meinem Oheim zu verdanken."

„Oheim und Nichte standen aber gut miteinander?"

Der Baron zuckte die Achseln. „Das will ich gerade nicht behaupten", meinte er dann in gedehntem Ton. „Der Onkel hat vor seiner treuen Pflegerin wohl etwas Furcht empfunden."

„Sie pflogen keinerlei Verkehr mit dem Ermordeten?"

„Unsere Wege gingen weit auseinander; nachdem er mir das Haus verboten hatte, existierte er einfach nicht mehr für mich."

„Sie werden natürlich Ihre Erbansprüche sofort geltend machen?"

„Das kann mir kein Mensch verübeln; ich sage es ganz offen, dass mir die Erbschaft recht erwünscht kommt. Ich bin nicht eben günstig von Hause aus gestellt, das Leben in unseren Kreisen macht einen gewissen Aufwand nötig, für die Folge wird es mir natürlich leicht fallen, denselben zu bestreiten."

„Es ließ sich heute Morgen schon ein Herr von Gerstenberg bei mir melden", schaltete Alberti beiläufig ein. „Derselbe kam ebenfalls wegen des Testamentes. Er behauptete, der nächste Erbe seiner Schwester Dora zu sein und von ihr die bündigste Erklärung erhalten zu haben, dass sie im Testamente ihres Oheims zur Universalerbin eingesetzt worden sei."

Ein spöttisches Lächeln umspielte Hugos Lippen. „So werde ich mich vermutlich mit diesem Herrn wegen meiner Ansprüche auseinanderzusetzen haben; nun, das soll mir wenig Sorge machen." Er erhob sich von seinem Stuhle. „Kann ich Ihnen sonst noch mit irgendwelcher Auskunft dienen?" fragte er liebenswürdig.

Alberti erhob sich ebenfalls. „Nein, Herr Baron, ich würde Ihnen überhaupt gern den peinlichen Gang nach dem Gerichtsgebäude erspart haben. Ich hoffte, Sie vielleicht in der Villa Ihrer Verwandten begrüßen zu dürfen —"

Hugo von Engler machte eine Gebärde der Abwehr. „Um Gottes willen", rief er hastig, „mir widerstrebt nichts so sehr wie der Anblick von Blut und Leichen." „So werden wir uns bei dem Leichenbegängnis, an dem ich ebenfalls teilnehme, wiedersehen", entgegnete Alberti. „Zur Stunde befinden sich die entseelten Körperhüllen Ihrer Verwandten wahrscheinlich schon im Leichenschauhause."

Der junge Baron verabschiedete sich. Gedankenvoll blickte Alberti ihm nach. „Junges, leichtsinniges Blut", murmelte er vor sich hin, „aber gerade und offen. Er kann die Freude über die ihm unerwartet zugefallene Erbschaft kaum verbergen!"

VIII

Hedwig

In dem Dichterworte, dass das höchste Glück, der tiefste
Schmerz keinen Laut habe, liegt tiefbegründete Wahrheit.
Besonders der unvorbereitet an uns herantretende Schreck
birgt gleich dem Schlangenblicke etwas Lähmendes in sich.

Hedwig Beck war sonst ein tatkräftiges, zielbewusstes,
klar und entschlossen denkendes Mädchen. In ihrer ersten
Jugend von zärtlichen Eltern mit allem erdenklichen Kom-
fort umgeben, viel beneidet von ihren minder glücklich gestellten Mitschülerinnen, hatte sie sich ohne Murren in den
jähen Wechsel, welchen die Verhältnisse ihres Vaters erlitten,
zu fügen gewusst. Sie war vielmehr tröstend und vermittelnd
aufgetreten, als die schwere Wucht des über ihn hereinbre-
chenden Schicksals den früher so begüterten Mann plötzlich
bettelarm und damit auch verzweifelt und kleinmütig gemacht hatte.

Hedwig war Braut. Ein um wenige Jahre älterer Jugendge-
spiele hatte noch während der besseren Tage um ihre Hand
geworben, und sie, welche dem jungen Mann von jeher zugetan gewesen war, hatte mit Freuden „Ja" gesagt. Die frühere
Fabrik Becks lag neben der des Fabrikanten Andreas Wichern, und die gleich begüterten Familien hatten freund-
nachbarlichen Verkehr miteinander gepflogen, der zu einem
Liebesverhältnis zwischen Hedwig und dem jungen Rudolph
Wichern geführt hatte. Als das Verhängnis über Karl Beck

hereinbrach, hatte der alte Wichern, der in dem Rufe eines stolzen, vorurteilsvollen Mannes stand, sich zwar auffallend schnell von Beck zurückgezogen, nichtsdestoweniger aber der glühenden Neigung seines Sohnes, der Rechtsanwalt war, zu der jetzt verarmten Nachbarstochter keinen ernstlichen Widerstand entgegengesetzt. Stillschweigend hatte er das Verhältnis auch ferner geduldet, sich selbst aber nach Möglichkeit zurückgehalten.

Hedwig nun hatte, so gern sie auch die Braut des geliebten Mannes geworden war, diesem doch, gleich nachdem das Unglück über sie hereingebrochen war, eine Bedingung gestellt, die bezeichnend genug für ihre Charakterveranlagung war. Sie wisse wohl, hatte sie zu Rudolph gesagt, dass sie dem geliebten Mann nun gar wenig zu bringen habe, ebenso sei sie davon überzeugt, dass Rudolph sie nur ihrer selbst wegen liebe. Aber ihres zukünftigen Glückes wegen müsse sie doch darauf beharren, erst dann Rudolphs Gattin zu werden, wenn sie im Stande sei, ihm eine zureichende, anständige Aussteuer mitzubringen. Vergeblich waren alle Überredungsversuche des jungen Rechtsanwalts geblieben, Hedwig hatte standhaft auf ihrer Meinung beharrt.

Da sie die beklagenswerten Verhältnisse ihrer Eltern nur zu gut kannte und wusste, dass sie nicht darauf hoffen konnte, von diesen ausgestattet zu werden, hatte sie beschlossen, ihre seltene Kunstfertigkeit in Anfertigung weiblicher Handarbeiten zur Bestreitung der dazu nötigen Mittel zu verwerten. Unablässig hatte sie gar viele Nachtstunden, wenn rings um sie alles schlief, gewacht und gearbeitet. Manch hübsches Sümmchen hatte sie durch ihrer Hände Fleiß sich schon zu erringen gewusst, aber durch die Krankheit der Mutter waren die Verhältnisse immer trüber geworden. Ohne Murren, obwohl sie wusste, dass sie dadurch das ersehnte Ziel in immer weitere, unabsehbare Ferne hinausschob, hatte Hedwig alsdann ihre heimlichen Ersparnisse in der Haushaltung verwendet.

Wenn es ihr oft auch sterbensweh im Herzen zumute war, hatte sie doch nach wie vor ein sonniges, warmes Lächeln für ihre Eltern gehabt, und unermüdlich war sie im Trösten und Aufrichten gewesen. Jetzt aber, wo das Schicksal ihrem Vater die härteste und furchtbarste Probe auferlegt, die ein Menschenherz bestehen kann, fühlte Hedwig auch, wie die Hoffnung aus ihrem eigenen Herzen schwand und bange Verzweiflung dafür einzog.

Zum Glück hatte sie sich viel mit der Mutter zu beschäftigen und musste all ihre Aufmerksamkeit dem gefährdet erscheinenden Zustande derselben zuwenden. Es war, nachdem man ihren Vater abgeführt, ihrem angestrengten Bemühen endlich gelungen, die Ohnmächtige wieder zum Bewusstsein zurückzubringen. Frau Katharine hatte die Augen wieder aufgeschlagen. Mit müdem, glanzlosem Blicke hatte sie im Zimmer umhergeschaut, verständnislos waren ihre Augen endlich auf dem totenbleichen Angesicht ihrer Tochter haften geblieben, deren Lippen trotz aller Bemühungen kein Lächeln hervorbringen wollten.

„Wo ist der Vater?" hatte dann die Kranke endlich gefragt.

Liebevoll hatte sich Hedwig über sie gebeugt und ihre fieberheiße Stirn geküsst. Dabei hatte sie es freilich nicht vermeiden können, dass ihr aus den Augen Tränen brennenden Wehs geflossen und auf die Stirn der Mutter herabgefallen waren. „Es ist ein unglückseliger Irrtum, beunruhige dich nicht, Mutter", hatte das junge Mädchen mit zitternden Lippen geflüstert. „Der Vater kommt sicherlich bald wieder, glaube es mir!"

Aber über die schmerzlich verzerrten Lippen war nur ein banges Stöhnen gekommen. „Ich werde ihn niemals wiedersehen. Ich weiß es, dass meine letzte Stunde nahe ist."

„Oh Mutter, wenn du wüsstest, wie solche Worte mein Herz martern", flüsterte Hedwig erschauernd und barg das totenbleiche Angesicht an der Brust der Mutter. Diese streichelte mit zitternder Hand ihren lockigen Scheitel. „Du wirst noch glücklich sein, mein Kind. Und wenn auch der augenblickliche Schmerz ein herber ist, wirst du es doch in Bälde dem Schicksal danken, dass es mich hat schlafengehen heißen. Ich sterbe ja beruhigt, weiß ich doch deine Zukunft gesichert!" Sie hatte zum Glück den schmerzerstarrten Ausdruck nicht gesehen, der sich in den reinen, klaren Zügen ihres Kindes eben ausgeprägt hatte.

„Du darfst ja gar nicht so viel sprechen, Mütterchen, der heftige Schreck hat dich angegriffen", flüsterte Hedwig endlich, sich entschlossen aufrichtend. „Hier ist deine Arznei. Nimm sie, Mutter, und versuche ein wenig zu schlafen."

Gehorsam ließ sich die todkranke Frau zudecken, und dann schloss sie wirklich ermattet die Augen. Hedwig aber erhob sich hastig und trat an ein Fenster. Sie konnte nicht länger an sich halten, bange, heiße Tränen entrangen in schier unerschöpflicher Flut sich ihren Augen. Als ihre Blicke zufällig auf die Straße hinabglitten, zuckte sie zusammen. Dort stand, Kopf an Kopf gedrängt, eine neugierige Menschenmasse, herbeigeeilt, um wenigstens die Außenseite des Hauses, welches den Mörder beherbergt hatte, zu sehen. Verletzt zog sich das junge Mädchen vom Fenster zurück.

Sie trat wieder an das Krankenbett der Mutter; mit besorgtem Blick nahm sie wahr, wie die Atemzüge der wieder Eingeschlafenen gar unregelmäßig rasch gingen. Eine entsetzliche, bange Unruhe überkam sie. Unwillkürlich fühlte das junge Mädchen, dass ihr eine neue, schwere Prüfung bevorstand. „Ich will Rudolph schreiben", flüsterte sie, wieder vom Bett zurücktretend, vor sich hin. „Ich bin ihm volle

Aufklärung schuldig. Mein Gott, wie habe ich auch ahnen können, dass solch ein grässliches Verhängnis über mich hereinbrechen wird!" Sie setzte sich an den Tisch und begann zu schreiben.

Zu wiederholten Malen aber unterbrach sie sich, erhob sich vom Stuhle und schaute ängstlich nach der Mutter hinüber. Erst wenn sie sich davon überzeugt hatte, dass diese nach wie vor still lag, fuhr sie im Schreiben fort. Endlich hatte sie den Brief beendigt; sie versah den Umschlag mit Aufschrift und dann erhob sie sich zögernd. Sie musste das Schreiben zum nächsten Briefkasten bringen, aber es graute ihr davor, unter die noch immer versammelte Menge zu treten. Dann widerstrebte es auch ihrer Empfindung, die Mutter allein zu lassen. Endlich überwand sie die bange Scheu, sie lehnte die Vorsaaltür nur leise an und eilte die Treppe hinunter. Den Blick zu Boden gerichtet, schritt sie längs der Häusermauern dahin. Verletzende, höhnende Bemerkungen begleiteten sie. Tief aufatmend kehrte sie endlich zurück.

Vor dem Treppenaufgang traf sie mit dem Trödler zusammen. Dieser vertrat ihr, als sie an ihm vorübereilen wollte, den Weg. „Hören Sie", begann der kleine Mann, „solche Geschichten passen mir nicht. Da stehen die Menschen schon seit Stunden draußen und gaffen mein Haus an, darunter leidet mein Geschäft; zudem ist es keine Ehre, solch eine Familie unter seinem Dache zu wissen. Sie sind mir nun schon seit vier Monaten den Mietzins schuldig, ich will ein Einsehen mit Ihrer Lage haben und Sie nicht drücken, aber ziehen Sie binnen drei Tagen aus."

Ein banges Zucken glitt über das bleiche Angesicht Hedwigs. „Es ist unverschuldetes Unglück, welches uns betroffen hat, Herr Schimmel", murmelte sie verstört. „Mein Vater ist unschuldig, meine Mutter liegt auf den Tod darnieder, Sie müssen Erbarmen mit uns haben, denn ich weiß im Augenblick nicht, wohin die Schritte wenden. Mein Gott, es ist alles so plötzlich, so überraschend gekommen!"

Der kleine Mann zuckte die Achseln und rieb angelegentlich die inneren Handflächen gegeneinander. „Jeder ist sich selbst der Nächste, Verehrteste", versetzte er dann ausweichend. „Ich sagte ja schon, ich will Sie nicht drücken, aber auf der anderen Seite haben Sie die Freundlichkeit und erfüllen Sie meinen Wunsch, bis dahin empfehle ich mich ergebenst!" Damit verschwand er, ohne eine weitere Entgegnung abzuwarten, hinter seiner Wohnungstür.

Noch verzagter als vorhin begab sich Hedwig nach der elterlichen Wohnung zurück. Der wider sie entfesselte Schicksalssturm war zu übermächtig auch für ihr junges, gläubig vertrauendes Herz. Zum ersten Male in ihrem Leben fühlte sie sich so elend und verlassen, dass sie am liebsten vor Jammer und Weh hätte sterben mögen. Oben angekommen setzte sie sich neben das Bett ihrer noch schlafenden Mutter. Sie versuchte eine Handarbeit vorzunehmen, aber ihre Augen vermochten nicht klar zu sehen; immer von neuem ließ sie die Arbeit in den Schoß sinken und starrte mit trostlosem Gesichtsausdruck vor sich in das Leere.

Wie sie sich nach dem Kommen ihres Bräutigams sehnte! Und dennoch — wie sie sich vor dem entscheidenden Augenblick fürchtete, in welchem sie, dem in ihrem Innern wohnenden Pflichtgefühl folgend, die letzte treumeinende Menschenseele, welche sie besaß, auf Nimmerwiedersehen von sich stoßen musste!

Etwa um vier Uhr nachmittags klingelte es vernehmlich an der Vorsaaltür; aber es war der Herbeigesehnte nicht. Der Polizeikommissär Grösser mit einigen Kriminalbeamten war es. Mit teilnahmsvoller Freundlichkeit teilten die Beamten dem jungen Mädchen mit, dass sie nochmals nach dem Verbleib der fehlenden Banknoten spüren müssten. Der Kommissär nahm das Mädchen selbst in ein kurzes Verhör; selbstverständlich konnte Hedwig nicht das Geringste über den Verbleib der fehlenden Tausendmarkscheine aussagen.

Während die Beamten noch mit der durchsuchung der Wohnung, die sie mit Rücksicht auf die schlafende, todkranke Frau möglichst geräuschlos vollzogen, beschäftigt waren, erschien ein neuer Gast. Es war der Gerichtsvollzieher mit seinen Gehilfen, die auf Betreiben des drängenden Gläubigers das bereits mit Beschlag belegte Mobiliar aus der Wohnung holen wollten. Auch er ging nach Möglichkeit schonungsvoll vor, aber er vermochte es doch nicht zu verhindern, dass beim Heraustransportieren des Schrankes, des Bettes, in welchem der Mechaniker bis dahin geschlafen, und einiger anderer Möbel die Kranke erwachte und mit schreckhaften Augen auf das Gebaren der Männer starrte. Hedwig war, von Schmerz, Scham und Verzweiflung überwältigt, vor dem Bett der Mutter niedergesunken und hatte in den Kissen ihr bleiches, schmerzverzerrtes Angesicht vergraben. Endlich entfernten sich die Beamten aus der völlig leergewordenen, kahlen Wohnung.

Unbeweglich blieb Hedwig neben dem Schmerzenslager der sterbenskranken Mutter liegen. Sie wollte sich vergeblich zwingen, aufzuschauen, um mit der geliebten Mutter zu sprechen; sie fühlte, dass dies über ihre Kräfte ging und dass sie beim ersten Laut vor Schmerz und Weh aus tiefinnerster Brust aufschreien musste. So gingen die Stunden dahin. Einförmig, mit bleiernem Flügelschlage schlichen sie in das Reich der Ewigkeit hinüber. Die Kranke war wieder niedergesunken, von neuem hatten sich ihre Augen geschlossen. Der Schlummer, mitleidiger als die Menschen, hatte ihr Frieden gegeben. Nur Hedwig fand keine Erlösung von der Last unbeschreiblichen Kummers, die ihr das Herz beschwerte.

Von Sekunde zu Sekunde harrte sie auf das so sehr herbeigesehnte und doch wieder so gefürchtete Kommen des geliebten Mannes.

Die Abendsonne neigte sich schon zur Rüste, mit goldigem Strahle funkelte sie durch die Fensterscheiben, und wie abschiednehmend überflutete sie noch einmal das bleiche Angesicht der sterbenden Frau mit goldigem Schimmer. Die Kranke hatte die Augen wieder weit geöffnet, sie lag still und unbeweglich da. „Ich werde die Sonne nimmer sehen", murmelte sie mit eintöniger, erlöschender Stimme, „für mich gibt es keine Sonne mehr!"

Das junge Mädchen stand neben ihr, die Linke auf das stürmisch pochende Herz gepresst, mit dem nagenden, quälenden Gedanken in der Brust, dass auch ihre eigene Glückessonne untergegangen sei, um niemals wieder aufzutauchen aus der Nacht des Jammers und der Verzweiflung. Da klingelte es.

Hedwig zuckte zusammen. Nun nahte der Augenblick des Scheidens heran — der bitterste, wehmütigste Augenblick ihres an Enttäuschungen reichen Lebens. Sie beugte sich über die Kranke nieder und hauchte einen Kuss auf deren schweißbedeckte Stirn. „Erschrick nicht, Mutter, Rudolph ist draußen. Ich hatte ihm geschrieben."

Ein verklärtes Lächeln glitt über die Züge der Sterbenden. „Es ist recht so, er soll dich schützen, wenn ich nicht mehr bin", flüsterte sie.

IX

Rudolph Wichern

Rudolph Wichern war ein junger, kaum im Beginn der Dreißiger stehender Mann, mit ausdrucksvollen, geistreichen
Zügen, die von einem braunen Vollbart umrahmt wurden.
Er streckte der Öffnenden beide Hände entgegen. „Meine
liebe Hedwig", begann er mit wohllautender Stimme, „du
siehst, ich bin augenblicklich deinem Wunsche gefolgt. Aber
um des Himmels willen, was ist geschehen?" Während der
letzten Worte war er in den Vorraum getreten und hatte die
Tür hinter sich geschlossen.

Um die Fassung des jungen Mädchens war es geschehen.
Wehes Schluchzen entrang sich ihren Lippen; haltlos sank sie
an die Brust des geliebten Mannes und weinte bitterlich.
Zärtlich umschloss derselbe sie mit einem Arme und schaute
tröstend zu ihr nieder. „Fassung, Mut, Hedwig", flüsterte er.
„Mag das Schlimmste geschehen sein, jetzt bin ich bei dir,
und du weißt, so lange ich lebe und atme, wirst du immer an
mir einen treuen Berater und Beschützer haben!"

Unter Tränen lächelte das junge Mädchen. „Ich weiß es,
du bist gut und treu, Rudolph", murmelte sie, vergeblich
versuchend, den immer von neuem hervorquellenden Tränen
Einhalt zu gebieten. „Aber es ist schrecklich, was über uns
hereingebrochen ist! Denke nur, der Vater —"

Eine dunkle Wolke zeigte sich auf der Stirn des jungen
Rechtsanwaltes. „Ich hörte bereits davon", versetzte er mit

gepresster Stimme, „aber schon jetzt behaupte ich, dass es ein großer Missgriff war, deinen Vater zu verhaften. Er ist ein Ehrenmann im wahrsten Sinne des Wortes!"

„Habe Dank für diese Worte", flüsterte Hedwig. „Wenn alle Welt so dächte wie du! Aber komm zur Mutter, sie wird froh sein, dich begrüßen zu dürfen." Sie wollte sich aus den Armen ihres Bräutigams befreien, aber dieser hielt sie nach wie vor innig umschlungen. So gingen sie vereint nach der Wohnstubentür. An der Schwelle des Wohnzimmers zögerte Hedwig. „Es ist mir peinlich, dir zu sagen", stammelte sie, „aber der Vater hat viel Unglück gehabt. Man hat uns das letzte Mobiliar gepfändet. Erschrick nicht, wenn es —"

Ein banger Schrecken glitt über die Gesichtszüge des jungen Mannes; ergriffen beugte er sich zu der Geliebten nieder und berührte mit seinen Lippen die Stirn des jungen Mädchen mit einem innigen Kusse. „So hat sich meine trübe Ahnung bestätigt", versetzte er tief aufatmend. „Du hättest mir Vertrauen schenken sollen! Mein Gott, wenn ich bedenke, welch schreckliche Heimsuchung für dich!"

Sie traten in das ärmliche, nunmehr ganz kahl gewordene Zimmer ein.

Die Kranke hatte versucht, sich ein wenig auf ihrem Schmerzenslager aufzurichten, aber es war beim Versuch geblieben. Mit einem müden, schwachen Lächeln um die Lippen blickte sie den Eintretenden entgegen. „Gottlob, dass Sie kommen, Rudolph", lispelte sie mit kaum mehr verständlicher Stimme. „Ich bin so froh, Sie noch einmal sehen und sprechen zu dürfen."

Der junge Mann hatte Hedwig freigegeben und war hastig an das Schmerzenslager der Sterbenden herangetreten. „Arme Frau Beck", versetzte er, „Sie sehen mich bestürzt und fassungslos. Ich begreife wohl, wie die Fülle des Unglücks Sie niederdrücken muss, aber auf der anderen Seite mag es Ihnen

Trost spenden, dass es noch Herzen gibt, welche warm und treu für Sie schlagen!"

Ein schwaches Lächeln huschte über die Lippen der Kranken. „Dieser Gedanke ist es ja auch, der mich tröstet", versetzte sie mit leiser, ersterbender Stimme. „Ich weiß, Rudolph, Sie sind ein ganzer Mann, Sie werden es meine arme Hedwig nicht entgelten lassen, dass die Welt vorschnell über ihren unglücklichen Vater den Stab gebrochen hat. Sie werden treu und wahrhaft zu meinem Kinde halten, wenn ich nicht mehr bin, nicht wahr, Rudolph, das versprechen Sie mir?"

Das Gesicht Hedwigs war totenbleich geworden; ein starrer, tiefschmerzlicher Ausdruck hatte sich in ihren Zügen ausgeprägt. „Mutter, liebste Mutter, ich bitte dich; sprich nicht davon zu Rudolph. Ich werde schon selbst mit ihm reden und ihm sagen —" Sie vermochte nicht weiterzusprechen, ein leises Schluchzen erstickte ihre Stimme.

Bittend streckte ihr Verlobter die Hand nach ihr aus. „Lasse es mich nur mit der guten Mutter ins Reine bringen", bat er, während ein inniger Blick sie streifte. „Verehrte Frau, ich verdiente ja die Liebe nicht, welche Hedwig mir gewährt", wandte er sich wieder zu der Sterbenden, „wenn ich auch nur einen Augenblick unschlüssig zu sein vermöchte. Ich habe mich Hedwig anverlobt und ich werde der ihrige sein und bleiben, bis der Tod uns scheidet."

„Dank, tausend Dank für diese Worte", murmelte Frau Beck.

„Nein, das sollst du nicht sagen", widersprach Hedwig, während ein angstvoller Ausdruck in ihren Zügen sich ausprägte. Wie abwehrend hatte sie dabei eine Hand gegen ihren Verlobten ausgestreckt. „Du stehst nicht allein in der Welt, du hast Rücksichten zu nehmen auf deine Familie; denke an deinen stolzen, strengen Vater. Er hat ohnehin nur ungern in unsere Verlobung gewilligt, und nun —" Rudolph umschloss mit beiden Armen seine widerstrebende Braut und presste einen heißen Kuss auf ihre Lippen. „Kein Wort weiter, Teuerste", bat er. „Du weißt nicht, wie wehe du mir tust, wenn du so sprichst!" Er gewahrte den tiefschmerzlichen Zug nicht, der sich in Hedwigs Gesicht ausprägte, sondern wandte sich zu der Sterbenden zurück, von Neuem deren beide Hände ergreifend.

Ein langes Stillschweigen entstand in dem Gemach. Es war so ruhig in demselben geworden, dass man die Herzen der Anwesenden klopfen zu hören vermeinen konnte. Der Atem der Sterbenden ging röchelnd und unregelmäßig, mit schwacher Kraft hielt sie die Hände Rudolphs umspannt, während sie demselben unausgesetzt in die Augen schaute. „Ja, Sie sind gut, Sie meinen es treu, Rudolph. Sie werden mein Kind nicht verlassen und Gott wird Sie dafür segnen", flüsterte sie kaum mehr hörbar. Dann winkte sie mit den Augen Hedwig heran. „Gib mir deine Hand", flüsterte sie.

Willenlos gehorchte das junge Mädchen. Aber ein banger Schauer ging über ihr Gesicht, als sie fühlte, wie die Mutter ihre Hand mit der des geliebten Mannes vereinigte. „Haltet treu zusammen, meine lieben Kinder, das Glück der Welt ist nichtig, es zerbricht wie Glas! Nur das Glück zweier wahrhaft liebender Herzen ist beständig, denn es wurzelt in der Liebe, und die Liebe ist Gott", flüsterte die Sterbende. Wie segnend breitete sie dann ihre Hände gegen die Liebenden aus. „Es ist so dunkel geworden", versetzte sie dann nach einer langen Weile Stillschweigens. „Die Abendschatten dämmern in das Zimmer herein und ich kann euch kaum mehr sehen, meine Kinder! Behalten Sie meine Tochter lieb, Rudolph... Gott segne Sie dafür!"

Es war das letzte Wort, welches die Scheidende sprach. Dann lag sie still und lautlos da. Ihre Lippen bewegten sich nur wenig, es war, als ob sie bete und des Augenblickes gewärtig sei, wo der Todesengel an ihre Lagerstatt treten und sich niederbeugen würde, um mit sanftem Kusse ihre Seele aus dem sterbenden Körper heimzuholen in das Himmelreich. Beide jungen Leute wagten kein Wort zu sprechen. Jedes fühlte im Herzen, was der nächste Augenblick bringen musste. Hand in Hand standen sie da, unausgesetzt auf das immer ruhiger werdende Angesicht der Scheidenden schauend.

Inzwischen wurde es immer dunkler. Von der Straße her erklang dumpfes Lärmen bis in die abgeschiedene Stille des Zimmers. Der Widerschein einer Laterne warf grelle Streiflichter auf die eine Wand. Da löste sich mit einem Male Hedwig von der Hand ihres Bräutigams. „Die Mutter ist so gar still geworden", meinte sie, kaum wagend, einen Laut über ihre Lippen zu bringen. Sie beugte sich zu der Geliebten nieder und sah ihr forschend in das Gesicht. „Mein Gott, Rudolph", schrie im nächsten Augenblick das junge Mädchen auf —"Mutter, Mutter, teuerste Mutter —" Ein wehes Schluchzen erstickte ihre Stimme.

Tiefbewegt, kaum fähig zu sprechen, trat Rudolph näher an Hedwig heran. „Fürchte nicht gleich das Äußerste", suchte er zu beruhigen.

„Ich will Licht anzünden, es ist so gar dunkel geworden", stammelte Hedwig und eilte aus dem Zimmer. Gleich darauf kehrte sie schon wieder mit einer brennenden Lampe in der Hand zurück. Hastig, mit wankenden Knien trat sie wieder an das Lager der Mutter heran.

„Sie ist tot, Rudolph."

Der junge Rechtsanwalt nickte ihr traurig zu. „Sie ist schlafen gegangen, die arme Dulderin! — Hedwig, sie ist wohl glücklicher nun als im Leben", flüsterte er. Sie hatte die Lampe auf den Tisch gestellt. Jetzt sank sie neben der Leiche der geliebten Mutter auf die Knie nieder. Der namenlose Jammer, der tagsüber schon in ihrem Innern gewühlt hatte, kam nun voll und ganz zum Ausbruch. Sie hörte weder auf den tröstenden Zuspruch des selbst fassungslosen Bräutigams, noch achtete sie darauf, dass Rudolph sich nach einer Weile entfernte, um einen Arzt zu holen. Erst als er mit diesem durch die nur angelehnt gewesene Vorsaaltür zurückkehrte, sprang Hedwig auf und schritt dem Arzt entgegen. „Meine Mutter ist tot", sagte sie mit müder Stimme.

Rudolph erschrak, als er den starren Ausdruck ihres Gesichts wahrnahm. „Hedwig, liebe Hedwig!" bat er.

Nur ein bitteres, schmerzliches Lächeln umspielte sekundenlang die Lippen seiner Braut. Sie wandte sich nach dem Arzt, der inzwischen flüchtig nach der Toten gesehen hatte. „Sie hätten sich nicht zu bemühen brauchen, Herr Doktor, meine Mutter ist tot", sagte sie wieder.

„Sie ist schmerzlos gestorben", meinte dann der Arzt, wie nur um etwas zu sagen. „Ihre Krankheit war eine absolut tödliche, und es ist gewissermaßen ein Glück für sie, dass sie erlöst wurde." Er wandte sich zum Gehen. Der junge Rechtsanwalt gab ihm das Geleit bis an die Ausgangstür. Als er in das Wohnzimmer zurückkehrte, fand er Hedwig regungslos neben dem Sterbelager der Mutter stehen.

„Hedwig", begann er, „gib dich deinem Schmerze nicht ganz hin, bedenke, dass dir noch ein Herz schlägt, das —"

„Nein, nein", unterbrach ihn Hedwig, „es ist alles, alles tot. Ich fühlte schon längst, dass ich nicht für das Glück geboren bin! Oh Mutter, Mutter, wie wohl ist dir!" schluchzte sie mit einem Male auf und sank neben der Verklärten auf die Knie nieder. „Wie ich dir diese Ruhe, diesen Frieden neide, oh, warum nahmst du mich nicht mit, Mutter?"

Der junge Rechtsanwalt beugte sich zu ihr nieder. „Hedwig, bei unserer Liebe beschwöre ich dich, komme zu dir, fasse dich!" flüsterte er zärtlich. Er wollte sie sanft umschlingen, aber fast gewaltsam riss sie sich los. Als sie sein Erschrecken wahrnahm, zuckte es um ihre Lippen. Sie ergriff seine beiden Hände und schaute ihm lange schweigend tief in die Augen.

„Rudolph", begann sie dann, „du bist ein guter, edler Mann; deine Frau zu heißen, wäre das höchste Glück meines Lebens gewesen, aber der Himmel hat es anders gewollt, ich kann, ich darf deine Frau nicht werden! Von dieser Stunde an müssen unsere Wege sich trennen!"

„Hedwig, was sprichst du da?" rief ihr Verlobter, sie erschreckt anstarrend. „Du kannst es selbst nicht glauben, was du sagst!"

„Nein, nein, Rudolph, ich fürchtete mich heute schon den ganzen Tag vor dieser Stunde, schon der Mutter wegen hatte ich Angst davor, das entscheidende Wort zu sprechen, das mich niederdrückte wie eine Todsünde. Lass mich ausreden", fuhr sie hastig fort, ohne auf seine bittende Handbewegung zu achten. „Du bist jung und begabt, vor dir steht das Leben, du hast Rücksichten zu nehmen auf dich und die Deinen, du kannst und darfst nicht ein Mädchen heimführen, dessen Vatername befleckt ist. — Nein, nein, sage, was du willst, du weißt es wohl, dass ich dich so lieb habe, dass ich um deinetwillen mein letztes Herzblut hergeben könnte, aber ich habe auch meinen Stolz. Wenn du die Verlobung aufrechterhieltest, so wäre es ein ungeheures Opfer; das verdammende Urteil der Welt würde uns beide treffen, und ich will kein Opfer gebracht haben. Ich will den Mann, dem ich angehören soll, beglücken und ihm nicht früher oder später eine hemmende, drückende Fessel sein! Angesichts meiner toten Mutter sage ich es dir: Geh, Rudolph, du bist frei!" — Aber er ließ sie kaum endigen. Fast ungestüm fasste er ihre beiden Hände, und mit einem langen, vorwurfsvollen Blicke schaute er sie an.

„Hedwig, ich achte, ich ehre deinen Schmerz, sonst müsste ich dir zürnen deines Kleinmuts wegen", sagte er tiefbewegt. „Ich habe geschworen, mein Leben hindurch dein treuer Kamerad zu sein, mag Not uns heimsuchen, mag das Glück freundlich uns zulächeln, mag die Welt uns verdammen. Ja, angesichts dieser Toten, deren letztes Wort ein Segensspruch für uns war, schwöre ich dir zu —"

„Nein, nein, schwöre nicht!" unterbrach ihn das junge Mädchen. „Ich kann dein Opfer nicht annehmen, martere mich nicht, Rudolph. Mein Vater ist verhaftet unter dem Verdacht, ein grässliches Verbrechen begangen zu haben. So lange ich nicht einen reinen und unbefleckten Namen dir in die Ehe bringen kann, so lange darf ich dir nichts mehr sein! Hast du mich lieb, achtest du mich wirklich, dann beugst du dich meinem unerschütterlichen Entschlusse." Sie stand hoch aufgerichtet vor ihm.

„Gut", sagte er tiefernst. „Ich achte dich nur noch um so höher und inniger deiner heutigen Worte wegen, und gern gebe ich dir dein Wort zurück. Aber angesichts deiner Mutter schwöre ich dir, und diesen Schwur dir abzulegen darfst du mir nicht verwehren: dass ich selbst mich meines Wortes nicht entbinden lasse. Ich bin und bleibe dein Verlobter, dein Freund, dein Berater und Beschützer! Gerade jetzt in der Zeit der Not und Heimsuchung ist es Ehrenpflicht für mich, dir hilfreich zur Seite zu stehen mit Rat und Tat!"

Ein banger Seufzer glitt über Hedwigs Lippen. Dann streckte sie in plötzlicher Aufwallung dem Geliebten beide Hände entgegen. „Noch weiß ich nicht, was ich dir antworten soll und darf", flüsterte sie. „Es ist zu viel des Schreckens, der heute mein Herz betroffen hat. Jedenfalls werde ich dir dankbar sein, wenn du dich des Vaters annehmen willst."

„Ich werde schon morgen suchen, mir Zutritt zu ihm zu verschaffen", unterbrach sie hastig Rudolph. „Aber du musst gestatten, dass ich dir ebenfalls hilfreich zur Seite stehe."

„Ängstige dich meinetwegen nicht", entgegnete kopfschüttelnd das junge Mädchen, um dessen Lippen es verräterisch zuckte. „Es ist nur der erste Anprall des unbarmherzigen Schicksals, der uns verzagt und kleinmütig macht, dann erträgt man auch das Schlimmste. Und nun bitte ich dich, zu gehen."

„Aber ich darf wiederkommen, Hedwig, nicht wahr, du lässt mich für dich sorgen?"

Das junge Mädchen schaute unschlüssig vor sich nieder. „Du bist gut, Rudolph", sagte sie dann leise, „und ich will dich nicht kränken. Komme morgen wieder, gern will ich deinem Rate mich fügen." Von innerer Bewegung überwältigt wollte der junge Mann Hedwig an seine Brust ziehen, aber mit sanfter Entschiedenheit machte sie sich los. „Gehe jetzt, Rudolph, ich bitte dich", sagte sie mit zuckenden Lippen. Sie sah ihn dabei so flehend an, dass der junge Rechtsanwalt traurig den Kopf senkte.

„Du befiehlst es, Hedwig, und ich gehe", flüsterte er. „Aber ich komme wieder, wenn die Sonne scheint, und — glaube mir, teuere, liebe Hedwig, auch deine Glückessonne wird wieder scheinen!" Sie legte ihre schmale Hand in seine Rechte, sie versuchte, ihm zum Geleit ein Lächeln mitzugeben. Als aber hinter dem geliebten Mann sich die Vorsaaltür geschlossen hatte, da faltete sie mit verzweiflungsvoller Gebärde die Hände und ein dumpfer Wehlaut entrang sich ihren Lippen.

X

Fatale Lage

Am nächsten Vormittag trat Hedwig ihrem Bräutigam schon
wieder gefasst entgegen; zwar lag auf ihren Zügen ein wehmütiger Ernst, aber der Ausdruck hilflosen Schmerzes war
verschwunden und hatte einer herben, gefassten Entschlossenheit Raum gegeben. Nach anfänglichem Widerstreben
ließ sie es auf Bitten ihres Bräutigams geschehen, dass dieser
für die Vorbereitungen zum Begräbnisse und auch für dieses
selbst Sorge trug. Rudolph hatte auch bei dem Trödler vermittelnd eingreifen und der Geliebten die elterliche Wohnung noch einige Zeit erhalten wollen. Hatte aber schon
Schimmel nichts davon wissen wollen, sondern mit aller
Bestimmtheit erklärt, auch nicht einen Tag länger zugeben
zu wollen, so war Hedwig ihrerseits womöglich noch ent-
schlossener, die Wohnung nach dem Begräbnisse der geliebten Mutter nicht mehr zu betreten. Es hatte sie vor den
Räumen, in denen sie und die Ihrigen so vieles Unglück hatten durchleiden müssen, ein wahres Grauen erfasst.

So war endlich die Stunde des Begräbnisses herangekom-
men. Zum letzten Male fiel der Blick der Weinenden auf das
friedvolle Angesicht der Heimgegangenen, dann schloss sich
der Sargdeckel und mit knirschendem Geräusch wurden die
Schrauben von den Trägern angezogen. Hedwig hatte sich
abgewendet, zitternd stützte sie sich auf den Arm ihres Verlobten, der sie die Treppe zur Straße hinabgeleitete, wo ein

Trauerwagen ihrer harrte. Sie achtete, über die Schwelle des Haustores tretend, nicht auf das schlichte Gefährt, das eben in raschem Trabe an dem Hause vorüberfuhr. Sie ahnte nicht, dass in dem dahinrollenden Wagen ein armer verzweifelter Mann gefangen und gefesselt zwischen seinen Wächtern saß und mit brennenden Blicken nach ihr selbst und dem blumengeschmückten Sarge starrte, der soeben auf den Schultern der Träger zum Hause hinausschwankte...

Während des Begräbnisses benahm sich Hedwig wunderbar gefasst. Die Tränen, die im Augenblick des Abschiednehmens ihr hervorquollen, waren versiegt. Still und ergebungsvoll stand sie neben ihrem Bräutigam.

Auf der Rückfahrt vom Friedhof bat sie Rudolph, mit ihr den Wagen zu verlassen. Sie sprach in sanftem, ruhigem Ton mit dem geliebten Mann. Sie gedachte zuerst der Heimgegangenen, dann aber wusste es Rudolph einzurichten, dass das Gespräch auf Hedwigs eigene Lebensaussichten kam. Sie erklärte dem Fragenden offen und ungezwungen, dass sie schon die letzten Jahre über für ein großes Tapisseriegeschäft gearbeitet und sich dadurch einer leidlichen Einnahme zu erfreuen gehabt habe. Sie wollte sich nun voll und ganz diesem Berufe widmen. Die Wohnung, in der sie so viel Trübes erlebt, wollte sie nicht mehr betreten; die wenigen Habseligkeiten, sowie die eigenen Kleidungsstücke wollte sie dem Hauswirt lassen, der ohnehin noch rückständige Miete zu fordern hatte. Sie selbst, wie sie ging und stand, wollte sich ein Zimmerchen mieten und sich womöglich bei einer einfachen, anständigen Familie in vollständige Pension geben.

So gingen sie zusammen nach der Stadt zurück. Das Glück war ihnen günstig, und schon eine Stunde später hatte sich Hedwig bei einer kleinen Beamtenfamilie eingemietet. Sie konnte gleich dort bleiben. Geld besaß sie noch so viel, um sich das Nötigste wieder anschaffen zu können. Rudolph hatte gar nicht gewagt, ihr ein diesbezügliches Anerbieten zu machen.

Mit ruhiger, stiller Freundlichkeit verabschiedete sich dann Hedwig von dem jungen Mann, und dieser war fast peinlich davon berührt, wie verhältnismäßig leicht sie ihn gehen ließ, ohne selbst die Frage des nächsten Wiedersehens mit ihm berührt zu haben. Er ahnte freilich nicht, welche Kämpfe diese Selbstbeherrschung Hedwig verursacht hatte, und wie sie in dem kleinen Stübchen ermattet zusammenbrach, als das Letzte, Schwerste geschehen war und sie Abschied genommen hatte von dem Mann, den sie über alles liebte.

In niedergedrückter Stimmung trat der junge Rechtsanwalt durch die lauschige, dichtbelaubte Ahornallee vor dem Stadttore den Weg nach der Fabrik seines Vaters an. Er besaß in der Stadt selbst nur sein Bureau, seine Wohnung befand sich in der väterlichen Villa. Die letzten Tage über hatte Rudolph seine Verwandten kaum zu sehen bekommen. All sein Sinnen und Streben war seiner Braut und deren unglücklichem Vater gewidmet gewesen. Vergeblich aber war bisher sein Bemühen gewesen, Zutritt zu dem Verhafteten, dem er sich sofort als Verteidiger angeboten hatte, zu erlangen. Es war ihm eröffnet worden, dass selbst ihm, als voraussichtlichem Verteidiger, kein Verkehr mit Beck gestattet werden könne, bevor nicht die Voruntersuchung abgeschlossen sei. Diesen wenig ermutigenden Bescheid hatte Rudolph auch seiner Braut übermitteln müssen.

Jetzt nun, als er langsam dahinwanderte, trat an sein Herz die Erkenntnis der ganzen Hoffnungslosigkeit der gegenwärtigen Lage voll und nachdrücklich heran. Rudolph war mehr oder minder noch von seinem Vater abhängig; wohl hatte er sich als Rechtsanwalt in der Stadt niedergelassen, aber bei der großen Anzahl älterer und geübterer Kollegen hatte es ihm noch nicht recht gelingen wollen, sich eine lohnende Praxis zu erwerben. Bis dahin hatte ihm das keine sonderliche Kümmernis gemacht, besaß er doch einen sehr reichen Vater, der ihn auf seine Art zärtlich liebte und ihn mit freigiebiger Güte bisher ausgestattet hatte. Jetzt aber fiel ihm die voraussichtliche Stellungnahme seines Vaters schwer aufs Herz. Er kannte diesen und seine schroffen Ansichten von Ehre und äußerem Anstande nur zu gut. Was sollte er ihm über die letzten Vorgänge, die sich innerhalb der Familie seiner Verlobten abgespielt hatten, sagen?

Mit wehmütigem Blicke streifte Rudolph die schon im dunkel der Nacht versunken liegende, unmittelbar an das Grundstück seines Vaters anstoßende Nachbarfabrik, die früher dem unglücklichen Beck gehört hatte. Langsam trat er in den Vorgarten seines väterlichen Grundstückes ein, das von den eigentlichen Fabriklokalitäten durch ein schmiedeeisernes Gitter abgeschlossen war. Frohes Lachen schallte ihm entgegen. In einer Geißblattlaube links vom Hause brannte Licht. Näher tretend gewahrte Rudolph seine Schwester Hildegard und deren Verlobten, den Baron Hugo von Engler.

Hildegard war ein liebliches, zartgebautes Mädchen mit klugen, ausdrucksvollen und selbstbewussten Gesichtszügen. Als sie den Nähertretenden wahrnahmen, verstummte das herzliche Lachen der beiden jungen Leute; sie sprangen auf und begrüßten Rudolph. „Du kommst vom Begräbnisse der armen Frau Beck?" fragte Hildegard, Rudolph nickte. „Der armen dulderin ist's wohl", meinte er gepresst.

„Und Hedwig — wie trägt deine Verlobte diese neue Schicksalsprüfung?"

In den Augen des Rechtsanwaltes leuchtete es auf. „Oh, sie ist eine Heldin", sagte er in überzeugungsvollem Ton, „sie fühlt den Mut und die Tatkraft eines ganzen Menschen in sich."

„Um so besser. Es sind gar harte, schwere Prüfungen, die
an euren Bund herantreten. — Auch an dich, Rudolph",
fügte sie mit leiser Stimme hinzu. „Der Vater fragte vorhin
schon nach dir und will noch heute mit dir sprechen."

Eine Wolke huschte über die Stirne des jungen Mannes.
„Ich kann mir schon denken, weshalb er solche Eile hat",
versetzte er und wandte sich dann an Hugo von Engler, der
ihm von seiner Unterredung mit Alberti berichtete.

„Ich dachte ohne weiteres in den für mich so wünschens-
werten Besitz der Erbschaft treten zu können", schloss er,
„stattdessen wird es nun mit diesem Herrn von Gerstenberg
jedenfalls zu einem ärgerlichen Prozesse kommen — oder
meinen Sie nicht?"

Bei seinen letzten Worten sah er Rudolph forschend und
fast lauernd an. Dieser zuckte die Achseln. „Ohne weiteres
lässt sich das nicht beantworten", gab er alsdann zurück.
„Jedenfalls enthält das unbegreifliche Fehlen eines Testaments etwas Missliches für Sie, besonders wenn es Herrn
von Gerstenberg gelingt, durch glaubwürdige Zeugen nachzuweisen, dass Ihr verstorbener Onkel sich über den Inhalt
des Testaments wiederholt zugunsten der gleichfalls ermordeten Dora von Gerstenberg ausgesprochen hat. Indessen
sind Sie zweifellos der nächste Erbe; es könnte sich also nur
um Zahlung einer Entschädigung handeln, deren Höhe von
Gerichts wegen festgesetzt werden muss."

„Aber bis dahin gelange ich nicht in den Besitz der Erbschaft?" fragte Hugo unmutig.

„Die Erbschaft ist natürlich von Gerichts wegen beschlag-
nahmt worden. Es würde dies ohnehin geschehen sein, wenn
auch nicht der Tod Ihres Oheims mit solch tragischen Umständen verknüpft gewesen wäre", antwortete Rudolph.
„Jedenfalls dürfte es das Geratenste sein, einen Vergleich mit

Ihrem Gegner anzubahnen."

„Sie übernehmen doch die Sache?"

„Wenn Sie keinen besseren Vertreter wissen, warum nicht? Obwohl ich Ihnen offen gestehen muss, dass eine andere Angelegenheit gegenwärtig mein Sinnen und Denken in Anspruch nimmt."

Statt jeder Antwort ergriff Hugo beide Hände des ihm Gegenübersitzenden und schaute diesem ins Gesicht. „Lassen Sie uns offen zueinander sein", versetzte er dann. „Eine unglückliche Verkettung von Umständen hat einen Verdacht auf einen Mann geworfen, der Ihrem Herzen nahe stehen muss. Lassen Sie sich durch den Umstand nicht abhalten, dass ich, der Verlobte Ihrer Schwester, gewissermaßen der nächste Leidtragende meines verstorbenen Onkels bin und nach korsischem Recht gezwungen wäre, Blutrache auszuüben." Er lächelte leicht während der letzten Worte. „Ganz abgesehen davon, dass mir — ganz unter uns gesagt — der Tod meines sehr verehrten Herrn Oheims nicht eben ein unwillkommenes Ereignis ist, ferner abgesehen von dem Umstande, dass ich den Verhafteten selbst für unschuldig halte, weiß ich Unterschied zu machen zwischen ihm und seiner Tochter. — Verzeihen Sie, Rudolph", fuhr er fort, als er eine dunkle Blutwelle in die Wangen des jungen Rechtsanwalts steigen sah. „Es ist vielleicht wenig zartfühlend von mir, eine Saite Ihres Herzens anzuschlagen, die bitter und schmerzlich klingen muss, aber ich bitte Sie inständig, aus meinen Worten nur das Verlangen zu hören, nach wie vor, mögen die Dinge sich gestalten, wie sie wollen, mit Ihnen in einem guten, herzlichen Einverständnis zu bleiben, Ihnen zu sagen, wie sehr Anteil ich an Ihnen und Ihrer lieben Braut, die hoffentlich in Bälde Ihre Gattin sein wird, nehme."

Diese Worte machten einen tiefen Eindruck auf Rudolph, und er erwiderte herzlich den Händedruck des jungen Barons. Letzterer war ihm mit einem Male um vieles näher gerückt; bis dahin hatte sich der Rechtsanwalt immer gegen den Verlobten seiner Schwester mit kühler, förmlicher Zurückhaltung bewegt. Er hatte in Hugo von Engler nur einen jener modernen Kavaliere gesehen, welche den Glanz ihres morsch und brüchig gewordenen Wappens durch den Reichtum eines bürgerlichen Mädchens aufzufrischen suchen. Die offenen, von warmem Gefühlsleben sprechenden Worte des jungen Edelmannes aber taten seinem Herzen wohl.

„Ich danke Ihnen", versetzte er deshalb, während er einen herzlichen Blick auf den anderen richtete.

Nach einer kurzen Weile des Stillschweigens nahm Hugo das Gespräch wieder auf. „Der Untersuchungsrichter hielt mich ungebührlich lange auf, und ich glaubte kaum noch, kommen zu können. Es wäre mir das aber um so peinlicher gewesen, weil mich morgen nach dem Begräbnis eine unabweisbare Pflicht vielleicht auf Tage von hier entfernt hält."

„Sie wollen verreisen?"

Der Baron nickte. „Ja, ich muss morgen am Spätnachmittag mit dem Schnellzuge nach E.", versetzte er. „Ich habe dort eine Zusammenkunft geschäftlicher Natur und weiß nicht, wie lange mich dieselbe in Anspruch nehmen wird."

„Vielleicht begleite ich Sie nach dem Bahnhof", entgegnete Rudolph. „Zufällig habe ich mit dem Bahnhofsvorsteher etwas abzusprechen."

„Würde mich freuen, würde mich freuen", versetzte der Baron.

„Aber du darfst nicht lange bleiben, das musst du mir versprechen", sagte Hildegard, welche seinen Arm nahm. „Mein Gott, du machst dich in der letzten Zeit überhaupt so selten! Nimm es mir nicht übel, du bist ein unaufmerksamer Bräutigam."

Hugo beugte sich zu ihr nieder und küsste ihr ritterlich die

Hand. „Ein desto galanterer Gatte werde ich zu sein mich bestreben", versicherte er mit liebenswürdigem Lächeln."

„Ach ja, wir erwarteten Sie ja auch vorgestern vergeblich", schaltete Rudolph ein. „Ich glaubte, Sie wären wegen des Gewitters nicht gekommen."

Der Baron lachte. „Dann wäre ich wirklich ein schöner Ritter ohne Furcht und Tadel gewesen", versetzte er. „Nein — tausend Gewitter sollten mich nicht abhalten, bei meiner liebenswürdigen Braut zu verweilen."

„Dafür aber haben es gute Freunde und auf Eis gekühlte Flaschen getan", lachte Hildegard und drohte ihm schmollend mit dem Zeigefinger. „Warte, warte, mein wackerer Ritter Bayard, zum zweiten Male kostet das schwere Sühne."

Hugo lachte und damit wandte sich das Gespräch einem anderen Thema zu. Schon nach einer kurzen Weile erhob sich Rudolph indes. „Ich muss um Verzeihung bitten, wenn ich meine Schritte weiter lenke", sagte er, „aber ich tauge heute recht wenig unter die Fröhlichen und Sorglosen. Zudem will der Vater mich noch sprechen, wie du sagtest, liebe Hildegard. Also auf Wiedersehen!" Er verabschiedete sich in herzlichster Weise von dem Brautpaare und begab sich nach der Villa.

Dort empfing ihn die alte Wirtschafterin, welche seit dem frühen Tode der Mutter dem väterlichen Hausstande vorstand. Fürsorglich nahm sie ihm Hut und Stock ab und teilte ihm mit, dass sein Vater ihn bereits seit einer Stunde im Rauchzimmer erwarte. Als Rudolph in das letztere eintrat, fand er seinen Vater in diesem vor, langsam und gemächlich über den weichen Teppich hin und her wandelnd und einer fein duftenden Zigarre bläuliche Rauchwolken entlockend. Der Ausdruck seines Gesichts war ein strenger. Ein arbeitsames, in Schaffen und Wirken verbrachtes Leben hatte tiefe Furchen mit ehernem Griffel in seinem Gesichte einge-

zeichnet. Die Augen sprachen von Klugheit und Geistes-
schärfe, die mäßig hohe, breitgeformte Stirn kündete starre
Willensfestigkeit an.

Als er seinen Sohn eintreten sah, unterbrach Andreas Wichern seine Wanderung durch das Gemach. Er trat auf Rudolph zu und reichte ihm die Hand zum Gruße hin. „Ich
warte schon geraume Zeit auf dich, Rudolph", begann er.
„Die höchst betrübenden Ereignisse der letzten Tage, von
denen ja die ganze Stadt erfüllt ist, nötigen mich, ein ernstes,
aber gutgemeintes Wort mit dir zu sprechen." Er ließ sich
auf einen bequemen Armsessel nieder und lud seinen Sohn
durch eine Handbewegung ein, ebenfalls Platz zu nehmen.
„Rauchst du eine Zigarre?" fragte er.

Aber Rudolph schüttelte den Kopf. „Es ist mir wirklich
nicht um das Rauchen zu tun, lieber Vater", meinte er gepresst. „Mir ist das Herz so voll und schwer."

„Mein lieber Junge, ich kann mir das denken", begann
der alte Herr wieder, ihn mit besorgten Blicken eine Weile
betrachtend. „Ich wusste zuerst auch nicht, was ich sagen
sollte, als das ungeheuerliche Gerücht mir zugetragen wurde.
Karl Beck, der Mann, den ich von Jugend aus kenne und
achte, wenn auch sein Lebensweg zuletzt weitab von dem
meinigen sich zweigte, soll ein schweres Verbrechen begangen haben!"

„Er ist unschuldig, lieber Vater", warf Rudolph ein, „es
ist ganz unmöglich, dass der Vater Hedwigs ein solches Verbrechen begangen haben könnte."

Der alte Herr schaute gedankenvoll vor sich hin. „Ich will
dir etwas sagen, mein lieber Junge", meinte er dann endlich,
seinen Blick voll auf seinen Sohn richtend. „Ich glaube dir
gern, dass du dich in einer sehr fatalen Lage befindest. Ich
weiß es ja, wie lieb du deine Braut hast, andernfalls hätte ich
auch nie und nimmer meine Einwilligung dazu gegeben, dass

du dich mit der Tochter des tiefverschuldeten Mannes ver-
lobtest. Also, ich begreife durchaus das ebenso lähmende wie
kämpfende Drängen, das sich in deiner Brust erhoben hat.
Ich begreife auch vollkommen, wenn dir der Gedanke ungeheuerlich erscheint, dass Beck sich wirklich eines solch gemeinen Verbrechens schuldig gemacht haben soll — bitte,
lass mich aussprechen", versetzte er auf eine abwehrende
Handbewegung seines Sohnes hin, „ich denke, wir kommen
weiter, wenn wir die peinliche Angelegenheit in Ruhe und
Freundschaft zum Austrage bringen. Also ich meine, das ist
alles bei dir nicht nur natürlich, sondern sogar selbstverständlich. Anders liegt die Sache bei mir. Hinter mir liegt ein
Leben voll reicher Erfahrungen. Immer mitten im Kampfe,
mitten im Leben stehend, und zwar zu Zeiten an recht aus-
gesetzten Orten, habe ich mir viel Menschenkenntnisse ge-
sammelt.

Ich kenne ja die Prozessangelegenheit, soweit sie den verhafteten Beck anbetrifft, erst aus den immerhin unvollkom-
menen Zeitungsberichten, aber ich denke, da ist kein Zweifel
an seiner Schuld mehr möglich. Gesetzt den Fall aber auch",
fuhr er fort, ohne die Einwendung seines Sohnes zu beach-
ten, „er wäre un- schuldig, was folgert daraus? Sein guter
Ruf, seine bürgerliche Ehre sind unwiederbringlich verloren.
Hedwig wird immer die Tochter eines wegen Raubmords
Verdächtigten bleiben. Ich muss dir daher ernstlich zu bedenken geben, lieber Junge, ob du das Kind eines solchen
Mannes mir in das Haus bringen magst und darfst."

Ein leiser Seufzer glitt über die Lippen des Rechtsanwalts.
„Ich bin dir für die zarte, rücksichtsvolle Art, mit welcher du
die peinliche Angelegenheit behandelst, vielen Dank schuldig", meinte er dann. „Unter den obwaltenden Umständen
ist natürlich an eine Heirat, wenigstens vorläufig, nicht zu
denken."

„Ich freue mich, dass du so vernünftig bist."

„Bitte, lass mich endigen", unterbrach ihn Rudolph. „Nicht ich bin es, der die Unmöglichkeit einer ehelichen Verbindung zugibt. Aber Hedwig hat als ihren festen, unbeugsamen Willensausdruck mir erklärt, nicht die Meine sein zu können, bevor nicht jeglicher Makel von ihrer Ehre genommen ist."

„Das wird sie niemals erreichen können", warf der alte Herr ein, dann hörte er wieder aufmerksam auf den Bericht seines Sohnes. Als Rudolph damit zu Ende gekommen war, nickte Andreas Wichern vielsagend mit dem Kopf. „Hedwig Beck ist ein tüchtiges, Achtung gebietendes Mädchen", sagte er dann. „Sie ist noch mehr, sie ist vernünftig; ihr Verhalten gibt mir die Hoffnung, dass auch du deine Herzensneigung als einen flüchtig vorübergegangenen Liebesroman betrachten wirst. Ich hatte wirklich nicht geglaubt, dass die Geschichte sich so glatt ordnen würde", fuhr er fort, angelegentlich die Hände reibend. „Um so besser für dich, für uns alle. Hedwig hat vollkommen Recht, du hast Rücksichten zu nehmen auf dich und die deinigen. Ich will ganz absehen von mir selbst, aber da ist deine Schwester und ihr Verlobter, schon aus letzterem Grunde wäre eine ja Verbindung ganz undenkbar gewesen."

„Verzeihe, lieber Vater", entgegnete Rudolph hastig aufblickend, „aber eben dieselben Rücksichten habe ich mindestens in demselben Grade auf meine Braut zu nehmen. Es ist selbstverständlich, dass ich niemals aufhören werde, Hedwig als meine Verlobte zu betrachten, und wird es erst meinen redlichen Bemühungen gelungen sein, die Untersuchung wider Beck niederschlagen zu lassen oder Letzteren mindestens vor den Geschworenen frei zu bringen, dann —"

Die Gesichtszüge des Fabrikanten verfinsterten sich. „Du willst die Verteidigung Becks übernehmen?" fragte er.

„Es kann wohl nichts Selbstverständlicheres geben. Übrigens denke ich, lieber Vater, wir reden heute nicht weiter über dieses Thema. Wir sind nicht einer Meinung, können nicht einer Meinung sein, aber wir sind beide Männer, die nach bestem Wissen und Gewissen ihre Pflicht zu tun gedenken. Lasse mich deshalb meinen eigenen Weg gehen, und glaube sicher, dass ich niemals dir Veranlassung geben werde, wegen Verunglimpfung deines Namens, deiner Ehre mich zur Rechenschaft ziehen zu müssen."

Aber der alte Herr schüttelte nur noch ungehaltener den Kopf. „Wir leben in keiner Großstadt", versetzte er. „Wir marschieren hier gewissermaßen an der Spitze, und diese Ehrenstellung nötigt uns, Rücksichten zu nehmen, die für andere Leute nicht existieren. Ich habe keinen ruhigen Augenblick mehr gehabt, seitdem ich die vermaledeite Geschichte aus der Zeitung erfahren habe. Ich setze die nächsten vier Wochen keinen Schritt aus dem Hause, aus Furcht, im Kasino oder auf der Straße befragt und belästigt zu werden. Ich mache mir die bittersten Vorwürfe, dass ich mich zu irgend einer Zeit habe dazu verstehen können, meine Einwilligung zu solch einer Verbindung zu geben. Aber ganz abgesehen davon, jedes Ding hat seine Grenzen, und meine Geduld auch. Ich wünsche und verlange ausdrücklich, dass du den sehr vernünftigen Ansichten Fräulein Becks beipflichtest und dass du dich fernerhin in dem zu erwartenden Skandalprozesse neutral verhältst."

„Das kann ich schon aus dem Grunde nicht tun, weil ich mich bereits bei Gericht zur Verteidigung Becks gemeldet habe", entgegnete Rudolph. „Übrigens ist deine Ansicht eine irrige, lieber Vater, kompromittieren kann meine Parteinahme weder dich noch mich, wohl aber würde ein Neutralverhalten mich in den Augen eines jeden rechtlich denkenden Mannes brandmarken."

Der alte Herr zuckte zusammen und maß seinen Sohn mit einem scharfen, durchbohrenden Blicke. Dann wandte er sich nach der Eingangstür. „Gute Nacht!" sagte er kurz.

XI

Hedwig erhält ein Paket

Die wackere Frau, bei der sich Hedwig eingemietet hatte, meinte es herzlich gut mit dem jungen Mädchen. Aus den Zeitungen hatte sie bereits die furchtbare Anklage, welche gegen ihren Vater erhoben war, vernommen. Wenn sie auch selbstverständlich gleich den meisten anderen Lesern keinen Zweifel an der Schuld Karl Becks hegte, war sie doch weit davon entfernt, dies ihre neue Mieterin entgelten zu lassen. Am dritten Tage nach ihrem Umzuge saß Hedwig eifrig arbeitend in ihrem kleinen Stübchen, als es draußen schellte, und gleich darauf Frau Köchlin, die Wirtin, von einem Briefträger begleitet in das Zimmer eintrat.

„Hier ist Fräulein Beck", sagte sie, auf Hedwig weisend.

Der Beamte, welcher in der Hand ein kleines, unscheinbares Päckchen hielt, näherte sich dem jungen Mädchen und schaute es prüfend an. „Sie sind Fräulein Hedwig Beck?" fragte er.

Die Angeredete hatte sich unwillkürlich von ihrem Sitze erhoben und ihre Handarbeit bei Seite gelegt. „Die bin ich", versetzte sie verwundert. „Was führt Sie zu mir?"

„Sie wohnten bis vor kurzem Linkstraße —"

„Ganz recht, in dem Hause des Trödlers Schimmel."

„Ich habe hier ein Wertpaket für Sie; die Bestellung hat Mühe und Not genug verursacht, denn die Sendung ist an Ihre alte Adresse gerichtet und Ihre Wirtin hat noch keine

Anzeige von Ihrer Wohnungsveränderung gemacht."

„Ein Wertpaket?" fragte Hedwig in gedehntem Ton, verwundert den Briefträger anschauend. „Das ist kaum möglich!" „Ist Ihnen der Absender nicht bekannt? Auf der Begleitadresse ist nichts vermerkt", brummte der Beamte. „Das Paket kommt aus Kreuzlingen."

Hedwig schaute noch verwunderter drein, ihr war kaum ein Ort dieses Namens, geschweige eine in diesem wohnende Persönlichkeit bekannt. Sie nahm aus den Händen des Briefträgers das Paket und schaute unschlüssig darauf nieder.

„Es ist frankiert, kostet zehn Pfennig Bestellgeld", versetzte der Beamte ungeduldig. „Entscheiden Sie sich, Fräulein. Wollen Sie annehmen oder nicht?"

„Selbstredend", entschied jetzt Hedwig rasch; hastig unterschrieb sie die Quittung und bezahlte den Briefträger, der darauf das Zimmer verließ.

Das Päckchen war sorgsam verschnürt, die Handschrift auf der Adresse war ihr vollständig unbekannt, es waren steil anstrebende, ungefüge, offenbar von einer des Schreibens ungeübten Hand herrührende Schriftzüge. Ihr eigener Name war nicht einmal fehlerfrei geschrieben, ebenso enthielt auch die Ortsangabe orthographische Fehler. Jetzt erst nahm sie auch wahr, dass das Päckchen mit tausend Mark versichert war. Es dauerte eine Weile, bis sie sich entschloss, den Umschlag zu lösen. Ihr Erstaunen wuchs, als sie wahrnahm, dass der Inhalt aus zwei in Zeitungspapier gewickelten Päckchen und einem kurzen, beschmutzten Begleitzettel bestand. Unwillkürlich ergriff sie letzteren und faltete ihn auseinander, ihr Befremden wuchs noch mehr während des Lesens.

Ihr Vater is unschuldich er kan Nichts vor die Mortdaht, den das Jeschäft habe ich janz alleene jemacht. Der Statsahnwald ist ein jroßer dusselkopp jeben Sie dem esel mann die fünf scheine und auch das Schmuckdings er soll sich nur an die Nase kriegen, denn ehe der stiesel mir erwischen duht binn ich schonst über alle Berge. Die andern Scheine und die Halskette habe ich ihm durch das fenster mitten in seine Sachen eingeschoben. Der hat aberst geschnargt und jar nichts jemerkt. Gude Verichtung ich lasse den Schdadsanwald scheen jrießen der Knopp soll mir jewogen bleiwen.

Der ware Mörter

Als Hedwig mit der durchsicht dieses Zettels zu Ende gekommen war, fühlte sie sich derart ergriffen und verwirrt, dass sie eine Weile mit in dem Schoße gefalteten Händen untätig dasaß. Eine Art erschlaffender Willenslähmung schien sie überkommen zu haben. Dann aber öffnete sie hastig beide Papierpäckchen.

Ein beklemmender Schauer überkam sie, als sie wirklich fünf bunte Banknoten vor sich liegen sah; nicht um alles hätte sie diese Scheine, an denen das Blut zweier Menschen klebte, berühren mögen. Als sie dann aber auch das andere Päckchen auswickelte, stieß sie einen unwillkürlichen Schrei der Überraschung aus. Die freundlich in das Zimmer scheinende Vormittagssonne funkelte gerade auf einen kleinen, länglichen Gegenstand, den sie in ihrer Hand hielt. Es war der abgerissene Bruchteil eines Halsbandes, und zwar das mit einem reichen Kranz von glitzernden Brillanten umgebene Schloss desselben.

Ein unvergleichliches Feuer sprühte und funkelte aus den kostbaren Steinen, aber ihr Anblick hatte für Hedwig etwas Schauerliches. Sie musste unwillkürlich an die dunkle, trostlose Kerkernacht denken, in welcher ihr geliebter unglücklicher Vater schmachtete; zu diesem drang weder Sonnenschein noch Hoffnung.

Ihr Angesicht drückte immer steigenderen Abscheu und Entsetzen aus, je länger sie auf die ihr übersandten Wertgegenstände niederschaute. Sie wurde sich erst jetzt darüber klar, dass aus keiner anderen Hand als aus derjenigen des wirklichen Mörders ihr die Sendung zugekommen sein konnte. Ein Gefühl der tiefsten Empörung überkam sie, wie sie daran dachte, dass diese blutbefleckte fürchterliche Hand noch immer unentdeckt sei und der Träger derselben in Sicherheit weilte, während ihr armer edler Vater unschuldig im Gefängnisse leiden und das Schwerste erdulden musste.

Minutenlang saß Hedwig unschlüssig da, nicht wissend, was sie nun zunächst tun solle. Zuerst dachte sie einen Augenblick daran, die Gegenstände zusammenzuraffen und selbst nach dem Justizgebäude zu bringen, dann aber verwarf sie diesen Gedanken wieder. Rudolph hatte ihr schon mitgeteilt, dass der Untersuchungsrichter vorurteilsvoll ihrem Vater gegenüberstand, und sie entschloss sich daher nach kurzem Besinnen, durch einige Zeilen Rudolph selbst zu sich zu bitten.

Schon am Nachmittag sprach der junge Rechtsanwalt vor und drückte Hedwig seine aufrichtige Freude darüber aus, von ihr gerufen worden zu sein. „Aber ich sehe es dir an, dass etwas Besonderes sich ereignet haben muss, liebe Hedwig", meinte Rudolph schließlich, erwartungsvoll seine Braut anschauend.

Das junge Mädchen nickte und lud durch eine freundliche Handbewegung Rudolph zum Sitzen ein. Dann holte Hedwig das Päckchen nebst Inhalt aus der Kommode hervor, in welcher sie es bis dahin verwahrt hatte, und legte vor dem Überraschten die Gegenstände auf den Tisch nieder.

Die Wirkung, welche dieselben und das Begleitschreiben auf Rudolph ausübten, war womöglich eine noch größere als am Vormittag bei Hedwig. „Diese Sendung kann in der Tat nur von dem wirklichen Mörder herrühren! Das nenne ich in Wahrheit ein großes Glück, welches heute Morgen bei dir, liebe Hedwig, eingekehrt ist." Immer von neuem durchlas er den Begleitbrief. „Der Mörder ist ein ganz ungebildeter Mensch, oder will sich wenigstens den Anschein eines solchen geben. Es müssen sofort Erhebungen angestellt werden, wer das Paket zur Post gegeben hat." Er sann eine kurze Weile nach. „Zum Glück ist Kreuzlingen keine große Stadt, es hat eigentlich nur durch seinen Bahnhof eine Bedeutung", fuhr er dann wieder fort. „Dort kreuzen die Züge der beiden Hauptlinien. Ich will dir einen Vorschlag machen, Hedwig. Wir wollen auf wenige Stunden noch die an dich gelangte Sendung als unser Geheimnis betrachten, selbst auf die Gefahr hin, dass dein teurer Vater eine Nacht länger in Untersuchung schmachten muss. Es ist von der größten Wichtigkeit, den Absender des Paketes möglichst sofort ausfindig zu machen."

Rudolph sah nach der Uhr. Ein kurzes Nachsinnen brachte ihm die Gewissheit, dass er, wenn er sich unten auf der Straße in die nächste Droschke warf, gerade noch Zeit genug hatte, nach dem Hauptbahnhofe zu gelangen, um den nach Kreuzlingen fälligen Schnellzug, der die Strecke in einer Stunde zurücklegte, zu erreichen. Er nahm hastig von Hedwig Abschied und gab ihr noch das Versprechen, ihr, wenn irgend möglich, noch an demselben Abend Bericht über den Erfolg seiner Reise zu erstatten.

Er kam schneller, als er selbst gedacht hatte, zurück. Seine Ermittlungen waren indessen wenig tröstlicher Natur. Das Paket war auf der Bahnpost aufgegeben worden und zwar am Abend kurz vor Schalterschluss. Da zu dieser Zeit am Schalter eine große Anzahl von Personen der Abfertigung harrte, war die Eile groß gewesen. Der Beamte hatte aus diesem Grunde kaum einen flüchtigen Blick auf den Absender des Wertstückes geworfen; soviel er sich aber erinnerte, war es ein schlanker, noch junger Mann mit dunklem Schnurrbart gewesen.

Einigermaßen aufgefallen war es dem Beamten noch, dass der Absender trotz des heißen Juliabends einen grauen Radmantel übergeworfen und mit dem einen Flügel desselben zum Überfluss noch das Gesicht zum Teil bedeckt hatte. Die letzte Bemerkung hatte Rudolph zu denken gegeben, weil sie ihn an ein seltsames, ihm selbst noch rätselhaftes Vorkommnis erinnert hatte, das ihm kaum eine Stunde nach seines Schwagers Abreise nach E. zugestoßen war. Die vielen Eindrücke des Augenblickes hatten indessen diese flüchtige Erinnerung bei Rudolph sofort wieder erstickt, der sich keine Mühe hatte verdrießen lassen, sondern überall auf dem weiten Bahnhofsgebäude sich nach der Person des unbekannten Absenders des Wertpaketes zu erkundigen fortgefahren hatte. Aber alle weiteren Nachfragen waren erfolglos geblieben. Niemand wusste etwas von dem in Kreuzlingen offenbar völlig unbekannten Aufgeber des Wertpakets.

Während der Fahrt hatte der junge Rechtsanwalt reiflich über den Zwischenfall nachgedacht. Die rosigen, hoffnungsvollen Erwartungen, die er zuerst an denselben geknüpft hatte, und welche er Hedwig gegenüber ungezwungen ausgesprochen, waren vor seinem wägenden Verstande zusammengeschrumpft. Er konnte es sich nicht verhehlen, dass durch den Zwischenfall das Los des unglücklichen Gefangenen sich nur wenig verbessert hatte. Freilich ließ sich auf alle Fälle darauf plädieren, dass Beck nicht der Hauptschuldige sein könnte, aber er musste sich schließlich selbst gestehen, dass der sicher erfolgende Einwand seitens des Untersuchungsrichters sein werde: die ganze Angelegenheit sei offenbar eine abgekartete Sache zwischen einem Mitschuldigen Becks, der, um den Verdacht von dem Verhafteten abzuwälzen, das Paket abgeschickt habe.

Aber beängstigender als all diese Einflüsterungen kaltwägenden Verstandes wirkte im Innern des jungen Rechtsanwaltes der Schrecken nach, welchen er bei der anscheinend nebensächlichen Bemerkung des Postbeamten empfand, dass der Absender des Paketes ein hochgewachsener, schlanker junger Mann mit schwarzem Bart, bekleidet mit einem grauen Radmantel, gewesen sei. Er kannte einen solchen eleganten, mit einem verführerischen Äußern begabten jungen Kavalier, er wusste nur zu gut, dass dieser mit seinem stolzen, siegesgewissen Lächeln das Herz seiner geliebten Schwester bezwungen hatte.

Immer von neuem tauchte vor Rudolphs geistigem Blicke das Bild seines zukünftigen Schwagers auf. Er hatte denselben vor wenigen Tagen, seinem Versprechen getreu, zum Bahnhof begleitet. Beide hatten sie, während Hugo schon in dem nach E. abgehenden Zuge Platz genommen, freundschaftlich miteinander geplaudert und sich herzlich die Hände geschüttelt, als der Zug sich schon langsam in Bewegung gesetzt hatte. Dann hatte Rudolph, von seinen Bekannten aufgehalten, noch etwa eine Stunde auf dem Bahnhof verweilen und eine Flasche Wein mittrinken müssen. Als er dann den Heimweg hatte antreten und denselben der Abkürzung halber über den Bahnsteig nehmen wollen, war er in ein dichtes Menschengewoge geraten.

Soeben war der Schnellzug aus E. eingelaufen. Derselbe brachte die auf einer etwa eine Viertelbahnstunde entfernten Station aufgenommenen Reisenden der dort einmündenden Zweigbahnen, welche zum großen Teile nach dem Auslande reisen wollten und zu diesem Zwecke den eben nach Kreuzlingen fälligen Schnellzug zu benutzen gedachten. Da war es ihm auf einmal gewesen, als ob er mitten in dem Gewoge das bleiche Gesicht seines zukünftigen Schwagers habe auftau-

chen sehen. Völlig überrascht war er schon im Begriffe gewesen, den doch erst vor einer Stunde nach E. Abgereisten an-
zurufen, obwohl ihn der Umstand, dass die wahrgenommene
Persönlichkeit einen grauen Radmantel um die Schultern
geschlungen trug, einigermaßen unsicher gemacht hatte.
Aber die wenigen Sekunden Zögern hatten den mit Hugo
zum Verwechseln ähnlichen Herrn schon weit abgeführt, nur
noch im Fluge hatte Rudolph ihn in einem Wagen des Kreuzlinger Schnellzuges verschwinden sehen. Gleich darauf, noch
ehe er selbst die wenigen Schritte bis eben dahin hatte zurücklegen können, war das Abfahrtssignal gegeben worden
und der Zug zur Bahnhofshalle hinausgedampft.

Ein junger, schlanker Mann mit schwarzem Bart, in einem
grauen Radmantel, hatte aber das Wertpaket auf der Kreuzlinger Bahn aufgegeben! Kein Zweifel war möglich, Rudolph
hatte mit eigenen Augen den unbekannten Absender und
damit wohl gar den wirklichen Mörder gesehen, dieser war
ihm für einen Augenblick so nahe gewesen, dass er ihn hätte
greifen können. Warum erfüllte ihn dieser Gedanke mit immer steigendem Missbehagen? Es gab doch dutzende von
Männern derselben Figur in der Stadt, welche seinem zukünftigen Schwager leidlich ähnlich sahen. Rudolph wollte
ärgerlich über sich selbst werden, dass immer wieder in sein
Nachdenken sich die Gestalt Hugos stahl. Er konnte sich
nicht helfen, ein fröstelndes Gefühl beschlich ihn immer
sieghafter, er fühlte, wie ein unbezwingliches Misstrauen sich
in seinem Herzen einnistete. Gewaltsam unterdrückte er
endlich die unheimliche Kombination, die immer wieder von
neuem sich in seinem Gehirn bildete.

Es tat Rudolph weh, die hoffnungsvolle Freudigkeit Hedwigs herabstimmen zu müssen. Sie hatte nicht anders geglaubt, als nun sei alles gut und ihr Vater müsse schon am
nächsten Tage frei und aller Schuld ledig aus dem Gefängnis-

se zurückkehren; indessen wollte der junge Rechtsanwalt seiner Verlobten nicht alle Hoffnung rauben, bevor er nicht die entscheidende Rücksprache mit dem Untersuchungsrichter genommen hatte.

Schon am nächsten Morgen ließ er sich bei diesem melden und händigte dem Erstaunten das Wertpaket ein, ihm zugleich den Erfolg seines Abstechers nach Kreuzlingen berichtend. Seine Erwartungen sollten Rudolph nicht getäuscht haben. Zwar war auch Alberti äußerst überrascht, als er Einsicht von dem Wertpaket nahm. Kopfschüttelnd betrachtete er die fünf Tausendmarkscheine und ließ verwunderte Blicke über das funkelnde und sprühend-blitzende Brillantschloss gleiten. Dann stand er auf und entnahm einem Schranke die übrigen Bruchstücke des Amethysthalsbandes; dasselbe war nun bis auf geringe Abschürfungen, welche es durch das jähe Zerreißen erlitten haben mochte, vollständig. Es war kein Zweifel möglich, dass das ihm von dem Rechtsanwalt soeben überbrachte Brillantschloss das Verbindungsglied zwischen den Bruchstücken der Kette darstellte. Ein Blick auf die Nummern der Kassenscheine belehrte den Untersuchungsrichter, dass er es wirklich mit den bisher fehlenden fünf Tausendmarkscheinen zu tun hatte.

Eine lange Weile durchlas er alsdann mit undurchdringlichem, unbewegtem Mienenausdrucke das Begleitschreiben. Das wunderliche Deutsch in demselben schien sein Misstrauen hervorzurufen, denn allmählich wurde der Ausdruck um seine Mundwinkel ein immer ungläubigerer und skeptischerer.

Schließlich ließ er den Zettel sinken, nickte einige Male mit dem Kopf und wandte sich dann an den Rechtsanwalt. „Für was halten Sie den Schreiber dieses Wisches?", fragte er.

„Er scheint ein Mann aus den niederen Volksklassen zu

sein, wenigstens ist das Schreiben unorthographisch genug abgefasst", antwortete Rudolph.

Alberti nickte. „Ja, es verblüfft bei der ersten durchsicht", meinte er sarkastisch, „aber die darin gebrauchten Ausdrücke entsprechen mehr dem Jargon unserer Witzblätter als dem wirklichen Volksdialekt. Manche Wörter sind geradezu raffiniert unorthographisch geschrieben, wie zum Beispiel ›Staatsanwalt‹; ein wirklich ungebildeter Mann würde kaum das ›s‹ in diesem Worte angewendet haben. Ebenso ist merkwürdigerweise die Stilführung eine bei weitem bessere als die Rechtschreibung. Ich vermisse das erste Erfordernis eines wirklich ungebildeten Schreibers: kurze, abgebrochene, abgehackte und nicht vollendete Sätze."

„Ich muss offen gestehen, es sind mir auch schon Zweifel dieser Art gekommen!" warf der Rechtsanwalt ein. „Schließlich passt auch das Signalement, welches mir gestern in Kreuzlingen auf der Bahnpost gegeben wurde, durchaus nicht auf einen Menschen aus den niederen Klassen."

Alberti nickte stumm, dann schaute er den jungen Rechtsanwalt erwartungsvoll an. „Vielleicht darf ich im Namen der Tochter des Verhafteten nunmehr die Hoffnung aussprechen", begann dieser mit etwas unsicher klingender Stimme, „dass die Leidenszeit des Letzteren ein baldiges Ende nehmen wird."

Alberti sah den Rechtsanwalt groß an. „Nehmen Sie es mir nicht übel, lieber Herr Wichern", versetzte er alsdann gemessen, „aber von einer Haftentlassung —"

„Die ich als Verteidiger des Herrn Beck hiermit in aller Form beantragen will", unterbrach ihn Rudolph, von seinem Sitze auffahrend.

„Kann keine Rede sein", vollendete Alberti, und erhob sich ebenfalls. „Die Sache ist klar, wie der Tag; dass Beck Komplizen gehabt hat, habe ich von Anfang an geglaubt, daraufhin deutet schon die räthselhafte Blutspur mit aller Entschiedenheit. Außer allem Zweifel ist es aber, dass er an dem Verbrechen beteiligt gewesen ist."

„Nun, vielleicht ist der vorgesetzte Gerichtshof wegen der Haftentlassung Becks anderer Meinung", versetzte Rudolph aufgebracht, nicht bedenkend, dass es gewiss nicht in seinem Interesse liegen konnte, den mit der Untersuchung beauftragten Beamten gegen sich einzunehmen. „Ich werde noch heute meinen Antrag schriftlich einbringen und im ablehnenden Falle sofort Beschwerde beim Landgericht erheben!"

Alberti lächelte. „Es ist natürlich Ihre Pflicht, die Interessen Ihres Klienten nach Möglichkeit wahrzunehmen. Sonst haben Sie mir nichts mitzuteilen?"

„Ich kann Ihnen nur mein Bedauern aussprechen, dass ich bis heute trotz meines wiederholten Ersuchens keinen Zutritt zu dem Verhafteten erhalten habe", antwortete Rudolph.

„Ich bin zu meinem Bedauern auch jetzt noch nicht in der Lage, Ihnen denselben zu gewähren", entgegnete Alberti mit kühler Höflichkeit. „Nicht, dass ich irgend welches Misstrauen in Sie setzte, aber ich erachte es für den verstockten Sinn des Untersuchungsgefangenen als heilsam, wenn er während der Voruntersuchung durch Einsamkeit und Abgeschlossenheit zu reiflichem Nachdenken gezwungen wird."

Verstimmt und niedergedrückt kam Rudolph nach Hause, wo er im Garten seine Schwester antraf. Diese befand sich mit einer Handarbeit in der Laube und nickte dem herankommenden Bruder freundlich zu. Rudolph glaubte zu bemerken, dass auch ihre Gesichtszüge einen ernsteren Ausdruck zeigten. Er setzte sich neben ihr nieder und strich sich mit dem Taschentuch den Schweiß von der Stirne.

„Nun, Rudolph, du siehst recht abgespannt aus", meinte seine Schwester. „Hast du Ärger in der Stadt gehabt? Ich kann mir schon denken, der Prozess geht dir nicht aus dem

Kopf."

Rudolph berichtete ihr in Kürze die neuesten Vorkommnisse. Dann meinte er, sie aufmerksam anschauend: „Auch
dich, die sonst so Heitere, scheint eine Sorge zu bedrücken?"

Hildegard rückte näher an ihn heran. „Ich habe vorhin
eine Unterredung mit dem Vater gehabt; er ist furchtbar
ungehalten über dich, und als ich ihm sagte, dass ich dir
nicht Unrecht geben könnte, sondern meinte, ein jeder rechtlich denkende Mensch müsse bei seinem Glauben beharren
und dürfe seine Liebe nicht aufgeben und verraten, da wandte er mir den Rücken."

„Du bist meine gute, treue Schwester", rief Rudolph.
„Leid tut mir nur, dass der Vater meinetwegen harte Worte
für dich hatte."

„Weißt du, der Vater ist ein alter Mann und hat seine Ei-
genheiten. Er hängt nun einmal so sehr an seinem wohlver-
dienten guten Ruf, dessen er sich in Stadt und Land erfreut,
dass ihn schon der Gedanke, ihm könne nur ein kleines Teil-
chen dieses Ansehens geraubt werden, mehr als peinlich ist."

„Aber du hättest dich nicht verstimmen lassen sollen, liebe
Hildegard", entgegnete Rudolph mit sanftem Vorwurf. „Indes ich begreife", unterbrach er sich, „deine Sonne weilt ja
heute fern, dein Bräutigam."

„Ach geh", lachte Hildegard, dann aber gleich darauf
ernst werdend, setzte sie hinzu: „Du magst Recht haben mit
deinem Vergleich. Ich habe Hugo mehr lieb als mein Leben.
Als ich ihn kennenlernte, hielt ich ihn fast für einen ober-
flächlichen Charakter, je näher wir uns aber traten, um so
mehr erkannte ich, dass er wirklich ein guter und edler
Mensch ist. Er ist in Wahrheit der Sonnenschein meines Lebens geworden, wenn er mich nicht mehr liebte, dann möchte ich auch nicht mehr leben."

Das Gesicht des jungen Rechtsanwaltes war ernst geworden. Er musste unwillkürlich, nachdem sich das Gespräch auf Hugo gelenkt hatte, des immer noch nicht aufgeklärten Vorfalls, der sich eine Stunde nach der Abreise des jungen Barons auf dem Bahnhof abgespielt, gedenken, und eine plötzliche Eingebung legte ihm den Entschluss nahe, seiner Schwester die Angelegenheit mitzuteilen.

„Da fällt mir übrigens ein seltsames Zusammentreffen ein, das mir vorgestern passiert ist", begann er. „Ich wollte es dir gestern schon mitteilen, kam aber durch die Kreuzlinger Reise erst spät abends hier an, und du hattest dich bereits zur Ruhe begeben."

„Betrifft es Hugo?"

„Wie man es nehmen will", meinte der Rechtsanwalt, und berichtete dann sein auf dem Bahnhof erlebtes Abenteuer. Hildegard schüttelte den Kopf, als ihr Bruder zu Ende gekommen war. „Das ist sonderbar", meinte sie, „schade, dass Hugo nicht hier ist, er würde dir Antwort haben geben können. Jedenfalls ist es ein komisches Zusammentreffen, ich habe gestern Morgen eine Karte von ihm aus E. bekommen, in welcher er mir seine glückliche Ankunft daselbst gemeldet hat."

„Das ist in der Tat seltsam", lachte Rudolph leicht auf. „Ich täusche mich sonst selten, ich habe gute Augen und glaubte Hugo erkannt zu haben."

In demselben Augenblick knirschte der Kiessand des Gartenweges unter schnell herannahenden Schritten. Die Geschwister wandten sich um, und Hildegard ließ im nächsten Augenblick einen freudigen Ausruf hören. „Ach, das ist herrlich, das ist prächtig", rief sie und eilte hastig dem lustig den Hut zum Gruße schwingenden Baron Hugo von Engler entgegen.

„Wenn man vom Wolf spricht, dann ist er nicht weit", nahm nun auch Rudolph das Wort, nur zögernd seine Hand in die dargebotene Rechte des Angekommenen legend und diesen dabei unwillkürlich scharf beobachtend. „Wir sprachen gerade soeben von Ihnen."

„Hoffentlich in gutem Sinne", meinte Hugo, nachdem er einen Kuss mit seiner Braut ausgetauscht hatte.

„Denke dir nur", rief Hedwig, „Rudolph will dich vorgestern abend hier auf dem Bahnhof gesehen haben."

Mit solch unverkennbarem Erstaunen ruhte der Blick Hugos auf dem jungen Rechtsanwalt, dass dieser unwillkürlich für den Moment seinen Verdacht schwinden fühlte, und schon bei sich zugeben wollte, sich am Ende doch getäuscht zu haben.

„Das muss ein Irrtum sein", meinte Hugo dann, „Sie begleiteten mich ja selbst bis an den Zug."

Notgedrungen musste Rudolph nochmals seine Wahrnehmung berichten, und als er zu Ende gekommen war, lachte Hugo laut auf. „Das ist allerliebst", meinte er, „da muss ich entschieden einen Doppelgänger haben. Nun, glücklicherweise bin ich in der Lage, meiner schönen Braut gegenüber mein Alibi voll und ganz nachweisen zu können. Hier", setzte er mit komischer Wichtigkeit hinzu, seiner Brusttasche ein längliches beschriebenes Blatt Papier entnehmend, „ist die Rechnung des Hotels *Zum Schwarzen Adler* in E. Zwei Nächte, zwei Kaffee, das Übrige habe ich sofort bar bezahlt."

Die Geschwister lachten über die drollige Wichtigkeit, mit welcher Hugo ihnen dies vortrug. Bei Rudolph wollte die Fröhlichkeit freilich nicht recht von Herzen kommen. Als sich die Heiterkeit gelegt hatte, wandte sich Rudolph an seinen zukünftigen Schwager. „Ich habe Ihnen übrigens eine Neuigkeit mitzuteilen, die Ihnen nicht besonders angenehm zu hören sein wird."

Hugos eben noch lächelndes Gesicht verfinsterte sich zusehends. „Ah, Sie meinen wohl meine Erbschaftsangelegenheit! Hat dieser Herr von Gerstenberg wirklich den Mut gehabt —"

„Ja", fiel Rudolph ein, „er hat in aller Form die Erbschaft für sich in Anspruch genommen; dieselbe bleibt nun bis zum Austrag des Prozesses unter Gerichtsverwaltung."

„Das ist ärgerlich!" stieß Hugo in sichtlich großem Unmut hervor. „Ich rechnete so sicher auf Geld, und nun —"

Rudolph sah ihn unwillkürlich an. „Aber diese Ihre Berechnung kann doch erst ganz neueren Datums sein", entgegnete er schärfer, als er selbst beabsichtigte. „Vor einer Woche wussten Sie ja noch gar nichts von den beklagenswerten Ereignissen."

„Ganz recht", bestätigte Hugo eifrig. „Aber Sie werden mir zugeben müssen, lieber Freund, dass diese völlig aussichtslose Spiegelfechterei des Herrn von Gerstenberg mich im höchsten Grade empören muss. Wissen Sie wirklich keinen schnell zum Ziele führenden Weg?"

„Ich werde mein Möglichstes tun", entgegnete der junge Rechtsanwalt in zerstreutem Ton. „Aber da wir uns unglücklicherweise mitten in den Gerichtsferien befinden, so lässt sich schwerlich vor September ein Termin anberaumen."

Die Stirn Hugos verfinsterte sich immer mehr, in seinen Augen blitzte es jäh auf. Es schien, als ob ihm einige Worte herber Entgegnung auf den Lippen schwebten. Aber er beherrschte sich.

XII

Der Gefangene

Mehrere Wochen waren vergangen.

Es war Rudolph noch immer nicht gestattet worden, den Verhafteten zu besuclhen und persönliche Rücksprache mit ihm zu nehmen. Wohl aber hatte er einen Brief von Beck bekommen, in welchem dieser ihn kurz gebeten hatte, seine Verteidigung zu übernehmen und vorläufige Ermittlungen anstellen zu lassen. Das war auch geschehen. Rudolph, von instinktivem Misstrauen gegen den Trödler erfasst, hatte einen Kriminalbeamten ersucht, diesen heimlich zu überwachen.

Das Verhältnis Rudolphs zu seinem Vater war inzwischen ein immer gespannteres geworden. Zwar hatte der junge Rechtsanwalt vermieden, eine neuerliche Erörterung mit dem gereizten und starrsinnigen alten Mann zu provozieren, aber er sah mit offenen Augen die Katastrophe unabwendbar kommen. Andreas Wichern war nicht der Mann, schweigsam zu dulden und zu gestatten, was er selbst verurteilte.

Auch mit Hedwig war Rudolph seit jener geheimnisvollen Paketgeschichte nur ein einziges Mal wieder zusammengetroffen. Das junge Mädchen hatte ihn in Gesellschaft ihrer freundlichen, dem jungen Rechtsanwalt aber herzlich unbequemen Wirtin empfangen. Hedwig hatte sehr viel zu tun gehabt, und Rudolph voll staunender Bewunderung der Arbeit ihrer fleißigen Hände zugeschaut. Dann hatte er sich wieder empfohlen, von Hedwig mit jener ruhigen, stillen Freundlichkeit verabschiedet, die ihm schon früher so empfindlich nahe gegangen war.

Endlich erhielt er eines Morgens, als er eben im Begriffe war, sich nach dem Gerichtsgebäude zu begeben, von dem Untersuchungsrichter die amtliche Meldung, dass die Voruntersuchung gegen den des Doppelraubmordes verdächtigen Karl Beck nunmehr abgeschlossen sei und den Besuchen desselben seitens seines Verteidigers nichts mehr im Wege stände. Ohne Säumen begab sich Rudolph nach dem Dienstzimmer Albertis. Er traf denselben dort und erhielt ohne Schwierigkeit eine Passierkarte ausgestellt, welche ihn zum Betreten der Gefängniszelle, in welcher Beck untergebracht war, ermächtigte. Dann begab sich der junge Rechtsanwalt nach dem im rückwärtigen Trakte des weitläufigen Gebäudes liegenden Untersuchungsgefängnisse.

Eine eigentümlich düstere Stimmung überkam ihn, als er vor dem eisernen Tore stand, welches das Gefängnis von den übrigen Räumen des Justizgebäudes schied. Der schrille Ton der von ihm in Bewegung gesetzten weithin hallenden Glocke erschreckte ihn förmlich. Es war ihm, als ob er ihm zurufen wolle, dass es vergeblich sei, Hoffnungen auf diese Stätte des Unglücks und des Elends zu übertragen, Hoffnungen, an die sein eigenes Herz kaum zu glauben wagte.

Rasselnd und klirrend wurde das Tor geöffnet. Ein uniformierter Aufseher nahm den Rechtsanwalt in Empfang und geleitete ihn durch mehrere düstere Gänge zur Zelle einunddreißig, die er aufschloss. Im Inneren war es so dunkel, dass der junge Rechtsanwalt erst eine Weile stehen bleiben musste, bis er die Gegenstände in dem Raum wahrzunehmen vermochte. Jetzt gewahrte er die hagere, eingefallene Gestalt, die bis dahin apathisch auf dem Strohsacke gekauert hatte und nun mühsam sich erhob.

Der Gefangene hatte jetzt auch seinen Besucher erkannt. Ein freudiger Schimmer glitt über sein welkes, abgezehrtes Gesicht, auf dem eine ganze Gefühlsskala bittersten Leids und nagenden Grams ausgeprägt zu sein schien. Das Wiedersehen zwischen beiden Männern war ein schmerzlich bewegtes. Rudolph eilte auf den Verhafteten zu und schüttelte ihm tief bewegt beide Hände. „Endlich, Herr Beck, ist mir gestattet worden, zu Ihnen zu kommen, mit Ihnen sprechen und beraten zu dürfen!"

„Endlich — endlich kommen Sie", murmelte der Gefangene, während ein krampfhaftes Zucken durch seine Glieder ging. „Oh, Sie können nicht glauben, wie gar sehr ich mich nach Ihrem Kommen gesehnt habe, und doch wartete ich Tag für Tag, Woche um Woche vergeblich." Der hohle Ton seiner Stimme erschütterte Rudolph mächtig. Er musste mit sich kämpfen, um seine Aufregung bezwingen zu können.

„Zuerst gestatten Sie mir eine Frage", fuhr Beck fort, „Sie sehen, ich bin hier völlig abgeschnitten von der Außenwelt. Der Wärter sprach kein Wort zu mir, er war stumm auf alle meine Fragen. Man riss mich damals von Frau und Kind —" Er hielt inne, denn ein düsterer Schatten hatte sich auf Rudolphs offenem Angesicht gelagert. Im nächsten Augenblick schon kam ein schmerzlicher Laut über Becks Lippen. „So habe ich damals recht gesehen", stammelte er, „als man mich im Wagen vorüberfuhr! Ich sah einen Sarg aus dem Hause tragen und —"

„Ertragen Sie das Schicksal wie ein Mann", fiel ihm Rudolph bewegt ins Wort. „Ich bringe Ihnen die letzten Grüße der armen, friedlich heimgegangenen Dulderin. Ihr ist wohl!"

„Also wahr, wahr!" lallte Beck mit gebrochener Stimme. Dann taumelte er haltlos auf den Strohsack zurück, barg sein Gesicht in beiden Händen und weinte bitterlich.

Dieser Anblick erschütterte Rudolph ungemein. Er musste

an sich halten, um nicht selbst weich zu werden und Tränen zu vergießen. Geduldig, nicht wagend, den heiligen Schmerz des Unglücklichen zu stören, wartete er. Endlich ließ Beck die Hände von seinem Gesichte sinken und erhob sich wieder. „Verzeihen Sie mir, dass ich schwach geworden bin", murmelte er. „Aber der furchtbare Schmerz riss mich hin. Ich wusste ja, was Sie mir sagten, schon im voraus; Ihre Botschaft traf mich nicht unvorbereitet, und dennoch —" Er schlug sich mit der flachen Hand vor die Stirn. „Lassen wir das. Jetzt eine Frage an Sie", stieß er hastig hervor. „Aber wohlgemerkt, ich richte diese Frage nicht an den Verlobten meiner Tochter, sondern an den unparteiisch denkenden und wägenden Rechtsanwalt. Halten Sie mich für schuldig? — Ja oder Nein!"

Sein Blick bohrte sich tief in die Augen Rudolphs ein; es war, als ob er dessen innerste Gedankenregungen erspähen wollte. Aber unbefangen hielt Rudolph seinen Blick aus. „Ich glaube Ihnen bereits Antwort gegeben zu haben, Herr Beck, oder meinen Sie in der Tat, ich würde Ihnen, und wenn Sie zehnmal Hedwigs Vater sind, die Hand gereicht haben, wenn ich Sie für einen blutbefleckten Mörder hielte? Einen Händedruck tauscht man nur mit einem Ehrenmanne aus!"

Ein freudiges Zucken ging über das Angesicht des Verhafteten. „So glauben Sie mir, Herr Wichern! Endlich ein Mensch, der mir glaubt. Oh, Sie wissen nicht, Sie können nicht ahnen, wie wohl das tut. Jedes Wort, das ich diesem Untersuchungsrichter sage, wird als Lüge, als elende Ausflucht betrachtet. Das beredte Mienenspiel dieses Mannes drückt unverkennbare Verachtung aus. Oh, ich kann es nicht kundgeben, wie glücklich mich der Gedanke macht, von einem ehrlichen, wackeren Menschen als seinesgleichen behandelt zu werden, obgleich ich hier, in des Kerkers Nacht, wie ein wildes, reißendes Tier — ohne jede Aussicht —"

„Nein, Sie sollen die Hoffnung nicht aufgeben", unterbrach ihn Rudolph. „Ich wünsche in Ihnen zwar durchaus keine Illusionen zu erwecken — so weit ich bisher den Fall kenne, muss ich vielmehr sagen, dass es uns schwer sein wird, die in der Untersuchung wider Sie angesammelten Indizien erfolgreich zu widerlegen — aber schließlich ist Ihr gutes Recht und Gott mit Ihnen, er wird uns Kraft und Macht in die Hand geben, auch das Schwerste zu überwinden! Vor allem aber möchte ich Sie darum bitten, mir mit schrankenloser Offenheit alles zu sagen und nichts zu verschweigen. Es wäre überhaupt besser gewesen, wenn Sie zu mir, als zu Ihrem zukünftigen Eidam, schon früher Vertrauen gehabt hätten."

„Wieso?"

„Hätte ich ahnen können, welche verhängnisvolle Wendung Ihre Verhältnisse schon vor Ihrer Verhaftung genommen hatten, so hätte ich hilfreich eintreten können", fuhr Rudolph fort, „Sie wären alsdann nicht in die traurige Lage versetzt worden, Ihre Werkzeuge dem gewissenlosen Trödler verkaufen zu müssen!"

Beck stöhnte auf. „Dieser meineidige Schurke!" murmelte er. „Er schwor es mir ins Gesicht ab, jemals Werkzeuge von mir gekauft zu haben!"

„Auch ich bin fest überzeugt, dass Schimmel einen Meineid geschworen hat; indessen wird es sehr schwer sein, es ihm nachzuweisen."

„Oh, über diese Gerechtigkeitspflege", stöhnte der Gefangene auf. „Fußfällig habe ich den Untersuchungsrichter gebeten, eine Haussuchung bei Schimmel anzuordnen, einzeln habe ich die Werkzeuge beschrieben, welche ich an den Abscheulichen verkauft habe, nicht die geringste Scharte in den Klingen habe ich anzugeben vergessen, ein Blinder muss nach meiner Beschreibung die Werkzeuge kennen. Aber man hatte für alle meine Worte nur ein verächtliches Achselzucken. Jetzt bin ich hoffentlich nicht mehr ganz hilflos, ich bitte, ich beschwöre Sie, setzen Sie es durch, dass eine Haussuchung bei Schimmel gehalten wird!"

„Ich vermag Ihnen in dieser Beziehung nicht viel Hoffnung zu machen", entgegnete der Rechtsanwalt bekümmert, „denn abgesehen davon, dass nach den bestehenden Gesetzesvorschriften eine Haussuchung nur in begründeten Verdachtsfällen angeordnet werden kann, ist kaum anzunehmen, dass Schimmel auch nur ein einziges Ihrer Werkzeuge noch im Hause hat, dazu ist er ein viel zu vorsichtiger und geriebener Gauner."

„Oh, es ist, als ob das Gericht mit ihm unter einer Decke spielte", stieß der Verhaftete ingrimmig hervor. „Man ließ ihm ja wochenlang Zeit, und mich, den Unschuldigen, sperrt man unbarmherzig ein."

„Ich lasse den Trödler im Geheimen beobachten", fiel Rudolph ein.

In den Augen Becks leuchtete es freudig auf. „Aber Sie fanden bisher keine Handhabe?"

„Bis jetzt ist mir nichts Verdächtiges gemeldet worden", versetzte der Rechtsanwalt. „Schimmel geht in gewohnter Weise seinem Geschäft nach, er verkauft und kauft ein. Von den Werkzeugen aber hat der Kriminalpolizist, den ich mit den Nachforschungen beauftragte, bisher noch keine Spur entdecken können."

Wieder stöhnte Beck auf. „Und doch ist es die lautere Wahrheit, dass ich ihm die Werkzeuge, darunter den verhängnisvollen Grabstichel, verkauft habe."

„Es geschah dies am Nachmittag vor dem Morde?" Beck bejahte.

„Wie kamen Sie dazu, die Werkzeuge gerade an Schimmel, der doch Ihr Hauswirt war, zu verkaufen?"

„Sie wissen ja, meine arme Frau lag schon damals im Sterben. Ich war zu dem Baron von Engler abberufen worden, um dessen Kassenschrank zu öffnen. In meiner Abwesenheit war der Arzt dagewesen und hatte erklärt, nicht eher wieder kommen zu wollen, bis das rückständige Honorar bezahlt sei. Auch der Apotheker hatte mir jeden weiteren Kredit verweigert. Ich hatte nichts mehr im Hause, meine Frau aber jammerte und wollte mich nicht mehr von ihrer Seite lassen. Da ich nun bei Schimmel, der meine bedrängte Lage kannte, am ehesten ein Einsehen voraussetzen konnte, und auch am schnellsten bei ihm zu Gelde kam, so eilte ich die Treppe zu ihm hinunter. Ich ahnte nicht, welch furchtbares Verhängnis ich auf mich und die Meinigen dadurch heraufbeschwor."

„Unglückseligerweise befand sich niemand im Trödlerladen, als Sie das Geschäft mit Schimmel abwickelten?"

„Niemand."

„So hat Sie also kein Mensch an diesem Nachmittag in dem Trödlerladen gesehen?" fragte Rudolph wieder. „Es wäre uns schon viel damit gedient, wenn wir wenigstens nachweisen könnten, dass Sie an diesem Nachmittag dort waren."

Der Gefangene sann einen Augenblick nach. „Doch, es begegnete mir, als ich froh über die erhaltenen fünfzig Mark den Trödlerladen verließ, ein hochgewachsener junger Mann unter der Tür, der sich offenbar in den Laden begeben wollte."

„Wie sah derselbe aus?" forschte Rudolph.

Beck sann wieder einige Sekunden nach, dann zog er betrübt die Achseln in die Höhe. „Ja, wenn ich das noch wüsste", murmelte er, „ich habe, offen gestanden, nicht sonderlich auf den mir Begegnenden geachtet. Ich glaube, er hat

einen schwarzen Schnurrbart, vielleicht auch einen Knebelbart gehabt. Ich wunderte mich einigermaßen, dass er trotz
des schwülen Julinachmittages einen grauen Radmantel und
die Enden desselben noch obendrein über die Schultern geworfen hatte, wie um sein Gesicht zu verdecken. Aber ich
achtete nicht viel auf diesen Umstand. Ich eilte nur, um
schnell nach der Apotheke zu kommen und dort Arznei und
Wein für meine kranke Frau zu kaufen."

Schon während der letzten Worte des Gefangenen hatte
sich lebhafteste Überraschung in den Gesichtszügen Rudolphs ausgeprägt. „Mein Gott", rief er jetzt aus, „welch
seltsames Zusammentreffen! Ein hochgewachsener junger
Mann mit schwarzem Bart, in einen weiten, grauen Radmantel eingehüllt, in der Tat, das ist ein seltsames Zusammentreffen! Aber sind Sie Ihrer Sache auch sicher?"

Erstaunt nickte Beck. „Je länger ich nachdenke, desto
deutlicher erinnere ich mich jener flüchtigen Begegnung",
sagte er sinnend. „Gewiss, ich täusche mich nicht. Es war ein
junger Mann mit bleichem, verlebtem Gesicht, und schwarzem Schnurrbart, den Knebelbart konnte man mehr ahnen
als sehen, des vorgehaltenen Mantelflügels wegen. Mit über-
raschender Klarheit tritt die Erscheinung plötzlich vor mein
geistiges Auge, aber", unterbrach er sich, „warum legen Sie
auf diesen nebensächlichen Umstand ein solch merkwürdiges
Gewicht?"

„Weil ich glaube, dass Sie in jenem Augenblick ahnungslos an dem Mann vorübergeschritten sind, der schon im
Begriffe stand, das furchtbare Verhängnis auf Sie herabzube-
schwören!" rief Rudolph erschüttert aus. „Ich zweifle nicht
daran, dass jener Mann im grauen Mantel und der verruchte
Mörder ein- und dieselbe Person sind. Glauben Sie übrigens,
dass Schimmel selbst direkt oder indirekt an der Mordtat
beteiligt gewesen ist?"

„Das ist so klar wie heller Sonnenschein!" fiel ihm erregt der Gefangene ins Wort. „Natürlich steckt jener Schurke dahinter."

„Sie halten ihn also für den Urheber der Tat?"

„Sicherlich", bestätigte Beck. „Wie wäre es auch sonst möglich, dass der Grabstichel in der Brust des Ermordeten gefunden wurde?"

„Es müsste sich dann um einen sorgsam vorbereiteten Mord handeln. Unklar ist mir freilich, wie der Trödler dazu gelangt sein kann, abends in die gut verschlossene Wohnung des Barons zu kommen", versetzte Rudolph nachdenklich. „Er hat doch keinerlei Verbindung mit den Bewohnern des letzteren gehabt."

„Nun, bekannt war er schon mit Fräulein von Gerstenberg", unterbrach ihn Beck hastig. „Wiederholt habe ich das Fräulein in dem Laden des Trödlers verschwinden sehen. Ich glaube, sie kaufte immer alte Spitzen und dergleichen Zeug."

„Das kann unter Umständen wertvoll für uns sein. Glauben Sie, dass Ihre Aussage auch von anderer Seite bekräftigt werden kann?"

„Sicherlich durch die Dienerschaft des Barons, vielleicht auch durch meine Tochter."

„Soviel ich urteilen kann, ist Schimmel ein zu schwächlicher Mann, um eine Mordtat wie die geschehene selbst zu vollbringen. Zu einer solchen bedarf es Nerven von Stahl und einer eisernen Faust, zudem kommt das Tikunagift äußerst selten vor."

„Nun, das wäre doch bei einem Raritätenhandel noch am ehesten zu finden", warf Beck ein. „Ich wunderte mich oft, was Schimmel alles einkauft. Die unmöglichsten Sachen kommen zum Vorschein. Aber für den Mörder selbst halte ich ihn auch nicht, dazu ist der Bursche viel zu feige. Den Hehler und Auskundschafter hat er gemacht. Zur Ausführung der Tat selbst hatte er seine Helfershelfer."

„Ich will jetzt vorerst an ein eifriges Aktenstudium gehen; erst wenn wir klar sehen, können wir über weitere Maßregeln beratschlagen."

Über Becks Gesicht ging ein wehmütiger Schimmer. „Sie wollen schon wieder gehen? Ich wage nicht, Sie zu längerem Bleiben aufzufordern, es ist zu grausig hier. Aber bitte, grüßen Sie meine Tochter." Die letzten Worte sagte Beck mit zuckenden Lippen.

„Ich werde tagtäglich kommen und Ihnen alle möglichen Erleichterungen zu verschaffen suchen", versicherte Rudolph. Dann verabschiedete er sich von dem Unglücklichen und rief durch Pochen den draußen harrenden Wärter herbei, der die Tür wieder öffnete, welche er vorhin hinter ihm abgeschlossen hatte.

Ungesäumt begab sich Rudolph nach dem Bureau des Untersuchungsrichters zurück und erbat sich Einsicht in die Akten. Bereitwillig gewährte Alberti sofort diese Bitte. Wohl stundenlang saß alsdann der Rechtsanwalt da und grübelte über den vielen Bogen engbeschriebenen Papiers. Fast wollte ihn wieder die Hoffnungslosigkeit überkommen, jemals die Anklage, die über Becks Haupt schwebte, entkräften zu können.

Es dunkelte schon, als Rudolph endlich das Justizgebäude verließ. Zufällig traf er am Ausgange mit dem Polizeikommissär Grösser zusammen, der ebenfalls seinen Tagesdienst beendigt hatte und sich anschickte, nach Hause zu gehen. Rudolph wechselte einen Händedruck mit dem pflichteifrigen Beamten.

„Sie waren vermutlich bei Ihrem Klienten?" fragte Grösser, sich dem Rechtsanwalt anschließend. „Ich habe bereits gehört, dass Sie die Verteidigung übernommen haben. Es ist ein aussichtsloses Stück Arbeit, obwohl die Schuld des Verhafteten noch nicht im Mindesten erwiesen ist."

Überrascht schaute Rudolph den Beamten an. „Wie, Sie zweifeln auch an der Schuld Becks?" versetzte er dann hastig. „Soviel ich aus den Akten weiß, sind doch Sie es gewesen, der die meisten Schuldbeweise wider den Verhafteten zusammengetragen hat."

„Ich wollte, ich hätte gleich am ersten Tage eine Haussuchung bei Schimmel vornehmen dürfen, dann würde vielleicht die ganze Anklage ein anderes Aussehen bekommen haben", warf der Kommissär ein.

Überrascht blieb Rudolph stehen. „Das ist derselbe Wunsch, welchen Beck wiederholt vergeblich äußerte", versetzte er. „So halten Sie Beck in der Tat für schuldlos?"

„Es ist eigentlich ein unerquickliches Thema", meinte Grösser, „man kann sich nur in Vermutungen bewegen. Jedenfalls bin ich von meiner ersten Meinung, die Beck für den einzig Schuldigen hielt, zurückgekommen. Ich glaube sogar nicht einmal mehr, dass er am Mord beteiligt war. Aber das sind, wie gesagt, lauter Vermutungen, eine sichere Handhabe ist nicht vorhanden. Sie werden jedenfalls einen schweren Stand bei der Verteidigung haben, Herr Doktor."

„Ich kann es Ihnen ja im Vertrauen sagen", versetzte der junge Rechtsanwalt, „ich habe einen Ihrer Untergebenen zu gewinnen gewusst, den Trödler heimlich zu überwachen."

„Ist mir bereits bekannt. Schutzmann Pohl meldete es mir pflichtgemäß", meinte Grösser dagegen. „Ich halte Ihr Vorgehen für klug und vorsichtig, indessen wird nicht viel dabei herauskommen. — Nun, wenn Sie gestatten, lieber Herr Doktor, so werde ich mich ab und zu nach dem Fortgange der Untersuchung umsehen, ich habe mir auch vorgenommen, diesen vortrefflichsten aller Trödler scharf im Auge zu behalten, und ich würde mich freuen, wenn es mir gelingen sollte, Ihnen einiges Entlastungsmaterial an die Hand zu geben."

„Sie würden dem Unschuldigen einen unschätzbaren Dienst erweisen", versicherte Rudolph. Sie schritten eine Weile schweigend nebeneinander her. Rudolph glaubte zu bemerken, dass der Kommissär ihn von der Seite mit vieldeutigem Mienenausdruck fixierte.

„Eine komische Geschichte ists jedenfalls", unterbrach Grösser endlich wieder das Schweigen. „Es sind so viele Widersprüche im Spiele; was sagt denn zum Beispiel Ihr Klient zu dem Verschwinden des Testamentes?" Wieder ruhten die Blicke des Kommissärs mit fast stechendem Ausdruck auf Rudolph. Dieser zuckte leicht betroffen zusammen.

„Ich habe mit ihm darüber noch nicht Rücksprache genommen", versetzte er, unwillkürlich seinen Schritt verlangsamend. „Ich muss allerdings zugeben, dass auch mich dieses seltsame Verschwinden des Testamentes, dessen Vorhandensein von einwandsfreien Personen bestätigt wird, eigen genug berührt hat; ich hoffe indessen gerade aus diesem Umstande Kapital schlagen zu können." „Sie müssen aber vorsichtig verfahren, denn Sie könnten sonst leicht jemandem eine schöne Suppe einbrocken."

Rudolph blieb stehen und schaute den anderen fragend an. „Wie meinen Sie das?" entgegnete er. „Reden wir offen miteinander. Sie sagen mir nicht die ganze Wahrheit, Sie denken anders, wie Sie sprechen. Wem könnte ich wohl eine Suppe einbrocken?"

„Ich meinte nur, dass man sehr leicht einen Unschuldigen verdächtigen könnte", versetzte der Kommissär leichthin. „Besonders Sie haben noch gewisse Rücksichten zu nehmen. Allein schon der Gedanke, dass schließlich ja auch Ihr zukünftiger Schwager, der doch sicherlich ein einwandsfreier Mann ist, großes Interesse an dem Verschwinden des Testaments gehabt haben könnte —"

Er vollendete den Satz nicht, denn mit hartem Drucke umspannte Rudolph seinen Arm. „Ah, so ist also dieser furchtbare Gedanke, den ich bisher als trostloses Geheimnis in meinem Innern verschlossen wähnte, auch schon Ihnen gekommen? Sie haben Verdacht auf den Baron, sagen Sie mir, aus welchem Grunde?"

Grösser schaute ihn scheinbar verwundert an. „Aber ich bitte Sie, Herr Doktor, missverstehen Sie mich nicht", meinte er mit harmloser Miene. „Im Gegenteil, ich meinte es gut mit Ihnen, ich wollte dem Baron Hugo von Engler, Ihrem zukünftigen Schwager, nicht im Geringsten zu nahe treten. Unsereinem müssen Sie es schon verzeihen, wenn man schließlich jeden Menschen als Spitzbuben ansieht; man hat mit solchen eben gar zu viel zu tun."

Rudolph sann eine Weile nach. „Sie täuschen mich nicht", meinte er dann entschlossen zu dem Polizeikommissär. „Sie sind ein verschwiegener, in Ihrem Berufe äußerst tüchtiger Mann, und können sich wohl denken, wie sehr ich wünsche, den wahren Schurken entlarvt zu sehen. Schon aus diesem Grunde darf ich nicht kleinliche Rücksichten auf mir noch so nahe stehende Personen nehmen. Es bleibt aber unter uns, was ich Ihnen jetzt sagen werde."

Der Kommissär nickte nur schweigend und hörte dann mit gespannter Aufmerksamkeit auf die ihm flüsternd von Rudolph gemachten Eröffnungen. Indessen schien deren Mitteilung keinen besonderen Eindruck auf ihn zu machen.

„Schlagen Sie sich das aus dem Kopf, das ist eine Sinnestäuschung gewesen."

„Nein, nein, ich habe gute Augen im Kopf, die mich nicht trügen. Ich möchte darauf schwören, dass es mein zukünftiger Schwager gewesen ist", entgegnete Rudolph in hochgradiger Erregung. „Sie können nicht nachfühlen, in welcher

132

Gemütsverfassung ich mich seit jenem Augenblick befinde."

„Und doch haben Sie sich geirrt", widersprach der Kommissär gleichmütig. „Lieber Himmel, bei dem Menschengewühl konnten Sie auch nur flüchtig beobachten, und Ihr künftiger Verwandter hat ein einnehmendes, aber nicht gerade einzigartiges Gesicht. Solche Bärte findet man dutzendweise. Zudem sagen Sie ja selbst, dass die Kleidung eine andere war. Für Ihren Fingerzeig selbst bin ich Ihnen sehr dankbar", setzte er gleich darauf hinzu, „ich werde mir gestatten, die Verfolgung dieses Mannes mit dem Radmantel selbst in die Hand zu nehmen. Natürlich vorläufig als Privatmann, denn ohne völlig ausreichendes Material vermögen wir nichts anzufangen. Im Übrigen aber schlagen Sie sich die Grillen aus dem Sinn, Herr Doktor. Sie hatten ohnehin in der letzten Zeit so viel Widerwärtigkeiten."

Der Kommissär begleitete Rudolph noch ein Stück des Weges, dann verabschiedeten sie sich und Rudolph schritt gedankenvoll dem väterlichen Anwesen zu. Der Mienenausdruck des Kommissärs aber änderte sich ungemein, sobald er sich unbeachtet sah. Das heitere, sorglose Lächeln verschwand und er nickte vielsagend mit dem Kopf.

XIII

Vater und Sohn

In der nächsten Schwurgerichtsperiode, deren Sitzungen Anfang Oktober im Justizgebäude abgehalten wurden, sollte der Prozess Beck abgeurteilt werden.

Trotz seinem eifrigsten Bemühen war es Rudolph nicht gelungen, irgendwie neue Gesichtspunkte, die seinen Klienten zu entlasten vermocht hätten, ausfindig zu machen. Nach wie vor stand die Überzeugung bei ihm unerschütterlich fest, dass der Trödler Schimmel wenigstens Mitwisser des geschehenen Verbrechens sein und einen Meineid geschworen haben musste; aber die sowohl von dem Polizeikommissär Grösser wie auch von dessen Untergebenen fortgesetzt angestellten Beobachtungen hatten noch nicht das geringste Resultat ergeben.

Hedwig Beck benahm sich andauernd gefasster und ruhiger als Rudolph es anzunehmen gewagt hatte. Die Schicksalsschläge, welche das junge Mädchen in der letzten Zeit betroffen, hatten die ohnehin selbstständig veranlagte Natur Hedwigs völlig herangereift. Selten nur vergönnte sie ihrem Bräutigam einen kurzen Besuch, bei dem alsdann immer ihre Wirtin zugegen war. Sie schien die bittenden Blicke des jungen Rechtsanwaltes nicht wahrzunehmen, mit gemessener Freundlichkeit bewillkommnete und verabschiedete sie ihn, mit fast unbewegten Gesichtszügen hörte sie seinen Bericht an, und ihre Stimme klang fast teilnahmslos, wenn sie über die Aussichten ihres Vaters in der bevorstehenden Schwurgerichtsverhandlung sprach. Erst wenn Rudolph gegangen war, überließ sich das junge Mädchen ihrem herben Schmerze, dann barg sie ihr brennendes Angesicht in den Händen und sandte stammelnde Gebete zum Himmel, sie zu erlösen von der übermächtigen Last, unter der ihr Herz zusammenzubrechen drohte.

Im Hause des Fabrikanten Wichern herrschte ebenfalls eine unerquickliche Stimmung, die ihre Wirkung selbst auf das sonst so glückliche Brautpaar erstreckte. Hugo von Engler schien in der letzten Zeit nicht mehr so ruhig und heiter zu sein wie seine Braut es bisher an ihm gewohnt gewesen war. Es hatte ihn eine seltsame nervöse Unruhe überkommen, er erschien häufig offenbar verstimmt und mit niedergeschlagenen Mienen bei seiner Braut, und seine üble Laune verstärkte sich noch, wenn Rudolph ihm wahrheitsgemäß berichten musste, dass der Erbschaftsprozess von seiner endlichen Erledigung weit entfernt und es gar nicht abzusehen sei, wer in diesem verwickelten Rechtsstreite schließlich siegen würde.

Vor allen Dingen aber war es das äußerst gespannte Verhältnis zwischen Vater und Sohn, welches die Stimmung in dem Hause des Fabrikanten niederdrückte. Die Befürchtungen des alten Herrn waren in vollem Umfange eingetroffen. Das Verbrechen in der Kochstraße, noch mehr aber die darauffolgende Verhaftung des früher so hochangesehenen Fabrikanten hatten geradezu Sensation in der Stadt erregt. Man sprach in allen Kreisen von nichts anderem, und an jedem Wirtshaustische konnte man über die bevorstehende Schwurgerichtsverhandlung und deren mutmaßlichen Ausgang eifrig verhandeln hören. Auch Andreas Wichern hatte seinen Freunden und Bekannten auf die Dauer nicht ausweichen können. Unter dem Deckmantel freundnachbarlicher

Gesinnung und herzlicher Anteilnahme hatte man den ehrenstrengen und auf sein Ansehen peinlich stolzen Mann empfindlich zu verwunden gewusst. Es war deshalb wiederholt zu erregten Szenen zwischen Vater und Sohn gekommen.

Kein Wunder war es, dass unter solchen Umständen die Stirn des jungen Rechtsanwaltes sich immer mehr verdüsterte, denn wohin er auch schauen mochte, nirgends wollte sich ihm ein hoffnungsreicher Lichtblick offenbaren. Ein tückisches Geschick schien sich wider ihn verschworen zu haben. Er selbst musste notgedrungen die Sache Becks vor seinem eigenen Gewissen als verloren betrachten; mit der Verurteilung des unglücklichen Mannes fiel aber auch die letzte Hoffnung für Rudolph selbst, denn dieser kannte den Sinn seiner Braut zu genau, um sich nicht eingestehen zu müssen, dass Hedwig bei ihren Ansichten verharren und durch kein Flehen und Bitten von denselben sich abbringen lassen würde.

Gesetzt aber den höchst unwahrscheinlichen Fall, dass es ihm gelingen würde, Becks Freisprechung zu erzielen und damit dessen Tochter mit dem Gedanken an eine baldige Verbindung wieder zu befreunden, so stand doch immer ihrem zukünftigen Glück die Willensmeinung seines eigenen Vaters hindernd gegenüber. Rudolph war ein guter Sohn und beurteilte die strengen Charaktereigenschaften seines Vaters milde; er wusste ja nur zu gut, dass unter dessen rauher Außenseite ein treu liebendes, wohlmeinendes Herz für ihn schlug.

Der Gedanke, dass sein Sohn, der Träger seines makelreinen, hochangesehenen Namens, das Werk seines ganzen Lebens durch eine Heirat mit der Tochter eines Raubmörders beflecken und vernichten könnte, hatte etwas Entsetzliches für den alten Mann. Tag und Nacht ließen ihn die quälendsten Vorstellungen nicht zur Ruhe kommen. Mit nervöser Hast griff er jeden Morgen nach der Zeitung, zitternd vor Erregung durchflog er dieselbe, um zu sehen, ob nicht wieder etwas Neues über die Aufsehen erregende Angelegenheit darin stände.

Als dann eines Morgens in dem Blatte die Veröffentlichungen für die nächste Schwurgerichtssession erschienen und er den Namen seines früheren Freundes zwischen berufsmäßigen Verbrechern, die ebenfalls ihrer Aburteilung entgegenharrten, gedruckt sah, da überkam ihn ein verheerender Zorn, der ihm fast die ruhige Überlegung raubte. An diesem Tage hatte Rudolph einen harten Stand. Entmutigt und niedergeschlagen war er am Nachmittag aus der Stadt nach Hause gekommen, nachdem er vorher vergeblich versucht hatte, mit Hedwig zu sprechen. Die Wirtin hatte ihn mit der Versicherung abgewiesen, dass das junge Mädchen nicht zu Hause, sondern einige nötige Einkäufe zu besorgen gegangen sei.

Der alte Herr empfing seinen Sohn zitternd vor Erregung. An ein freundliches Wort zum Gruße dachten beide schon längst nicht mehr. Rudolph begnügte sich mit einem kurzen Gruße, dann wollte er an seinem Vater vorüber nach seinem Zimmer gehen. Aber der alte Herr vertrat ihm den Weg. „Also in zehn Tagen ist die Schwurgerichtsverhandlung", begann er, und seine bebende Stimme verriet die Gereiztheit, die sein ganzes Wesen beherrschte. „Du, mein Sohn und Erbe, willst es wirklich zum Äußersten kommen lassen, willst das in Ehren grau gewordene Haar deines Vaters schänden, indem du die aussichtslose Verteidigung eines solchen Schurken übernimmst?"

Ein schmerzliches Zucken erschien um die Mundwinkel Rudolphs. „Vater", bat er in eindringlichem Ton, „ich bin wirklich nicht in der Stimmung, dir jetzt Rede und Antwort zu stehen. Übrigens muss ich dir aufs neue versichern, dass deine Meinung eine irrtümliche ist. Ganz abgesehen von meinem Privatverhältnisse zu Beck und dessen Tochter, ist es meine Pflicht als Rechtsanwalt, dem nach meiner Überzeugung unschuldigen Mann beizuspringen. Ich würde mich einer großen Pflichtverletzung schuldig machen, wenn ich mich jetzt, dicht vor der Entscheidung, zurückziehen wollte, ganz abgesehen davon, dass schon mein Herz mir dies verbietet."

Der alte Herr zuckte die Achseln, dann wandte er sich und ging heftig erregt im Zimmer auf und nieder. Plötzlich blieb er dicht vor seinem Sohn stehen. „Rudolph!" rief er mit immer wachsender Erbitterung. „Ich habe lange Nachsicht gehabt, weil ich weiß, dass dein Herz mit beteiligt ist, aber ich kann mir nicht denken, dass dir die Wahl schwer werden kann. Hier sind dein in Ehren graugewordener Vater, deine Schwester, dein eigenes Lebensglück, die Aussicht auf eine ehrenvolle Zukunft — und dies alles willst du opfern um eines Mädchens willen, das einen Raubmörder zum Vater hat, wegen eines Mädchens, das von dir selbst nichts mehr wissen will, weil sie klüger ist als du, weil sie einsieht, dass auf einer solchen Verbindung kein Segen ruhen kann? Geh, geh, ich muss an deinen gesunden Verstandeskräften zu zweifeln beginnen. Das nenne ich nicht mehr Liebe, das nenne ich verbohrte Hartnäckigkeit!"

„Vater, ich bedaure deine Worte, und du selbst wirst sie noch bedauern", entgegnete Rudolph mit fester Stimme. „Ganz abgesehen von meiner Liebe zu Hedwig steht mein Vertrauen auf die Unschuld ihres Vaters unerschütterlich fest in meinem Herzen, und so sicher wie ich aller Welt ins Gesicht behaupten würde, sie lüge, falls man dich eines Verbrechens beschuldigen würde, so stolz stehe ich für deinen ehemaligen Freund ein und sage selbst dem eigenen Vater, der an die Schuld des Unglücklichen glaubt: du irrst dich, jener

Mann ist unschuldig, und der Tag wird kommen, an dem du deine jetzige Ungerechtigkeit bereust!"

Hoch aufgerichtet, mit stolzer Entschlossenheit in den geistvollen Zügen, stand der junge Rechtsanwalt da. Aber dieser Anblick vermehrte nur noch die Gereiztheit des alten Herrn. Ein finsterer Entschluss zuckte plötzlich in seinen Augen auf. „Gut denn, gut —" stieß er hervor. „Geh du deinen Weg, mir aber musst du gestatten, dass ich den meinigen wandle, und damit Gott befohlen." Mit diesen Worten wandte er sich um und verließ, ohne seinem Sohn noch einen Blick zu gönnen, das Gemach.

Schon eine Viertelstunde später trat er aus dem Hause und eilte durch die herabdunkelnde Nacht raschen Schrittes der inneren Stadt zu. Hedwig Beck erstaunte nicht wenig, als etwa um die achte Abendstunde ihr die Wirtin meldete, dass ein Herr sie in dringlicher Angelegenheit zu sprechen wünsche. Ihr Befremden wuchs noch und verwandelte sich in offenbares Erschrecken, als sie in dem bei ihr Eintretenden Rudolphs Vater erkannte. Eine jähe Blutwelle stieg ihr bis unter die Schläfe und sie schaute verwirrt vor sich nieder. Der alte Herr maß sie mit einem langen, forschenden Blicke, dann musterte er die einfache Einrichtung des Zimmers sowie das schlichte Kleid des verwirrt vor ihm stehenden jungen Mädchens. Fast war es, als ob auf seinen strengen Zügen eine mildere Herzensregung sich kundgeben wollte, als aber sein Blick auf den Goldreifen fiel, der den Ringfinger der linken Hand Hedwigs schmückte und von dem er wusste, dass er das Symbol des abgelegten Treueschwures seines eigenen Sohnes war, verhärteten sich seine Züge sofort wieder.

„Sie sehen mich in einer peinlichen Angelegenheit bei Ihnen erscheinen, Fräulein Beck", begann er, die Einladung des jungen Mädchens, Platz zu nehmen, überhörend. „Ich will gleich vorausschicken, dass ich nicht im Auftrage meines Sohnes komme, ja, dass dieser nicht einmal weiß, dass ich zu Ihnen gegangen bin. Ich schicke ferner voraus, dass ich Sie nicht kränken und verletzen will, Sie scheinen mir im Gegenteil ein tüchtiges, braves Mädchen zu sein, das ich wegen des Unglückes, das ihr Vater über Sie gebracht hat, aufrichtig bedauere."

„Aber ich bitte Sie, Herr Wichern, ich verstehe wirklich nicht —" unterbrach ihn Hedwig.

„Lassen Sie mich nur ausreden", fuhr Wichern fort. „Mein Sohn betrachtet sich nach wie vor als Ihren Verlobten, obwohl er weiß, dass ich aus zwingenden, Ihnen jedenfalls bekannten Gründen meine erst erteilte väterliche Erlaubnis zurückziehen musste."

Das junge Mädchen wurde plötzlich totenbleich im Gesicht. Ihre bis dahin erschreckt dareinschauenden Augen nahmen einen stolzen, selbstbewussten Blick an und sie richtete sich höher auf. „Noch verstehe ich Sie immer nicht recht, Herr Wichern", sagte sie in leise erzitterndem Ton. „Sie wissen vermutlich, dass ich Rudolph — Ihrem Sohn", verbesserte sie sich gleich darauf, „bereits in der Sterbestunde meiner seligen Mutter sein Wort zurückgegeben habe."

„Jawohl, das weiß ich. Mein Sohn hat es mir selbst gesagt, aber er sagte mir auch, dass Sie auf sein Drängen und Bitten sich doch entschlossen haben, ihm eine — wie soll ich sagen — ihm eine gewisse Wartefrist zu stellen. Soviel ich weiß, knüpfte sich Ihre endliche Einwilligung an die Wiederherstellung der Ehre Ihres Vaters."

Hedwig nickte. „Rudolph bat mich", versetzte sie, „ich leugne nicht, dass ich ihn lieber habe wie mein eigenes Leben. Auch von ihm weiß ich, dass er alles für mich freudig hingeben würde, darum folgte ich seinen Bitten und willigte ein, obgleich ich kein gedeihliches Ende voraussehe."

In den bis dahin gefurchten Gesichtszügen des alten Herrn leuchtete es jäh auf. „Das nenne ich ein Wort zur rechten Zeit. Freilich kann ein solches Verhältnis zu keinem gedeihlichen Ende führen. Lassen Sie mich offen reden, ich sehe, ich habe mich nicht getäuscht, Sie sind einem vernünftigen Worte zugänglich. Gesetzt den unwahrscheinlichen Fall, den ich in Ihrem Interesse herbeisehnen möchte, Ihr Vater wird freigesprochen, was folgt daraus? Man hat ihn mangelnder Beweise halber freigesprochen, der Verdacht bleibt aber als ein schmachvoller Fleck auf seiner Ehre Zeit seines Lebens haften — den wäscht keine Freisprechung mehr ab. Sie aber sind seine Tochter!"

„Herr Wichern —" stammelte das junge Mädchen, tödlich erblassend.

„Lassen Sie mich ausreden. Ich will Sie nicht kränken, ich spreche nur offen zu Ihnen. Sie sehen einen alten, verzweifelten Vater vor sich, der alle Gründe der Vernunft vergebens an seinen Sohn verschwendet hat und nun keinen anderen Ausweg mehr sieht als mit dem Mädchen, um dessen willen sein Sohn Vater, Ehre und Zukunft daran setzen will, sich auseinanderzusetzen."

„Sie hätten sich diesen Gang ersparen können", versetzte Hedwig mit tonloser Stimme, während sie den alten Herrn mit einem langen, stolzen Blicke maß. „Ich sagte Ihnen vorhin schon, dass ich mich nicht mehr als die Braut Ihres Herrn Sohnes betrachte. Es wäre nicht nötig gewesen, mir die heutige Demütigung zu bereiten — ich trage ohnehin schon schwer genug an meinem unverschuldeten Geschick."

Andreas Wicherns Stirn rötete sich; die Worte des jungen Mädchens gingen ihm mehr zu Herzen als er sich selbst einzugestehen wagte. „Verstehen Sie mich nicht falsch, liebes Fräulein; ich bedaure herzlich Ihr Missgeschick, aber versetzen Sie sich in meine Lage. Ich bin in Ehren grau gewor-

den, ich habe es zu etwas gebracht, man nennt meinen Namen mit Achtung, jeder Bürgersmann zieht respektvoll den
Hut vor mir, und nun soll mit einem Male mein Sohn sich in
blinder, unseliger Leidenschaft —"

„Kein Wort weiter, Herr Wichern, ich bitte Sie", rief
Hedwig, sich stolz in die Höhe richtend. „Alles das, was Sie
mir sagen könnten, habe ich Ihrem Herrn Sohn bereits selbst
gesagt; es ist nicht meine Schuld, dass er bei mir auszuharren
beschlossen hat. Ich sage Ihnen nochmals, ich bin seine Braut
nicht mehr!"

„Aber Sie tragen noch seinen Ring, das Unterpfand seines
Treuschwures", unterbrach sie Wichern zornig, dem die
Erkenntnis über die unvorteilhafte Rolle, welche er in den
Augen des jungen Mädchens spielen musste, plötzlich ge-
kommen war.

Mit einem müden, glanzlosen Blicke sah Hedwig zu dem
blinkenden Goldreifen an ihrem Finger herab, dann schien
ein plötzlicher Schauer sie zu überkommen. Mit schnellem
Entschlusse streifte sie den Ring von der Hand und legte ihn
vor sich auf den Tisch nieder. „Ich sage Ihnen nochmals,
Herr Wichern, Sie hätten mir diese Demütigung ersparen
können", versetzte sie. „Um Ihres Sohnes willen, nicht meinetwegen, duldete ich scheinbar die Fortsetzung unserer
Beziehungen. Gott allein weiß es, wie schwer ich gerungen
habe die letzten Wochen über. Bitte, bringen Sie diesen Ring
Ihrem Sohn, sagen Sie ihm, dass meine letzte Bitte an ihn ist,
auch mich vergessen zu wollen. Sagen Sie ihm, dass ich nach
Ihren heutigen Worten unter keinen Umständen, es sei denn,
dass Sie selbst mich bäten, seine Frau werden könne, sagen
Sie ihm auch noch, dass dieser Entschluss ein unabänderli-
cher ist, so wahr ich selbst dereinst selig zu werden hoffe."

Die schlichte Seelengröße, die aus den Worten des jungen
Mädchens sprach, verwirrte und beschämte Wichern wider

seinen eigenen Willen. „Sie müssen doch selbst einsehen, dass ich nicht gut anders handeln konnte", versetzte er verlegen, „aber wenn Sie wüssten, zu welcher Stätte des Unfriedens mein Haus geworden ist —"

„Ich bedauere Ihr Auftreten, aber es ist keine Entschuldigung nötig", entgegnete Hedwig, ihn kurz unterbrechend. „Unsere Wege scheiden sich für immer. Sagen Sie Ihrem Sohn, dass ich ihm herzlich für alles danke, was er an meinem Vater und mir getan hat und was er Gutes für meinen Vater noch tun wird. Sagen Sie ihm aber auch, dass ich es als bittere, unverdiente Kränkung betrachten würde, wenn er nochmals versuchen sollte, sich mir zu nähern."

Von Neuem deutete sie auf den Ring, und ihre Haltung war dabei so unnahbar stolz und zugleich entschieden, dass der alte Herr gänzlich verwirrt den Reifen wirklich an sich nahm und, nur noch einen flüchtigen Gruß vor sich hinmurmelnd, aus dem Zimmer ging. Es überkam ihn immer stärker das Bewusstsein, dass er, der an Ehren reiche und auf sein Ansehen so stolze Mann, sowohl in den Augen des jungen Mädchens als auch in den Augen seines eigenen Sohnes eine unwürdige Rolle gespielt hatte.

Was sollte er Rudolph sagen?

XIV

Chiffre

„Ja, ja, es ist so, wie ich Ihnen sage", bekräftigte die Wirtin
Hedwigs, den jungen Rechtsanwalt durch eine Handbewegung einladend, einzutreten, „gestern abend war Ihr Herr
Vater bei dem Fräulein, und heute Früh hat sie, ohne mir
eine neue Adresse zu geben, Knall auf Fall die Wohnung
verlassen."

Rudolph stand fassungslos, seine Augen vergrößerten sich
unnatürlich und die Zornesader auf seiner Stirn schwoll dick
an. „Mein Vater?" sagte er nach geraumem Stillschweigen.
„Wie sollte mein Vater dazu gekommen sein, den Fuß über
diese Schwelle zu setzen?"

„Doch, doch!" rief die Wirtin eifrig. „Er war da und hat
eine recht erregte Auseinandersetzung mit dem Fräulein gehabt. Als er gegangen war, hat das Fräulein die ganze Nacht
geweint, vergeblich habe ich ihr Trost zuzusprechen versucht. Sie hat mir nun heute Morgen erklärt, sofort ausziehen zu wollen... Übrigens hat sie mir auch einen Brief für Sie
übergeben."

Damit eilte die bewegliche Frau auch schon nach ihrem
Wohnzimmer und kam gleich darauf mit einem verschlossenen Schreiben zurück, das sie Rudolph einhändigte. Mit
bebender Hand nahm dieser den Brief entgegen, dessen an
ihn gerichtete Aufschrift die ihm so wohlbekannten teuren
Schriftzüge des geliebten Mädchens trug. Wie geistesabwe-

send starrte er bald auf die Wirtin, bald auf den Brief in seiner Hand nieder. „Und sie hat nicht gesagt, wohin sie sich zu wenden gedachte?" murmelte er.

„Das ist es ja eben", eiferte die Wirtin. „Es war doch sonst ein so liebes und kluges Mädchen, aber diesmal war sie ganz aus dem Häuschen, ich konnte reden, was ich wollte, sie hörte auf nichts. Da sie mir obendrein die Miete für den nächsten Monat auf den Tisch legte, so hatte ich schließlich gar kein Recht, sie zurückzuhalten. Sie ließ sich eine Droschke holen und nahm gleich ihr Gepäck mit sich. Sie wird wohl nach einem Hotel gefahren sein, wenn sie nicht gar nach auswärts verzogen ist."

„Und Sie haben meinen Vater wirklich erkannt?"

„Du lieber Gott, wer sollte Ihren Vater nicht kennen, einen solch hochangesehenen Herrn?"

Rudolph schwieg, eine lange Weile starrte er finster brütend vor sich nieder, dann hob sich seine Brust unter einem tiefen Seufzer. „Es ist gut, ich danke Ihnen", versetzte er mit tonloser Stimme, „leben Sie wohl." Er wandte sich um und verließ die Wohnung, welche bis dahin seiner geliebten Braut ein Unterkommen gewährt hatte. Nur zu klar war es ihm geworden, welche Motive seinen Vater zu Hedwig geführt hatten. Ein maßloser Zorn, der lange schon in seinem Herzen gewühlt und gebohrt hatte, loderte jetzt in ihm auf. Gewiss waren harte, böse Worte zwischen Hedwig und seinem Vater gefallen; verwundeten, gekränkten Herzens hatte sie sich gewendet und war entflohen — entflohen für immer! Mechanisch schritt Rudolph Stufe für Stufe die Treppe hinunter. Als er den Hausflur erreicht hatte, blieb er stehen; verstört blickte er auf das Schreiben, das er noch immer uneröffnet in der Hand trug. Ein tiefer Seufzer hob seine Brust, dann öffnete er schnell und entschlossen den Brief und las ihn bei dem gedämpften Widerscheine des durch die bemalten Fensterscheiben dringenden Lichtes.

Mein lieber, teurer Rudolph!

Verzeihe mir, wenn ich dir von neuem Schmerz bereiten muss, aber die letzte schlaflose Nacht hat in mir die schon lange gehegte Überzeugung neu gekräftigt und zur unwiderruflichen Tatsache umgeschaffen, dass dein Glück nur gedeihen und sich befestigen kann, wenn wir beide uns trennen.

Dein Vater kam gestern abend zu mir und bat mich, dich frei zu geben. Ich antwortete ihm, dass ich dich schon längst deiner Verpflichtung mir gegenüber entbunden habe, und dass es nur ein freiwilliges Ausharren deinerseits gewesen sei. Er glaubte mir nicht, sondern forderte von mir den Ring, den du mir in einer unvergesslich süßen und glücklichen Stunde einstmals an den Finger gesteckt hast. Ich gab das Kleinod Deinem Vater mit, verzeihe, wenn ich dich dadurch gekränkt habe, aber ich konnte nicht anders.

Zürne aber auch, ich bitte dich darum, Deinem alten Vater nicht, denn siehe, er meint es herzlich gut und treu mit dir. Seine Besorgnis um deine Zukunft war es ja einzig und allein, welche ihn dazu bewogen hat, persönlich zwischen uns zu treten, um das durch Schicksalsschläge aller Art ja ohnehin schon stark gelockerte Band, welches uns bis dahin verbunden, vollends zu trennen. Dein Vater hat Recht. Er sprach mir gegenüber nur nochmals aus, was ich schon in der Sterbestunde meiner unvergesslichen seligen Mutter als unumstößliche Wahrheit in der Tiefe meines Herzens empfunden habe, dass ich nämlich niemals deine Frau sein kann und werde. Glaube mir, mein teurer Rudolph, es wird mir nicht leicht, den Schritt zu unternehmen, der bereits geschehen ist, wenn diese Zeilen in deine Hände kommen.

Inständig bitte ich dich, forsche nicht nach mir, lass mich allein in Zukunft für mich leben, denn dein Anblick würde die mühsam errungene Entschlossenheit meines Herzens wieder zunichte machen und über dieses von neuem die bitteren, furchtbaren Kämpfe heraufbeschwören, die ich die letzten Wochen durchzuleiden hatte.

Lass mich jetzt in der Scheidestunde, die unsere Geschicke unwiderruflich trennen soll, dir nochmals sagen, dass ich mir kein größeres Glück hätte denken können, als die deine zu werden. Lass mich dir aber auch zugleich versichern, dass nach dem Vorgefallenen all dein Bitten und Bestürmen mich nie mehr bewegen könnte, deine Frau zu werden, selbst wenn mein Vater mangelnder Beweise halber, wie dein Vater sich ausdrückte, freigesprochen werden würde. Erst gestern abend ist mir voll und ganz die Kluft klar geworden, welche mich und meinen unglücklichen Vater von jenen beneidenswerten Menschen trennt, die sich in der Gunst ihrer Mitmenschen sonnen dürfen.

Nimm diese Worte hin, als wenn sie von einer Sterbenden an dich gerichtet wären, denn ich bin und werde tot für dich sein in Zukunft!

Gottes Segen auf dich, mein Liebling, er lasse es dir gut gehen und lasse dich recht bald den Frieden des Herzens wieder finden.

Hedwig

Der junge Rechtsanwalt stand noch eine halbe Stunde unbeweglich an dem Treppenfenster und las den inhaltsschweren Brief des heißgeliebten Mädchens immer von neuem wieder durch. Er achtete nicht darauf, dass vorübergehende, die Treppen auf und ab gehende Personen stehenblieben und ihn neugierig musterten. Er wusste nicht einmal, wo er sich befand. Zuletzt verschwammen die Buchstaben vor seinen Augen und vor seinem tränenden Blicke stieg die schlanke, jugendlich anmutige Gestalt der ihm nunmehr auf ewig Verlorenen verlockend auf. Er wusste es, dass Hedwig nun eher sterben als die Seinige werden würde. Sein Vater musste ihren Stolz schwer gekränkt haben.

Sein Vater! Wie ihn dies eine Wort schon verbitterte, wie es maßlosen Zorn in seinem Herzen auflodern ließ! Rudolph wusste kaum, wie er aus dem Hause kam. Wie traumverloren schritt er durch die Straßen der Stadt. Instinktiv strebte er den Parkanlagen zu; dort ließ er sich auf einer verborgen stehenden Bank nieder und saß stundenlang in dumpfes Brüten versunken da. Erst das zu ihm herüberdringende Geläute der Abendglocke brachte ihn wieder zu sich. Verstört starrte er um sich. Golden strahlte die scheidende Abendsonne durch das schon herbstlich gefärbte Laub auf ihn hernieder. Von da und dort kamen mit fröhlichem Gezwitscher die Vögel heimwärts gezogen, um ihre Nester aufzusuchen.

Ein bitteres Lächeln umspielte den Mund des jungen Mannes, wenn er daran dachte, dass auch er den Schritt heimwärts lenken solle. Ihm graute vor der Möglichkeit, mit seinem Vater zusammenzutreffen. Im nächsten Augenblick hatte sich seine Stimmung wieder umgewandelt. Nein, im Gegenteil, er wollte, er musste es zur Aussprache mit seinem Vater kommen lassen. Dieser war ihm Rechenschaft schuldig, denn er war kein unmündiger Knabe mehr, über dessen Lebensglück andere, ohne ihn selbst zu fragen, verfügen konnten. Ein finsterer Entschluss blitzte in seinen Augen auf; er erhob sich und eilte schnellen Schrittes der Villa zu.

Er fand den alten Herrn wie gewöhnlich in dessen Wohnzimmer. Andreas Wichern saß hinter dem geöffneten Fenster. Beide Fensterflügel standen weit auf. Als er Rudolph eintreten sah, verdüsterte sich seine Stirn, und sein Blick haftete forschend auf dem finsteren Blick seines Sohnes. Dann erhob er sich plötzlich hastig von seinem Stuhl, schloss

das Fenster und trat auf Rudolph zu. „Ich habe dir eine Eröffnung zu machen, Rudolph", begann er mit einigermaßen
unsicherer Stimme. „Du weißt, krumme Wege haben nie zu
meinen Liebhabereien gehört. Ich habe es für meine Vater-
pflicht gehalten, Rücksprache mit Hedwig Beck zu nehmen."

„Ich weiß es bereits", entgegnete Rudolph, „siehe hier die
Früchte deines Handelns!" Damit zog er den Brief Hedwigs
aus der Tasche und überreichte denselben seinem Vater.

Zögernd nahm Andreas Wichern das Schreiben entgegen.
Aber schon, nachdem er die ersten Zeilen gelesen, veränderte
sich seine Miene, immer gespannter wurden seine Züge, und
als er das inhaltsschwere Schreiben gelesen hatte, da nickte
er gedankenvoll vor sich hin. „In der Tat, ein selten braves,
hochherziges Mädchen", murmelte er wie in einem Selbstge-
spräche vor sich hin. „Schade, dass sie solch einen Vater
haben muss!"

Rudolph war ganz nahe an ihn herangetreten. „Du sagst
die Wahrheit, Vater", begann er, „Hedwig ist ein Engel an
Güte und Hochherzigkeit! Und dieses herrliche Geschöpf
hast du mir entfremdet. Kurzsichtig verblendet hast du um
des schnöden Urteils der Menge willen das Liebste geopfert,
was es für mich gibt. — Lass mich ausreden", fuhr er heftiger fort, als sein Vater ihn unterbrechen wollte, „vielleicht zu
lange habe ich geschwiegen und dir durch dieses Schweigen
in deinen Augen ein Recht eingeräumt, das du nun miss-
braucht hast. Ich danke dir für alles Gute, Vater, was du mir
je erwiesen hast. Ich würde ein Unrecht begehen, wenn ich
nicht zugeben wollte, du seiest mir immer ein treubesorgter,
liebevoller Vater gewesen.

Selbst in diesem Augenblick, wo ich dir wegen deiner
Handlungsweise zürnen muss, will ich anerkennen, dass
diese selbst nur aus deiner besorgten, wohlmeinenden Liebe
für mich entsprungen ist. Aber dennoch, Vater, du kannst

nicht begreifen, dass es im Menschenherzen Saiten gibt, an die man nicht rühren darf, dass die wahrhaftige, echte Liebe nicht nach den Menschen fragt und nach deren Urteil, dass es sie gleichgültig lässt, ob mit ihr Glück, Rang und Ansehen einzieht, oder ob sie bettelarm allein kommt, ärmlich und bloß.

Doch solchen Erwägungen bist du — ich weiß es — leider unzugänglich. Wie hättest du auch sonst das Mädchen von mir reißen können, das mich verstand, das mich liebte aus ganzem Herzensgrunde, weil ich es würdig fand, geliebt zu werden. Oh Vater, es war Unrecht, du glaubtest mir zu dienen und du hast mich so unglücklich gemacht, dass das Leben nun wüst, öde und schal vor mir liegt —"

Andreas Wichern sah seinen Sohn mit solch kummervollem, besorgtem Blicke an, dass Rudolph unwillkürlich die unmutigen Worte, die ihm noch auf den Lippen schwebten, unterdrückte.

„Lass mich dir etwas sagen, mein Sohn", begann der Fabrikant mit eigentümlich gepresstem Ton. „Du sagst selbst, dass du glaubst, ich sei nur um deinetwillen und weil ich es für dein Bestes halte, schroff gegen jenes Mädchen aufgetreten. Das allein ist auch in der Tat mein Beweggrund gewesen, aber jetzt tut's mir wehe, dass ich zu ihr gegangen bin. Sie ist ein Mädchen, vor dem man den Hut tief abziehen muss, und ich glaube, ich habe ihr weher getan als sie es verdient hat."

„Oh Vater", unterbrach ihn Rudolph, während ein bitteres Lächeln seine Lippen umzuckte. „Was sollen jetzt noch alle Worte, wo mein Glück unwiderruflich dahin ist! Du hast Hedwigs Brief gelesen. So spricht kein Mädchen, das nicht ganz und gar mit der Vergangenheit abgeschlossen hat."

Andreas Wichern nickte gedankenvoll, dann in plötzlicher Aufwallung legte er beide Hände auf die Schultern seines

Sohnes und zwang diesen förmlich, ihm lange und tief in die Augen zu schauen.

„Mag ich ihr Unrecht getan haben", begann er endlich, „doch lasse dich überzeugen, dass ich auch ihr Bestes gewollt habe. — Hedwig Beck passt nicht mehr für dich. Lass dir das von einem alten, viel erfahrenen Mann sagen, der tiefe Einblicke getan hat in Menschenschicksal und Menschenleben. Glaube mir, Rudolph, die Stunde wird kommen, wo du das gestrige Auftreten deines Vaters segnen wirst, in welcher du einsiehst, dass es dein und deiner Braut Verhängnis geworden wäre, wenn ich angesichts der unerbittlich eure Trennung erzwingenden Umstände geschwiegen und euch mit sehenden Augen in ein unabsehbares Unglück hätte rennen lassen!"

Rudolph sah vor sich nieder. Er hatte den treuen, wohlmeinenden Blick seines Vaters nicht länger zu ertragen vermocht; er wusste es ja, dass es nur die selbstsüchtige Liebe des alten Mannes gewesen war, die diesen zum Handeln bewogen hatte, aber dennoch vermochte er der Erbitterung, die in seinem Herzen wogte, nicht Herr zu werden. Er seufzte tief und trat einen Schritt zurück.

„Du sprichst immer, als ob Karl Beck schon verurteilt wäre, Vater", meinte er mit nervös zuckenden Lippen. „Du stellst dich auf den Standpunkt, als ob du es mit der Tochter eines gebrandmarkten Raubmörders zu tun hättest. Wie nun, wenn der arme Märtyrer nächste Woche schuldlos und makelrein aus der Schwurgerichtsverhandlung hervorgeht? Wird auch dann noch das Bewußtsein in dir mächtig bleiben, dass du nur deine Pflicht getan hast, indem du zwei sich treu liebende Herzen auseinander rissest?"

Die Falten um die Mundwinkel des alten Herrn verschärften sich; er richtete sich straffer empor. „Der Mann, den alle Welt verurteilt, weil die Beweise gegen ihn geradezu niederschmetternde sind, ist nicht unschuldig. An seinen Fingern klebt Blut, und die Tochter eines solchen Mannes nehme ich nicht auf in meinem Hause. Ich sage dir noch einmal, ich habe nicht das Werk meines ganzen Lebens aufgebaut, damit ein törichter Streich meines Sohnes das stolze Gebäude wieder leichtfertig zusammenreißt. Da gibt es keine andere Wahl: entweder für mich oder gegen mich! — Nun aber danke Gott, dass alles so gekommen ist, später wirst du vielleicht noch deinem alten Vater danken, dass er mit klarem Sinn und fester Hand ohne alle Sentimentalität die Sache in die Hand genommen und zu einem guten Ende geführt hat."

„Nein, dieser Tag wird niemals kommen", sagte Rudolph, den Blick seines Vaters fest erwidernd. „Wohl aber wird der Tag kommen, an welchem du reumütig vor mir stehen und es, freilich viel zu spät, beklagen wirst, selbst durch deine eigene Kurzsichtigkeit deinen eigenen Sohn und ein holdes Wesen für immer unglücklich gemacht zu haben!"

Zuerst schien es, als ob der alte Herr zornig aufflammen wollte, dann aber bezwang er sich und ein fast ironisches Lächeln erschien um seine Lippen. „Nun, so lass jenen Tag kommen, dann will ich mit eigener Hand deinen Brautwerber machen und nicht ruhen noch rasten, bis ich mein Unrecht gesühnt habe! Aber ich kann es abwarten, bis diese Stunde kommt, und ich glaube, der jüngste Tag kommt eher heran, bevor Karl Beck in den Augen der Welt wieder als Ehrenmann dasteht!"

Rudolph wollte eine heftige Antwort geben, aber ein Klopfen an der Türe unterbrach plötzlich die Unterredung. Die Haushälterin trat ein und meldete dem jungen Rechtsanwalt, dass ein Herr vorgefahren sei, der ihn in einer dringlichen Angelegenheit sofort zu sprechen wünsche. Zugleich überreichte sie eine Visitenkarte.

„Wilhelm Grösser, Polizeikommissär", las Rudolph. Zugleich fiel sein Blick auf ein flüchtig mit Bleistift geschriebenes Wort. „*Schimmel*" las er und fühlte, wie es plötzlich heiß und kalt seinen Körper durchlief.

„Ich werde abgerufen, Vater", begann er, sich gegen den alten Herrn wendend.

„Wir sind ohnehin fertig", sagte dieser kühl und gelassen. „Ich bitte dich, diese unerquickliche Angelegenheit jetzt endgültig abgetan sein zu lassen."

Rudolph verließ hastig das Zimmer. In seinem eigenen erwartete ihn schon der Polizeikommissär Grösser, der inzwischen unruhig in diesem auf und nieder geschritten war. „Ich komme nur auf einen Sprung zu Ihnen, Herr Doktor", begrüßte dieser den Eintretenden, ihm herzlich die Hand schüttelnd. „Meine Droschke wartet vor der Tür, um mich sofort nach der Stadt zurückzuführen. Ich halte es aber für meine Pflicht, Ihnen eine wichtige Entdeckung, die mir zufällig soeben berichtet worden ist, kundzugeben, da es ohne Verletzung eines Dienstgeheimnisses geschehen kann, und ich auf der anderen Seite weiß, wie sehr Sie jede Einzelheit in Sachen Beck interessiert."

„Wenn ich nicht irre, las ich aus Ihrer Karte den Namen Schimmel", fragte Rudolph erwartungsvoll, nachdem er den Kommissär eingeladen hatte, Platz zu nehmen.

„Jawohl", sagte dieser, sich in dem Lehnsessel behaglich zurücklehnend und aus der ihm dargebotenen Kiste eine Zigarre nehmend und dieselbe entzündend. „Gerade in Angelegenheiten dieses dunklen Ehrenmannes komme ich zu Ihnen. Es wird Sie interessieren zu erfahren, dass dieser Bursche in geheimer Chiffrekorrespondenz mit einem Unbekannten steht."

„Was Sie nicht sagen!" rief Rudolph wie elektrisiert. „Das ist doch jedenfalls ungewöhnlich. Schimmel ist kein Mann in jenen Jahren, in welchen man heimlich mit einer Geliebten korrespondiert."

„Nun, durch die Zeitung pflegen auch in der Regel Verliebte nicht zu korrespondieren, denn die Sache wird auf die Dauer zu kostspielig", brummte der Kommissär trocken, zugleich seiner Zigarre einige kräftige Züge entlockend.

„Durch die Zeitung?"

„Jawohl. Ich hatte den Kriminalschutzmann Pohl beauftragt, den Trödler zu beobachten. Derselbe tat dies auch in äußerst vorsichtiger Weise, ohne indes Wochen hindurch irgendwelches Resultat melden zu können. Schimmel ging nun heute Nachmittag nach der Kaiserstraße auf das Postamt lll und fragte nach einem Chiffrebrief. Pohl war so vorsichtig, sofort nach Entfernung des Trödlers unter Vorzeigung seiner Marke unauffällig nach der Chiffre zu fragen. Sie lautet *S. P. 14*. Es war kein derart lautender Brief vorhanden gewesen. Zum Glück gelang es dem rasch Schimmel nacheilenden Beamten, den Trödler einzuholen. Dieser stand gerade im Begriffe, sich in die Annoncenexpedition zu begeben. Sie kennen ja das mit eleganten Spiegelscheiben versehene Comptoir, dessen Innenraum von der Straße aus übersehen werden kann. Hier wiederholte sich das vorige Spiel, nur mit dem Unterschiede, dass der Trödler ein Inserat aufgab, welches von Pohl alsdann sofort in Augenschein genommen und notiert wurde. Hier ist es, es lautet unverfänglich genug: *Liedervers entfallen. Bezwinge Sehnsucht nicht länger, ist in acht Tagen Entscheidung nicht gefallen, spreche mit St. Entweder — oder. P. A. 3. S. P. 14.*"

Dabei hatte der Kommissär einen Zettel aus der Brieftasche entnommen und ihn Rudolph überreicht, der denselben mit steigendem Befremden genau las und ihn dann dem Beamten zurückgab.

„Um mich kurz zu fassen", fuhr der Kommissär fort, „der Schutzmann verfolgte den Trödler noch weiter, Schimmel aber kehrte auf dem kürzesten Wege, ohne wahrgenommen zu haben, dass er beobachtet worden, nach seiner Behausung zurück."

„Lassen Sie sehen", unterbrach ihn Rudolph fragend, „wie lautete gleich die Überschrift? *Liedervers entfallen*, nicht wahr?"

„Ist Ihnen an der Überschrift etwas aufgefallen?"

„Natürlich, schon zu wiederholten Malen ist mir ein derartiges Inserat in den Zeitungsspalten begegnet."

„Ganz recht, ich kann Ihnen sogar, wenn es Sie interessiert, Einsicht in sämtliche Inserate mit der gleichen Überschrift gewähren, denn ich habe die betreffenden Ausschnitte bei mir." Damit zog der Kommissär auch schon einige Nummern des *Tageblatts* hervor und deutete auf einige mit Blaustift umrandete Stellen, welche ausnahmslos die Überschrift *Liedervers entfallen* trugen.

„Schauen Sie hierher, Herr Doktor", fuhr der Kommissär fort, „die Dinger lesen sich wie ein Liebesroman. Hier ist eine Aufforderung zum Stelldichein enthalten. Das nächste Inserat, welches zwei Tage später erschienen ist, bedauert die Unmöglichkeit, kommen zu können, deutet aber an, dass ein Brief an der bewussten Stelle lagert. Sehen Sie hier die römische *VI*, dann *S. P. 14*. Das bedeutet: Auf dem Postamt VI in der Langenstraße liegt ein Brief unter der Chiffre S. P. 14. Der Empfänger muss aber, wie aus der nächsten Annonce, die wieder von ihm ausgeht, zu ersehen ist, nicht mit dem Inhalt des Briefes zufrieden gewesen sein, denn er dringt im Ton anscheinender Ungeduld auf baldige Entschließung. Die Gegenannonce, die anscheinend an einen feurigen Liebhaber gerichtet ist, in Wahrheit aber für unseren wackeren Freund Schimmel bestimmt war, sucht diesen zu vertrösten und meldet die Absendung eines neuen Briefes unter gleicher Chiffre, der diesmal aber auf dem Hauptpostamt abzuheben

ist. Unser Schimmel wird in seinen Antworten immer unge-
duldiger, seine Liebessehnsucht lässt ihm anscheinend keine
Ruhe mehr bei Tag und Nacht, dagegen steigert sich die
Zurückhaltung des anscheinend weiblichen Wesens, das in
Wahrheit niemand anderes als der Spießgeselle des Trödlers
und der wirkliche Mörder des Barons Ludwig von Engler
und seiner Nichte ist."

Rudolph atmete beklommen auf. Was ihm der Kommissär
da mitteilte, klang so einfach und überzeugungsvoll, dabei
aber enthielt es für ihn eine so außerordentliche Botschaft,
dass er fast seinen Ohren misstraute und glaubte, nicht recht
gehört zu haben. „Mein Gott, sollte es möglich sein, sollte
wirklich noch in letzter Stunde uns die Hoffnung nahen, eine
Spur auffinden zu können?" murmelte er ergriffen. „Dann
— dann habe ich vielleicht auch einem anderen in Gedanken
bitteres Unrecht zugefügt!"

Der Kommissär lachte ihn siegesgewiss an, während es in
seinen Augen eigentümlich aufblitzte. „Ich habe nicht nur
Hoffnung, sondern schon Gewissheit, dass wir den unbekannten Briefschreiber in Bälde ermittelt und alsdann auch
als den wirklichen Mörder gefasst haben werden", versetzte
er mit eigener Betonung. „Es soll mich recht freuen, dem
superklugen Herrn Untersuchungsrichter ein Näschen dre-
hen zu können. Ich freue mich aber auch aufrichtig um Ihretwillen, lieber Herr Doktor!"

Rudolph teilte dem Polizeikommissär das ihn so sehr be-
kümmernde Verschwinden Hedwigs mit. Grösser verstand
ihn sofort. „Ich danke Ihnen für Ihr Vertrauen und werde es
zu rechtfertigen suchen", versetzte er in warmen Ton. „Wir
von der Polizei haben ja Einblick in so manche dem Auge
anderer verborgen bleibende Einzelheiten. Jedenfalls muss
Ihr Fräulein Braut sich irgendwo aufhalten, und ich werde
bald ihre Spur ausfindig zu machen wissen. Indessen werden

Sie schon verzeihen müssen, wenn ich vorläufig meine Entdeckung für mich behalte, denn gegen den Willen der jungen Dame werden Sie selbst nicht handeln wollen. Überdies", unterbrach er sich, „habe ich in den nächsten Tagen alle Hände voll zu tun, denn die Frist für unsere Tätigkeit in Sachen Schimmel ist uns nur karg bemessen. In der kommenden Woche ist schon die Schwurgerichtsverhandlung, und wir müssen alle Hebel in Bewegung setzen, um den unbekannten Briefschreiber bis dahin ausfindig zu machen."

„Wäre es nicht am einfachsten, einen unter der von Ihnen entdeckten Chiffre ankommenden Brief mit Beschlag zu belegen?" fragte Rudolph hastig.

Grösser nickte nachdenklich. „Daran habe ich auch schon gedacht", brummte er, „aber das ist eine heikle Geschichte. Schließlich handle ich in dieser Angelegenheit doch nur als Privatperson, wenn ich auch selbstverständlich den mir zur Verfügung stehenden amtlichen Apparat dabei in Bewegung setze. Es ist ja allerdings kein Zweifel möglich, dass der Briefwechsel wirklich mit dem Verbrechen in Verbindung steht, denn wozu sollte sonst der Trödler eine so kostspielige Zeitungs-Chiffrekorrespondenz unterhalten? Schließlich würde ich wohl die Beschlagnahme des Briefes verantworten können, indessen fraglich ist es, ob nicht gerade durch eine solche Beschlagnahme die beiden Spitzbuben gewarnt und dann natürlich doppelt auf ihrer Hut sein würden. Nun, wir werden schon sehen, wie es am besten zu machen ist", schloss er seine Einwendungen. Damit empfahl er sich. Der junge Rechtsanwalt gab ihm das Geleite bis an die Droschke, die vor dem Gartentore wartend stand.

Gedankenvoll kehrte er durch den Garten nach der Villa zurück. Er nahm in der Laube seine Schwester und deren Bräutigam wahr, da er aber immer noch eine unerklärliche Abneigung davor empfand, mit Hugo von Engler Rücksprache zu nehmen, wollte er hastig an der Laube vorübergehen. Da hörte er sich von seiner Schwester angerufen und musste nun notgedrungen näher treten.

„Höre, Rudolph, du bist zwar auch in der letzten Zeit ein Spielverderber geworden", empfing ihn seine Schwester zwischen Lachen und Weinen kämpfend und dabei auf ihren Bräutigam zeigend, der im Hintergrunde der Laube saß und dem Eintretenden lässig zunickte. „Aber solch ein wüster Barbar, wie Hugo ist — ich kenne ihn gar nicht wieder. Er lacht nicht mehr, er scherzt nicht mehr, er spricht nicht mehr. Die wenigen Stunden über, die er da ist, ist er immer auf dem Sprunge, wieder zu gehen. Bald schaut er rechts, bald schaut er links. Gerade wie ein Mensch, der kein gutes Gewissen hat."

„Aber ich bitte dich, liebste Hildegard", unterbrach sie Hugo. „Man kann doch nicht immer heiter gestimmt sein. Ich habe schwere Sorgen, dieser ärgerliche Prozess —"

„So seid ihr Herren alle", entgegnete Hildegard schmollend. ›Am Golde hängt, nach Golde drängt doch alles‹, so heißt es auch bei euch. Ach, wir armen Mädchen, die wir uns den Brautstand so ideal und romantisch denken, und dann langweilen wir uns mit einem solchen Herrn der Schöpfung, weil er in einem Vermögensprozess mit einem Verwandten begriffen ist und weil er eine fette Erbschaft nicht sofort bar ausbezahlt erhalten hat. — Denke dir nur, Hugo macht sogar Auswanderungspläne."

„Wirklich?" fragte Rudolph, einen forschenden Blick auf das bleiche Angesicht seines zukünftigen Schwagers werfend, das ihm seltsam unstet und sehr zu seinen Ungunsten verändert vorkam.

Hugo von Engler paffte den Rauch seiner Zigarette lässig vor sich hin. „Offen gestanden, das Leben hier ist mir verleidet", meinte er gedehnt. „Eure Gerichte vollends können mir

gestohlen werden. Da liegt mein gutes Recht sonnenklar zu
Tage, und dennoch werden Termine über Termine abgehalten. Der Himmel allein weiß, wann ich mein Vermögen aus-
gezahlt erhalte. Da werden tausend nichtige Einwände gemacht, da werde ich einem Verhör um das andere unterzo-
gen, da soll ich jetzt mein Gutachten abgeben über den ver-
meintlichen Inhalt des verschwundenen Testamentes — ich,
der ich über ein halbes Jahr nicht mehr im Hause meines
Onkels und obendrein nie sein Vertrauter gewesen bin!"

Hildegard deutete mit dem Finger auf ihn. „Siehst du",
wandte sie sich an ihren Bruder, „so ist er jetzt immer; ganz
unausstehlich, und einen solchen Menschen soll man auch
noch lieb haben!" Dabei setzte sie sich auf die Bank zu ihrem
Verlobten und umschlang diesen mit einem Arme.

„Liebster, ich bitte dich, sei wieder heiter und froh",
meinte sie mit der ihr eigenen innigen Herzlichkeit, „schau,
das Leben lacht uns ja viel schöner als vielen anderen Menschen! Was wollen wir uns da durch nichtige Kleinigkeiten
erzürnen lassen! Komm, sei wieder heiter und gut!"

Rudolph wandte sich ab und ging. „Arme Schwester; arme Schwester!" murmelte er vor sich hin, während er hastig
den kiesbestreuten Weg nach der Villa zurückschritt.

XV

Nächtliche Verfolgung

Schon frühzeitig war die Dämmerung auf die Straßen der Stadt herabgesunken, den Himmel bedeckte jäh dahinjagendes, graues Gewölk, ein rauher Wind durchfegte die Plätze und Gassen, schwere Regentropfen prasselten ab und zu gegen die Fensterscheiben. Morgen sollte die Schwurgerichtsverhandlung gegen den Fabrikanten Beck stattfinden.

Rudolph hatte den ganzen Tag über angestrengt seinen Berufsgeschäften nachgehen und bereits am Vormittag einen Verhandlungstermin in Sachen seines zukünftigen Schwagers wahrnehmen müssen. Der Prozess, welchen Doras Bruder gegen diesen angestrengt hatte, schien sich endlos in die Länge ziehen zu wollen, der gegnerische Rechtsanwalt brachte tausend Einwendungen hervor und machte einen umfangreichen Zeugenapparat notwendig. Die Stunden in Anspruch nehmende Verhandlung hatte ihren ermüdenden Einfluss auf den jungen Rechtsanwalt nicht verfehlt. Erleichtert hatte er aufgeatmet, als endlich der Vorsitzende der Zivilkammer die Vertagung ausgesprochen und einen neuen Termin anberaumt hatte. Der Besuch, welchen er nunmehr seinem Klienten im Untersuchungsgefängnisse abgestattet, war auch wenig geeignet gewesen, seine herabgestimmte Gemütsverfassung zu heben. Beck hatte nur in schwermütigem Ton von den geringen Aussichten, die ihm der nächstfolgende Tag bot, gesprochen.

Nach seinem im Innern der Stadt gelegenen Bureau zurückgekehrt, hatte Rudolph ungewöhnlich viel Klienten vorgefunden, die seine Zeit übermäßig lange in Anspruch nahmen. Erst bei hereinbrechender Dämmerung hatte er vermocht, die Prozessakten für die morgige Verhandlung vor dem Schwurgerichtshof nochmals vorzunehmen und nochmals in ernstem Studium derselben das Für und Wider abzuwägen.

Die Vorbereitungen für seine Verteidigungsrede hatten ihn vollends angegriffen und abgespannt. Durchaus nicht in rosigster Stimmung begab er sich endlich durch den winddurchwehten Herbstabend nach der Villa.

In Gedanken versunken, finster vor sich hinbrütend, schritt der junge Rechtsanwalt seine Straße weiter. Er atmete tief auf, als er endlich die väterliche Villa erreicht hatte und den schon in nächtliches Schweigen gehüllten Garten durchschritt.

Im Familienwohnzimmer traf Rudolph das Brautpaar an, welches auf ihn mit dem Abendbrot gewartet hatte. Es kostete Rudolph erheblichen Zwang, den Händedruck seines zukünftigen Schwagers zu erwidern; Hugo von Engler schien indessen gar nicht darauf zu achten; vielleicht hatte der junge Baron mit sich selbst so viel zu tun, dass er auf andere nicht gut achten konnte. Er sah zum Erschrecken verändert aus, die Augen lagen tief in den Höhlen, ein nervöses Zucken spielte beständig um seine schlaff herabhängenden Mundwinkel. Seine Augen strahlten ein unstetes, flackerndes Feuer aus, als ob ein Fieberbrand in seinem Innern loderte.

Auch Hildegard hatte viel von ihrer natürlichen Fröhlichkeit eingebüßt. Sie war ernster und stiller geworden, oft streifte ihr Blick mit inniger Besorgnis das bleiche Angesicht des geliebten Mannes.

„Es war heute Termin in Ihrer Angelegenheit", wandte

161

Rudolph, nachdem er Platz genommen hatte, sich an seinen zukünftigen Schwager.

„Nun, sind die Schwierigkeiten endlich gehoben?" stieß Hugo in erregtem Ton hervor. „Hat dieser Herr von Gerstenberg endlich klein beigegeben?"

„Ich kann Ihnen leider keine tröstlichen Aussichten eröffnen", entgegnete Rudolph. „Von allen Seiten regnet es Einwendungen über Einwendungen. Es sind eine Menge einwandfreier Zeugen vorhanden, welche die Absichten des Verstorbenen genau anzugeben vermögen. Zudem ist es den Bemühungen der Gegenpartei gelungen, den früher bei dem Justizrat Braun bediensteten Schreiber, welcher das Testament damals in Reinschrift gebracht hat, ausfindig zu machen. Derselbe will es auf seinen Eid nehmen, dass weder Sie noch die Nichte des Erblassers sonderlich bedacht worden seien, dass Ihr Oheim vielmehr sein Vermögen fast ausschließlich wohltätigen Stiftungen zugewendet habe. Soviel ich weiß, hat ja das Moritzspital bereits ebenfalls Klage beim Landgericht erhoben."

„Schändlich", stieß Hugo, in dessen Angesicht Ärger und Ingrimm sich um die Oberhand stritten, gereizt hervor. „Was aber soll das alles? Der Wortlaut des Gesetzes liegt klar zu Tage — es ist kein Testament vorhanden, und ich bin der erste Erbberechtigte, folglich muss mir das Vermögen ausgeantwortet werden."

Rudolph zuckte die Achseln. „Das Gericht scheint anderer Ansicht zu sein", meinte er.

Hugo schaute ihn unfreundlich an. „Ich meine, Sie sollten auch ein wenig energischer vorgehen!"

Der junge Rechtsanwalt erwiderte gelassen: „Es kann Ihnen nicht unbekannt sein, dass ich Ihren Auftrag seinerzeit nur mit Widerstreben übernommen habe. Es steht Ihnen natürlich jederzeit frei, ohne mich dadurch irgendwie zu kränken, sich einen anderen Vertreter auszusuchen."

„Aber ich bitte euch", wandte Hildegard ein, die bisher in ersichtlicher Unruhe dem Wortwechsel zugehört hatte. „Nun wollt ihr wohl gar zu zanken anfangen? Man kennt euch ja gar nicht wieder! — Einer ist gereizter wie der andere!" Ihre Augen füllten sich dabei unwillkürlich mit Tränen. „Es ist gerade, als ob plötzlich ein Fluch auf unserem Hause ruhe", flüsterte sie mit zuckenden Lippen. „Der Vater ist nicht mehr zu genießen und von euch beiden hört man auch kein freundliches Wort mehr."

Hugo wandte sich rasch nach ihr um und schaute ihr zärtlich in die Augen. „Du darfst nicht weinen", bat er. „Du weißt, ich mag und kann keine Tränen in deinen Augen sehen."

„Ich möchte es ja auch viel lieber nicht", flüsterte das junge Mädchen, schon wieder unter Tränen lächelnd. „Schau, ich war vielleicht zu glücklich, ich wähnte, es könne nur Sonnenschein und Glück auf unserem Bunde ruhen! Aber wie der Dieb in der Nacht brach plötzlich das Verhängnis herein. Du bist der Alte nicht mehr —"

Rudolph war beiseite getreten, in trübes Sinnen verloren schaute er auf das junge Paar. Mit unverhohlenem Misstrauen streiften seine Blicke die Gestalt seines zukünftigen Schwagers, und als dieser nun zärtlich den Arm um Hildegard schlang, zu dieser sich niederbeugte und sie auf die Stirn küsste, da war es Rudolph zumute, als ob er hinzueilen und seine Schwester schützen müsse vor dem Mann, den sie doch über alles in der Welt liebte.

„Haben Sie für die morgige Schwurgerichtsverhandlung bereits eine Vorladung erhalten?" fragte Rudolph plötzlich.

Der Baron wandte sich hastig um, und Rudolph glaubte zu bemerken, wie ein jäher Schreck sein bleiches Gesicht durchzitterte. „Eine Vorladung?" wiederholte nach sekundenlangem Stillschweigen der Baron. „Sie meinen zu der morgen gegen Beck stattfindenden Verhandlung?"

„Gewiss. Ich bin genötigt gewesen, Sie vorladen zu zu lassen, und habe rechtzeitig meinen Antrag gestellt."

„Aber ich bitte Sie, aus welchem Grunde?" rief Hugo in ersichtlich gereiztem Ton. „Es muss Ihnen doch bekannt sein, dass ich gar nichts von der ganzen Sache weiß."

„Das behaupte ich ja auch nicht", entgegnete Rudolph, „es geschieht auch nur auf Wunsch meines Klienten."

Der Baron maß ihn mit einem langen Blicke, dann schüttelte er verständnislos den Kopf. „Ich kenne den Angeklagten gar nicht", sagte er dann; „übrigens habe ich auch gar keine Vorladung erhalten."

„Dann möchte ich Sie bitten, sich jedenfalls im Gerichtsgebäude einzufinden, da ich Ihre Vorladung dann wiederholen muss."

Wieder glaubte Rudolph bei diesen Worten zu bemerken, wie ein nervöses, fahles Zucken über die Gesichtszüge des andern ging. Die eben eintretende Haushälterin gab dem Gespräch eine andere Wendung. Sie berichtete, dass der alte Herr Wichern sich bereits zur Ruhe begeben habe und die jungen Herrschaften ersuchen ließe, allein zu speisen.

Die Abendmahlzeit wurde aufgetragen. Das Brautpaar unterhielt während derselben ein Gespräch, in welches Hildegard vergeblich ihren Bruder hineinzuziehen trachtete. Dieser war auf einmal zerstreut und wortkarg geworden. Als Hugo von Engler nach beendigter Mahlzeit mit seiner Braut sich vom Platze wieder erhob, blieb Rudolph nachdenklich sitzen, zündete sich eine Zigarre an und versank, die blauen Rauchringel vor sich hinblasend, in düsteres Nachsinnen.

Das Brautpaar nahm auf einem kleinen Ledersofa Platz und fuhr in flüsterndem Ton in seiner Unterhaltung fort. Der junge Baron sprach wieder von seinem Prozess und gab seinem Unmut über dessen Verschleppung in scharfer Weise Ausdruck. „Ich möchte am liebsten gar nicht den Ausgang des Prozesses abwarten", äußerte er auf einmal. „Wenn ich meiner Herzensneigung folgen dürfte, dann möchte ich dich bitten, unsere erst zu Weihnachten projektierte Hochzeit schon jetzt recht bald stattfinden zu lassen. Oh, wie gewaltsam drängt es mich fort aus diesen mir so verhassten Verhältnissen hier in der Stadt."

„So sprichst du immer", klagte Hildegard. „Begreifst du denn gar nicht, du wilder, ungestümer Mann, dass mich tausend Bande des Herzens und der Gewöhnung an diese Stätte fesseln? Du wirst dir so etwas aus dem Sinne schlagen müssen, ich darf meinen Vater nicht verlassen, er ist ohnehin recht vereinsamt und würde es mir nie verzeihen können."

„Nein, nein, ich meine es im Ernst", entgegnete Hugo, unmutig die Stirn verziehend. „Ich werde dich schon noch zu meiner Meinung bekehren. Schau, ich weiß ein stilles, sonniges Plätzchen am Adriatischen Meere. Dort blühen die Blumen immer, dort ist ewiger Frühling und dort lässt sich das Leben süß und angenehm verträumen. Du wirst es sicherlich nicht bereuen, wenn du mir dorthin folgst. Dort, Hildegard, will ich nur deinem Glück allein leben, aber hier —"

Er brach kurz ab und schaute verstimmt vor sich hin, als das junge Mädchen zu seinen Worten schwermütig den Kopf schüttelte. „Du darfst nicht undankbar sein, Hugo", flüsterte sie dann leise. „Hat dir der Himmel nicht auch hier manches geschenkt? Wir lernten uns hier kennen, die Stätte unserer jungen Liebe sollte dir ein geheiligter Boden sein. Du weißt, wie gut es Papa mit dir vorhat, du sollst als Teilhaber in die Fabrik eintreten, du sollst sie späterhin, wenn du dich eingearbeitet hast, allein verwalten. Ist das nicht ein stolzer, ehrenwerter Beruf? Und überlass es mir", setzte sie flüsternd hinzu, ihm liebevoll in die Augen schauend, „dir ein trautes, liebegeschmücktes Heim zu bereiten! Gewiss, du wirst dich auch hier glücklich fühlen."

Wie von einer plötzlichen Eingebung hingerissen, beugte sich der Baron plötzlich noch tiefer zu seiner Braut hernieder. „Sage, Hildegard", flüsterte er, „wenn nun mein Glück daran hinge, von hier fortzukommen, wenn ich plötzlich vor dich hinträte und bäte: Komm mit mir und sei im fremden Lande meine Frau, ich will dich auf Händen tragen, mein Leben soll deinem Dienste gewidmet sein! Würdest du, sprich, diese heiße, innige Bitte unerfüllt lassen können?"

Es lag soviel angstvolles Flehen in seinen Zügen, dass die zu ihm Aufschauende ahnungsvoll erschauerte. „Hugo, was ist mit dir, du sprichst so ganz anders, so gar seltsam zu mir. Was ist es, das dich von hier forttreibt?"

Ein trüber Schatten glitt über das Angesicht des Barons, eine herbe Entgegnung schien ihm auf den Lippen zu schweben. Er richtete sich plötzlich straff auf und schaute nach seiner Uhr. „Du hast Recht, ich bin ein unklarer Schwärmer", versetzte er mit zuckenden Lippen. „Wie doch beim Plaudern die Zeit vergeht! Es ist schon gleich halb zehn Uhr, da ist es höchste Zeit für mich, aufzubrechen. Verzeihe, liebe Hildegard, wenn ich heute nicht länger bleiben kann."

Erschreckt schaute ihn das junge Mädchen an. „Du willst schon gehen? Jetzt schon?" flüsterte sie. „Nein, nein, das darfst du nicht! Komm, ich sehe deine Stirn umwölkt. Ich weiß es; ein heimlicher Gram nagt an deinem Herzen, offenbare dich mir, deiner liebenden Braut. — du darfst mir alles sagen", setzte sie leiser hinzu, während sie ihm klar und voll in die Augen schaute.

„Ein anderes Mal", versetzte der junge Baron. „Ich kann jetzt wirklich nicht länger bleiben, dringe nicht in mich, ich muss fort."

Es lag so viel Ungeduld in seinem Wesen, dass Hildegard

betroffen zu ihm aufschaute, sie konnte sich nicht helfen, Tränen verdunkelten plötzlich wieder ihre Augen. „Du bist nicht mehr offen zu mir, Hugo", stammelte sie. „Sage mir, was dir fehlt, warum bist du nicht mehr so wie früher? Ach, Hugo, du weißt nicht, wie gar glücklich ich war!"

In offenbar tiefer Ergriffenheit beugte sich der Baron zu ihr nieder. „Es wird alles wieder besser werden, wenn —" Er wollte anscheinend noch etwas hinzusetzen, schwieg aber plötzlich, während seine Augen unstet durch den Raum schweiften und endlich auf dem Gesicht Rudolphs haften blieben, der sich umgewendet hatte und den Baron mit einem forschenden Blicke betrachtete. „Ich muss fort", sagte Hugo nochmals.

Vergeblich blieb das fernere Bitten Hildegards. Er brach gleich darauf auf. Als er gegangen war, drang ein leises Schluchzen über die Lippen des jungen Mädchens. Erschreckt sprang Rudolph auf und eilte auf sie zu. „Was ist dir, Hildegard, du weinst?" rief er in weichem Ton, beide Hände der Schwester ergreifend.

Diese fiel ihm plötzlich um den Hals. „Ach, Rudolph, ich bin so unglücklich", schluchzte sie auf. „Eine furchtbare Ahnung kommenden Unheils foltert mein Herz. Ich kann dir nicht sagen, Rudolph, wie gar elend ich mich fühle."

Da ging ein schmerzliches Zucken auch über die Lippen des jungen Rechtsanwaltes. Es war, als ob er in jäher Aufwallung etwas sagen wolle, aber kein Laut kam über seine Lippen. Sich bezwingend, beugte er sich zur Schwester nieder und berührte leicht ihre Stirn. „Beruhige dich, Hildegard, es kann ja nur ein Trug, eine Täuschung sein", murmelte er dann ergriffen. Plötzlich, wie von einer übermächtigen Bewegung erfasst, wandte er sich ab und verließ das Zimmer.

Draußen herrschte noch immer die gleiche unfreundliche Witterung. Die Nacht hatte sich vollends auf die Erde herabgesenkt, nur ab und zu zerriss der Wolkenschleier und dann lugte der Mond sekundenlang auf die Landschaft hernieder und überzog diese mit silbernem Lichte.

Eilends ging Hugo von Engler nach der Stadt zurück. Er hatte es nicht wahrgenommen, dass unmittelbar nach seinem Heraustreten aus dem Gartenportal der Villa sich von einem der davorstehenden Bäume ein dunkler Schatten losgelöst hatte, der ihm nun in einiger Entfernung folgte. Als Hugo die noch immer stark belebte Kaiserstraße erreicht hatte, in welcher er wohnte, hielt sich der Verfolger sogar dicht hinter dem Baron.

Als dieser dann in dem Hause Numero 37 der Kaiserstraße verschwand, schritt der Kommissär Grösser über den Straßendamm nach der gegenüberliegenden Häuserreihe und blieb dort in einer durch ein zurückweichendes Haustor gebildeten Nische unbemerkt stehen.

Etwa eine Viertelstunde später verließ Hugo, in einen dunklen Mantel gehüllt, das Haus wieder und verfolgte eilig die Straße in der Richtung nach der inneren Stadt. Der Polizeikommissär folgte abermals dem hastig Vorwärtsstrebenden, ohne von ihm wahrgenommen zu werden. Nach etwa einviertelstündigem scharfem Gange, als eben die Kirchturmglocke halb elf Uhr verkündete, bog Hugo in die Linkstraße ein. Am ersten Laternenpfahle stand wartend ein Mann in gewöhnlicher bürgerlicher Tracht, gemütlich eine Zigarre rauchend. Als der junge Baron achtlos an ihm vorübereilte, drehte er sich wie zufällig um und schaute ihm anscheinend neugierig ins Gesicht. Indessen schien der Vorübereilende sein besonderes Interesse nicht wachgerufen zu haben, denn er schmauchte nach wie vor seine Zigarre und blieb unbewegt neben dem Laternenpfahle stehen. Hugo von Engler aber eilte quer über die Straße und verschwand gleich darauf in der offenstehenden Haustüre des Trödlers Schimmel.

In demselben Augenblick trat der Kommissär an den Wartenden bei dem Laternenpfahle heran. „Ist der Trödler zu Hause, Pohl?" fragte er, anscheinend diesen um Feuer ersuchend.

„Jawohl", berichtete der Angeredete. „Wenn ich mich nicht irre, Herr Kommissär, so begab sich soeben der Baron von Engler in das Haus des Trödlers."

„Ganz recht. Behalten Sie diesen Posten inne. Ich werde ebenfalls in der Nähe bleiben. Sollte ich zufällig abwesend sein und der Baron wieder heraustreten, dann folgen Sie ihm unauffällig und berichten mir genau, wohin er sich begibt."

„Jawohl, Herr Kommissär." Vorübergehende hätten es sicherlich nicht geahnt, dass hier ein höherer Polizeibeamter mit seinem Untergebenen sprach, so anscheinend gleichgültig und jede dienstliche Haltung vermeidend, standen sich die beiden gegenüber. Der Kommissär lüftete, wie für eine empfangene Gefälligkeit dankend, leicht den Hut und ging nun ebenfalls über den Straßendamm. Als er dessen Mitte erreicht hatte, hörte er, wie von innen das Haustor abgeschlossen wurde. Ein schmaler Lichtstreif fiel dabei unten durch eine Ritze bis auf das Straßenpflaster, der sich indessen gleich wieder verlor.

Als der Kommissär an dem Hause vorüberkam, lag dieses völlig im dunkeln da. Die Ladentür und das Schaufenster, welche die ganze Front des Erdgeschosses einnahmen, waren sorgsam verwahrt. Kein Lichtstrahl konnte durch sie von innen heraus auf die Straße dringen. Der Kommissär schritt weiter, aber nur bis zur nächsten Ecke, dann wandte er sich und ging auf die andere Straßenseite hinüber. Er nahm hinter einem Mauervorsprunge, der ihm freien Ausblick nach der Tür des Trödlers gestattete, Aufstellung.

Stunde um Stunde verfloss. Eintönig durchheulte der

Herbstwind die immer stiller werdende Straße. Sowohl der Mann bei der Laterne wie Grösser auf der anderen Seite blieben unbewegt auf ihren Posten. Endlich verließ der Kommissär seinen Standort, um die halberstarrten Glieder wieder etwas zu regen. Er schritt in der Linkstraße einige Male auf und nieder, ohne die Haustür des Trödlers aus den Augen zu verlieren.

Wieder verstrich Stunde um Stunde. Eben hatte es dreiviertel vier Uhr morgens von der nahen Kirchturmuhr geschlagen — der Kommissär hatte seinen früheren Standort wieder eingenommen — da wurde ein schwaches Geräusch vernehmbar. Mit einem jähen Ruck wurde ein Türschloss aufgeschlossen, die Haustür des Trödlers öffnete sich, eilfertig trat Hugo von Engler auf die Straße hinaus. Er musste es sehr eilig haben, denn er zog nicht einmal die Tür hinter sich ins Schloss; diese, durch ihr eigenes Schwergewicht getrieben, fiel mit leisem Anprall gegen das Schloss zurück und blieb dann spaltbreit offenstehen.

Hugo eilte denselben Weg zurück, den er am Abend vorher gekommen war. Der Mann an der Laterne war plötzlich wie verschwunden, wenigstens nahm der junge Baron, obwohl er hart an dem in dem Torweg stehenden Kriminalbeamten vorüberschritt, diesen nicht wahr. Kaum war der offenbar heimwärts Strebende um die Straßenecke gebogen, da kam auch der Kommissär schon eilfertig herbei. Er gewahrte den im Torbogen verborgen Stehenden, der nun auch hervortrat.

„Bleiben Sie hier, Pohl", befahl Grösser im Vorübergehen. „Es interessiert mich zu wissen, wann das Haustor zugeschlossen wird. Schimmel ist doch sonst ein vorsichtiger Mann; es wundert mich, dass es bis jetzt noch nicht geschehen ist." Damit eilte er auch schon weiter und bog im nächsten Augenblick ebenfalls um die Ecke, den unablässig vorwärts Strebenden scharf im Auge behaltend.

XVI

Der Prozess

Noch um die zehnte Morgenstunde des anderen Tages lagerte dichter, weißlicher Oktobernebel auf den Straßen der Stadt, nur ab und zu durch einen kalten Windstoß, der seit der vergangenen Nacht nichts an Heftigkeit eingebüßt hatte, zerteilt. Die wenigen Passanten beeilten sich, rasch die schützenden Häuser wieder aufzusuchen.

Nur vor dem Justizgebäude hatte sich, unbekümmert um die nasskalte Witterung, schon vom frühen Morgen an ein dichter Haufen Neugieriger angesammelt, der unausgesetzt das Einlassportal, durch welches der Zugang nach dem Schwurgerichtssaale führte, belagert hielt. Es war nicht das gewöhnliche Publikum, welches sich bei dergleichen Anlässen zusammenzufinden pflegt, sondern die Spitzen der Gesellschaft schienen sich vor der Pforte des Gerichtsgebäudes heute ein Stelldichein gegeben zu haben. Wenige Minuten nach der Eröffnung des Saales war der Zuhörerraum schon derart überfüllt, dass die Saaltüren geschlossen werden mussten.

Rudolph war schon um acht Uhr morgens zu seinem Klienten gegangen, um diesem Mut für die bevorstehenden schweren Stunden zuzusprechen. Er hatte Beck ziemlich gefasst und entschlossen gefunden, während er selbst nur schwer seiner niedergedrückten Stimmung Herr werden konnte. Als Rudolph das Gefängnis wieder verlassen hatte,

171

traf er in dem geräumigen Säulenportale mit dem Polizeikommissär Grösser zusammen, der ebenfalls in dem Prozesse
wider Beck als Zeuge vorgeladen war. Kaum wurde derselbe
Rudolphs ansichtig, als er auch schon hastig auf denselben
zueilte. „Ich suche Sie schon eine halbe Stunde hindurch
vergeblich im ganzen Gerichtsgebäude", meinte er in flüsterndem Ton, Rudolph ein wenig abseits hinter eine Säule
ziehend. „Ich erlaubte mir schon heute Morgen bei Ihnen
vorzusprechen, erhielt aber die Mitteilung, dass Sie bereits
das Haus verlassen hätten."

„Ist etwas Neues vorgefallen?" fragte Rudolph, erwartungsvoll und beunruhigt den Kommissär anblickend.

Dieser nickte eifrig mit dem Kopf. „Ich bin mir eigentlich
bis zum jetzigen Augenblick noch nicht ganz klar darüber",
versetzte er, „aber die Sache kann jedenfalls derart unbere-
chenbare Folge haben, dass —"

„Ich bitte Sie, reden Sie", drängte Rudolph ungeduldig.
„Es handelt sich doch sicherlich um den Trödler Schimmel?"

„Ganz recht. Ich wollte Ihnen nur den Namen des unbekannten Adressaten mitteilen, aber ich bitte Sie, erschrecken
Sie nicht."

„Was soll das heißen?" entgegnete Rudolph, während ein
nervöses Zucken um seine Lippen erschien. „Es handelt sich
doch nicht gar um —"

Der Polizeikommissär nickte ernst mit dem Kopf. „Der
unbekannte Adressat heißt Baron Hugo von Engler!"

Rudolph wurde totenbleich im Gesicht. Seine Züge verkündeten die in ihm gärende, furchtbare Erregung. „So ist
also der Verdacht in meinem Herzen doch nur zu wohl begründet gewesen!" rief er lauter, als er selbst wollte. „Kann
es denn nur möglich sein?"

„Ich suchte immer noch nach Entschuldigungsgründen",
versetzte der Kommissär, „denn schon Ihretwegen, Herr

Doktor, sind mir die Schlussfolgerungen, die Sie selbst eben gezogen haben, peinlich genug gewesen. Aber es tritt noch ein anderer Umstand hinzu, den ich Ihnen ebenfalls nicht verschweigen darf." Der Kommissär zog den Erblassenden ein wenig beiseite, da er wahrgenommen hatte, dass einige der in der Säulenhalle umherstehenden Personen aufmerksam geworden waren.

„Der Baron ist nicht nur der gesuchte Adressat der bewussten Chiffrebriefe, sondern er befand sich auch seit gestern abend halb elf bis heute Früh dreiviertel vier Uhr in der Schimmelschen Wohnung, dann verließ er das Haus in ersichtlicher Eile. Ich wunderte mich noch, dass der sonst so vorsichtige Trödler die Haustür nicht wieder hinter ihm abschloss, sondern dass die Tür von da ab offenstehen blieb."

Rudolph atmete schwer auf. „Dann freilich ist auch das letzte Bindeglied zur Stelle geschafft", murmelte er gepresst. „Meine arme Schwester, wie wird sie es ertragen, von solch einem Elenden betrogen worden zu sein! — Aber was stehe ich müßig hier", unterbrach er sich gleich darauf. „Meine Pflicht zwingt mich, sofort zu dem Gerichtspräsidenten zu eilen und ihn von dem Vorgefallenen in Kenntnis zu setzen!"

Aber der Kommissär fasste ihn beim Arme. „Lassen Sie das, Herr Doktor", meinte er. „Sowohl Ihr zukünftiger Schwager als auch der Trödler werden als Zeugen zur Stelle sein. Es bleibt Ihnen unbenommen, dieselben im Verhör zur Rede zu stellen."

„Aber ich darf im Interesse meines Klienten nicht schweigen", fuhr Rudolph auf.

„Ich bitte Sie, werden Sie ruhig und kaltblütig", ermahnte Grösser den jungen Rechtsanwalt. „Verderben wir uns nicht noch im letzten Augenblick durch irgend eine Unklugheit den ganzen Schlachtplan. Die Beweise, welche bis jetzt gegen den Baron von Engler vorliegen, würden uns nur zu leicht wie Wasser unter den Händen zerrinnen. Bedenken Sie: Was liegt eigentlich gegen Ihren zukünftigen Schwager vor? Aus mancherlei Anzeichen glauben wir schließen zu dürfen, dass nicht alles richtig mit ihm ist. Sein Chiffrebriefverkehr mit dem Trödler, sein heimlicher nächtlicher Besuch bei diesem wirken ja verdächtig, aber wir können diese Tatsachen noch in keinerlei Zusammenhang mit der Beck'schen Angelegenheit bringen."

„Doch, doch, der unbekannte Aufgeber des Wertpakets und mein Schwager —"

„Sind unserer Meinung nach ein und dieselbe Person", fiel der Kommissär ein. „Aber daraus folgert noch nicht die Wahrscheinlichkeit, dass auch andere Personen uns dies ohne weiteres glauben werden."

„Aber ich kann doch nicht zugeben, dass man in die Verhandlung gegen meinen Klienten eintritt, während mir der Name des eigentlichen Mörders auf den Lippen schwebt", stammelte Rudolph.

„Bester Herr Doktor, ich begreife Ihre Erregung, aber ich kann sie nicht billigen", meinte der Kommissär wieder. „Es sind nur Vermutungen, die wir beide nähren, Annahmen, die uns noch zu keinem bestimmten Vorgehen berechtigen. Ich bitte Sie, lassen Sie uns vorsichtig handeln und vor allen Dingen nichts überstürzen. Sie haben vollauf Gelegenheit, im Kreuzverhör dem Gerichtshofe und den Geschworenen reinen Wein einzuschenken, der Zufall spielt oft wunderbar, die Bestürzung, in welche Ihr zukünftiger Schwager geraten muss, wenn Sie ihm seinen nächtlichen Besuch bei dem Trödler vorhalten, kann für uns die besten Früchte zeitigen."

Rudolph schüttelte den Kopf. „Ich glaube nicht daran", murmelte er, „wir haben es mit einem zu hartgesottenen Verbrecher zu tun. Wenn Sie wüssten, mit welch einer seltenen Verstellungskunst dieser Mensch begabt ist!"

„Selbst auf die Gefahr hin, Ihren Klienten heute verurteilen zu lassen, dürfen wir nichts unternehmen", unterbrach ihn der Kommissär in entschiedenem Ton. „Ein Urteil kann immer wieder aufgehoben, aber eine unverzeihliche dummheit nie wieder gutgemacht werden. Ich sage Ihnen nochmals, wir haben es mit einem schlauen Fuchs zu tun, darum Vorsicht!"

Rudolph sann einen Augenblick nach. „Wie wäre es, wenn ich ihm den Verdacht auf den Kopf zusagte?" versetzte er alsdann. „Der Baron wäre dann wenigstens genötigt, sein Alibi in der Mordnacht nachzuweisen, das kann er aber offenbar nicht."

Der Kommissär lächelte. „Glauben Sie das ja nicht, Verehrtester", meinte er. „Ich habe alles schon aus langer Hand erwogen und ins Werk zu setzen versucht. Ihr Schwager wohnt bekanntlich bei der verwitweten Frau Magistratssekretär Godesberger zur Miete. Unter einem unverdächtigen Vorwande gelang es mir, die Dame auszuhorchen. Es war mir darum zu tun, den Alibibeweis des Barons von vornherein zu unterbinden. Aber die Auskunft, die ich von der alten Dame erhielt, war niederschlagend. Sie erinnerte sich ganz deutlich, dass ihr Mieter in der Mordnacht zu Hause gewesen ist. Sie hat mit demselben sogar während der Nacht gesprochen, zwar erst zu einer Stunde, in welcher der Mord bereits geschehen war —"

„Wie wäre das möglich?" fragte Rudolph erstaunt.

„Einfach genug", fuhr Grösser fort. „Der schlaue Fuchs war vermutlich eben erst von seinem nächtlichen Mordausfluge heimgekehrt. Er heuchelte Krankheit, wollte von einer heftigen Kopfneuralgie befallen sein und klagte der von ihm herbeigerufenen Wirtin, dass er sich schon durch Stunden im Bett schlaflos umherwälze. Dann ließ er sich von der Teilnahmsvollen, die darauf schwört, dass ihr Mieter wirklich krank die ganze Nacht im Hause zugebracht habe, allerhand Hausmittelchen verabfolgen. Aber das nur nebenbei", unterbrach sich der Kommissär. „Ich wollte damit nur beweisen, dass ich bereits an alles gedacht habe. Hätten meine Nachforschungen bisher nicht ein solch negatives Resultat gehabt, dann würde ich meinen Vorgesetzten bereits pflichtgemäß Anzeige erstattet haben. So aber heißt es nach wie vor abwarten; bis der günstige Moment gekommen ist!"

Rudolph hatte die Stirn gerunzelt. „Ich muss Ihnen Recht geben", meinte er nach einer Weile mit gepresster Stimme. „Lässt sich denn gar nichts mehr unternehmen, das uns rasch Klarheit schaffen könnte?"

Der Kommissär sann einen Augenblick nach. „Ich begreife freilich Ihre fatale Situation, aber wir dürfen unter keinen Umständen eine Unvorsichtigkeit begehen. Ich will sehen, was sich tun lässt, und mir die Erlaubnis zu verschaffen suchen, kurzer Hand eine Haussuchung bei dem Trödler Schimmel veranstalten zu dürfen, das wäre aber auch alles!"

Der Zeiger der großen Uhr, welche sich im Vestibül des Justizgebäudes befand, deutete eben auf schlag zehn Uhr vormittags. Um diese Stunde sollte die wider Beck angesetzte Verhandlung beginnen. Beide Herren stiegen gemeinschaftlich die breite Treppe zum Verhandlungssaale empor, vor dessen Tür sie sich trennten. Rudolph eilte hastig in das Anwaltszimmer, um sich dort mit Robe und Barett zu bekleiden, während der Kommissär sich sofort in den Verhandlungssaal begab. Als Rudolph dann den Schwurgerichtssaal ebenfalls betrat, wurde gerade Beck in denselben geführt. Die Aufmerksamkeit der Kopf an Kopf gedrängt sitzenden Zuhörer war eine geteilte. Bald musterten sie die durch die lange Gefängnishaft niedergebeugte, hohlwangige Gestalt des Angeklagten, bald die schlanke, hochgewachsene Erscheinung des jungen Verteidigers.

Ein vielstimmiges Murmeln ging durch den Saal, als man wahrnahm, dass Rudolph auf den bereits in der Anklagebank stehenden Gefangenen zuschritt und herzlich dessen Hand drückte. Gleich darauf aber lagerte sich eine tiefe Stille über dem weiten Saale. Der Gerichtshof war eingetreten, und unter lautloser Stille des Publikums begann die Verhandlung.

Zuerst wurden, nachdem der Präsident, ein streng blickender Herr in vorgerückten Jahren, die Sitzung für eröffnet erklärt hatte, die Geschworenen ausgelost. Sowohl der Staatsanwalt, der zu den gefürchtetsten beim Landgericht zählte, als auch Rudolph machten von ihrem Ablehnungsrechte häufigen Gebrauch.

Endlich war die Geschworenenbank gefüllt und der Präsident begann mit dem Aufruf der Zeugen. Ihre Anzahl war keine große. Außer der Dienerschaft der Ermordeten nur noch der Kreisarzt, ein amtlicher Schriftvergleicher, Schlossermeister Walter, der Provisor der Marienapotheke, Hedwig Beck und einige nebensächliche, sowohl von der Staatsanwaltschaft wie von der Verteidigung vorgeschlagene Zeugen; auch waren der Untersuchungsrichter Alberti und Kommissär Grösser zugegen. Nur der Trödler Schimmel und Hugo von Engler fehlten.

„Ich muss vor allen Dingen auf dem Erscheinen des Zeugen Schimmel bestehen", nahm Rudolph sogleich das Wort, der vergeblich von Hedwig einen Blick zu erhalten gehofft hatte.

Der Staatsanwalt erhob sich ebenfalls. „Auch ich stelle den Antrag, den ausgebliebenen Zeugen Schimmel durch einen Schutzmann sistieren und dem Gerichtshof vorführen zu lassen."

„Bis zum Eintreffen des Sistierten", nahm Rudolph wiederum das Wort, „stelle ich den weiteren Antrag, die Verhandlung zu vertagen."

Die drei Richter beratschlagten eine kurze Weile mit flüsternden Stimmen. Der Präsident verkündete alsdann laut, dass der Antrag des Staatsanwalts, den Ausgebliebenen sofort sistieren und zur Stelle schaffen zu lassen, vom Gerichtshofe angenommen sei, dagegen unverzüglich in die Verhandlung eingetreten werden solle.

„Ich habe noch einen weiteren Antrag zu stellen", nahm Rudolph sofort wieder das Wort. „Ich habe rechtzeitig beantragt, dass der Baron Hugo von Engler, der Neffe des Ermordeten, vorgeladen wird. Wie ich aus dem Zeugenaufruf zu meinem Erstaunen wahrgenommen habe, ist meinem Antrag keine Folge gegeben worden. Ich beantrage nunmehr nochmals, indem ich ausdrücklich betone, dass die Aussagen des Zeugen von entscheidendem Einfluss auf den Gang der Verhandlung sein werden, die sofortige Vorladung des Barons. Sollte sich eine solche nicht augenblicklich ermöglichen lassen, müsste ich auf Vertagung der Verhandlung überhaupt Antrag stellen."

„Ich sehe keinen Grund zu solch einer Vorladung", widersprach der Staatsanwalt allsogleich. „Der Herr Baron ist von dem gleichfalls als Zeugen hier anwesenden Untersuchungsrichter Alberti zu Protokoll vernommen worden, er weiß nichts, gar nichts von dem in Rede stehenden Verbrechen."

„Das bestreite ich nicht", entgegnete Rudolph. „Aber Baron Hugo von Engler hat, wie Ihnen der als Zeuge hier anwesende Herr Polizeikommissär Grösser bestätigen wird, von gestern zehneinhalb Uhr abends bis heute Morgen dreiviertel auf vier Uhr in dem Hause des Trödlers Schimmel, das gegenwärtig von diesem allein bewohnt wird, geweilt. Er hat sich dann eilig und verstört aus dem Hause entfernt, und der Trödler, der sonst als ein sehr vorsichtiger Mann bekannt ist, hat wider Erwarten die Haustür nicht hinter ihm abgeschlossen."

„Ich wüsste nicht, in welcher Beziehung dieses Vorkommnis zu unserer heutigen Verhandlung stehen sollte", entgegnete der Staatsanwalt. „Es scheint dem Herrn Verteidiger nur darum zu tun zu sein, eine Vertagung der Verhandlung herbeizuführen. Einer solchen aber widersetze ich mich entschieden, denn die Sache ist völlig sprachreif. Ich widerspreche dem Antrag daher!"

„Und ich spreche dem Herrn Staatsanwalt das Recht ab, einen in amtlicher Eigenschaft von mir ausgehenden Antrag einer Kritik zu unterziehen", versetzte Rudolph gereizt. „Im übrigen halte ich meinen Antrag aufrecht und bemerke noch besonders, dass ich bei Ablehnung für den Fall, dass mein Klient verurteilt werden sollte, sofort daraufhin die Nichtigkeitsbeschwerde einreichen würde."

Nach kurzer Beratung des Gerichtshofes verkündete der Präsident abermals, dass der Antrag der Verteidigung abgelehnt und in der Hauptverhandlung fortzufahren sei. Rudolph wurde auffallend bleich und blickte wie ratsuchend auf den unweit von ihm stehenden Polizeikommissär. Aber dieser nickte ihm unmerklich wie tröstend und zum Ausharren auffordernd zu.

Unter den üblichen Rechtsvermahnungen wurden dann die Zeugen in das Wartezimmer entlassen. Hedwig schied nicht, ohne mit langem Blicke von ihrem Vater Abschied genommen zu haben; fast geflissentlich schaute sie dabei an Rudolph, der sehnsüchtig einen Blick von ihr erharrte, vorüber.

„Angeklagter, erheben Sie sich", wandte der Präsident, nachdem die Zeugen abgetreten waren, sich an den Verhafteten. „Sie heißen Karl Beck, sind sechsundvierzig Jahre alt, evangelischer Konfession, Sie sind verwitwet?"

179

Ein schmerzliches Zucken ging bei den letzten Worten des Präsidenten über das bis dahin unbewegliche Angesicht des Angeklagten. Dieser ließ das Haupt leicht auf die Brust herabsinken. „Ja, meine Frau ist tot," murmelte er, „sie starb am Tage meiner Verhaftung."

„Sie sind Vater einer Tochter, unvermögend und bis zu Ihrer Verhaftung Kunstschlosser gewesen?" Sämtliche Fragen beantwortete der Angeklagte, dessen Gesicht glühend rot wurde, als der Vorsitzende noch die übliche Schlusspersonalfrage, ob er bereits vorbestraft sei, an ihn richtete.

„Sie wissen", nahm dann der Präsident das eigentliche Verhör auf, „welche Anklage wider Sie erhoben ist. Bekennen Sie sich schuldig?"

Im weiten Saale trat lautlose Stille ein. Aller Augen hingen an dem Munde des Verhafteten, der sich stolz und selbstbewusst aufrichtete. „Nein, ich bin unschuldig, so wahr Gott mir helfe", versetzte Beck feierlich, beteuernd die linke Hand gegen das Herz pressend.

Der Präsident sah ihn scharf und durchdringend an. „Angeklagter, das behaupten Sie schon von der Stunde Ihrer Einlieferung an, obschon die Schuldbeweise geradezu niederschmetternde zu sein scheinen", ermahnte er. „Ich gebe Ihnen zu bedenken, dass nur ein reumütiges, unumwundenes Geständnis Ihnen für den Fall Ihrer Verurteilung das Wohlwollen und die Nachsicht Ihrer Richter sichern kann. Was haben Sie darauf zu erwidern?"

„Ich bin unschuldig", versicherte Beck von neuem, standhaft den Blick des Präsidenten aushaltend. Ein leises Murmeln durchlief den weiten Saal. Die Meinungen im Zuhörerraum schienen dem Angeklagten nicht ebenso günstig zu sein.

Der Präsident fuhr im Verhör fort, aber bei all seinen Fragen, welche denjenigen ähnelten, die Alberti in der Voruntersuchung an Beck gerichtet hatte, blieb dieser bei der Behauptung seiner völligen Unschuld.

„Sie wissen also nichts von der Herkunft der Banknoten, nichts von dem Amethystschmucke?" fragte der Präsident eindringlich, die bezeichneten Gegenstände, die nebst dem verhängnisvollen Grabstichel, einem Glase und anderen Belastungsgegenständen auf dem grünen Tische ausgebreitet lagen, einzeln emporhebend. „Sie beharren auf Ihrer Behauptung, dass ein Unbekannter, während Sie bei offenem Fenster schliefen, dieselben durch dieses an Ihren Arbeitstisch praktiziert haben müsse?"

Beck neigte bejahend das Haupt. „Ich kann nur wiederholen, Herr Präsident, dass mir jene Mordtat ebenso ein Rätsel ist wie Ihnen", versetzte er mit lauter, weithin vernehmbarer Stimme. „Ich gebe Ihnen ohne weiteres zu, dass der Schein in vielen Punkten gegen mich sein mag, aber ich bin unschuldig, und wenn jener Trödler Schimmel nicht einen Meineid geschworen hätte, so —"

„Angeklagter, ich kann nicht dulden, dass Sie den abwesenden Zeugen in irgend welcher Beziehung verunglimpfen", unterbrach ihn der Präsident allsogleich. „Haben Sie sonst noch etwas hinzuzufügen?" Auf die Verneinung Becks erklärte der Präsident das Personalverhör für geschlossen und es begann nun die Zeugenvernehmung, die verhältnismäßig lange Zeit in Anspruch nahm. Zuerst wurde der Diener vorgeführt. Derselbe musste all die grausigen Einzelheiten, die sich bei der Entdeckung des Doppelmordes abgespielt hatten, den Geschworenen berichten.

Sowohl der Staatsanwalt wie auch Rudolph stellten verschiedene Zwischenfragen. „Sie haben geraume Zeit bei dem Ermordeten gedient?" fragte Rudolph.

Der Diener bejahte. „Ich stand schon seit nahezu zwanzig Jahren in den Diensten des Herrn Barons", antwortete er.

„War auch Fräulein von Gerstenberg schon so lange um die Person Ihres Herrn?"

„Oh nein, die Dame führte die Haushaltung erst seit sechs Jahren."

„War Herr von Engler freigebig gegen dieselbe? Es ist mir berichtet worden, dass die Dame immer über große Geldmittel verfügt haben soll."

Der Diener schüttelte energisch den Kopf. „Oh nein, im Gegenteil", versicherte er, „Fräulein Dora ist von dem alten Herrn sehr knapp gehalten worden. Der Herr Baron hielt sogar ihre Schmucksachen unter Verschluss, sie hatte weiter nichts als das Haushaltungsgeld von ihm, freilich zwackte sie davon ab, was sich nur irgendwie ermöglichen ließ. Sie hatte so ihre kleinen Leidenschaften."

„Verkehrte sie öfters mit dem Trödler Schimmel?"

Der Diener nickte eifrig. „Gewiss, darauf wollte ich eben zu sprechen kommen", berichtete er. „Sie machte oft kleine Geschäfte mit dem Trödler, an dessen Gewölbe sie ja tagtäglich vorüberkommen musste. Sie besaß eine wahre Leidenschaft für alte, echte Spitzen, da kaufte sie oft ganze Stücke."

„War der Trödler auch einmal im Hause des Barons anwesend?"

„Nein. Dagegen hielt sich Fräulein Dora mit Vorliebe in seinem Laden auf, ich musste sie sogar manches Mal herüberholen, wenn der alte Herr ihres langen Ausbleibens wegen ungeduldig geworden war."

„Der junge Baron von Engler verkehrte nicht mehr im Hause seines Oheims?"

„Nein!"

„Ist Ihnen die Ursache seines Ausbleibens bekannt?"

„Jawohl, der gnädige Herr hatte ihm das Haus verboten."

„Aus welchem Grunde?"

„So genau weiß ich das nicht. Ich vermute, der junge Herr

hat Geld haben wollen. Der Herr Baron hatte sich schon öfters mit ihm deshalb gezankt, und als es zwischen den beiden zum Bruch gekommen war, da sagte mein Herr abends in größtem Unmute zu mir, ich dürfe den jungen Herrn niemals wieder vorlassen, er sei ein Verschwender und unnützer Pflastertreter, der keinen Pfennig Unterstützung verdiene."

„Wann geschah dies ungefähr?"

„Das weiß ich zufällig ganz genau", entgegnete der Zeuge. „Es war am letzten Geburtstage des gnädigen Herrn, am 24. Januar dieses Jahres."

„War Fräulein von Gerstenberg bei der Streitszene zugegen?"

„Dessen kann ich mich nicht erinnern."

„Wissen Sie vielleicht, ob das Verhältnis zwischen dem Fräulein und Herrn Hugo von Engler ein gutes gewesen ist?"

„Der junge Herr Baron machte sich immer lustig über Fräulein Dora, wenigstens schien es mir so. Das Fräulein aber hielt offenbar große Stücke auf ihren Verwandten, sie gönnte sonst selbst dem alten Herrn kaum ein Glas Wein aus dessen eigenem Keller, aber wenn der junge Baron kam, musste ich immer die teuersten Weine heraufholen, da spielten ein paar Flaschen mehr oder weniger gar keine Rolle."

Rudolph nickte befriedigt. Der Zeuge durfte sich nach der Zeugenbank begeben.

XVII

Die Zeugen

Die nunmehr zur Vernehmung gelangende frühere Köchin der Ermordeten sagte ziemlich übereinstimmend mit dem Diener aus.

„Zeugin", fragte plötzlich Rudolph, der bis dahin in den Akten geblättert hatte, „Sie sind mit den Gewohnheiten der Ermordeten Dora von Gerstenberg vertraut gewesen?"

„Jawohl."

„Sie bekundeten eben, dass es nicht in den Gewohnheiten der Ermordeten gelegen hat, opulente Abendmahlzeiten, noch verstärkt durch feurige Weine, zu halten?"

„Nein, Fräulein Dora war im Gegenteil sehr mäßig."

„Aber sie liebte den Putz, sie hatte eine Vorliebe für Spitzen und dergleichen?"

Die Zeugin schüttelte den Kopf. „Im Gegenteil, sie war äußerst sparsam und einfach. So trug sie nicht einmal ihre Schmuckgegenstände, sondern ließ dieselben im Kassenschranke von dem Herrn Baron aufbewahren."

„Nun, der Diener sagte doch vorhin, dass sie putzsüchtig gewesen sei", wandte Rudolph ein. „Sie soll viel Spitzen von dem Trödler Schimmel gekauft haben. Es wird behauptet, dass sie mit demselben in näherem Verkehr gestanden hat."

„Haben Sie dies etwa ebenfalls bemerkt, Zeugin?"

„Ach ja", erwiderte diese. „Das Fräulein kaufte immer solch altes Zeug, stundenlang konnte sie in dem räucherigen

184

Laden des Trödlers verweilen, ich wunderte mich manchmal darüber."

„So liebte sie jedenfalls auch, elegant gekleidet zu gehen?" fragte Rudolph beharrlich weiter. „Besonders des Abends machte sie sorgfältig Toilette, nicht wahr?"

Wieder schüttelte die Zeugin den Kopf. „Im Gegenteil", versetzte sie, „das Fräulein machte es sich abends gern so bequem wie möglich."

„Können Sie sich entsinnen, welches Kleid die Ermordete getragen hat, als Sie dieselbe zum letzten Male lebend gesehen haben, also im Augenblick Ihrer Beurlaubung?"

Die Zeugin sann einen Moment nach. „Es war ein einfaches, helles Hauskleid, wie es Fräulein Dora auch tagsüber getragen hatte", berichtete sie dann.

„Sie nehmen dies auf Ihren Eid?"

„Ganz gewiss."

„Aber ich begreife nicht, Herr Verteidiger, wozu diese Fragen dienen sollen", wandte der Präsident ein. „Sie erschweren und verlängern nur dadurch die Verhandlung."

„Ich möchte nur feststellen", wandte sich Rudolph, unbeirrt durch die ihm gewordene Zurechtweisung, an die Geschworenen, dass die Ermordete am nächsten Morgen in einem schweren Seidenkleide aufgefunden worden ist."

„Haben Sie noch weitere Fragen an die Zeugin zu stellen?" fragte der Vorsitzende. Als Rudolph verneinte, ließ er den nächsten Zeugen vortreten. Es war dies der amtliche Sachverständige für Schriftvergleichung, welchem das seiner Zeit Hedwig zugegangene unorthographische Begleitschreiben zur Begutachtung vorgelegt wurde. Aus dem ermüdend weitschweifigen Vortrage desselben ging hervor, dass er sich in allen Punkten zu Albertis Ansichten bekannte und in dem Absender des Briefes einen den gebildeten Ständen Angehörigen vermutete, der mit ziemlicher Geschicklichkeit irrige

Annahmen über seine Persönlichkeit zu erwecken sich bestrebt hatte.

Alsdann kam der Schlossermeister Walter an die Reihe. Diesen nahm der Staatsanwalt in ein Kreuzverhör. Der Zeuge musste bekunden, dass nur ein ganz geschickter und geübter Mechaniker, dem obendrein die Konstruktion des Kassenschrankes bekannt gewesen sein musste, diesen — ohne äußere Verletzungen hervorzurufen — zu öffnen vermocht hatte. Rudolph richtete nur einige Zwischenfragen von untergeordneter Bedeutung an den Zeugen. Er ließ sich bestätigen, dass eine mit dem richtigen Kassenschlüssel ausgerüstete Person das Öffnen des Schrankes ohne jedweden Aufwand körperlicher Kraft zu vollbringen vermöchte.

Der Untersuchungsrichter Alberti, welcher hierauf vernommen wurde, gab ein anschauliches Bild sowohl von dem Anblick in den Zimmern der Ermordeten wie auch von den Verhören mit dem Angeklagten und dem ganzen Verlaufe der Untersuchung. Auf Befragen des Präsidenten erklärte er, dass er völlig von der Schuld des Angeklagten überzeugt sei.

Polizeikommissär Grösser, welcher hierauf vernommen wurde, stimmte der Meinung seines Vorgesetzten durchaus nicht bei; er hielt mit seinen Zweifeln an der Schuld des Angeklagten nicht zurück. Er bekundete auch auf Verlangen Rudolphs die von ihm ins Werk gesetzte Überwachung des Trödlers Schimmel und berichtete eingehend über die in der letztvergangenen Nacht bewirkten Erhebungen.

Hierauf wurden einige Gewerbetreibende, frühere Nachbarn des Angeklagten, vernommen. Dieselben bekundeten übereinstimmend, dass sie Beck nur widerwillig einen kleinen Kredit eingeräumt hätten. Am Nachmittag vor der Mordtat habe Beck allerdings wider alles Erwarten plötzlich seine Schulden bezahlt. Sowohl der Bäcker wie der Kaufmann bekundeten ferner, dass der Angeklagte bei ihnen je ein Goldstück hatte wechseln lassen.

Zuletzt kam Hedwig Beck an die Reihe, um auch ihrerseits über die Vorkommnisse bei der Verhaftung ihres Vaters und ihre Wahrnehmungen während der dieser vorangehenden Nacht Zeugnis abzulegen. Der Vorsitzende fragte sie sogleich nach ihrem Eintritte, ob sie das Zeugnis verweigern wollte, aber das junge Mädchen schüttelte den Kopf.

Bei ihrem Anblick bedurfte Rudolph all seiner Selbstbeherrschnug, um seine Fassung aufrechterhalten zu können. Auch Hedwig war derart bewegt und erschüttert, dass sie kaum die Fragen des Präsidenten zu beantworten vermochte. Fast unausgesetzt schaute sie tränenden Auges nach ihrem Vater, der sich ebenfalls an die Brüstung der Anklagebank klammern musste, um nicht umzusinken vor Schmerz und Weh. Endlich hatte die Zeugin ihre Selbstbeherrschung wieder zurückgewonnen. Mit klarer, vernehmlicher Stimme berichtete sie den Vorfall mit dem an ihre Adresse gelangten Wertpaket und dessen Inhalt.

Ihre Worte wurden indessen vom Staatsanwalt mit offenbarem Misstrauen aufgenommen, denn dieser stellte wiederholt für das junge Mädchen peinliche Zwischenfragen. Rudolph nahm sich zwar der Geliebten nach Kräften an, aber er vermochte dennoch nicht zu verhindern, dass von Seiten des öffentlichen Anklägers manches Wort fiel, welches Hedwig schmerzlich verwunden musste.

Ein kurzer Wortwechsel entspann sich wegen der Vereidigung der Zeugin, welche Rudolph beantragte. Der Gerichtshof stellte sich indessen wiederum auf die Seite des Staatsanwaltes und lehnte die Vereidigunng ab. Damit war bis auf die Vernehmung des Trödlers Schimmel die Zeugeneinvernahme beendigt. Der Schutzmann, welcher zwecks Sistierung des Genannten ausgesandt worden, war noch immer nicht zurückgekehrt. Rudolph beantragte aus diesem Grunde neuerlich die Vertagung der Verhandlung. Wiederum aber trat diesem Ansinnen der öffentliche Ankläger entgegen. Er sehe gar keinen Grund für eine Vertagung, versetzte er in scharfem Ton. Der Trödler habe bereits am Tage nach der Verhaftnng des Angeklagten sein Zeugnis abgelegt, in welchem er die Behauptung Becks, dieser habe ihm unter anderen Instrumenten auch den ominösen Grabstichel verkauft, als Lüge und Erfindung bezeichnet habe.

„Ich stelle", fuhr der Staatsanwalt fort, „da diese Aussage, welche im Übrigen auch schon von dem Herrn Untersuchungsrichter Alberti bestätigt worden ist, zu Protokoll genommen und feierlich beschworen ist, den Antrag, auf die nochmalige persönliche Vernehmung des Zeugen Schimmel Verzicht zu leisten und uns mit der Verlesung der eidlich erhärteten Aussage desselben zu begnügen."

Vergeblich erhob der junge Rechtsanwalt energischen Einspruch. Der Gerichtshof war der Meinung des Staatsanwaltes, dass durch eine nochmalige Vernehmung Schimmels kein neuer Gesichtspunkt zu Tage kommen könne, und beschloss deshalb, auf die Vernehmung des Zeugen zu verzichten, aber das Protokoll über die Zeugenaussage des letzteren vor dem Untersuchungsrichter verlesen zu lassen. Als dies geschehen war, erteilte der Präsident dem Staatsanwalt zur Begründung der Anklage das Wort.

Wiederum lagerte sich lautlose Stille über den weiten Saal. Voll atemloser Spannung hingen die Blicke aller Anwesenden an dem Munde des beredten Mannes, der zuerst die begangene Untat mit allen Einzelheiten schilderte und die den Mechaniker Beck vernichtend belastenden Schuldmomente darlegte. Dann fuhr er fort: „Aus dem Verhöre, welches der Herr Präsident mit dem Angeklagten anstellte, haben Sie bereits erfahren, dass derselbe den Trödler Schimmel eines Meineides bezichtigt. Er will dem letzteren angeblich am

Tage vor dem Morde eine größere Anzahl seiner Instrumente verkauft haben. Es steht nun Behauptung gegen Behauptung, und welchem der beiden Männer wir Glauben zu schenken haben, das wird uns sofort klar werden, wenn wir uns in das Gedächtnis zurückrufen, welche seltsamen Funde der Herr Untersuchungsrichter auf dem Arbeitstische des nunmehr Angeklagten gemacht hat. Schimmel ist aber ein ganz einwandfreier Zeuge, denn welchen Grund sollte er gehabt haben, einen Mann, der ihm im Leben nichts getan, dem er als seinem Mieter in gewisser Hinsicht sogar verpflichtet gewesen ist, in unabsehbares Elend zu stürzen? Das wäre ja die Tat eines eingefleischten Teufels! Es liegt also gar kein Grund vor, die im Übrigen beschworene und schon aus diesem Grunde unanfechtbare Aussage des Trödlers Schimmel in Zweifel zu ziehen. Damit fällt aber auch der letzte, leiseste Zweifel an der Schuld des Angeklagten. Dieser hat die Werkzeuge nicht verkauft, sondern er hat sich des Grabstichels bedient, um damit dem siechen, wehrlosen Greise das Herz zu durchbohren!

Haben wir nun, meine Herren Geschworenen, die wider den Angeklagten aufgestellten tatsächlichen Verdachtsmomente eingehend gewürdigt, so halte ich mich nunmehr für verpflichtet, Ihnen ferner den Beweis zu erbringen, dass auch in moralischer Beziehung kein anderer als der Angeklagte die Tat begangen haben kann. Wer ist der Angeklagte eigentlich? Ich antworte Ihnen: ein Mann, der es nicht verstanden hat, das ihm von Jugend auf gewordene Glück festzuhalten, sondern der leichtsinnig mit seinem Vermögen gewirtschaftet und es fertig gebracht hat, in einem kurzen Zeitraum aus einem mindestens wohlhabenden Mann ein Bettler zu werden. Kein Wunder, dass diese Wandlung seines Geschickes, mochte sie nun verdient oder unverschuldet sein, den Charakter des Angeklagten hochgradig verbittert hat. Dazu

mochte auch die Liebe zu seiner kranken Frau beitragen. Ist
es doch eine alte Erfahrung, dass oft selbst die hartgesottens-
ten Verbrecher einer wirklich zarten Herzensneigung fähig
sind. Beck fühlte sich also mit seinem Lose unzufrieden. Er
haderte mit dem Himmel und allen besser als er gestellten
Menschen!

Nun wurde er an dem der Mordnacht vorhergehenden
Nachmittag zu dem Baron von Engler gerufen, um den Kassenschrank zu öffnen. Bei dieser zufällig an ihn herantreten-
den Verrichtung wurde ihm ein Einblick in das Innere des
Kassenschrankes vergönnt. Er, der mit der gemeinen Not des
Lebens hart Ringende, musste viele Tausende in dem
Schranke aufgespeichert liegen sehen! Seine Erbitterung
wuchs noch mehr, als ihm dann der sehr ökonomische Baron
für seine Bemühungen ein Fünfzigpfennigstück in die Hand
drückte. Es mag sich da seines Herzens eine immer noch
wachsende Wut bemächtigt haben, die endlich zu der
furchtbaren Katastrophe in der darauffolgenden Nacht geführt hat!

Beck, aus dessen früherer Fabrik der in Frage stehende
Kassenschrank stammte, war es leichter als jedem anderen,
das komplizierte, kunstvolle Schloss zu öffnen. Die Leichtig-
keit, mit der er dies getan hatte, kann den Baron von Engler
— sehr zu dessen Unglück — veranlasst haben, ihm eine mit
seiner Kunstfertigkeit nicht im Einklange stehende Entschädigung anzubieten.

In bitterem Groll schied der Angeklagte aus der Wohnung
des Barons. Er hat nachweislich über den Unterschied zwischen dem begüterten Mann und sich selbst in den nachfolgenden Stunden verbittert nachgedacht, worüber die Zeugenaussage des Apothekers, bei dem er verschiedene Arznei-
en eingekauft hat, Gewissheit gibt. Beck war am selben
Nachmittag ausgepfändet und seine letzten Gerätschaften

unter Siegel gelegt worden. Auch dieser verhängnisvolle Umstand mochte verbitternd auf ihn eingewirkt und den Keim zu der nachfolgenden schrecklichen Tat gelegt haben.

Sei dem aber, wie ihm wolle, auf jeden Fall hat Beck während der Nachtzeit, überwältigt von den in seiner Brust wütenden Dämonen, den ominösen Grabstichel aus den seinen Arbeitstisch zahlreich bedeckenden Instrumenten herausgesucht und ist gleich einem Raubtier, das seine ahnungslose Beute beschleicht, auf Mord ausgegangen.

Wir müssen uns nun zu der Frage wenden, ob der Angeklagte den Mord allein ausgeführt, oder ob er zur Begehung desselben Mitschuldige gehabt hat. Ich möchte die Herren Geschworenen sofort darauf aufmerksam machen, dass jedenfalls von Seiten der Verteidigung dafür plädiert werden wird, anzunehmen, nicht der Angeklagte sei es gewesen, welcher die Waffe zum Todesstreich gegen den Baron erhoben hat. Ich behaupte aber, es ist ganz gleich, wer — wenn wirklich ein Mitschuldiger dem Angeklagten zur Seite gestanden — von diesen beiden den Mord wirklich begangen hat, denn beide sind mindestens gleich schuldig und haben in einem solchen Falle, von demselben Wollen beseelt, die grässliche Tat einfach gemeinschaftlich begangen. Es wird ja immer ein Geheimnis bleiben, wie der eigentliche Mord ausgeführt worden ist, wenn der Angeschuldigte bei seinem verstockten Ableugnungssystem verharrt!

Es ist zum Beispiel rätselhaft geblieben und trotz eingehendster Erörterungen nicht festgestellt worden, in welcher Weise eigentlich Dora von Gerstenberg vergiftet worden ist. Die Frage, ob sie ebenfalls als unschuldiges Opfer des blutdürstigen Mörders zu betrachten ist, oder ob sie vielleicht gar die Triebfeder des geschehenen Verbrechens gewesen und dann einem neuen Mordgelüste ihres Mitschuldigen zum Opfer gefallen ist, wird eine offene bleiben. Ich meiner-

seits neige mich mit aller Bestimmtheit der letzteren Ansicht
zu, denn es will mir, offen gestanden, nicht recht wahrscheinlich erscheinen, dass die Nichte des Barons an dessen
Ermordung unbeteiligt gewesen sein sollte, es sprechen zuviel
innerliche Gründe dagegen.

Wir haben aus dem Zeugenverhör entnommen, dass die
Verblichene in verschiedener Hinsicht an jenem kritischen
Abend ihren sonstigen Gewohnheiten entgegen gehandelt
hat. Sie wurde uns als eine furchtsame, tückische Person
geschildert, die in erster Reihe nur auf ihren eigenen Vorteil
bedacht war, die es nirgends verstanden hat, sich beliebt zu
machen. Ja, selbst ihr eigener Oheim, der sie doch wiederholt als seine Universalerbin bezeichnet hat, soll sich im
Grunde seines Herzens vor ihr gefürchtet haben. Nun hat
diese Person, ganz ihrer sonstigen Gewohnheit zuwider, die
Dienerschaft an jenem Abend selbst zum Ausgehen veranlasst. Der Diener hat am liebsten zu Hause bleiben wollen,
sie hat ihn aber förmlich durch einen Befehl gezwungen, die
Wohnung zu verlassen. Ja, sie hat ihm sogar, nachdem sie
auf gleiche Weise vorher die Köchin entfernt, den Hausschlüssel mit der Weisung verabreicht, das Haus von außen
abzuschließen, obwohl sie alsdann von der Straße abgesperrt
war.

Des weiteren hat sie, die Einfaches Gewöhnte, die einer
jeden Extravaganz Abholde, eine festliche Gasterei veranstal-
tet. Es haben leckere Speisen auf dem Tische, neben welchem
die Dame tot auf dem Boden ausgestreckt liegend gefunden
worden ist, gestanden. Halbgeleerte Flaschen kostbaren
Weines haben bewiesen, dass dieselbe eine ganz ungewohnt
üppige Abendmahlzeit zu sich genommen hat. Ferner, wie
aus der Zwischenfrage des Herrn Verteidigers hervorging,
hat sie sogar, dem ihr angeborenen Hange zur Bequemlichkeit trotzend, sich an diesem Abend in seidene Gewänder

gehüllt.

Das sind alles untrügliche Zeichen, dass sie an jenem Abend nicht allein gewesen sein kann, sondern mit Vorbedacht die Dienerschaft entfernt hat, um keine Zeugen für ihre heimliche Zusammenkunft zu haben, die nach der übereinstimmenden Aussage beider Dienstboten nicht die erste gewesen sein soll.

Nun fragt es sich: Wer kann dieser geheimnisvolle Besucher und offenbare Mörder des Barons von Engler gewesen sein? Ich meine, nach dem Vorausgeschickten kann Ihnen, meine Herren Geschworenen, die Beantwortung dieser Frage nicht schwer fallen. Es tut mir wehe, das Angedenken einer wehrlosen Toten — schon im Hinblick auf ihre hochachtbaren, noch lebenden Verwandten — schmähen zu müssen, aber ich kann nicht umhin, zu behaupten, dass diese Dora von Gerstenberg, welche eine scharfe Menschenkennerin gewesen, in den Zügen des nunmehr Angeklagten die verzweifelte Entschlossenheit, zu welcher dieser tatsächlich auch fähig gewesen ist, gelesen hat.

Wer weiß, auf welche Art und Weise sie dazu gekommen ist, seine nähere Bekanntschaft zu machen, sie ging ja täglich durch den Flur des von Beck bewohnten Hauses. Die Zeugen haben freilich bekundet, dass ihnen von einem näheren Verkehr des Fräuleins mit Beck nichts bekannt worden ist; aber das ist auch gar nicht nötig. Es ist sogar mit hoher Wahrscheinlichkeit anzunehmen, dass die Komplizen, wenn sie wirklich das Verbrechen geplant hatten, sich augenfällig vor aller Welt gemieden haben, um ja jeden Verdachtsgrund auszuschließen. Warum sollte die Tote den heute Angeklagten nicht zu irgendeiner unerlaubten Handlung gedungen haben? Ich sage ja nicht, dass sie von vornherein beabsichtigt hätten, einen Mord zu begehen, aber Dora von Gerstenberg wird allseitig als eine habgierige und selbstsüchtige Person geschildert. Ihr Oheim lag schwer krank darnieder, er konnte gar bald schon sterben. Vielleicht dass sie den Worten des alten Mannes nicht getraut hat, wonach sie seine Universalerbin sein sollte; vielleicht, dass sie nur Einsicht in das Testament haben wollte, von dem sie wusste, dass es ihr Oheim in seinem Kassenschrank verwahrte.

Freiwillig hätte dieser ihr solch eine Einsicht sicher niemals gewährt, das wissen wir aus den Zeugenaussagen. Das Misstrauen, welches der Baron von Engler gegen seine Nichte hegte, war ein so hochgradiges, dass der Diener Fräulein Dora zur Nachtzeit nicht einmal allein das Schlafzimmer seines Herrn betreten lassen durfte! Wer weiß nun, welche Bestimmungen das Testament enthalten hat! Vielleicht ist der Gedanke, ihren Oheim zu ermorden, erst nach Kenntnisnahme des Testamentinhaltes herangereift. Gott allein, der ins Verborgene schaut, weiß die Wahrheit in diesem Falle. Aber mit fast unumstößlicher Wahrscheinlichkeit dürfen wir annehmen, dass die Tote den heute Angeklagten, den sie als einen ebenso entschlossenen wie verzweifelten Menschen kennengelernt hatte, zum Mordwerke gedungen, und dass dieser auch das entsetzliche Verbrechen begangen hat.

Er hat also die blutige Tat vollbracht. Nichts war ihm leichter, als — vorausgesetzt die Mitschuld Doras — in das Haus zu gelangen. Seine Mitschuldige besaß den Schlüssel zur Hinterpforte; auf Grund eines vorher verabredeten Zeichens öffnete sie ihm die Tür in der Scheidemauer, ließ ihn in das Haus ein und geleitete ihn nach den oberen Wohnräumen. Dort vollbrachte Beck an dem hilflosen, siechen Mann die Mordtat! Ein kurzer, heftiger Kampf ist derselben vorausgegangen. Der Mörder aber, vielleicht in der einen Hand den angezündeten Leuchter, stürzt nach beendeter Tat in das benachbarte Kassenzimmer. Zuvor hatte er den Kassenschrankschlüssel unter dem Kopfkissen des Ermordeten hervorgezogen, dafür zeugt die zusammengekrallte Fingerhaltung der das Kopfkissen krampfhaft umklammert haltenden Hände des Ermordeten.

Nunmehr hat Beck den Kassenschrank geöffnet. Dabei mag ihn das Gewissen doch ein wenig bedrückt, der Gedanke an den noch warmen Leichnam seines im Nebenzimmer liegenden Opfers ihn beunruhigt haben! Seine Hände begannen zu zittern. Er vermochte den Leuchter nicht mehr gerade zu halten, es fielen Stearintropfen auf den Boden nieder und besudelten auch den Fuß des Kassenschrankes. Aus diesem raubte er nun flüchtig, was ihm zuerst in die Augen fiel. Er war noch vorsichtig genug, die für ihn wertlosen Pfandbriefe liegenzulassen. Er nahm das Bargeld und die kostbare Amethystkette. Seine zitternden Hände ließen sie fallen, dabei verwickelte dieselbe sich in einer Fuge des Kassenschrankes, gewaltsam zerrte die blutbefleckte Hand des Mörders sie heraus, er achtete nicht darauf, dass Stücke aus ihr herausbrachen; so schnell er konnte, steckte er den Raub in die Tasche.

Dann nahm er den Schlüssel des Schrankes, legte ihn in des letzteren Innenfach, vielleicht war auch die Schranktür nur zufällig zugefallen, kurzum, er wandte sich nach seiner in ihrem Zimmer auf ihn wartenden Mitschuldigen. Als er das Totenzimmer durchschritt und die gebrochenen Augen seines Opfers ihn anstarrten, mag ihn blasse Furcht überkommen haben, er dachte nicht daran, den ihn verratenden Mordstahl aus der Todeswunde zu ziehen, die Bestie war zur Memme geworden. Die ihm nachfolgende Nemesis fürchtend, floh er durch den Verbindungsgang. Mit blutbefleckter Hand tastete er sich, da des raschen Laufes wegen das Licht flackerte und nur unsicher zu scheinen vermochte, denselben entlang. Er mag dabei gestolpert sein, seine Hand ruhte durch Sekunden auf der Tapete des Ganges, dabei prägte sich ihre Spur ab. Sei es nun, dass er noch während des Stürzens in seinem Bestreben, sich zu halten, mit der Hand auf der Tapete ausgerutscht ist und die Fingerspur sich dadurch unnatürlich verlängert hat, sei es, dass er die Hand seltsam geformt hielt, so dass sie sich nur schmal abprägte, die genauen Messungen der Blutspur haben ergeben, dass sie mit der Hand des Verhafteten nicht übereinstimmen.

Aber was will dieses scheinbare Entlastungsmoment gegen all das andere, geradezu niederschmetternde Beweismaterial, welches gegen den Angeklagten angehäuft ist, besagen! Die Verteidigung wird sich freilich auf diesen Punkt stützen. Sie wird Ihnen, meine Herren Geschworenen, zu beweisen suchen, dass notwendigerweise ein anderer der Mörder gewesen sein muss. Sie wird, weil sie nicht wagt, den Angeschuldigten völlig weiß zu waschen, ihn nur als ziemlich harmlosen Beteiligten hinzustellen suchen, während der wirkliche Mörder der vielbesagte ›große Unbekannte‹ gewesen sein muss.

Sie wird Ihnen ferner, meine Herren Geschworenen, eine wunderbare Geschichte von dem Brief des eigentlichen Mörders und von dessen Zurücksendung der fehlenden fünf Eintausendmarkscheine sowie des zu der Amethystkette gehörigen Brillantschlosses berichten. Aber ich bitte Sie, meine Herren Geschworenen, prüfen und urteilen Sie unbefangen!

Die Tochter des Angeklagten ist als Zeugin vernommen und sie hat — ich will es gern zugestehen — einen durchaus einnehmenden Eindruck gemacht. Sie müssen aber immer bedenken, dass es die liebende Tochter ist, welche zu Gunsten ihres Vaters ausgesagt hat. Auf meinen Antrag hin ist sie nicht vereidigt worden. Ich hatte meine guten Gründe dafür, meine Herren Geschworenen, denn ich sage es unverhohlen — der Gedanke, dass ich dadurch vielleicht der jungen Dame Unrecht tue, kann mich nicht davon abhalten — ich traue dieser ganzen Wertpaketgeschichte nicht recht! Wer soll es schließlich der Tochter verargen, wenn sie einen Gewaltstreich begeht, nur um den Vater vor dem ehrlosen Tode auf dem Blutgerüst zu bewahren? Ich lege überhaupt zu wenig Gewicht auf diesen Umstand, sonst würde ich die Wirtin der Dame als Zeugin haben laden lassen, um sie auszufragen, ob die junge Dame am Tage vor dem Eintreffen des Paketes nicht vielleicht auf Stunden aus ihrer Wohnung sich entfernt gehabt hat.

Im Übrigen ist es ja auch leicht denkbar, dass sie sich einer gefälligen Mittelsperson verschwiegener Natur bei der Absendung des Paketes bedient haben mag. Gesetzt aber selbst den Fall, dass wirklich ein Spießgeselle des heute Angeklagten an dessen ahnungslose Tochter das Wertpaket abgesandt hat, so beweist das eben nichts mehr und nichts weniger, als die von mir ebenfalls geteilte Meinung, dass ein Mitschuldiger Becks vorhanden ist. Es erschwert sogar noch insofern des letzteren Lage, als es immer deutlicher zu Tage tritt, um welch von langer Hand vorbereitetes und umsichtig durchgeführtes Verbrechen es sich handelt.

Auf jeden Fall ist der Begleitbrief sowohl wie der Inhalt des Paketes nicht geeignet, in irgendwelcher Beziehung den heute Angeklagten zu entlasten. Ich gebe zu, meine Herren Geschworenen, dass manches in diesem Prozesse in dunkel gehüllt geblieben ist, dass wir uns über den eigentlichen Vorgang während des Mordes im Ungewissen befinden. Aber daran ist einzig und allein das verstockte Leugnen des Angeklagten schuld, der mit eiserner Stirn auch heute vor Ihnen steht und nichts von dem ganzen Morde wissen will, sondern behauptet, unschuldig zu sein. Es mag ja sein, meine Herren Geschworenen, dass er vielleicht nur der Verführte ist, dass er einem dämonischen Einflusse zum Opfer gefallen ist. Aber alles dies haben wir nicht zu untersuchen. Für Sie, meine

Herren Geschworenen, ist nur die Frage maßgebend: Ist Karl Beck schuldig, den Raubmord allein oder mit Gehilfen begangen zu haben? Ich glaube ganz sicherlich, Sie werden nur ganz kurze Zeit brauchen, um einstimmig die erste der Ihnen von dem Herrn Präsidenten zur Beantwortung gegebenen Fragen, welche auf Raubmord lautet, zu bejahen.

Selten wohl ist ein Indizienbeweis in allem und jedem Stücke also gelungen und als unanfechtbar anzusehen wie der heutige. Lassen Sie sich, meine Herren Geschworenen, durch alle Ausführungen, wie sie von seiten der Verteidigung sicherlich in Anwendung gebracht werden, nicht zu unzeitgemäßer Milde und Nachsicht bewegen. Bedenken Sie, dass Sie sich mit einem heiligen Eid verpflichtet haben, nach bestem Wissen und Gewissen Recht zu sprechen! In Ihren Händen liegt die Verpflichtung, das noch ungesühnt zum Himmel rauchende Blut, den abgeschlachteten Opfern noch nachträglich Genugtuung zu geben und die Welt zu sichern vor einem Ungeheuer, das nur zu lange schon ungestraft in unserer Mitte geweilt hat.

Tun Sie Ihre Pflicht, meine Herren Geschworenen. Ihr Urteilsspruch muss dann ein einstimmiges Todesurteil sein!"

Unter lautloser Stille hatte der Staatsanwalt gesprochen. Seine Worte hatten einen tiefen, nachhaltigen Eindruck auf alle Anwesenden hervorgerufen. Die Züge der Geschworenen trugen ausnahmslos einen tiefernsten, finsteren und entschlossenen Ausdruck. Rudolph glaubte aus ihnen nicht viel Gutes für seinen Klienten entnehmen zu sollen, sein Herz schlug bänglich, und er begrüßte es deshalb dankbar, als der Präsident die Sitzung auf eine Viertelstunde unterbrach.

XVIII

Der Staatsanwalt spricht

Von den Zuhörern entfernte sich niemand aus dem Saale, alle verharrten vielmehr auf ihren Plätzen und tauschten flüsternde Bemerkungen miteinander aus.

Rudolph hatte sich gemeinschaftlich mit seinem Klienten, der aus dem Saale gebracht wurde, entfernt. Er schwankte einen Augenblick, ob er die kurze Spanne Zeit benutzen und Hedwig zu sprechen versuchen sollte, dann aber gab sein Pflichtgefühl den entscheidenden Ausschlag. Bedurfte Rudolph der Sammlung doch gerade jetzt in vollem Maße, denn er verhehlte sich keinen Augenblick, dass er einen sehr schweren Stand haben würde. Die Geschworenen waren aus ihren Bänken getreten; sie standen gruppenweise zusammen und tauschten eifrig ihre Meinungen aus. So verstrich die Viertelstunde.

Der Präsident kehrte, gefolgt von dem Gerichtshofe, wieder in den Saal zurück. Rasch hatten sich die Geschworenenbänke wieder gefüllt und der Vorsitzende gab Befehl, den Gefangenen wieder in den Saal zu führen. In wenigen Augenblicken war dies geschehen, und lautlose Stille lag von neuem über der Versammlung.

„Ich erteile dem Herrn Verteidiger das Wort", sagte der Präsident nunmehr in gemessenem Ton. Aller Augen richteten sich erwartungsvoll auf den jungen Rechtsanwalt, der hochaufgerichtet, mit bleichen, tiefernsten Gesichtszügen hinter seinem Pulte stand.

Jetzt ließ Rudolph noch einen flüchtigen Blick nach dem Zuschauerraum hinübergleiten; wie eine Verheißung fast berührte es ihn, als er das bis dahin vergeblich gesuchte geliebte Angesicht Hedwigs, die sich aus der Zeugenbank entfernt und ein verstecktes, unbeachtetes Plätzchen im Zuhörerraume ausgesucht hatte, plötzlich erschaute. Sie schien ihm zuzulächeln. Als er aber nochmals hinschaute, war sie verschwunden. Es erschien ihm als gute Vorbedeutung, das Lächeln der Geliebten erblickt zu haben; dann richtete er sich noch höher auf und schaute mit festen, klaren Blicken auf die Geschworenen.

Nach einer Einleitung, welche sich gegen den Wert der vom Staatsanwalt als belastend hingestellten Verdachtsmomente wandte und in warmen Worten die Unschuld seines Klienten beteuerte, sagte er: „Mein Klient gesteht vollkommen zu, dass die Banknoten und die goldene Halskette bei ihm aufgefunden worden sind. Er stellt es auch nicht in Abrede, dass wirklich der früher ihm gehörige Grabstichel in der Todeswunde gefunden worden ist, aber er hat eine andere Auslegung für diese Geschehnisse, als sie der Herr öffentliche Ankläger herausgefunden hat. Glauben wir aber den Worten eines bisher unbescholtenen, ehrenwerten und allgemein geachteten Mannes, dass er selbst nicht weiß, wie er in den Besitz der ihn so sehr belastenden Wertstücke gekommen ist, sondern vielmehr annehmen muss, dass sie ihm, während er an seinem Arbeitstische, von der Ermüdung überwältigt, eingeschlafen war, nächtlicher Weile durch das Fenster hereingeschoben worden sind, dann fällt der ganze, kunstvoll gefügte Bau der Anklage in sich selbst zusammen, und es wird Ihnen nichts anderes übrig bleiben, als die Ehre des Verhafteten durch eine glänzende, möglichst einstimmige Freisprechung vor aller Welt wieder herzustellen.

Der Herr Staatsanwalt hat in sehr scharfsinniger Weise vorhin den Beweis erbringen wollen, dass notwendigerweise der Mörder den Weg über den Holzbalkon und das Dach des Stallgebäudes genommen haben muss, um nach dem Hofe des Nachbargrundstückes zu kommen. Ich schließe mich in dieser Beziehung seiner Meinung an, aber meiner Ansicht nach hat er nicht den Hinweg, sondern den Rückweg auf diese Art und Weise zurückgelegt, dafür spricht schon, abgesehen von den übrigen Beweismomenten, das niedergedrückte Firmenschild. Dasselbe soll nun freilich von meinem Klienten bis zum Zerbrechen herabgebogen worden sein, um den Anschein zu erwecken, als ob sich ein Mann nächtlicherweile von dem Holzbalkon aus die Straße herabgelassen habe. Es scheint mir dies aber eine ganz unerfindliche Behauptung zu sein! Abgesehen davon, dass ein sehr gewandter Turner dazu gehört, solch ein Kunststückchen zu vollbringen und dabei nicht das körperliche Gleichgewicht zu verlieren, so würde wohl ein derart geistesgegenwärtiger Verbrecher nicht auf einen solchen Ausweg gekommen sein, um über seine Spur zu täuschen, sondern er würde sicherlich die Spur selbst möglichst verwischt haben, wozu ja Zeit in Hülle und Fülle vorhanden gewesen sein würde.

Ich behaupte also, dass der Mörder nach geschehener Tat seinen Weg über den Holzbalkon genommen und sich von diesem auf die Straße herabgelassen hat. Beim Vorübergehen an dem offenstehenden Fenster der Arbeitsstube hat er den Angeklagten schlafen gesehen und in plötzlicher Aufwallung, um den Verdacht auf eine falsche Fährte zu lenken, hat er die Banknoten nebst der Kette aus der Tasche gezogen und dieselben durch das Fenster auf den Arbeitstisch geschoben.

Nun ist freilich der Grabstichel Becks in der Brust des ermordeten Barons gefunden worden, und der Herr Staatsanwalt schlägt daraus Kapital gegen meinen Klienten. In meinen Augen vermag dieser Fund nur dem flüchtigen Beobachter als ein Belastungsmoment gegen den Angeschuldigten zu erscheinen, er muss vielmehr dem vorurteilsfreien und tiefer schauenden Beurteiler die festgegründete Meinung beibringen, dass der heute Angeklagte unmöglich der Täter sein kann. Ich bin fest überzeugt und behaupte, dass ein Verbrecher, der so klug und vorbedacht eine derart grässliche Tat zu begehen wagt, nicht, nachdem er den Kampf mit dem Lebenden siegreich überwunden hat und nur noch eine starre Leiche vor sich liegen sieht, wie der öffentliche Ankläger uns glauben machen will, das Hasenpanier ergreift.

Ein Mann, der solch einen Mord begangen hat, muss stählerne Nerven haben, er kümmert sich nicht um die halb offen stehenden, gebrochen ihn anstarrenden Augen seines Opfers. Sein Sinnen und Trachten ist nur allein darauf gerichtet, möglichst jede Spur, die auf seine Fährte führen könnte, zu verwischen. Er, der doch sein eigenes Instrument genau kennen muss, weil er selbst die Buchstaben auf demselben kunstvoll angebracht, wird gewiss nicht die unverzeihliche dummheit begehen und in der blutenden Todeswunde die sofort vor aller Welt an ihm zum Verräter werdende Waffe zurücklassen! Auch in dieser Ausführung des Herrn Staatsanwalts vermisse ich also zwingende Logik.

Es mag sich ja in einem Romane recht gut lesen, wenn der hartgesottene Bösewicht, von dem Rachestrahl der Nemesis getroffen, plötzlich vor den Folterqualen des eigenen bösen Gewissens dahinflieht und dadurch den Verräter an dem Orte der fluchwürdigen Tat zurücklässt; in unserer praktischen und nüchternen Zeit ereignet sich solch ein Geschehnis wohl kaum. Ein Verbrecher, der die Kaltblütigkeit hat, einen Mord zu begehen, der verfügt auch sicherlich zehnfach über die nötige Besonnenheit, welche ihn in den Stand setzt, die Früchte seiner Tat ganz zu ernten und seine Spur, soweit es in seiner Hand liegt, zu verwischen. Zudem krankt diese Darstellung des Herrn Staatsanwalts noch an einer weiteren Unwahrscheinlichkeit. Gesetzt den Fall, mein Klient ist der Täter gewesen, dann muss er doch zuerst den Mord begangen haben, und erst, nachdem dies geschehen war, konnte er — darauf weist ja auch der konstatierte Kampf zwischen dem Mörder und seinem Opfer hin — daran gehen, den Kassenschrankschlüssel unter dem Kopfkissen hervorzuziehen und die Eröffnung und Ausraubung des Schrankes vorzunehmen. Es wäre also jenem, der Kaltblütigkeit genug zu diesem höchst zeitraubenden Geschäft besaß, doch sicherlich ein Leichtes gewesen, vorher den Grabstichel wieder an sich zu nehmen und so den furchtbarsten Belastungsbeweis gegen sich aus der Welt zu schaffen. Ich glaube, es ist niemand hier im Saal, der meinen Klienten nicht für einen zurechnungsfähigen Mann hält; eine solche Unterlassungssünde aber käme der Tat eines Wahnsinnigen gleich.

Fällt aber diese Annahme des Herrn Staatsanwalts, so ist auch seine Erklärung von der Entstehungsart der Stearintropfenspuren hinfällig. Mit seiner Berechnung hat der Herr Staatsanwalt mir das Hauptargument meiner Verteidigung von vornherein abschneiden und unmöglich machen wollen, ich meine nämlich die blutige Handspur auf dem Verbindungsgange zwischen den Schlafzimmern der Ermordeten. Indem er Ihnen diese Spur, als von dem von Reue gepeinigten oder wenigstens vor den Vorstellungen des eigenen bösen Gewissens fliehenden Mörder herrührend darstellte, wollte er Sie zu der Überzeugung bekehren, dass der ins Stolpern gekommene Verbrecher unmöglich einen festen Halt an der Tapete gefunden haben könne. Mit anderen Worten, er wollte Ihnen den ungeheuren, tatsächlichen Unterschied zwischen der aufgefundenen Spur und der Hand meines Klienten möglichst abschwächen und geringfügig erscheinen lassen.

Ich kann da mit einer ganz anderen und meiner Meinung nach viel wahrscheinlicheren Ansicht dienen. Aus dem Zeugenverhör haben wir vernommen, dass die ebenfalls verblichene Dora von Gerstenberg genau mit dem Kassenschrankschlosse umzugehen verstand, denn sie war von ihrem Oheim wiederholt schon mit der Öffnung und Schließung desselben betraut worden. Was nun liegt wohl näher als die auch von dem Herrn Staatsanwalt nicht zurückgewiesene Annahme, dass sie mindestens die Mitschuldige des an ihrem Oheim verübten Verbrechens gewesen ist?

Ich denke mir den Vorgang derart, dass sie mit ihrem Komplizen zugleich in das Schlafzimmer ihres Oheims eingetreten ist. Während nun ersterer noch im Kampfe mit dem Unglücklichen begriffen war, gelang es Dora, den Schrankschlüssel unter dem Kopfkissen hervorzuziehen. Sie eilte nach dem Nebenzimmer, öffnete und beraubte den Schrank. Selbstredend befand sie sich, besonders wenn man annimmt, dass sie notwendigerweise den Lärm des im Schlafzimmer stattfindenden Kampfes hören musste, in hochgradiger Aufregung. Ihre Hände zitterten, sie musste sich niederbeugen, um das Schlüsselloch des Schrankes aufzufinden, dabei mögen die Stearintropfen auf die untere Fläche des Schrankes gefallen sein. In ihrer Erregung hatte sie den Schlüssel in den Schrank gelegt und dieser schlug zu.

Eine solche Annahme macht auch nur den sonst unbegreiflichen Umstand erklärlich, dass der Schrank so gut wie gar nicht beraubt worden, dass fast der gesamte Inhalt desselben vielmehr unberührt geblieben ist. Man sage nicht, dass der Verbrecher so gar klug gewesen ist, dass er die Rententitel nicht anzutasten wagte. So viel Scheu vor polizeilichen Bekanntmachungen besitzen Einbrecher und vollends gar solch ein blutgieriger Schurke, wie es der Mörder des Barons von Engler gewesen sein muss, heutzutage nicht. Er hätte sicherlich wenigstens den Versuch gemacht, die wertvollen Papiere an den Mann zu bringen.

Bei dieser Gelegenheit möchte ich meiner Verwunderung darüber Ausdruck geben, dass der Herr Ankläger so gar wenig Gewicht auf das notorische Verschwinden des Testamentes gelegt hat! Wir haben die Aussagen der Dienerschaft gehört. Beide bekundeten übereinstimmend, dass ihr ermordeter Herr ihres Wissens sein Testament im Kassenschranke aufbewahrt habe. Das Verschwinden dieses Testamentes, dessen Vorhandensein auch von den übrigen einwandfreien Personen — ich nenne nur den Herrn direktor unseres Landgerichts — ebenfalls behauptet wird, hat übrigens schon zu verschiedenen Zivilprozessen Veranlassung gegeben. Welchen Grund soll denn nun mein Klient, gesetzt den Fall, dass er wirklich der Mörder ist, gehabt haben, ein für ihn völlig belangloses Testament zu entwenden?

Ich behaupte, dass, wenn mein Klient wirklich den Einbruch verübt hätte, er sich nicht einmal die Mühe genommen haben würde, das Testament durchzulesen. Dazu hätte er wahrscheinlich keine Zeit gehabt.

Die völlige Unversehrtheit des übrigen Teiles des Kassenschrankinhaltes spricht übrigens schon allein für die hohe Wahrscheinlichkeit meiner Annahme. Es muss also notwendigerweise der Täter eine Person gewesen sein, die ein Interesse daran gehabt hat, das Testament verschwinden zu lassen. Nun wird mir der Herr Ankläger zwar einwenden, dass gerade aus diesem Grunde vielleicht die verblichene Dora von Gerstenberg einen Helfershelfer zu der Ermordung ihres Oheims gedungen habe. Aber welchen Grund sollte denn die Dame gehabt haben, das Testament verschwinden zu lassen? War sie nicht dem allgemeinen Glauben nach, der durch tatsächliche Äußerungen ihres Oheims unterstützt worden war, des letzteren voraussichtliche Erbin? Es konnte ihr also doch unter allen Umständen nur an der Erhaltung des Testamentes liegen. Selbst aber die Annahme, dass das Testament in Wahrheit nicht zu Gunsten Doras gelautet und dass diese deshalb eine Beiseiteschaffung angestrebt hat, ist hinfällig, wenn wir bedenken, dass sie durchaus nicht ihres Oheims nächste Erbin war, da sie nur im zweiten Grade von mütterlicher Seite in einem Verwandtschaftsverhältnisse zu ihm stand, während dem Verblichenen ein Neffe lebt, welcher ein Sohn von dessen leiblichem Bruder ist. Das Nichtauffinden eines Testamentes nach dem Tode ihres Oheims war mithin für die Verblichene gleichbedeutend mit Enterbung.

Also weder Dora noch ihr angeblicher Helfershelfer konnten ein Interesse an einer Beiseiteschaffung des Testamentes gehabt haben. Es kann sich auch nicht um ein zufälliges Verlieren des Testamentes handeln, sondern ich behaupte, dass die ganze Tat überhaupt nur dieses Testamentes wegen begangen worden ist.

Es liegt mir fern, jemanden zu verdächtigen, wenngleich ich auch bedauern muss, dass der Beschluss des hohen Gerichtshofes die Vernehmung des von mir als Zeugen vorgeschlagenen Barons Hugo von Engler unmöglich gemacht hat. Aber in Wahrnehmung berechtigter Interessen meines Klienten muss ich laut und öffentlich vor aller Welt verkünden, dass wirklich Personen leben, welche zum mindesten ein großes Interesse am Verschwinden des vielbesagten Testamentes haben hegen können —"

„Herr Verteidiger, ich muss Ihnen durchaus verbieten, über abwesende Personen in einer derartigen Art und Weise zu urteilen", unterbrach hier der Vorsitzende Rudolph schroff. „Es steht Ihnen durchaus nicht das Recht zu, Schlussfolgerungen, die einen ungeheuren Angriff auf die Ehre einer unbescholtenen Persönlichkeit bedeuten, hier in öffentlicher Verhandlung zu ziehen."

„Ich gebe dem Herrn Präsidenten zu bedenken, dass ich hier als Vertreter eines Mannes stehe, dessen Ehre, dessen Leben durch eine ungerechte Anklage bedroht ist", entgegnete Rudolph, „und dass ich nur meine Pflicht zu erfüllen meine, wenn ich die Herren Geschworenen darauf aufmerksam mache, dass andere Personen leben, die einen ungleich höheren Vorteil durch den Tod des alten Herrn von Engler gehabt haben können, als günstigsten Falles mein unglücklicher Klient."

Eine allgemeine Bewegung gab sich im Zuhörerraum kund. Man stieß sich an, schüttelte verwundert die Köpfe und tauschte flüsternde Bemerkungen aus. Jeder fühlte unwillkürlich, wohin die Bemerkungen des jungen Rechtsanwalts zielten. Aber gerade darum verstand man sie um so weniger, war doch der davon hart Betroffene der zukünftige Schwager des Redners!

„Aber wenden wir uns zur Katastrophe zurück", fuhr Rudolph, nachdem der Präsident streng Ruhe geboten hatte, in seinem Plädoyer fort. „Bleiben wir bei der Annahme, dass es Dora von Gerstenberg gewesen ist, welche den Kassenschrank geöffnet und denselben unachtsam wieder hat zuschlagen lassen. Sie ging in das Schlafzimmer zurück. Ihr Blick fiel auf die in schrecklicher Todesangst verzerrten Gesichtszüge des auf ihr Betreiben ermordeten Oheims, entsetzt wandte sie sich zur Flucht, vielleicht riss sie ihrem Mitschuldigen das Licht aus der Hand, oder dasjenige des letzteren erlosch von selbst. Durch ihr Entsetzen angesteckt, folgte ihr der Mörder hastiger, als sonst wohl in seiner Art gelegen wäre, dabei ereignete sich dann sein Unfall, der auf der Tapete die blutige Handspur hinterließ. Diese Handspur, meine Herren Geschworenen, ist sehr deutlich, das haben Sie sowohl von dem Herrn Untersuchungsrichter Alberti als aus dem Munde des Herrn Polizeikommissärs Grösser gehört. Selbst der Erstgenannte, der keinen Zweifel an der Schuld Becks hegt, muss zugeben, dass die Spur notorisch nicht auf die Hand des heute Angeklagten paßt. Bedeutend entschiedener hat sich Herr Grösser ausgedrückt; dieser hat es sogar auf seinen Eid genommen, dass die Spur mit der Handfläche meines Klienten nicht identisch sein kann. Seine langjährige Praxis und seine vielen Erfahrungen auf diesem Felde befähigen und berechtigen den Herrn Kommissär in erster Linie zu dieser Behauptung.

Wenn aber nun auch diese Erklärung des Herrn Staatsanwalts hinkt — und dass dies der Fall ist, wird wohl niemand von Ihnen bezweifeln, meine Herren Geschworenen — wenn also die blutige Spur, diese stumme Verräterin des Mörders, mit der Handfläche meines Klienten nicht übereinstimmt, wenn dieser also notwendigerweise seine Hände nicht in das rauchende Blut seines Opfers getaucht haben kann, was bleibt dann noch von der ganzen mühsam errichteten Anklage übrig, die darauf berechnet ist, meinen Klienten um Ehre und Leben zu bringen?

Aber ich gehe noch weiter, meine Herren Geschworenen, ich behaupte auch, der Umstand, dass die Tochter meines Klienten jenes, auch von dem Herrn Staatsanwalt vielbesprochene Wertpaket zugeschickt erhalten hat, in dem sich die fünf fehlenden, trotz aller Haussuchungen nicht aufgefundenen Eintausendmarkscheine sowie das Brillantschloss der Halskette befunden haben, müsste genügen; um meinen Klienten in Ihren Augen aller Schuld ledig erscheinen zu lassen.

Nun hat der Herr Staatsanwalt freilich gemeint, die Zeugin Hedwig Beck vor aller Öffentlichkeit verunglimpfen zu dürfen. Er hat dies mit einem gewissen ironischen Wohlwollen getan, indem er davon sprach, dass wohl niemand der

Tochter des Angeklagten wegen dieser versuchten Irreführung der öffentlichen Meinung sonderlich zürnen, sondern ihre übergroße Liebe zum Vater mildernd in Anrechnung bringen werde. Meine Herren Geschworenen, ich glaubte wirklich, nicht recht zu hören, als ich diese verletzenden Worte aus dem Munde des berufenen Vertreters der öffentlichen Anklage vernehmen musste.

Ich will ganz von den innigen Banden absehen, welche mich selbst mit der Tochter meines Klienten verbinden, Beziehungen, die wohl niemandem von Ihnen hier ein Geheimnis geblieben sind, sondern ich will mich auf den Standpunkt stellen, als ob die junge Dame mir ganz wildfremd sei. Aber auch als ganz objektiver Beurteiler muss ich es dem Herrn Ankläger ernstlich verdenken, dass er ein unbescholtenes junges Mädchen, nur um die Lücken einer unzureichenden Beweisführung zu verbergen, zu entwürdigen, zu verdächtigen und zur Verbrecherin zu stempeln wagt. Nein und abermals nein! Die Tochter meines Klienten hat nicht eine unwürdige Komödie gespielt! Ich will aber nicht, dass Sie nur meiner persönlichen Versicherung glauben sollen, sondern ich bitte Sie, seien Sie der wiederholten Haussuchungen eingedenk, die unter der umsichtigen Leitung des Herrn Grösser in der Wohnung Becks stattgefunden haben. Da konnte gar keine Rede von einem Verbergen oder Beiseitebringen sein! Die Behauptung des Herrn Staatsanwalts ist schon aus diesem Grunde unerfindlich, man müsste denn gerade annehmen, dass die Tochter mitbeteiligt an dem furchtbaren Raubmorde sei und gewissermaßen als Mitschuldige auch vor Ihr heutiges Forum gezogen werden müsste.

Das Wertpaket hat aber auch ein Begleitschreiben enthalten. Aus dem Munde eines der berufensten Schriftvergleicher haben wir vernommen, dass die Handschrift eine verstellte

und keineswegs eine ungebildete ist, sondern nur den Anschein einer solchen erwecken soll. Wir haben es also offenbar mit einem gebildeten Mann zu tun, der heimlich die
Zeilen geschrieben hat, wohl weil ihn das Gewissen gefoltert
und ihn zu dem Entschlusse gedrängt hat, keinen Unschuldigen an seiner Statt leiden zu lassen. Ich glaube ganz sicher,
dass wir den Mörder in den gebildeten Kreisen zu suchen
haben, daraufhin deutet auch die schmale, aristokratisch
geformte Spur auf der Gangtapete. Solche länglich geformten, konisch zugespitzten, mit breitem Goldreif geschmück-
ten Finger, wie sie dieser Handspur eigentümlich sind, die in
genauer Reproduktion Ihnen allen vorgelegen hat, vermag
kein Mann der unteren Volksschichten aufzuweisen.

Also alle Verdachtsmomente, die meinen Klienten hinsichtlich der Ermordung des Barons von Engler bezichtigten,
sind hinfällig. Mein Klient hat zum Überfluss freilich erklärt,
dass er den ominösen Grabstichel samt einem guten Teil
anderer Instrumente bereits am Tage vor dem Morde an den
Trödler Schimmel verkauft habe. Der letztere hat freilich
eidlich einen solchen Ankauf in Abrede gestellt — und da
Aussage gegen Aussage vorliegt, so bin ich nicht im Stande,
ihn ohne weiteres Lügen zu strafen. Aber ich bitte Sie, meine
Herren Geschworenen, Ihre Aufmerksamkeit auf einige
Ihnen vielleicht nebensächlich erschienene Punkte zu richten.
Die Beweisaufnahme hat ergeben und es ist von dem Herrn
Staatsanwalt bestätigt worden, dass am Nachmittag vor dem
Morde mein Klient ausgepfändet worden ist. Das letzte Geld
ist ihm von dem Gerichtsvollzieher, wie sich schon aus dem
Protokoll desselben ergibt, abgepfändet worden. Der Mann
des Gesetzes ist sogar vor einer körperlichen Untersuchung
seines Klienten nicht zurückgeschreckt und hat dessen ganze
Barschaft bis auf wenige Pfennige zu sich genommen. Auf
der anderen Seite aber ist nachgewiesen, und ich habe die

betreffenden Zeugen einzeln alle vorführen lassen, dass mein Klient am Spätnachmittag desselben Tages, wenige Stunden nach erfolgter Auspfändung, aber Stunden vor dem Morde, verschiedene Posten beim Kaufmann, Bäcker, Arzt und Apotheker im Gesamtbetrage von nahezu fünfzig Mark bezahlt hat.

Ich frage Sie nun, meine Herren Geschworenen, woher soll mein Klient das Geld bekommen haben, wenn nicht aus dem Erlöse für das verkaufte Handwerkszeug? Er kann also, das geht mit zwingender Notwendigkeit aus dem Angeführten hervor, nicht gelogen haben, wenn er behauptet, sein Handwerkszeug zum Teil an den Trödler Schimmel verkauft zu haben. Er ist also auch faktisch nicht im Besitz des ominösen Grabstichels gewesen, sondern diesen hat Schimmel in der Stunde des Mordes oder wenigstens in den diesem vorausgegangenen Stunden besessen. Es bleibt gar kein anderer Ausweg, als anzunehmen, der Trödler Schimmel hat — aus welchem Grunde, sei dahingestellt — einen Meineid geleistet!"

Die Klingel des Präsidenten ertönte. „Ich muss den Herrn Verteidiger nochmals bitten, sich jeglicher Ausfälle gegen Abwesende zu enthalten", mahnte derselbe in strengem Ton.

„Weil im übrigen uns gerade der Trödler Schimmel beschäftigt", fuhr Rudolph fort, ohne sich durch die Zwischenrede des Vorsitzenden im geringsten beirren zu lassen, „so erlauben Sie mir noch eine Einwendung. Der Herr Ankläger hat vergeblich versucht, den Nachweis wegen eines näheren Verkehrs, in welchem mein Klient mit der verblichenen Dora von Gerstenberg gestanden haben soll, zu erbringen. Ich dagegen bin in der Lage, Ihnen, wie Sie aus dem Zeugenverhör entnommen haben, den Beweis zu führen, dass eine zum Mindesten nicht oberflächliche Bekanntschaft zwischen der Toten und dem heute nicht erschienenen Trödler Schimmel

bestanden hat. Wenn nun schon Fräulein Dora als Anreize-
rin zum Morde ihres Oheims gelten soll, so sehe ich nicht
ein, warum nicht ebenso gut und sicher aus zwingenderen
Gründen als mein Klient der Trödler Schimmel der Verführte
sein soll.

Jedenfalls glaube ich behaupten zu können, dass auf den
hageren, zierlich gebauten Mann die ominöse Handspur
besser passen dürfte, als auf meinen Klienten. Ich komme
nun zu dem Todesfall des Fräulein Dora von Gerstenberg. Es
ist die Frage aufgeworfen worden, ob Selbsttötung oder
Mord vorliegt. Ich stehe vollständig auf dem Standpunkte
des Herrn Staatsanwalts, auch ich glaube, dass die Unglückliche von ihrem Helfershelfer ermordet worden ist — nur
erlaube ich mir eine kleine Abweichung von der Meinung
des Herrn Anklägers insofern, als ich meinen Klienten nicht
für ihren Helfershelfer halte. Veranschaulichen wir uns die
Lage der Dinge. Die Unglückliche kommt mit ihrem Komplizen vom Morde zurück. Alle ihre Nerven zittern in heftigster
Erregung. Offenbar haben nun beide miteinander gesprochen, vielleicht haben sie sich auch wegen des vorangegangenen Mordes gezankt, vielleicht sind sie nicht einig wegen
der Teilung der Beute gewesen... Ich mache Sie dabei auf
meine vorhergehende Bemerkung aufmerksam, dass der
Raub nur unvollkommen ausgeführt, weil durch einen Zufall
der Schlüssel in dem Kassenschrank zu liegen gekommen
und die schwere Tür zugeschlagen war.

Sei dem aber wie ihm wolle, jedenfalls ist die Todesart
dieser Dame eigentümlich genug, um näher beleuchtet zu
werden. Wohlgemerkt, meine Herren Geschworenen, sie
starb an Gift, und zwar an einem Gift, das nur in irgendeiner
Auflösung unwissentlich genommen werden konnte, also
etwa in einem Glase Wein. Ein solches konnte ihr aber doch
nur von einem vertrauten Bekannten beigebracht werden,

nicht aber von einem von ihr nur für den an ihrem Oheim vollbrachten Mord gedungenen Helfershelfer. Für meine Behauptung sprechen verschiedene Umstände. Einem gedungenen Helfershelfer setzt man, besonders, wenn man wie die Verblichene als geizig verschrien ist, nicht eine geradezu opulente Mahlzeit nebst teuren Weinen vor. Einen solchen Mordgesellen empfängt man nicht festlich im schweren seidenen Kleide, wenn man die Bequemlichkeit liebt und, wie vorher die Köchin, welche den ganzen Tag über um die Person Doras gewesen ist, ausgesagt hat, es vorgezogen hat, in einem bequemen Hauskleide den ganzen vorhergehenden Tag über einherzugehen.

Das Fräulein hat also wirklich großen Wert darauf gelegt, sich in den Augen ihres Helfershelfers vorteilhaft herauszuputzen, auf ihn einen guten Eindruck zu machen, und ihn, das beweist die gute Abendmahlzeit, bei guter Laune zu erhalten. Sie hat den uns unbekannten Helfershelfer empfangen, wie eine ältliche Jungfer den Geliebten zu empfangen pflegt, den sie gern an sich fesseln möchte, und ich zweifle keinen Augenblick daran, dass ich mit meiner Annahme das Richtige getroffen habe.

Dora von Gerstenberg war, wie die Zeugen aussagten, eine viel zu vorsichtige, ängstliche, misstrauische Person, als dass sie einen von ihr gedungenen rohen Mordgesellen in das Haus gelassen haben sollte! Sie würde sich demselben ja durch eine solche Handlungsweise selbst auf Gnade und Ungnade überantwortet haben. Es liegt für eine solche Annahme auch nicht der geringste Wahrscheinlichkeitsgrund vor. Aber wir verstehen mit einem Male alles, wenn wir annehmen, dass es irgendeinem Mann gelungen ist, der ältlichen, vielleicht von Liebestollheit befallenen Jungfer eine heftige Neigung vorzuheucheln, sich in ihr Vertrauen einzuschmeicheln und entweder auf ihre Anstiftung hin den Mord an dem Baron zu begehen, oder aber — ich will auch diese Möglichkeit ins Auge fassen — oder aber, sage ich, zuerst das Fräulein zu vergiften und dann erst den Mord an dem alten Mann zu begehen.

Nun frage ich Sie, meine Herren Geschworenen, wie sollte denn in aller Welt gerade mein Klient dazu gekommen sein, in solch ein intimes Verhältnis zu der Ermordeten zu treten? Die Mehrzahl von Ihnen hat meinen Klienten durch lange Jahre persönlich gekannt, er ist ja früher hier eine angesehene, einflussreiche Persönlichkeit gewesen. Es ist ihm sein ganzes Leben lang nichts vorzuwerfen gewesen, im Gegenteil, er galt als das Muster eines zärtlichen Gatten und Vaters! Ein solches galantes Verhältnis kostet aber Zeit, es müsste sowohl der Gattin wie der Tochter aufgefallen sein, dass der Gatte und Vater sie vernachlässigte, auch ich, der ich damals tagtäglich in der bescheidenen Wohnung meines Klienten verkehrte, hätte eine solche Wahrnehmung machen müssen. Aber nichts von alledem war der Fall.

Es lässt sich kein häuslicherer, kein freundlicherer Gatte und Vater denken als mein Klient, er gönnte sich kaum einen flüchtigen Ausgang. Tag und Nacht weilte er an dem Krankenlager seiner sterbenden Frau. Und während dieser Mann sein Alles daran setzte, Brot für Frau und Kind zu verdienen, während er in rührender Aufopferung bestrebt war, seine Frau zu pflegen und es sich zu erhalten, sollte sein Gehirn fieberhaft an der Entwerfung eines so überaus keck und kaltblütig ins Werk gesetzten Mordplanes gearbeitet haben? Sowohl der Herr Staatsanwalt, wie ich selbst, haben verschiedene Zeugen befragt, ob sie einen näheren Verkehr zwischen der Ermordeten und meinem Klienten wahrgenommen hätten. Aber gerade das Gegenteil ist der Fall gewesen. Die nächstbeteiligte Dienerschaft, die doch Tag und Nacht unausgesetzt im Hause gewesen ist, hat nicht einmal bemerkt, dass überhaupt nur ein Gruß zwischen beiden gewechselt worden ist. Im Gegenteil, Fräulein Dora hat als eine hochmütige Person gegolten, die verächtlich über alle schwer mit des Lebens Notdurft Ringenden abgeurteilt hat. Der von Sorgen hart bedrängte ehemalige Fabrikant nötigte ihr also sicher kaum ein nichtachtendes Achselzucken ab.

Ich glaube Ihnen durch meine Ausführungen bis jetzt bewiesen zu haben, dass notwendigerweise ein anderer den Mord an dem Baron begangen haben muss. Es bleibt mir nur noch übrig, die Annahme zu erörtern, dass ein doppelter Raubmord vorliegt, der durch einen einzigen Verbrecher verübt worden ist und welchem, gleichmäßig unbeteiligt, Oheim und Nichte zum Opfer gefallen sind. Obwohl eine solche Annahme angesichts der schweren Belastungsmomente, welche gegen die verstorbene Dora vorliegen, so gut wie ausgeschlossen ist, will ich sie doch mit einigen Worten beleuchten, um zu beweisen, dass auch in diesem Falle mein Klient unmöglich der schuldbeladene Täter sein kann.

Fräulein Dora kann nur von jemandem vergiftet worden sein, mit dem sie auf vertrautem Fuße gestanden hat, oder der in der Lage gewesen ist, ihr eine Handreichung zu machen. Nehmen wir zuerst den letzteren Fall an, so müsste die heute auf der Zeugenbank befindliche Dienerschaft des Ermordeten schuldig sein. Es müsste sich dann um ein nichtswürdiges Komplott dieser beiden Zeugen handeln. Die Annahme eines solchen kommt aber gar nicht in Frage, denn abgesehen davon, dass wohl auf niemanden im Saale diese offenbar treuen und redlichen Leute den Eindruck gemacht haben, als ob ihnen die Begehung einer solch ungeheueren Schandtat zugetraut werden dürfte, besitzen auch beide schwerlich den hohen Grad der Verschlagenheit, ein Verbrechen zu begehen, wie das uns beschäftigende.

Es bleibt nur noch die Annahme übrig, dass ein mit den

Gewohnheiten des Hauses völlig Vertrauter sich in dasselbe eingeschlichen und in einem unbewachten Augenblick in die Wasserkaraffe oder ein Weinglas der verblichenen Dora das tödliche Gift geschüttet haben kann. Zur Begehung eines solchen Verbrechens hätte sich der Täter etwa im Schlafzimmer Doras verbergen können. Er müsste dann dort die Wirkung des Trankes bei der Dame abgewartet und sich hierauf erst in das Schlafzimmer des alten Herrn begeben haben, um den Mord und den Kasseneinbruch zu begehen. Keinenfalls aber könnte alsdann mein Klient der Täter sein, da dieser nachgewiesenermaßen bis spät abends im Kreise seiner Familie geweilt hat.

An ein gewaltsames Einsteigen des Mörders in die Wohnung des Barons ist aber schon aus dem Grunde nicht zu denken, weil keinerlei Gewaltspuren aufgefunden worden sind und auch die unteren, durch Eisengitter verwahrten Erdgeschossfenster sich unverletzt zeigten. Ein Einschleichen in das Haus aber hätte höchstens zu einer Stunde stattfinden können, wo die Dienerschaft noch in demselben weilte.

Kurzum, wie wir auch die einzelnen Verdachtsmomente zergliedern und zurechtlegen mögen, überall gewinnen wir die Überzeugung, dass der Angeklagte nimmermehr das ihm zur Last gelegte, verabscheuungswürdige Verbrechen begangen haben kann! Nein, um die Verurteilung meines Klienten herbeizuführen, hätte der Herr Staatsanwalt wirklich nach besseren und nachhaltigeren Verdachtsmomenten sich umschauen müssen. Mit demselben Rechte, mit welchem man meinen Klienten verdächtigt und ihm ins Gesicht sagt, seine Behauptungen seien Lügen, könnte man auch irgend einen Beliebigen aus den Zeugen herausgreifen, könnte man, wie ich schon erwähnt, zu dem Diener sagen, dass er ein abgekartetes Spiel mit der Köchin getrieben und er mit dieser zusammen es sei, welche jetzt mit kecker Stirn den Gerichtshof belügen, den Mord geplant und begangen haben könnten.

Ich stehe am Ende meiner Ausführungen. Meine Herren Geschworenen, gleich dem Herrn Staatsanwalt überlasse ich mit gutem Gewissen und froher Hoffnung Ihrem gerechten und weisen Urteilsspruche das Los meines Klienten. Bedenken Sie, welch eine furchtbare Gewalt nunmehr in Ihren Händen liegt! Vor Ihnen steht ein Mann, der auf sein bisheriges Leben frei und offen zurückblicken kann; nicht als Bittender naht er sich Ihnen, nicht als ein um Gnade und Barmherzigkeit Flehender, nein, er steht vor Ihnen wie ein durch Schicksalsschläge aller Art zwar niedergebeugter, aber nicht gebrochener Held und verlangt gebieterisch sein gutes Recht.

Dies ihm zu geben sind Sie ihm, sind Sie dem schwer verletzten Gewissen der öffentlichen Meinung schuldig. Bedenken Sie, was alles dieser arme, von schweren Schicksalsschlägen zermalmte Mann erlitten hat, seitdem mit rauher Gewalt er von Frau und Kind gerissen worden ist. Und dieser Mann hat alles mutvoll ertragen, eben weil sein gutes Recht deutlich und klar für ihn sprach, Not und Schmach, Schande und Lästerung haben ihn bis heute nicht niederzudrücken vermocht. Nun ist es an Ihnen, meine Herren Geschworenen, die Entscheidung zu treffen! Prüfen Sie Ihr Gewissen, fragen Sie vor Gottes Angesicht Ihr Herz, und Ihr Urteil muss notwendig ein freisprechendes werden."

Die Rede des jungen Rechtsanwaltes hatte tiefen Eindruck auf die Geschworenen gemacht. Ihre Mienen waren nachdenklich geworden; während sie nach der Rede des Staatsanwaltes sofort eifrig ihre Meinungen ausgetauscht hatten, blieben sie stumm sitzen und schienen das Gehörte noch weiter in sich fortwirken zu lassen.

XIX

Das Urteil

Die Geschworenen zogen sich nach einer unparteiischen Rechtsbelehrung seitens des Vorsitzenden in das Beratungszimmer zurück. Beck wurde wieder abgeführt. Er warf einen schmerzlichen Blick auf den jungen Rechtsanwalt, dann drückte er diesem beide Hände. „Ich sage Ihnen vielen Dank", murmelte er. „Sie haben sich viele Mühe meinetwegen gegeben. Wollte Gott, dass der Erfolg mit Ihnen wäre, aber ich sehe es nur zu deutlich ein, die Maschen des Netzes, in welches man mich verfangen hat, sind allzu feine; die Geschworenen werden mir nicht günstig gesonnen sein."

Rudolph sprach ihm einige Worte des Trostes zu. Dann, als die Ausgangstür sich hinter dem Angeklagten und seinen beiden Wärtern geschlossen hatte, wandte Rudolph sich hastig um. Jetzt wollte er Hedwig aufsuchen. Aber ihr Platz auf der Zeugenbank war noch immer leer, auch auf der Stelle, wo er sie vorhin zu sehen vermeint, suchten sie seine Augen vergeblich. Als er eben im Begriff war, den Zuhörerraum zu betreten, kam ihm der Untersuchungsrichter Alberti entgegen und legte vertraulich eine Hand auf seinen Arm. „Verzeihen Sie, Herr Doktor", meinte er in flüsterndem Ton, „aber mich interessiert in hohem Grade Ihre vorige Auseinandersetzung mit dem Staatsanwalt." Als Rudolph ihn fragend anblickte, setzte er hinzu: „Ich meine Ihren Antrag betreffs der sofortigen Vorladung Ihres zukünftigen Schwagers, des Herrn Baron Hugo von Engler."

Ein trüber Schatten flog über Rudolphs Gesicht. Die letzten Stunden über hatte er in der glühenden Begeisterung, welche er für seinen Klienten an den Tag gelegt, völlig die Mitteilungen des Polizeikommissärs vergessen gehabt. Jetzt erinnerte er sich mit einem Male wieder an die Unterredung von diesem Morgen. „In der Tat", sagte er. „Herr Grösser hat mir da eine ganz auffallende Mitteilung gemacht; er hat Sie doch vermutlich auch unterrichtet?"

„Ich pflog vorhin Rücksprache mit ihm. Er war eben noch im Saale, ist aber plötzlich abgerufen worden. Er erzählte mir die Chiffrebriefgeschichte, und dann soll auch Ihr zukünftiger Schwager heute nacht bei dem Trödler gewesen sein. Was hat das eigentlich zu bedeuten?"

Rudolph zuckte die Achseln. „Ich glaube, wir stehen einer ungeheuerlichen Lösung des Rätsels gegenüber, das uns alle beschäftigt", meinte er mit gepresster Stimme. „Ich bin schon die letzte Zeit über aus Herrn von Engler nicht recht klug geworden, er ist wortkarg und verschlossen, ganz gegen seine sonstige Gewohnheit. Meine Schwester hat sogar wiederholt Veranlassung genommen, sich über sein Benehmen zu beklagen; wenn dies auch nur in scherzender Form geschah, so sah ich doch, dass sie nicht mehr zufrieden mit ihm und an ihm selbst irre geworden war."

„Hm, hm, das ist eigentümlich. Ich frage mich auch schon die ganze Verhandlung über, was das mit den Chiffrebriefen eigentlich zu bedeuten hat? Eine solch geheimnisvolle Korrespondenz wird doch nur in Ausnahmefällen geführt. Entweder Liebende, die sich wegen der überwachenden Eltern nicht sprechen dürfen, oder Leute, die sonst gewichtige Gründe haben, von ihrer gegenseitigen Bekanntschaft nichts verlauten zu lassen, wählen diesen ebenso beschwerlichen wie kostspieligen Weg gegenseitiger Verständigung."

„Jetzt wird mir erst klar, warum der Baron gestern abend rasch aufbrach", schaltete Rudolph ein. „Wir saßen im Wohnzimmer, Herr von Engler plauderte mit meiner Schwester, plötzlich erklärte er zu einer für seine sonstigen Gewohnheiten auffällig frühen Stunde, dass er aufbrechen müsse. Trotz Hildegards Bitten, noch ein Stündchen zu verweilen, brach er wirklich schon um halb zehn Uhr auf."

„Hm, das gibt zu denken", murmelte Alberti, unterbrach sich aber in demselben Augenblick, als er den Polizeikommissär Grösser mit erregter Miene eilfertig auf sich zukommen sah. „Nun, Grösser, was gibt es?" fragte er.

„Ich habe eine Meldung zu machen, Herr Rat", stieß Grösser hastig und ebenso leise hervor. Dabei warf er einen schnellen Blick auf den dabeistehenden jungen Rechtsanwalt, der zurücktreten wollte.

„Bitte, bitte, wenn es nicht gerade ein Dienstgeheimnis ist, können Sie die Meldung ruhig in Gegenwart des Herrn Wichern erstatten", versetzte Alberti. „Was ist geschehen?"

„Ich stehe selbst noch unter dem ersten Eindruck der soeben erhaltenen Meldung", berichtete Grösser. „Der Trödler Schimmel ist tot im Bett aufgefunden worden. Die furchtbare Unordnung, die sich in seinem Laden auf Schritt und Tritt zeigt, deutet auf ein stattgehabtes Verbrechen hin."

Der Untersuchungsrichter warf hastig, während sein Gesicht Schreck und Bestürzung ausdrückte, einen Blick auf Rudolph. Des letzteren Züge waren totenbleich und wie entgeistert. Ein heftiges Zittern ging durch die Gestalt des jungen Rechtsanwalts. Der Atem schien ihm fast zu versagen; zu wiederholten Malen musste er ansetzen, ehe er ein Wort über seine Lippen brachte.

„Was sagen Sie da?" wandte er sich an den Polizeikommissär. „Der Trödler Schimmel ist tot aufgefunden worden, im Bett, sagen Sie, und — und heute nacht?"

Die beiden Beamten sahen sich bedeutungsvoll an, dann warf der Untersuchungsrichter einen hastigen Blick um sich. „Wir werden hier beobachtet", meinte er, sich zu einer gelassenen Miene zwingend. „Angesichts dieses neuen Ereignisses weiß ich allerdings selbst noch nicht, was ich sagen soll", wandte er sich wieder an den Kommissär. „Wer hat die Anzeige gemacht?"

„Der Schutzmann, welcher zur Sistierung des Trödlers beordert worden war", berichtete Grösser. „Er fand die Haustür offen, aber die Wohnungstür verschlossen; vergeblich klingelte er an dieser, auch sein Pochen an den verschlossenen Ladenfenstern blieb erfolglos. Die Nachbarschaft war schon darüber verwundert, dass der Trödler, ganz gegen seine sonstige Gewohnheit, sein Geschäft nicht schon seit dem frühen Morgen geöffnet hatte. Der Schutzmann holte einen Schlosser herbei und ließ die Tür öffnen. Im Schlafzimmer fand man den Trödler tot im Bett. Selbstverständlich blieb der Schutzmann zurück und ließ Meldung auf dem nächsten Revier machen."

„Das war gut so", versetzte der Untersuchungsrichter, nach seiner Uhr sehend. „Wir begeben uns natürlich sofort an Ort und Stelle. Zum Glück ist der Herr Kreisarzt auch noch im Saale, wir müssen ihn bitten, sich sofort mit uns nach der Wohnung des Toten zu begeben."

Er steckte seine Uhr wieder ein und sah den Rechtsanwalt fragend an. „Ich würde Sie ersuchen, sich uns anzuschließen, Herr Doktor", meinte er. „Sie haben ja immerhin als Verteidiger des unglücklichen Beck ein gewisses Interesse an der ganzen Angelegenheit."

Er wurde durch den Eintritt der Geschworenen unterbrochen, die mit ihrer Beratung zu Ende gekommen waren und in feierlichem Schweigen, paarweise geordnet, in den Saal zurückkehrten. Rudolph atmete beklommen auf. Nun war er der seit Wochen herbeigesehnten und doch wiederum so gefürchteten Entscheidung nahe! „Wenn Sie gestatten, werde ich sofort nach beendigter Verhandlung im Hause des Trödlers erscheinen. Sie können sich denken, ein wie lebhaftes Interesse ich an der Sache nehme", entgegnete Rudolph. Dann verabschiedete er sich hastig von den beiden Herren und eilte auf seinen Platz zu. Im gleichen Augenblick trat auch schon der Gerichtshof wieder ein.

Der Präsident befahl, den Angeklagten wieder vorzuführen. Unter lautloser Stille der Versammlung las dann, nachdem dies geschehen, der Obmann der Geschworenen den gefällten Wahrspruch vor.

„Auf Ehre und Gewissen verkünde ich als Wahrspruch der Geschworenen:

Frage 1. Ist der Angeklagte Karl Beck schuldig, in der Nacht vom 20. auf den 21. Juli dieses Jahres den Rentner Ludwig von Engler in dessen Wohnung vorsätzlich und mit Überlegung getötet zu haben?

Antwort: Nein.

Frage 2. Ist der Angeklagte schuldig, bei Unternehmung einer strafbaren Handlung, um ein bei der Ausführung derselben eingetretenes Hindernis zu beseitigen, oder um sich der Ergreifung auf frischer Tat zu entziehen, vorsätzlich den Rentner von Engler getötet zu haben?

Antwort: Nein.

Frage 3. Ist der Angeklagte schuldig, sich zur Nachtzeit in ein bewohntes Gebäude, zur Begehung eines Raubes, bei welchem der Tod eines Menschen durch Ermordung verursacht worden ist, eingeschlichen und aus einem verschlossenen Kassenschrank Banknoten und Geschmeide im Wert von mindestens zehntausend Mark entwendet zu haben?

Antwort: Ja, mit mehr als sieben Stimmen.

Unterfrage: Sind mildernde Umstände vorhanden?

Antwort: Ja.

Frage 4. Ist der Angeklagte schuldig, in der Nacht vom 20. auf den 21. Juli dieses Jahres die unverehelichte Dora von Gerstenberg durch Verabreichung von Gift vorsätzlich und mit Überlegung getötet zu haben?

Antwort: Nein.

So wahr mir Gott helfe!"

Ein dumpfes Gemurmel erhob sich im Saale, als der Obmann der Geschworenen mit der Verlesung der Antworten zu Ende gekommen war. Beck, auf den nun alle Blicke sich richteten, stand schweratmend in der Anklagebank. Als aber Rudolph tiefergriffen sich nach ihm umwandte und ihm vor aller Öffentlichkeit die beiden Hände herzlich schüttelte, da war es um seine Fassung geschehen. Der starke Mann sank auf seinen Sitz nieder und verhüllte sein Gesicht mit beiden Händen. Der Gerichtshof zog sich zur Beratung zurück.

Schon nach wenigen Minuten erschien er wieder im Saale. Das Urteil lautete auf insgesamt neun Jahre Gefängnis und auf Ehrverlust in gleicher Dauer. In kurzer, gedrängter Form entwickelte der Präsident die Beweggründe, welche den Gerichtshof zu diesem verhältnismäßig milden Urteil veranlasst hatten.

„Angeklagter", wandte sich dann der Präsident an Beck, „es steht Ihnen gegen dieses Urteil das Rechtsmittel der Revision zu, welches Sie binnen acht Tagen schriftlich oder mündlich durch Ihren Herrn Verteidiger bei der Gerichtsschreiberei anzumelden haben."

Rudolph hatte sich dem Präsidenten wieder zugewandt. „Im Auftrage meines Klienten melde ich schon jetzt die Nichtigkeitsbeschwerde gegen das gefällte Urteil an", versetzte er mit klarer, weithintönender Stimme. „Die Verteidigung ist in der Vorladung der Zeugen ungebührlich beschränkt worden. Es wird Sache des Reichsgerichts sein, sich mit der Frage zu befassen, ob das Urteil nicht kassiert und an die erste Instanz zurückgewiesen werden muss."

„Sie wollen Ihren Antrag bei der Gerichtsschreiberei zu Protokoll geben", versetzte der Präsident trocken. „Der Angeklagte bleibt natürlich in Haft und ist abzuführen." Dann erklärte er die Verhandlung für geschlossen.

Rudolph gab schmerzlich bewegt seinem Klienten das Geleit bis an die Ausgangstür des Saales; dort tauschten sie nochmals einen herzlichen Händedruck miteinander aus. „Mut, Herr Beck, Mut und Gottvertrauen!" sagte er mit bedeutungsvoll klingender Stimme, dem halb Verzweifelten in die Augen schauend. „Ich glaube, es will Tag werden, noch kann ich mich freilich nicht auslassen, ich will keine unnützen, nichtigen Hoffnungen in Ihnen erregen, aber es tagt, es tagt!"

Beck hatte nur ein trübes Lächeln. „Für mich ist es Nacht geworden", murmelte er mit gebrochener Stimme. „Sorgen Sie für mein Kind, ich wünsche mir nur noch einen Freund, den Tod." Damit wurde er abgeführt.

Erregt wandte auch Rudolph sich der Ausgangstür zu. Da wollte es der Zufall, dass er Hedwig endlich begegnete. Sie standen sich plötzlich mitten in der vorüberwogenden Menschenmenge gegenüber; sie wussten selbst nicht wie. Hastig fasste Rudolph ihre Hand und zog das junge Mädchen abseits in eine vor dem Anwaltszimmer sich befindende Nische. „Hedwig, ich bitte dich, ein Wort, nur ein einziges Wort!" flüsterte er mit zuckenden Lippen. Und dann, als sie sich allein einander gegenüberstanden, setzte er leise hinzu: „Warum bist du vor mir geflohen?"

„Musste ich nicht?" stöhnte Hedwig leise. „Hat der unglückliche Ausgang des Prozesses deinem Vater nicht Recht gegeben? Oh, mein armer, armer Vater!"

„Hoffnung, Mut, Geliebte, Mut!" hauchte Rudolph, tiefbewegt ihre Hand ergreifend und trotz ihres Widerstrebens an die Lippen ziehend. „Ich sprach soeben noch den Vater, ich sagte ihm als letztes Wort: Es tagt! Hedwig, dir kann ich es sagen, ich glaube, dass dein Vater frei sein wird, noch ehe eine Woche ins Land gegangen ist, aber freilich — um welchen Preis! Oh Gott, meine arme, arme Schwester!"

Hedwig sah ihn fassungslos an. „Mein Gott, was sprichst du? Ich verstehe dich nicht!"

„Ich darf dir jetzt nicht länger Rede stehen; versprich, dass du mir nicht wieder verloren gehen willst. Darf ich dich heute noch bei deiner früheren Wirtin sprechen? Es geht um dein eigenes Glück, um dasjenige deines Vaters!"

„Mein Gott, was ist geschehen, liegt denn nicht alle Hoffnung zertrümmert am Boden?" murmelte das junge Mädchen, noch immer fassungslos.

„Nein, Hedwig, nein!" entgegnete Rudolph, tief aufseufzend, „deine Lebenssonne will sich aus dem sie verdunkelnden Gewölk wieder hervorringen, dafür aber geht eine andere Sonne unter. Oh Gott, meine arme, arme Hildegard, wie wird sie das Ungeheuere ertragen?"

Ein Schutzmann, der schon eine Weile im Hintergrunde des Ganges gestanden hatte und offenbar auf den Rechtsanwalt wartete, trat hinzu. „Verzeihen Sie, Herr Doktor, aber der Herr Untersuchungsrichter Alberti lässt Sie bitten, möglichst schnell in einem Wagen nach dem Hause des Trödlers Schimmel zu kommen; er schickt mich von dort."

„Ich komme sofort", entgegnete Rudolph dem Beamten und sich dann wieder an Hedwig wendend, fuhr er in bittendem Ton fort: „Nicht wahr, ich darf auf dich bauen; du wirst nicht wieder vor mir fliehen, wenigstens in den nächsten Tagen nicht; du erwartest mich?"

Das junge Mädchen nickte ihm weinend zu. „Ich weiß nicht, welches wunderbare Gefühl mich durchströmt, ich bin dir so viel Dank schuldig für heute, gewiss, ich will dich erwarten!"

„Auf Wiedersehen, auf Wiedersehen!" stammelte der junge Rechtsanwalt. Seiner Bewegung selbst nicht mächtig, beugte er sich über das junge Mädchen und küsste es auf die Stirn. Erschauernd ließ es Hedwig willenlos geschehen. Mit schwimmenden Augen sah sie dem hastig Davoneilenden nach. Erst nach einer Weile vermochte sie sich von der Stelle zu bewegen. Um jeden Preis wollte, musste sie nach der überlangen Trennung jetzt ihren Vater sprechen; man durfte es ihr nicht länger verwehren.

Ein Gerichtsdiener brachte sie nach dem Amtszimmer des Gerichtspräsidenten. Und während Rudolph dem Hause des Trödlers Schimmel zufuhr, betrat Hedwig mit klopfendem Herzen das Untersuchungsgefängnis.

XX

Gift

Eine dichte Menschenmenge hielt das Haus des Trödlers umlagert, als Rudolph vor demselben anfuhr.

Zwei Schutzleute standen vor der Haustür, sie hatten bereits die Weisung von dem Untersuchungsrichter erhalten, dem ihnen bekannten Rechtsanwalt freien durchgang zu gestatten. Im Hause selbst wusste Rudolph von früher her noch gut Bescheid. Wie oft war er doch die schmale, enge Treppe, die zum ersten Stockwerk führte, hinaufgestiegen, und um wie viel glücklicher hatte damals sein Herz geschlagen! Eine bittere, wehmütige Empfindung war es, die das Herz des Rechtsanwalts bei diesem Gedankengange beschlich, aber entschlossen biss er die Zähne zusammen. Er wandte sich der offenstehenden Eingangstüre des Erdgeschosses, die zur Wohnung Schimmels führte, zu. Schon im Vorraum, der augenscheinlich das Magazin des Trödlers darstellte, traf Rudolph auf den Polizeikommissär und einige Kriminalbeamte. Letztere trugen brennende Kerzen und leuchteten dem Kommissär bald da, bald dort in die dunklen Winkel und Ecken der Wohnräume.

Unordnung herrschte überall; in buntem durcheinander waren Kleidungsstücke, Waffen und andere Gerätschaften auf einen Haufen geworfen. Alle Möbel standen weit von den Wänden gerückt, und mit prüfendem Klopfen untersuchte der Kommissär die Dichtigkeit der Wände. Er nickte

Rudolph freundlich zu, ohne sich indessen in seiner Beschäftigung stören zu lassen. „Sie kommen zur rechten Zeit", meinte er. „Der Untersuchungsrichter ist nebenan bei der Leiche; der Kreisarzt ist, glaube ich, eben mit der Untersuchung fertig geworden."

Als Rudolph in das Nebenzimmer eintrat, einen düsteren, langgestreckten, einfenstrigen Raum, fand er die beiden Herren in offenbar erregtem Gespräche. Der Untersuchungsrichter sah ihn kaum eintreten, als er auch schon auf ihn zueilte. „Hören Sie, das ist fast unglaublich!" rief er mit allen Anzeichen äußerster Erregung. „Der Herr Kreisarzt hat bei dem Trödler eine Vergiftung durch Tikunagift festgestellt!"

Die Wirkung dieser Worte auf Rudolph war eine gewaltige. „Unmöglich!" murmelte er, näher an das Bett herantretend, auf welchem der Leichnam lag. Mit zitterndem Widerscheine fielen die Lichtstrahlen der Kerzen auf das vergilbte, wächserne Angesicht des Toten, der scheinbar während des Schlafes im Bett gestorben war. „Tikunagift? Wie soll denn der Trödler in den Besitz desselben gekommen sein, es ist ja dasselbe seltene Gift, an welchem Dora von Gerstenberg gestorben ist?"

Alberti nickte vielsagend. „Ich fürchte, wir stehen einer unerwarteten Lösung des ganzen Geheimnisses gegenüber", versetzte er dann in gedämpftem Ton. „Lassen Sie sich, bitte, die Einzelheiten von dem Herrn Kreisarzt berichten. Ich muss gestehen, ich habe eine lange Praxis hinter mir und bin so ziemlich gegen alle Zwischenfälle abgestumpft, aber die heutige Entdeckung gibt mir zu denken."

„Die Sache ist einfach genug", nahm der Kreisarzt das Wort, indem er dicht an den Leichnam herantrat. „Es liegt hier offenbar kein Selbstmord, sondern ein Verbrechen vor."

Rudolph entfärbte sich. „Ein Verbrechen, sagen Sie?" murmelte er mit unsicher klingender Stimme, während der

Gedanke durch sein Gehirn schoss, dass sein zukünftiger Schwager stundenlang in der vergangenen Nacht bei dem Trödler verweilt hatte.

„Ja, wir haben es mit einem Verbrechen zu tun, das spätestens um ein Uhr morgens begangen worden sein muss", bestätigte der Kreisarzt. Von neuem erschrak Rudolph heftig; er öffnete seine Lippen, wie um zu sprechen, aber er vermochte keinen Laut hervorzubringen, denn die Eröffnung des Arztes hatte ihn furchtbar erschüttert. Um ein Uhr sollte das Verbrechen in diesem Raum begangen worden sein; nach der Aussage des Polizeikommissärs hatte Hugo bis dreiviertel vier Uhr morgens im Hause verweilt, dessen einziger Bewohner zur Zeit der Trödler war.

„Aber wie kommen Sie dazu, hier ein Verbrechen anzunehmen?" stammelte Rudolph endlich, um nur etwas zu sagen.

Der Kreisarzt rückte seine Brille zurecht. „Die Sache ist einfach genug", versetzte er, indem er das Deckbett zurückschlug, so dass der ganze Körper sichtbar wurde. „Sehen Sie diese unnatürliche gekrümmte Lage der Glieder, die niemals ein auf natürlichem Wege im Bett Gestorbener einnimmt; im Gegenteil, der Tod streckt die Glieder, aber er krümmt sie niemals. Daraus geht zweifellos hervor, dass der Tod dieses Mannes nicht im Bett stattgefunden, und dass man ihn erst nach erfolgtem Tode entkleidet und zu Bett gebracht hat. Dafür, dass er dies nicht selbst getan haben kann, spricht schon die Art des Giftes, dessen Wirkung, wie Ihnen als Verteidiger in dem Prozess wider Beck bekannt sein wird, eine sofortige ist."

„So würde es sich also wirklich um einen Mord handeln?" murmelte Rudolph verstört.

„Daran kann kein Zweifel sein", versetzte der Arzt. „Aus diesem Glase hat der Unglückliche seinen Todestrunk getan;

es befindet sich noch ein schwacher Rest im Glase, und selbst mit bloßem Auge sind Spuren einer mineralischen Substanz wahrnehmbar."

„Ich glaube Ihnen", stammelte Rudolph beklommen, indem er zugleich einen unsicheren Blick auf den Untersuchungsrichter warf. „Aber wenn ein Mord vorliegt, so muss es notwendigerweise einen Mörder geben, und wer — wer könnte dieser Mörder sein?" Seine Stimme brach während der letzten Worte, er musste die Augen vor dem teilnahmsvollen Blick des Untersuchungsrichters niederschlagen. Doch dieser legte ihm ermutigend die Hand auf die Schulter.

„Noch ist nichts bewiesen", versetzte er, „obwohl freilich ein furchtbarer Verdacht vorliegt; Sie sehen mich selbst äußerst ergriffen, aber wer hätte denken können —"

Ein Seufzer glitt über die Lippen Rudolphs. „Arme arme Schwester", murmelte er unhörbar und wandte dann, unfähig, die in ihm gärende Erregung länger zu verbergen, hastig sein Gesicht zur Seite. Gleich darauf jedoch meinte er, dem Untersuchungsrichter wieder zugewandt: „Noch eines. Ein Mord, dieses fürchterlichste aller menschlichen Verbrechen, will eine Ursache haben, selbst der versierteste Verbrecher schreckt ohne gegründete Ursache vor einer brutalen Mordtat zurück. Warum also hat der Mörder jenes Mannes dort ihn mit demselben Gift getötet, welchem Dora von Gerstenberg vor Monaten erlegen ist?" Der Untersuchungsrichter sah ihn lange schweigend an. „In Ihrer Frage liegt auch schon die Antwort", versetzte er. „Ich glaube, wir alle, einzig Sie ausgenommen, haben dem armen Beck furchtbar Unrecht getan! Aber wer konnte ahnen —"

„Was werden Sie jetzt tun?" unterbrach ihn Rudolph. „Im Namen meines Klienten muss ich Sie bitten, keinen Augenblick zu verlieren."

Alberti erfasste die eine der ausgestreckten Hände Rudolphs und drückte sie warm. „Ich werde meine Pflicht tun, so schwer sie mir auch in diesem Falle ankommen mag", versetzte er in eindringlichem Ton.

In Rudolphs Augen leuchtete es jäh auf. „Nehmen Sie keine Rücksicht, weder auf mich noch auf meine Familie", stieß er hervor. „Die Ehre eines unschuldigen Mannes liegt zertrümmert am Boden, seine Zukunft ist vernichtet. An uns ist es jetzt, den im dunklen verborgen gewesenen wirklichen Täter zu brandmarken und zu entlarven."

In diesem Augenblick erschien der Polizeikommissär auf der Türschwelle; sein Angesicht wies einen ganz eigentümlichen Ausdruck von Triumph und Überraschung auf. „Wenn ich Sie bitten darf, meine Herren", rief er. „Wir haben soeben einen höchst eigentümlichen Fund gemacht. Ich bitte, treten Sie näher, Herr Untersuchungsrichter."

Die beiden Herren sahen beim Herantreten eine Anzahl verrosteter Instrumente auf dem Tische liegen. Von einer plötzlichen Ahnung erfasst, hob der Untersuchungsrichter eines der Instrumente prüfend in die Höhe. Eine unverkennbare Bestürzung prägte sich sogleich in seinen Zügen aus. „Also doch!" stieß er fast rauh hervor. „Sie haben Recht behalten, lieber Grösser!

„Ich wusste es von vornherein."

„Aber um des Himmels willen, wie sind Sie zu diesem Funde gekommen?"

„Ich glaubte die Gelegenheit benutzen zu sollen. In diesem Falle war eine Haussuchung sowieso gesetzlich vorgeschrieben, da ja eine Beschlagnahme des Nachlasses gerichtlicherseits erfolgen muss. Umsonst aber ließ ich alle Möbel von den Wänden abrücken und suchte nach hohlen Stellen in der Wand; es fand sich zuerst nicht das Geringste. Schon wollte ich von meinen Bemühungen ablassen, als es mir auf einmal einfiel, auch in den oberen Räumen, in der leer stehenden

Wohnung des Mechanikers Beck, Umschau zu halten. Die Vergeblichkeit meines bisherigen Suchens hatte die Vermutung in mir zur Gewissheit erstarken lassen, dass der schlaue Fuchs fürsorglich es einzurichten gewusst hatte, selbst im Falle einer Haussuchung seinen Rücken gedeckt zu behalten.

Meine Vermutung hatte mich nicht getäuscht. Zuerst blieb freilich auch oben innerhalb der kahlen Wände mein Bemühen vergeblich. Da kam ich auf den Einfall, in dem früheren Arbeitszimmer Becks die blechernen Becher, welche unterhalb des Fensterbrettes in dessen Mitte zur Aufnahme des einfließenden Regenwassers angebracht waren, abzuheben. Zu meiner Überraschung gewahrte ich hinter denselben eine Höhlung in der Mauer, die sich, wie ich bestimmt weiß, zur Zeit der Haussuchung bei der Verhaftung Becks noch nicht in der Wand befunden hatte. Ein einziger Griff brachte mich in den Besitz der darin verborgen liegenden Instrumente. An den anderen Fenstern fand ich überall die Becher vorsichtig befestigt. Aber während die übrigen als Beweis, dass sie seit Monaten unverrückt am Platze geblieben, mit Spinngeweben dicht überzogen waren, fehlten letztere an dem das Versteck der Instrumente verbergenden Becher, ein sicheres Zeichen, dass derselbe neuerdings abgehoben worden ist. — Ich fand auch noch etwas anderes in dem Versteck", fuhr der Kommissär fort. „Wollen Sie die Güte haben, Herr Untersuchungsrichter, diese Papiere zu prüfen?"

Überrascht nahm Alberti aus den Händen seines Untergebenen einige vergilbte, beschriebene Wechselformulare entgegen. „Hm, hm", sagte er dann kopfschüttelnd, „das ist mehr als sonderbar, das sind ja längst verfallene Akzepte. Hier die Überschrift lautet: Ludwig von Engler. Akzeptant ist Hugo von Engler. Ludwig von Engler ist ja der Name des ermordeten Rentiers, und der Aussteller Hugo ist sein Neffe. Aber wie kommt der Trödler in den Besitz dieser Akzepte?

Sie sind längst verfallen und es handelt sich immerhin um beträchtliche Summen: 1700, 2100, 1850 Mark. Um so befremdlicher ist es, dass Schimmel diese nun schon beinahe wertlos gewordenen, weil nicht protestierten Wechsel so sorgsam in Verwahrung gehalten hat."

Der Polizeikommissär schaute sich die Wechsel ebenfalls nochmals an. „Noch sonderbarer ist es", schaltete er nachdenklich ein, „dass der Trödler, der doch in Geldsachen äußerst genau gewesen sein soll, die längst verfallenen Akzepte nicht bei dem Erbschaftsgericht eingereicht hat, das sich mit dem Nachlassprozesse des Ermordeten zu befassen hat. Der Ermordete war doch Akzeptant, die Wechsel mussten auf jeden Fall honoriert werden."

Rudolph stand abseits, das Haupt tief auf die Brust gesenkt. „Jetzt begreife ich auf einmal die nächtliche Anwesenheit Hugos", stöhnte er. „Oh, es will grässlich Tag werden in mir! Meine arme, arme Schwester!"

Alberti war einige Male in tiefem Nachsinnen auf und nieder geschritten. Als er eben wieder an Grösser vorbeikam, redete ihn dieser an. „Ist es Ihnen bekannt, Herr Rat, dass der Trödler Schimmel zu seinen Lebzeiten oft schmutzige Geldgeschäfte mit jungen Lebemännern gemacht hat?" fragte er.

Alberti blieb stehen und nickte. „Allerdings", versetzte er. „Ich habe manche Untersuchung leiten müssen, die auf des Trödlers Betreiben wider Mitglieder unserer besseren Stände eingeleitet worden ist. In allen Fällen handelte es sich ausnahmslos um recht schmutzige Geldgeschäfte."

„Dasselbe wird auch hier der Fall sein", fiel Grösser ein. „Ich habe, soviel ich das im Geheimen tun konnte, genaue Erkundigungen über den jungen Baron von Engler eingezogen. Derselbe ist durchaus vermögenslos, er hat sich mit seinem Oheim seines leichtsinnigen Schuldenmachens wegen verfeindet. Derselbe hatte wiederholt seine Schulden bezahlt, aber schließlich seine Hand gänzlich von ihm abgezogen. Nur dem Umstand, dass es dem jungen Baron gelungen ist, sich mit der Tochter unseres hochangesehenen Fabrikanten Wichern zu verloben, hat ihn noch über Wasser gehalten. Natürlich wurde ihm jetzt wieder Kredit gewährt." Der Kommissär warf einen bedauernden Blick auf Rudolph.

Alberti aber ergriff dessen Hand. „Tragen Sie das Unvermeidliche", sagte er in warmem Ton. „Die Anteilnahme aller billig Denkenden ist Ihnen sicher. — Aber zur Sache", wandte er sich gleich darauf zu Grösser, „sämtliche Appoints sind an ein und demselben Tage ausgestellt, und zwar am 28. Januar dieses Jahres."

„Das wäre also gerade um die Zeit der Verfeindung zwischen Oheim und Neffe gewesen", fiel der Kommissär ein.

„Jawohl", bestätigte Rudolph. „Die Ausstellung der Wechsel muss sogar erst nachher stattgefunden haben. Ich fragte ja den Diener heute in der Verhandlung danach, er konnte den Zeitpunkt genau bestimmen. Oheim und Neffe verfeindeten sich an des Ersterem Geburtstage, am 24. Januar."

Die Herren tauschten einen vielsagenden Blick miteinander aus. „Dann wären die Akzepte wohl schwerlich echt", nahm Alberti wieder das Wort.

„Das ist auch meine Meinung", rief Grösser. „Der alte Baron, der äußerst genau gewesen ist, würde schwerlich dem von ihm seiner Verschwendung wegen verstoßenen Neffen diese Summen in Akzepten eingehändigt haben."

„Sie fanden die Papiere oben in der früheren Wohnung Becks?"

„So ist's. Der Trödler mag sich in der eigenen Wohnung nicht sicher gefühlt haben. Es lag ihm offenbar alles daran, die Papiere verborgen zu halten, vielleicht auch vor dem heimlichen Besucher von heute nacht."

Der Untersuchungsrichter richtete sich auf. „Angesichts der hier zu Tage getretenen Umstände bin ich genötigt, zur sofortigen Verhaftung des Barons zu schreiten. Sie werden die Verhaftung vollziehen, Herr Polizeikommissär, und zwar, da mir zur Ausfertigung eines Haftbefehls keine Zeit übrig bleibt, in Form einer vorläufigen Sistierung."

„Wenn Sie gestatten, schließe ich mich Herrn Grösser an", fiel Rudolph erregt ein, „ich glaube schon im Namen meines Klienten diese Bitte aussprechen zu dürfen."

„Selbstredend, Herr Wichern. Wir verdanken ja Ihrem Scharfsinn das meiste in diesem Falle. Schließen Sie sich dem Kommissär an. — Wir inzwischen", wandte er sich an den Kreisarzt, „können unsere Arbeit in diesem Hause beenden. Zwei Schutzleute bleiben zu unserer Verfügung hier", ordnete er alsdann an. „Zwei Kriminalbeamte werden Ihnen gleichfalls genügen, Herr Grösser?"

„Ich komme sowieso am Justizgebäude vorüber", entgegnete der Angeredete. „Bei dieser Gelegenheit kann ich ja, da ich das für wünschenswert halte, mir noch einige weitere Leute mitnehmen."

„Ans Werk denn", entschied Alberti. „In spätestens einer Stunde werde ich in meinem Amtszimmer sein."

Rudolph und der Kommissär empfahlen sich von den anderen Herren. Tief bewegt schritt der junge Rechtsanwalt neben dem Kommissär. Noch nie in seinem Leben, selbst nicht damals, als sein eigenes Lebensglück so furchtbar durch die wider Beck erhobene Anklage bedroht worden war, hatte ihn eine solche Erschütterung erfasst, wie sie eben sein Herz durchbebte.

Im Hausgang blieb Grösser vor dem Rudolph ebenfalls bekannten Kriminalschutzmann Pohl stehen. „Ihnen ist der junge Baron von Engler bekannt?" fragte er.

„Gewiss, Herr Kommissär", entgegnete der Beamte.

„Nehmen Sie noch Schröter und Braun zur Hilfe, begeben Sie sich mit denselben nach dem Bahnhof. Eine Abreise des Barons muss auf jeden Fall verhindert werden. Schlimmsten Falles schreiten Sie zur Verhaftung." Grösser sann einen Augenblick nach, dann winkte er noch einen zweiten Kriminalschutzmann zu sich heran. „Eilen Sie auf das nächste Polizeirevier und holen Sie sich etwa vier Mann zur Unterstützung; mit diesen begeben Sie sich in die Nähe der Wichern'schen Fabrik vor dem Neuen Tore. Ist Ihnen die Örtlichkeit dort bekannt?"

„Ganz genau", versicherte der Beamte. „Ich arbeitete, ehe ich beim Militär eintrat, bei dem Vater des Herrn Doktors."

„Gut, Sie werden genau die ein- und ausgehenden Personen beobachten. Falls der junge Baron von Engler die Villa verlassen sollte, verfolgen Sie ihn unauffällig und lassen mir sofort Meldung erstatten, wohin er sich begibt." Dann stieg der Kommissär mit Rudolph in den noch auf letzteren harrenden Wagen und rief dem Kutscher einige Worte zu, die ihn zum beschleunigten Fahren antrieben. In wenigen Minuten schon hatten sie das Justizgebäude erreicht. Der Kommissär bat Rudolph, ihn im Wagen zu erwarten, dann stieg er aus und eilte in das Gebäude. Schon nach wenigen Augenblicken kehrte er zurück, von sechs Geheimpolizisten begleitet. Zwei derselben nahmen auf der Vorderseite des Wagens Platz, während die vier anderen der nahegelegenen Droschkenhaltestelle zueilten und sich dort in einen Wagen schwangen.

„Kaiserstraße 37", befahl der Kommissär. Beide Wagen setzten sich eilfertig in Bewegung. Zehn Minuten später hatten sie das Ziel erreicht, und die Herren stiegen aus. Über die teppichbelegte Treppe eilte der Kommissär mit Rudolph, gefolgt von zwei der Kriminalbeamten, nach dem ersten

Stockwerk empor. Vor einer eleganten Glastür blieben sie stehen.

Ein Porzellanschild und eine Visitenkarte fanden sie an derselben angebracht. *Verwitwete Magistratssekretär Godesberger* lautete die Aufschrift des Schildes. Die feingestochene, mit einer Freiherrnkrone geschmückte Karte trug den Namen Hugos. Auf das Klingeln Grössers wurde die Türe sofort geöffnet. Eine ältliche, hagere Dame erschien und fragte erstaunt nach dem Begehr der Herren.

„Ich wünsche den Baron von Engler zu sprechen", nahm der Kommissär sofort das Wort, während er an der alten Dame vorüber in den Korridor eintrat.

„Ich bedaure, der Herr Baron ist ausgegangen."

„So führen Sie uns in die Wohnung desselben."

Die Dame zögerte und schaute misstrauisch den Kommissär an. „Wenn ich mich nicht irre, waren Sie schon einmal hier und fragten nach dem Herrn Baron", meinte sie alsdann. „Ich kann Sie doch nicht so ohne weiteres in die Wohnung des Herrn Barons während dessen Abwesenheit geleiten."

Der Kommissär knöpfte statt jeder Antwort seinen Rock auf und wies auf das unter demselben angebrachte Dienstschild. „Ich komme im Auftrage des Herrn Untersuchungsrichters", sagte er; „führen Sie uns nach der Wohnung des Herrn Barons."

Die alte Dame erschrak so heftig, dass sie an allen Gliedern zu zittern begann. „Mein Himmel, was ist geschehen? Das Gericht und die Polizei in meiner Wohnung?" Aber Grösser wies die Jammernde kurz zur Ruhe und trat durch die inzwischen geöffnete Zimmertür in das Wohngemach des Abwesenden ein. Es war ein sehr elegant ausgestatteter zweifenstriger Raum. Der Kommissär ließ einen flüchtigen Blick durch denselben gleiten, dann schritt er nach der nebenan gelegenen Schlafstube und betrachtete dieselbe ebenfalls.

Hierauf kehrte er zu den auf der Türschwelle Stehengebliebenen zurück. „Wann ist der Herr ausgegangen?" fragte er die noch immer zitternde alte Dame.

„Es ist noch ziemlich früh gewesen, vielleicht zwischen elf und zwölf Uhr. Sonst pflegt der Herr Baron erst um drei Uhr wegzugehen. Auch war derselbe heute so ganz anders, als sonst. — Mein Himmel, es wird sich doch nichts Schlimmes ereignet haben?"

„Wissen Sie zufällig, wann er gestern nach Hause gekommen ist?"

„Ich habe ihn nicht gehört, aber mein Dienstmädchen meinte, es sei schon stark auf den Morgen gegangen, denn sie habe bereits ans Aufstehen gedacht."

Grösser verneigte sich dankend. „Sie beide", wandte er sich an die mitgenommenen Schutzleute, „werden ein genaues Inventar der Wohnung des Barons aufnehmen und alsdann das Zimmer unter amtlichen Verschluss legen", befahl er. „Wir aber", setzte er zu Rudolph gewendet hinzu, „werden uns schleunigst nach der Fabrik Ihres Herrn Vaters begeben. Ich glaube nicht mit Unrecht annehmen zu dürfen, dass wir den Gesuchten dort finden werden."

XXI

Die Flucht

Fast zur selben Stunde, in der die Geschworenen sich zurückgezogen hatten, um den Wahrspruch über Karl Beck zu beraten, saß Hildegard in der Wohnstube mit einer Handarbeit beschäftigt. Sie sah noch bleicher und niedergeschlagener aus als am vorhergehenden Abend. Ungeduldig verfolgte sie den Zeiger der tickenden Wanduhr, welcher ihr noch niemals so schneckenhaft langsam von der Stelle gerückt zu sein schien.

Sie hatte Rudolph gebeten, ihr von dem Ausgange der Gerichtsverhandlung, falls er nicht selbst kommen könnte, sofort Nachricht zu senden. Nun wies die Uhr schon auf die zweite Nachmittagsstunde, und noch immer hatte sie keine Nachricht.

Draußen wirbelte der Wind die falben, herbstlich gefärbten Blätter durch die Luft. Die Bäume zeigten schon kahle Äste und der Blütenschmuck der sorgfältig gepflegten Teppichbeete war dahin. Über Nacht hatte alles einen grauen, fahlen Anschein erhalten. Hildegard vermochte von ihrem Fensterplatze aus über den Park hinweg bis auf die Straße zu schauen, so gelichtet hatte sich schon das bis dahin so dichte Gezweig. Mechanisch verfolgte sie einen Wagen, der sich in beschleunigtem Trabe durch die entblätterte Ahornallee den Fabrikgebäuden näherte. Erst als er dann mit plötzlichem Rucke vor dem Portale der Villa hielt, durchzuckte sie der

Gedanke, dass vielleicht ein Bote von Rudolph kommen werde, um ihr das Endergebnis der Verhandlung zu melden.

Als sie nun aber die Gestalt ihres Bräutigams den Wagen verlassen sah, durchzuckte ihr Herz ein gar seltsamer Schauer. Sie schalt sich selbst, dass nicht helle Freude ihr Inneres durchzuckte; kam Hugo doch früher, als sie selbst anzunehmen gewagt hatte. Er pflegte in der Regel erst nach dem Essen zu kommen, um dann den Abend bei ihr zu verbringen.

Gleich darauf trat er ein und eilte, offenbar in großer Erregung, auf seine Braut zu, die noch immer am Fenster stehen geblieben war. Er erfasste mit bebendem Drucke ihre Hände. „Hildegard, ich komme —" brachte er mit solch entstellter, rauh klingender Stimme hervor, dass er selbst erschrak und jäh wieder verstummte.

Das junge Mädchen bebte am ganzen Körper. „Mein Gott, wie bist du erregt!" hauchte sie endlich, den zagenden Blick noch immer unverwandt auf Hugos Angesicht gerichtet. „Du bringst Unglück mit dir, ich fühlte es, als ich dich kommen sah."

„Hildegard", begann ihr Verlobter, „beruhige dich. Es ist wahr, ich komme anders als sonst. Ich — ich bin gezwungen, mit dir über unsere Zukunft zu reden —"

„Ich las es lange schon in deinen Augen, dass etwas vorgegangen ist, was dich bedrücken muss", fiel Hildegard ihm ins Wort. „Sprich offen zu mir, sage mir, was dein Herz bedrückt — ich bin bereit, alles zu hören."

Der junge Mann schlug die Augen nieder; es schien, als ob er den Blick Hildegards nicht mehr zu ertragen vermöchte. „Was soll ich dir sagen", stieß er endlich hervor. „Ich bin gekommen, um mir Gewissheit von dir zu holen. Ich — ich stehe zum letzten Male vor dir in diesem Raum. Ein Geschäft ruft mich nach auswärts. Es kann lange dauern, bis ich zurückkehren kann — und darum —"

Da fasste ihn plötzlich das junge Mädchen bei den Händen und zwang ihn förmlich, ihr in die Augen zu schauen. „Keine Lüge jetzt zwischen uns, Hugo", bat sie. „Es muss alles klar und offen zwischen uns sein, und wenn es das Schlimmste ist, enthülle es mir. Ich habe versprochen, dir eine Gefährtin sein zu wollen in Freud und Leid, im Glück und Unglück, und wenn es das Härteste ist, es kann nicht schlimmer und furchtbarer sein als das langsame Ersterben meines Glückes, wie es die letzten Wochen über mein Herz bedrückte."

Ein langes Stillschweigen entstand im Gemache. Der Baron hatte die Augen wieder niedergeschlagen, er schien einen harten, langen Kampf zu kämpfen. „Hildegard", begann er endlich wieder, „ich habe grässliche Stunden durchlebt, ich kann sie dir nicht schildern. Aber eines habe ich klar und deutlich gefühlt, dass ich dich lieb habe, ja dich so liebe, wie ich niemals geglaubt habe, an einem anderen Wesen hängen zu können. Und doch, Hildegard, muss ich vor dir stehen und dir bekennen, dass ich ein Elender bin, dass ich nicht wert bin, dieselbe Luft mit dir zu atmen, dass es für mich besser wäre, ich ginge bis ans Ende der Welt, als dich in mein jammervolles Elend zu verflechten."

Das junge Mädchen schaute ihn entsetzt und doch wieder mit liebendem Ausdrucke an. „Klage dich nicht an, Hugo; es tut mir so weh, aus deinem Munde solche Worte zu hören. Sage mir, was geschehen muss, sage mir, was du von mir verlangst. Ich habe mich dir vor Gott anverlobt, es gibt für mich keine Lebenslage, die meine Treue zum Wanken zu bringen vermöchte."

„Nun gut, Hildegard. Ich möchte eine Frage an dich richten, deren Beantwortung mein zukünftiges Schicksal in sich birgt. — Glaubst du, dass es ein Wesen geben könnte, das entsagend und selbstlos genug wäre, um zu einem tiefgefallenen Menschen zu sprechen: Lass uns in ein fernes Land fliehen, wo niemand dich kennt, wo niemand ahnt, was dir im Herzen bohrt und wühlt. Lass uns durch ein Leben voll treuer Liebe und Pflichterfüllung sühnen, was einige Stunden hirnloser Selbstverblendung einst gefrevelt haben. Glaubst du, Hildegard, dass es solch ein Wesen geben könnte?"

Das junge Mädchen war totenbleich geworden. Mit großen, erloschenen Augen starrte sie in die verstörten Züge des geliebten Mannes. „Jetzt verstehe ich dich; was ich die letzten Wochen über nicht zu ahnen wagte, jetzt ist es in mir zur Gewissheit geworden — ich fühle es jetzt, was dein Herz bedrückt."

„Du verachtest mich darum, nicht wahr?" stöhnte Hugo auf. „Es kann ja nicht anders sein. Du musst mich verachten! Sage es nur, du stößt mich von dir, du —"

Da drang ein leiser Schrei über die Lippen Hildegards; ohne selbst zu wissen, was sie tat, umschlang sie plötzlich den Nacken des unwillkürlich vor ihr auf die Knie Gesunkenen. „Nein, ich heiße dich bleiben", hauchte sie, „keine Tat ist so schlimm, dass sie nicht gesühnt werden könnte durch ein reueerfülltes Leben. Nein, Hugo, ich lasse dich nicht; ich habe dir geschworen, treu zu sein, bei dir ausharren zu wollen in Not und Tod. Es war nicht gut, dass du so lange dein Inneres vor mir verbargst. Aber es ist jetzt nicht Zeit, ich will dir die letzten Augenblick, die du noch hier verweilen darfst, nicht trüben. Du musst fort, heute noch, noch ehe" — sie beugte sich tief zu ihm nieder —"jener Mann verurteilt ist!" flüsterte sie fast unhörbar.

Hugo sprang von den Knien auf. „Hildegard, was sagst du da?" murmelte er verstört. Dann, nach einem langen Stillschweigen, während dem er gefühlt hatte, wie der Blick des jungen Mädchens auf ihm brannte, setzte er mit abge-

wandtem Gesicht hinzu: „Ja, du hast Recht, ich muss fliehen, heute noch, in dieser Stunde noch!"

Das junge Mädchen war während seiner letzten Worte
unwillkürlich an eines der Fenster getreten. Mit einem kurzen Aufschrei fuhr sie nun zurück. „Hugo, nur das eine sage
mir, sucht man dich schon, weiß man, dass du zu mir gefahren bist?"

Der junge Baron erschrak furchtbar, er taumelte plötzlich
auf den Füßen, die ihn kaum mehr tragen konnten, hin und
her. Sekunden vergingen, ehe er einen Laut über die Lippen
zu bringen vermochte. „Man sucht mich hier? Unmöglich!
Jetzt schon?" lallte er kaum verständlich.

Das junge Mädchen war wieder ans Fenster geeilt. „Dort
hinter den Bäumen stehen Männer", flüsterte sie heiser,
„Männer, die nicht hierher gehören. Aber es gibt einen Ausgang aus dem Park, der nicht bekannt ist. — Hast du Geld
bei dir?"

Hugo starrte sie verstört an. „Nein — doch das ist es ja
eben. Hätte ich Geld gehabt, dieses verfluchte Geld, hätte ich
es gehabt, dann stünde ich nicht so vor dir!"

„Rege dich nicht auf, es ist keine Zeit für Worte jetzt, es
muss gehandelt werden", unterbrach ihn Hildegard, die
inzwischen an den Sekretär geeilt war, diesen geöffnet und
einem der Schubfächer eine Anzahl Banknoten und Goldstücke entnommen hatte. „Hier sind meine Ersparnisse; es ist
nicht viel, einige hundert Mark. Komm, nimm — weigere
dich nicht."

Mechanisch steckte er das Geld zu sich. „Hildegard, du
musst mich verachten", keuchte er.

„Behalte im Herzen meine Worte, dass ich dich lieb haben
werde bis in den Tod, mag geschehen, was da wolle. — Und
jetzt, Hugo, komm. Ich werde dich führen. Du kannst durch
den Wald bis an die nächste Eisenbahnstation gelangen, von

dieser fährst du bis an die Grenze, von dort aus wirst du schon weiter kommen. Gott im Himmel wird die Reue deines Herzens sehen, und wenn sie wahrhaft ist, dann wird er dich erretten! Ich will beten für dich, Hugo, beten für unser Glück!" Sie verließen das Zimmer und traten auf den Gang hinaus.

Hildegard achtete nicht darauf, dass die Dienerschaft, an der sie vorüber mussten, verwundert und kopfschüttelnd ihr und dem von ihr an der Hand geführten Verlobten nachschaute. Nun waren sie, die Villa durch eine Hinterpforte verlassend, schon im Park. Eilfertig drängte Hildegard nach der hinteren Mauer. Dort befand sich ein vom Gebüsch halb verdecktes schmales Pförtchen. Hildegard blieb stehen und lauschte angestrengt. „Nein, nein, es ist nichts", sagte sie, und mit einem plötzlichen, leisen Aufschrei warf sie sich Hugo an die Brust. „Nun gehe mit Gott, er sei dein Geleiter und beschirme dich!"

„O Hildegard, ich bin ein Elender, ich verdiene deine Güte nicht", murmelte Hugo.

„Geh' jetzt, geh'!", drängte Hildegard. „Jede Minute Versäumnis kann dich in Gefahr bringen. Hier ist der Schlüssel, schließe auf." Er wollte die Weinende umarmen, aber sie stieß ihn plötzlich von sich. „Nein, geh' jetzt, geh'." Dann sah sie ihm mit starrem Blicke nach, wie er den Schlüssel ins Schloss schob; es gab ein knarrendes, kreischendes Geräusch.

Jetzt wandte er sich nochmals nach ihr zurück. In demselben Augenblick stieß Hildegard einen verzweifelten Schrei aus und sank in die Knie. Die Tür war hereingestoßen worden, und in deren offenem Rahmen erblickte Hildegard ihren eigenen Bruder und neben diesem einen ihr unbekannten, ernst und gemessen blickenden Herrn, während mehrere Männer noch hinter beiden auftauchten. Bei diesem Geräusch hatte auch Hugo sich umgewendet. Mit entsetztem

Gesichtsausdruck starrte er auf die so plötzlich Erschienenen. Zu spät, zu spät!

Rudolph eilte der Schwester zur Hilfe. Der Kommissär aber wandte sich an den wie vernichtet dastehenden und vergeblich nach Fassung ringenden Hugo.

„Im Namen des Gesetzes, Herr Baron von Engler", versetzte er mit tiefklingender Stimme, zugleich die Schulter des Zurückbebenden berührend, „verhafte ich Sie als des Mordes an dem Trödler Schimmel verdächtig."

Da aber kehrte auch schon wieder Entschlossenheit in die Gesichtszüge des Barons zurück. „Sind Sie von Sinnen?" fuhr er den Kommissär an. „Sie wollen mich verhaften als Mörder des Trödlers Schimmel? Ich kenne diesen Menschen gar nicht einmal —"

„Doch, doch, Sie kennen ihn, Herr Baron", entgegnete der Kommissär scharf. „Und nun folgen Sie ohne Widerstand. Das Weitere wird sich finden."

Einen letzten, erloschenen Blick auf die noch immer bewusstlos daliegende Hildegard werfend, ließ er sich von dem Kriminalbeamten durch die Pforte führen.

XXII

Geldgeschäfte

Schon seit einer geraumen Weile befand sich der Untersuchungsrichter Alberti in seinem Amtszimmer, als ihm endlich die Ankunft des Polizeikommissärs Grösser mit seinem Gefangenen, dem Baron Hugo von Engler, gemeldet wurde.

Gleich darauf trat, von Grösser geleitet, Hugo in das Zimmer ein. Die kurze Spanne Zeit, welche die Fahrt von der Wichern'schen Villa nach dem Justizgebäude in Anspruch genommen, hatte eine vollständige Umwandlung bei ihm bewirkt. Stolz aufgerichtet trat er dem Beamten entgegen, es kaum der Mühe für wert haltend, sich flüchtig vor demselben zu verneigen.

„Herr Untersuchungsrichter", begann er sogleich, kaum dass sich die Tür hinter ihm geschlossen hatte. „Ich erhebe Protest gegen die unerhörte Art und Weise, in der man es gewagt hat, gegen mich vorzugehen!"

Alberti schaute ihn scharf und durchdringend an. „Ich möchte Ihnen in Ihrem eigenen Interesse raten, jedes Pathos beiseite zu lassen", versetzte er. „In diesen Räumen gilt einzig und allein die Macht der Tatsachen, vor diesen aber haben alle — auch Sie — sich zu beugen!"

Er schwieg einen Augenblick, dann winkte er den Kommissär zu sich heran und ließ sich von diesem einen kurzen Bericht über die Verhaftung erstatten. „Treten Sie näher", sagte er dann zu Hugo gewendet. „Eine Haussuchung in

Ihrer Wohnung hat ein Kleidungsstück vermissen lassen, welches Sie noch vor kurzer Zeit nachweislich besessen haben. Ich meine einen sogenannten Radmantel aus grauem Stoff. Haben Sie denselben verkauft oder wo befindet er sich gegenwärtig?"

Hugo schien seine Frage gar nicht recht zu verstehen. Auch als Alberti ihm dieselbe wiederholte, zuckte er die Achseln. „Sie befinden sich im Irrtum", sagte er dann. „Einen grauen Radmantel habe ich niemals besessen."

„Sie wissen sehr gut, dass es mir nur eine Kleinigkeit ist, Sie von dem Gegenteil zu überführen!"

„Ich bitte darum", entgegnete der Baron. „Es würde mir selbst sehr interessant sein, den Zeugen kennenzulernen, der imstande ist, mir ein niemals besessenes Kleidungsstück anzudichten."

„Sie sind in demselben gesehen und erkannt worden. Wollen Sie leugnen, dass Sie am Abend des 25. Juli kurz vor Schalterschluss im Bahnpostamt Kreuzlingen gelegentlich der Auslieferung eines für Fräulein Hedwig Beck bestimmten, mit tausend Mark versicherten Wertpaketes einen grauen Radmantel getragen haben?"

Hugo zuckte mit den Achseln. „Wenn ich mich nicht in den Räumen des Justizgebäudes befände, so würde ich glauben, Sie wollten Ihren Scherz mit mir treiben", versetzte er dann. „Ich bin meines Wissens noch niemals in Kreuzlingen gewesen, ich verstehe Ihre Frage also nicht im Geringsten!"

Die Blicke beider Männer trafen sich wie die Klingen zweier erbitterter Fechter, die fest entschlossen sind, einander keinen Pardon zu gewähren.

„Es ist das gewöhnliche System absoluter Ableugnung, welches Sie anwenden", entgegnete der Untersuchungsrichter. „Sie werden kein sonderliches Glück mit demselben haben, denn es stehen mir glaubwürdige Personen zur Verfügung, welche Sie überführen werden."

„Diese Personen werden lügen, wenn sie mich wieder zu erkennen meinen."

„Sehen Sie sich dieses Schränkchen an", sagte der Untersuchungsrichter plötzlich aufstehend und einem Wandfache eine kleine Truhe aus Ebenholz, kostbar mit Elfenbeinintarsien geschmückt, entnehmend. „Kennen Sie dasselbe?"

Hugo wurde, als seine Blicke den Gegenstand streiften, eine Sekunde lang glühend rot, und eine leichte Verwirrung schien ihn zu überkommen. Aber schon im nächsten Augenblick fasste er sich wieder. „Ja, ich habe es einmal in dem Laden eines Trödlers gesehen, wenn ich nicht irre."

„Sie wissen zweifellos, dass Tikunagift in einer dieser Phiolen enthalten ist", fuhr der Untersuchungsrichter fort, zugleich eine Schranktür öffnend und die in dessen Innern zierlich in zwei Reihen aufgestellten, sorgsam etikettierten und sämtlich mit einem Totenkopf versehenen Fläschchen zeigend. „Es ist eine sogenannte Giftapotheke und enthält eine überraschende Auswahl der gefährlichsten Gift. Sie wissen ohne Zweifel bereits, dass heute nacht der Trödler Schimmel, wie seinerzeit auch Ihre Cousine Dora, durch Tikunagift ermordet worden sind."

Hugo wurde totenbleich, dann antwortete er: „Den Inhalt kenne ich nicht, ich weiß nur, dass ich das Schränkchen einmal bei einem Trödler, zu dem mich irgend eine Geschäftsangelegenheit geführt, gesehen zu haben glaube. Die Form der Truhe ist ja so auffallend und eigenartig, dass sie sich einem unwillkürlich in das Gedächtnis einprägen musste."

„Und wie hieß dieser Trödler?" Hugo zögerte mit der Antwort.

„Ich frage Sie nach dem Namen dieses Mannes", drängte der Untersuchungsrichter. „Es ist doch nicht gut möglich, dass Sie dessen Namen vergessen haben, da Sie sich sogar noch des nebensächlichen Umstandes zu erinnern vermögen, dass derselbe dieses Giftschränkchen besessen hat."

„Irre ich nicht, so war es der Trödler Schimmel."

„So geben Sie also zu, mit diesem Mann bekannt gewesen zu sein?"

„Wenn Sie jeden Kaufmann, bei dem Sie sich einmal Zigarren geholt haben, zu Ihrem Bekanntenkreise rechnen, dann ja", versetzte Hugo. „Die mir ungewohnte Prozedur hat mich übrigens angestrengt, Sie werden gestatten, dass ich mich setze." Dabei ließ er sich auch schon auf dem nächsten Stuhle nieder und schlug ein Bein über das andere. Sich leicht zurücklehnend, schaute er den Untersuchungsrichter mit der Miene eines Mannes an, der unter Umständen gewillt ist, einen ihm nicht völlig zusagenden Scherz mitzumachen, um abzuwarten, wie weit der andere sich zu gehen untersteht.

„Ich glaube, dass Ihre Bekanntschaft mit dem Trödler Schimmel denn doch eine intimere gewesen ist", begann Alberti wieder.

„Das zu beweisen dürfte Ihnen schwer fallen", entgegnete Hugo. „Ich kann mich dieses Menschen kaum noch entsinnen."

„Nun, der hier anwesende Polizeikommissär wird Ihnen beweisen, dass Sie sich bei diesem Menschen, dessen Sie sich angeblich kaum zu entsinnen vermögen, heute nacht stundenlang aufgehalten haben."

Hugo schaute den im Hintergrunde des Zimmers stehenden Kommissär prüfend an. „Sie müssen sich getäuscht haben, ich sagte vorhin schon, dass das eine ungeheuerliche Behauptung ist, die ich entschieden zurückweisen muss", versetzte er. Der Kommissär zuckte nur schweigend die Achseln.

„Davon werden wir nachher sprechen", sagte Alberti. „Beschäftigen wir uns vorher noch ein wenig mit diesem

Schränkchen. Einzelne der Phiolen sind nicht mehr ganz gefüllt, hier zum Beispiel, dieses schwarzgefärbte Gläschen enthält nur noch einen Teil seines früheren Inhaltes. Es steht *Tikunagift* darauf; wissen Sie, wohin der fehlende Teil der Substanz gekommen ist?"

„Ich sagte Ihnen schon, dass ich das Ding gelegentlich nur einmal bei dem Trödler gesehen habe. Aber ich muss denn doch bitten, dies Verhör bald zu Ende zu führen; ich wünsche und verlange zu wissen, wie man sich hat unterfangen dürfen, sich meiner Person zu bemächtigen?"

„Wo verbrachten Sie die Nacht vom 20. auf den 21. Juli dieses Jahres?" fragte Alberti plötzlich.

Hugo entfärbte sich ein wenig. „Sie fragen mich wirklich zuviel", meinte er dann leichthin. „Woher soll ich Ihnen jetzt nach Monaten noch sagen, wo und wie ich irgend eine Nacht zugebracht habe? Ich vermute übrigens, da ich kein Nachtschwärmer bin, im Bett."

„Nun, diese Nacht sollte doch Interesse genug für Sie haben, da während derselben zwei Ihrer Verwandten ermordet worden sind!"

„Ah so", meinte Hugo gedehnt, und er schien sich erst jetzt wieder auf dieses Faktum zu entsinnen. „Ganz recht, dies war am 21. Juli."

„Sie sind in der Lage, Ihr Alibi für diese Nacht nachweisen zu können?"

Der Baron schien einen Augenblick nachzusinnen. „Nichts leichter als das", entgegnete er dann. „Ich hatte schon am Nachmittag bei meiner Braut über Kopfweh geklagt — sie wird mir dies bestätigen — und aus diesem Grunde begab ich mich auch schon früher als sonst nach Hause. Leider war ich unvorsichtig genug gewesen, um meinen Schmerz zu übertäuben, der Aufforderung einiger zufällig mir begegnenden Freunde zu entsprechen und an einer kleinen Kneiperei teilzunehmen. Ich mag da wohl des Guten ein wenig zuviel getan haben, denn mein Kopfweh verschlimmerte sich derart, dass ich während der Nacht meine Wirtin rufen musste."

„Sie wissen, dass Ihre Cousine an Tikunagift gestorben ist?"

„Genaues weiß ich nicht. Indessen will ich es Ihnen glauben. — Aber inwiefern kann das mich und meine Person betreffen?"

„Wenn ich Ihnen nun sagen würde, dass Sie im Verdacht stünden, den damaligen zweifachen Raubmord begangen zu haben?"

„So würde ich Ihnen antworten, dass ich glaubte, mich im Irrenhause statt im hiesigen Justizgebäude zu befinden", lautete die rasch und ebenso scharf gegebene Antwort.

„Sie sprechen sehr zuversichtlich", versetzte Alberti. „Aber angesichts der mit jedem Augenblick sich immer mehr wider Sie anhäufenden Verdachtsmomente möchte ich Ihnen doch lieber zu einem offenen Geständnisse raten."

Hugo zuckte nur verächtlich die Achseln. „Ich möchte darauf gar nichts entgegnen", sagte er dann kurz. „Ich habe nur noch energischen Protest gegen die unwürdige Komödie, die hier getrieben wird und zu deren unfreiwilligem Mittelpunkte man mich gemacht hat, einzulegen!"

„Sie waren doch eben daran, die Flucht zu ergreifen, als Sie verhaftet wurden!" warf der Untersuchungsrichter ein. „Ein Mann mit gutem Gewissen hat doch keinen stichhaltigen Grund, sich durch das Hinterpförtchen eines Hauses zu schleichen, dessen Hauptportal ihm zur Benutzung freisteht! — Aber ganz abgesehen davon", setzte er dann hinzu, „liegen noch andere Widersprüche vor, auf die ich Sie aufmerksam zu machen habe. Sie stellen es zum Beispiel in Abrede, heute nacht in der Wohnung des Trödlers Schimmel geweilt zu haben?"

„Ganz sicher."

Der Untersuchungsrichter winkte Grösser, näher heranzu-
treten. „Vielleicht haben Sie die Güte, dem Gedächtnis dieses
Herrn ein wenig nachzuhelfen?" bemerkte er. Während des
Berichtes des Kommissärs wurde Hugo auffällig bleich im
Gesicht.

„Man hat also für gut befunden, mein Tun und Treiben
auszuspionieren?" versetzte er dann verächtlich. „Nun gut
denn, ja, ich will es zugeben: Ich war heute nacht wirklich
bei dem Trödler Schimmel."

„Da haben Sie sich zum mindesten eine recht ungewöhnliche Besuchsstunde ausgesucht", entgegnete Alberti. „Darf
ich fragen, aus welchem Grunde Sie eine solche vorzogen?"

„Das ist meine Privatangelegenheit, über welche ich eine
jede Auskunft verweigere."

„Um die sich indessen das Gericht doch wohl bekümmern
dürfte angesichts des Umstandes, dass der Trödler Schimmel
heute nacht tot im Bett aufgefunden und vom Kreisarzt bereits konstatiert worden ist, dass der Tod spätestens um ein
Uhr nachts, also zu einer Zeit eingetreten ist, nach welcher
Sie noch in der Wohnung des Trödlers verweilten. — Was
haben Sie darauf zu sagen?"

Hugo hielt den forschenden Blick des Beamten scheinbar
ruhig aus, aber er antwortete nicht. Auf Sekunden wurde es
still im Zimmer.

„Nun, was haben Sie darauf zu sagen?" unterbrach Alberti das Schweigen.

„Es ist mir fatal genug, dass ich Ihnen hierauf Rede und
Antwort stehen muss", versetzte Hugo, während ein nervöses Zucken seine Lippen umspielte. „Aber Sie werden mir
doch hoffentlich keinen Mord zutrauen. Welchen Grund
sollte ich zur Begehung eines solchen auch gehabt haben?"

„Das werden wir nachher zu erörtern haben. Ich erwarte zunächst Aufklärung wegen Ihres nächtlichen Besuches bei dem Trödler."

„Ich hatte in einer Privatangelegenheit mit dem Trödler zu verhandeln. Es war mir peinlich, mit demselben am Tage zu verkehren, weil er doch ein ziemlich berüchtigter Mensch war, deshalb wählte ich mit seiner Zustimmung die Nachtstunde. Ich hatte in Erfahrung gebracht, dass er ab und zu mit jungen Kavalieren Geldgeschäfte zu machen pflegte. Ich will ganz offen sein: Die langwierige Verschleppung meines Erbschaftsprozesses kam mir sehr ungelegen, ich wollte deshalb ein Kapital bei dem Trödler aufnehmen. Die Propositionen, die er mir heute nacht zu machen wagte, waren aber im höchsten Grade unverschämte, ich sagte ihm auch unverblümt meine Meinung. Dies schien er mir sehr übel zu nehmen, denn er ereiferte sich und zeterte in ganz ungebärdiger Weise, ein Wort gab das andere, und schließlich gerieten wir hart aneinander. Es mochte eine geraume Zeit nach Mitternacht sein, als der Trödler zu meinem Entsetzen plötzlich lang auf das Sofa, auf welchem er Platz genommen hatte, hinfiel. Er lallte mir noch eben kaum verständlich entgegen: ›Das sind meine Krämpfe, ich bekomme sie immer, wenn ich mich stark ärgere. Dort, dort aus dem Regal, das kleine Schränkchen, oberste Reihe, das dritte Fläschchen — Kristalle in ein Glas mit Wasser!‹ — Obwohl mir die Sache höchst peinlich war, sprang ich dem sich in Krämpfen windenden Trödler doch zu Hilfe. Ich betrachtete seine Worte als einen mir gewordenen Befehl, machte die Mischung zurecht und flößte sie ihm über die halberstarrten Lippen. Dann geschah zu meinem Entsetzen Schreckliches; Schimmel begann unheimlich zu röcheln, dann lag er ganz still da." Der Sprecher hielt einen Augenblick inne und warf einen Blick auf die beiden im Zimmer Anwesenden, wie um die Wirkung seiner

Worte zu beobachten.

„Sie erzählen recht gut", meinte der Untersuchungsrichter trocken. „Aber was geschah nun weiter?"

„Ich wusste mir vor Schreck nicht zu helfen", fuhr Hugo fort. „Da lag der tote Mann, ich aber zu tiefer Nachtstunde allein in seiner Behausung —"

„Nun, da wäre doch nichts natürlicher gewesen, als Sie hätten so schnell wie möglich einen Arzt geholt!"

„Ich war auch schon im Begriffe, dies zu tun", berichtete Hugo weiter. „Aber da überkam mich plötzlich der Gedanke, ich könnte am Ende dem Trödler aus einem falschen Fläschchen eingegeben oder mich in der Quantität geirrt haben. Vielleicht hatte ich in der Aufregung ein anderes als das verlangte Fläschchen entkorkt. Kurzum der Gedanke stieg in mir auf, dass ich durch den Tod des Trödlers in Ungelegenheiten kommen könnte, wie das ja nun auch der Fall ist."

„Und was taten Sie nun?"

„Ich hatte vielleicht Unrecht, derart zu handeln", meinte Hugo, ruhig den forschenden Blick des anderen aushaltend „Ich habe mir, offen gestanden, auch schon Gewissensbisse daraus gemacht, aber schließlich ist sich jeder selbst der Nächste. Kurz, ich dachte daran, die Spuren meiner Anwesenheit bei dem Trödler möglichst zu verwischen, ihn selbst aber zu entkleiden und in das Bett zu legen, damit der Glaube entstehen konnte, er sei einem Schlaganfalle während der Nacht erlegen."

„Sie führten dieses Vorhaben aus?"

„Jawohl."

„Wollen Sie mir vielleicht auch noch erklären, woher es kommt, dass wir heute Morgen das gesamte Warenlager in einer grenzenlosen Unordnung auffanden?"

„Nichts leichter als das", erwiderte der Baron. „Ich befand mich heute nacht in einer furchtbaren Erregung, ich wusste nicht mehr, was ich tat. In meinem Bestreben nun, dem Trödler Hilfe zu bringen, habe ich mich jedenfalls kopflos genug angestellt, es ist mir noch dunkel in der Erinnerung, dass ich alles Mögliche geöffnet und beiseite geworfen habe. Ich glaube, meine Bestürzung hat mich aller Überlegung beraubt; um ein Glas Wasser herbeizuholen, öffnete ich Schubladen, kurzum, ich hatte den letzten Funken von Überlegung verloren."

„Glauben Sie, mit solchen Märchen durchdringen zu können?" sagte Alberti. Dabei war er aufgestanden und wie zufällig dicht an den Kommissär herangetreten und hatte diesem einige Worte zugeflüstert. Grösser nickte kurz mit dem Kopf und verließ dann das Zimmer. Kaum eine Minute später kehrte er schon wieder, in der Rechten einen länglichen Bogen Papier haltend, zurück.

„Haben Sie die Güte, einmal näher zu treten", wandte er sich gleich darauf an den Baron. „So, bitte", setzte er hinzu, als dies geschehen war und er den mitgebrachten Bogen auf den Schreibtisch gelegt hatte, „wollen Sie die Güte haben, Ihre linke Hand einmal auf das Papier zu legen?"

„Ich verstehe Sie nicht. Wozu denn das?" fragte Hugo verwundert.

Aber fast gewaltsam ergriff der Kommissär seine Linke und presste sie auf eine mit Tusche in kräftigen Linien ausgeführte Zeichnung, die sich auf dem Papierbogen befand.

„Die Handspur passt fast ganz genau", sagte er dann zu dem Untersuchungsrichter. „Selbst hier der breite Goldreif, der sich am vierten Finger befindet, prägt sich beinahe ebenso aus wie an der von mir abgenommenen Spur, nur die Länge der Finger weicht um ein Geringes ab."

„Ich begreife das alles nicht..." stammelte Hugo, unwillkürlich seine Hand loszerrend.

„Das bedeutet nicht mehr und nicht weniger, als dass ich Sie des Mordes an Ihrem Oheim für überführt erachte", sagte Alberti kurz und schroff. „Ich darf wohl annehmen, dass Ihnen die Einzelheiten des wider Beck angestrengten Prozesses genau bekannt sind. Sie entsinnen sich wohl auch noch des Umstandes, dass eine blutige Handspur im Verbindungsgange aufgefunden worden ist. Diese Spur hat bisher mit keiner der damit verglichenen Handflächen passen wollen. Sie rührt von Ihnen her."

„Diese Behauptung verdient —" stammelte Hugo.

Der Untersuchungsrichter unterbrach ihn. Er kramte in den auf dem Schreibtisch liegenden Papieren umher, dann hielt er Hugo plötzlich die drei Akzepte vor, welche in der ehemaligen Wohnung Becks von Grösser aufgefunden worden waren. „Bestreiten Sie vielleicht auch Ihre Bekanntschaft mit diesen Papieren?" fragte er.

„Doch, ich kenne diese Papiere", entgegnete Hugo, nachdem er einen flüchtigen Blick auf die Wechsel geworfen, aber zugleich auch einen heftigen Schreck nicht zu verbergen vermocht hatte. „Es sind meine Akzepte."

„Ja, Sie sind der Aussteller, die Aufschrift rührt von Ihrem Herrn Onkel her, nicht wahr?" Wieder warf Hugo einen Blick auf die Papiere. Dem Untersuchungsrichter entging es nicht, wie seine Hand zitterte.

„Sie werden wohl Recht haben", lautete die mit plötzlich heiser gewordener Stimme gegebene Antwort.

„Ihr verstorbener Onkel gab Ihnen vermutlich diese Papiere zur Deckung irgendeiner Verbindlichkeit?"

„Jawohl", versetzte Hugo. „Er war immer recht gütig gegen mich."

„Ich erinnere mich noch deutlich Ihrer Aussage, nach welcher Sie schon längere Zeit mit Ihrem Oheim verfeindet gewesen sind. Wollen Sie mir nicht sagen, wann ungefähr diese

Verfeindung eingetreten ist?"

Er hatte während dieser Worte nicht verhindern können, dass Hugo einen raschen Blick auf die Akzepte geworfen hatte. „So genau entsinne ich mich dessen nicht mehr, jedenfalls aber ist es im Februar gewesen", versetzte dieser dann schnell.

„Also nach Ausstellung dieses Akzeptes?"

„Selbstredend. Andernfalls würde mein Onkel mir wohl schwerlich die Akzepte gegeben haben."

„Sehr richtig. Wie ich Ihren Oheim den Zeugenaussagen nach zu kennen glaube, war er überhaupt recht genau im Punkte des Geldgewährens. Sie werden schon einen harten Stand gehabt haben, ehe Sie diese Akzepte überhaupt von ihm erhielten."

„Das will ich nicht ableugnen", bestätigte Hugo. „Gerade der Umstand, dass ich schon bald danach eine neue Summe Geldes zu erhalten wünschte, führte unseren Bruch herbei."

„Wenn ich Ihnen nun aber sage, dass dieser Bruch bereits am 24. Januar stattgefunden hat?"

Hugo entfärbte sich. Er musste seinen Blick abwenden. „Das — das dürfte ein Irrtum sein."

„Nein, das ist eine beschworene Tatsache. Heute morgen erst hat der ehemalige Diener Ihres Oheims seine Aussage, dass der Bruch zwischen Ihnen und seinem früheren Herrn am Geburtstage des letzteren, am 24. Januar dieses Jahres stattgefunden hat, auf seinen Eid genommen. Diese Wechsel hier sind, da sie am 28. Januar ausgestellt worden sind, also erst nach eingetretenem Bruche von Ihrem Oheim unterschrieben worden. Sie sind doch von ihm unterschrieben worden?"

„Selbstverständlich!" brauste Hugo auf.

„Sie sagten doch vorhin selbst, dass Ihr Oheim Ihnen diese Akzepte nach der eingetretenen Entfremdung schwerlich gegeben haben würde", verfolgte Alberti den einmal errungenen Vorteil weiter. „Wie kommt es nun aber, dass gerade der Trödler Schimmel diese Akzepte in Besitz hatte? Sie haben offenbar schon früher Geldgeschäfte mit ihm gemacht?"

„Nun ja", gab der Baron widerwillig zu. „Er diskontierte mir die zweifellos sicheren Wechsel."

„Schimmel scheint aber doch seine Bedenken gegen deren Sicherheit gehabt zu haben. Die Wechsel sind schon seit Ende April fällig gewesen und, obwohl Ihr Herr Oheim noch beinahe ein volles Vierteljahr lebte, hat Schimmel sie nicht zu dessen Lebzeiten präsentieren lassen. Auch nach dem Tode des Barons hat er sie nicht dem Erbschaftsgerichte eingereicht, das doch selbstverständlich für sofortige Regulierung gesorgt haben würde. Welche Erklärung wissen Sie für diesen doch mindestens sehr sonderbaren Umstand?"

„Aber ich kann doch nicht wissen, aus welchen Gründen der Trödler dies unterlassen hat, ich bin doch der Vormund dieses Mannes nicht gewesen!"

„Nun, die Annahme dürfte wohl doch unter diesen Umständen gerechtfertigt sein, dass der Trödler sehr wohl wusste, eine Präsentation bei dem alten Herrn würde ihm wenig nützen. Ganz richtig vermutete er jedenfalls, dass des letzteren Unterschrift — gefälscht worden war! Was sagen Sie zu dieser Auslegung?"

Hugo starrte vor sich nieder und schwieg. Dann lächelte er verächtlich. „Darauf habe ich keine Antwort", sagte er kalt.

„Welcher Grund veranlasste Sie dazu, mit dem Trödler Schimmel in Chiffrebriefwechsel zu treten?"

Hugo schrak zusammen. „Das wollen Sie herausgeklügelt haben? Sie sagen mir lauter artige Geschichten, von denen ich selbst keine Ahnung habe", murmelte er mit zuckenden Lippen.

„Herr Kommissär Grösser ist in der Lage, Ihnen die ganze Korrespondenz klarlegen zu können. Sie erhielten Ihre Aufforderungen seitens des Trödlers durch Inserate im hiesigen Tagblatte, deren Überschrift immer gleichmäßig lautete: ›Liedervers entfallen‹." Ist Ihrem Gedächtnis dieser Umstand entfallen?"

Des Barons Miene nahm einen finsteren, besorgten Ausdruck an. Er starrte zu Boden und schwieg,

„Nun, wollen Sie mir keine Antwort geben?" fragte der Untersuchungsrichter. Als er dann noch immer keine Antwort erhielt, trat er näher auf Hugo zu. „Ich halte es für das Beste, Herr Baron, wenn Sie keine weiteren Ausflüchte machen, sondern ein offenes, ehrliches Geständnis ablegen", versetzte er in ernstem Ton. „Eine Reihe von Zufälligkeiten hat eine Beweiskette gegen Sie gebildet, die geradezu niederdrückend ist. Ihre Handfläche stimmt auffallend mit der vorgefundenen Blutspur überein. Zudem müssen Sie einräumen, am 25. Juli in Kreuzlingen gewesen zu sein und dort das für Fräulein Hedwig Beck bestimmte Wertpaket aufgegeben zu haben —"

„Nein, das ist eine Verdächtigung, gegen welche ich nicht genug protestieren kann", unterbrach ihn Hugo in maßloser Erregung. „Ich war nicht in Kreuzlingen, ich reiste in entgegengesetzter Richtung und ich bin durchaus imstande, mein Alibi nachzuweisen!"

„Nun, man wird Erkundigungen einziehen, welche die Glaubwürdigkeit Ihrer Angaben feststellen werden."

„Ich bitte sogar darum, ich vermag mein Alibi während des kritischen Abends auch auf das Genaueste nachzuweisen."

Der Untersuchungsrichter zuckte ärgerlich die Achseln. „Sie wollen also nichts gestehen, nichts?" fragte er, einen Schritt von dem Angeklagten zurücktretend.

„Nein!" sagte Hugo scharf und bestimmt. „Ich habe nichts zu gestehen!"

Wieder prallten die Blicke beider Männer jäh aufeinander, aber Hugo schlug die Augen vor dem Blicke des anderen nicht nieder.

„Nun gut, Herr Baron Hugo von Engler, dann bestätige ich Ihnen hiermit die wider Sie ergangene Verhaftung", sagte Alberti. Dann, sich an den Polizeikommissär wendend, fügte er hinzu: „Sie werden Sorge dafür tragen, dass der Herr in Untersuchung abgeführt wird." Dann sich wieder Hugo zudrehend fuhr er fort: „Vorher indessen bin ich genötigt, das mit Ihnen bisher erfolgte Verhör genau zu Protokoll nehmen zu lassen."

„Sie werden mir später Rechenschaft geben für diese unwürdige Behandlung!" stammelte Hugo.

„Rechenschaft zu geben ist vorläufig Ihre Pflicht. Im Übrigen tue ich meine Schuldigkeit, nichts mehr, nichts weniger." Mit ernster Gemessenheit ersuchte er den jungen Baron, ihm gegenüber Platz zu nehmen; auf sein Klingeln kam ein Protokollant herbei. Es war inzwischen schon dunkel im Zimmer geworden und die Gasflammen wurden entzündet.

Eifrig flog die Feder des Schreibenden über das Papier. Schon neigte die Protokollaufnahme sich dem Ende zu, da klopfte es an die Tür. Ein Bote trat ein und bat den noch immer anwesenden Polizeikommissär, herauszukommen. Eine geraume Weile später erschien derselbe ersichtlich erstaunt und bewegt wieder. Er näherte sich dem Untersuchungsrichter und sagte flüsternd einige Worte zu ihm. Dieselben verfehlten offenbar ihre tiefe Wirkung auf Alberti nicht; hastig erhob sich dieser und trat mit seinem Untergebenen in eine Fensternische. Hier unterhandelten beide einige Minuten. Dann nickte der Untersuchungsrichter zustimmend, der Kommissär aber eilte hastig aus dem Zimmer.

XXIII

Die Ehre des Fabrikanten

Der kurze Auftritt an der Hinterpforte des Wichern'schen Parkes war nicht unbemerkt geblieben. Einzelne Arbeiter, die gerade ihre Verrichtungen in der Nähe vorübergeführt hatte, waren betroffen stehen geblieben und hatten die Verhaftung des jungen Barons mit angeschaut. Dann aber, als Hildegard mit einem jähen Aufschrei zu Boden sank, waren sie herbeigeeilt, um dem neben seiner Schwester knienden Rechtsanwalt behilflich zu sein.

Der Lärm war endlich auch bis in das Privatcomptoir des alten Herrn Wichern gedrungen. Ungehalten über die ungewohnte Störung trat er in demselben Augenblick vor das Fabrikportal, als Hildegard von den Arbeitern nach der Villa hinüber getragen wurde. Ein heftiger Schreck durchzitterte den Körper des alten Herrn. So schnell er nur konnte, eilte er auf dem kürzesten Wege dem Zuge nach.

„Was ist vorgefallen?" rief er, „ist Hildegard ein Unglück zugestoßen?" Er erschrak noch mehr, als er in das verstörte Gesicht seines Sohnes schaute. „Was ist geschehen? Sprich!" drängte er.

„Später, Vater", entgegnete Rudolph. „Das Verhängnis ist eingekehrt in unserem Hause. Gebe Gott, dass es gnädig vorübergehe."

Da plötzlich stutzte Wichern und fuhr zusammen, wie von einem Keulenschlage getroffen. Sein spähender Blick war die entlaubte Hauptallee entlang durch das halbgeöffnet stehende Portal gefallen; da sah er eben seinen zukünftigen Eidam, dessen beide Arme durch Polizisten festgehalten wurden, in einen Wagen steigen. Ein dumpfer Schrei entrang sich den Lippen des alten, auf seinen Namen und seine Ehre so eifersüchtig stolzen Herrn. „Rudolph", rief er, kaum seiner Sinne mächtig. „Was soll das heißen?" Dabei deutete er mit seiner Hand auf den sich eben in Bewegung setzenden Wagen.

„Ich sagte dir schon, ich würde dir nachher alles mitteilen. Lass uns jetzt erst für Hildegard sorgen", entgegnete dieser. Der alte Herr bezwang sich, aber die zusammengezogenen Augenbrauen verrieten deutlich den Gefühlssturm, der sich in seinem Innern zu regen begonnen hatte.

Die Haushälterin kam jammernd herbei. „Ach Gott, das liebe gnädige Fräulein, was ist geschehen?" wehklagte sie. „Und der Herr Baron —"

Rudolph verwies sie durch einen strengen Wink zum Schweigen. „Eilen Sie voran, Regine", befahl er. „Öffnen Sie das Schlafzimmer meiner Schwester und rufen Sie die Mädchen herbei!" Behutsam trugen die Männer die noch immer Bewusstlose nach dem ersten Stockwerk, in dessen linken Flügel sich ihr Schlafzimmer befand. Dort gelang es endlich den eifrigen Bemühungen Rudolphs und der Haushälterin, sie zum Bewusstsein zurückzurufen.

Mit wirrem Blick schlug Hildegard die Augen wieder auf und starrte eine Weile vor sich nieder. Dann, als ihre Blicke das Angesicht ihres Bruders trafen, schien die Erinnerung mit erschütternder Macht an sie heranzutreten. „Du — du, Rudolph, bist dabei gewesen, es geschah gar auf dein Anstiften! Oh, ich kann das Schreckliche nicht ausdenken!"

„Beruhige dich, Hildegard!" rief Rudolph, ohne auf ihre Worte zu achten, „Es wird sich alles aufklären."

Der alte Herr Wichern trat jetzt einen Schritt näher an die

beiden heran. „Werde ich endlich erfahren, um was es sich handelt? Ich verlange von dir Rechenschaft, Rudolph, was ist geschehen?"

„Ich glaube euch beiden Rechenschaft schuldig zu sein", versetzte Rudolph, „und bin gern bereit, sie euch zu geben, aber ich fürchte, dass Hildegard nicht stark genug sein, wird, das Unerhörte zu vernehmen."

„Das Schlimmste habe ich bereits durchlebt", sagte das junge Mädchen mit tonloser Stimme. „Rede, Rudolph, ich habe ein heiliges Anrecht darauf, zu wissen, warum man meinen Verlobten verhaftet hat."

„Herr von Engler ist unter dem dringenden Verdachte verhaftet worden, der Mörder seines Onkels und seiner Cousine zu sein, außerdem ist er bereits überführt, heute nacht den Trödler Schimmel in der Linkstraße durch Tikunagift ermordet zu haben."

Ein dumpfer Aufschrei folgte seinen Worten. Blass und zitternd war Hildegard vor Entsetzen auf ihr Lager zurückgesunken, während ihr Vater hoch aufgerichtet dastand und nur mühsam der Atem über seine halb offenstehenden Lippen ging.

„Solch ein Schimpf", keuchte er dann plötzlich. „Wie darfst du es wagen, Rudolph, nur derartiges auszusprechen? Hugo von Engler, den Bräutigam deiner Schwester, hältst du für einen Mörder, und jener Mann, den sie heute verurteilt haben werden, soll am Ende wohl gar unschuldig sein!"

„Ja, Vater, das ist er", erwiderte Rudolph. „Ihr alle habt ihm bitteres Unrecht getan, endlich ist die Nacht gewichen, und es ist Tag geworden für den armen, schwergeprüften Mann."

„Und wie will man denn das alles wissen?" brauste der alte Herr auf. „Und du, mein Sohn und Erbe, der die doppelte Verpflichtung hat, meine Ehre hochzuhalten, du selbst bist es, der Schimpf und Schande auf mein Haus herabwälzt!"

Ruhig schaute Rudolph seinem Vater in die zornsprühenden Augen. „Ja, mit Stolz und Befriedigung, wenn auch andererseits mit herbem Schmerze, bekenne ich es", versetzte er, sich hoch aufrichtend, „dass meinen unablässigen Bemühungen der heutige Erfolg zum großen Teile zuzuschreiben ist."

„Solch eine Schmach", keuchte der Fabrikant.

„Wenn du es eine Schmach nennst, dass ein Unschuldiger endlich seinem Schicksale entrissen, und ein Elender, der bisher unbescholtene Menschen durch seine Nähe zu schänden wagte, entlarvt und vor seine Richter gestellt ist", unterbrach ihn Rudolph voll edler Aufwallung, „dann will ich mich gern schmähen lassen; aber ich hoffe, du wirst noch einsehen, dass ich nur handelte, wie mir Ehre und Pflicht geboten."

Hildegard hatte sich trotz ihrer sichtlichen Schwäche aufgerichtet; jetzt trat sie mit gefalteten Händen dicht an Rudolph heran. „Was sagst du?" stammelte sie mit bebenden Lippen. „Du nennst Hugo einen Mörder? Oh Rudolph, wie bitter weh tust du mir! — Hugo ist kein Mörder! Nein, nein, sage nichts dagegen! Ich fühle es in tiefster Brust, dass er wohl leichtsinnig gewesen sein kann, aber nicht schlecht."

Rudolph fasste zärtlich ihre Hände. „Arme, arme Schwester", murmelte er mit leiser Stimme. „Ich begreife, wie nahe dir dieser unerwartete Schicksalsschlag gegangen ist. Es ist freilich meine Schuld, dass dich der endliche Eintritt der Katastrophe getroffen hat wie ein Blitz aus heiterem Himmel. Ich habe ja dieselbe schon lange vorher geahnt, aber immer wagte ich dir nichts zu sagen. Es war ja bisher nur ein Gefühl des Misstrauens gewesen, das mich gegen deinen Bräutigam erfüllt hatte. Erst heute Morgen sind mir, in dem Augenblick, als ich mich in die Schwurgerichtsverhandlung begeben wollte, derart erschwerende Verdachtsmomente mitgeteilt worden, dass ich kaum mehr an seiner Schuld zu zweifeln vermochte. Überraschend schnell folgten die Ereignisse, die mir Recht gegeben haben, und die zu seiner Verhaftung führten."

„Und wenn alle Welt gegen ihn zeugt, so sage ich: Ihr irrt euch, Hugo ist kein Verbrecher, er ist kein Verlorener!" — Sie wandte sich plötzlich an ihren Vater. „Ich bitte dich, ich beschwöre dich, du wirst deinen Einfluss aufbieten, um Hugo aus seiner grässlichen Lage zu befreien", bat sie, „man wird ihn sicherlich gegen Kaution freilassen. Dir, als einem einflussreichen Mann, kann es nicht schwer fallen —"

„Nun und nimmermehr", rief der Fabrikant in höchster Erregung. „Was ich mein langes Leben hindurch aufgebaut habe, sehe ich jetzt von meinen eigenen Kindern vernichtet. Mag's drum sein, aber mich lasst aus dem Spiel!" Er wandte sich um und verließ das Zimmer, die Tür dröhnend hinter sich zuschlagend.

Hildegard stand einige Sekunden fassungslos mit fast entgeistertem Gesichtsausdruck da, dann aber wandte sie sich in leidenschaftlicher Bewegung plötzlich an ihren Bruder. „Rudolph, du hast ein edles Herz. Ich kann nicht glauben, dass du den Unglücklichen so schnell und ungehört verdammen wirst. Bedenke, Rudolph, Menschenmeinung kann trügerisch sein! Ich schwöre dir zu, Hugo ist nicht so schuldig, wie du glaubst, und annehmen zu können, er habe mit mordbeladenem Gewissen Wochen, Monate hindurch tagtäglich bei mir verkehrt, er habe süße Liebesworte mir zuzuflüstern gewagt, heißt mich selbst beleidigen. Oh, glaube mir, Rudolph", setzte sie hinzu, als dieser sich mit finsterer Miene abwandte, „es liegt ein unglückseliges Missverständnis vor, das sich lösen muss."

„Arme Schwester", versetzte er mit gepresster Stimme, „er

ist der Tat so gut wie überwiesen." Und der junge Rechtsanwalt berichtete der atemlos zuhörenden Schwester alle
Verdachtsmomente, die gegen Hugo vorlagen. Aber seine
Worte machten durchaus keinen überzeugenden Eindruck
auf Hildegard.

„Nein, Hugo ist nicht schuldig, er hat auch diesen Trödler
nicht gemordet", beharrte sie. „Übrigens mag geschehen
sein, was da will, ich muss ihn sprechen, heute noch, man
darf mir, als seiner Braut, nicht verwehren wollen, mit ihm
zu reden. Ich darf ihm nur in die Augen schauen, und ich
weiß mehr als ihr alle!" Sie fasste beide Hände des Widerstrebenden. „Wenn du mich wirklich lieb hast, begleitest du
mich. In deiner Eigenschaft als Verteidiger Becks wirst du es
durchsetzen können, dass man mich, und sei es unter Zeugen, einige Worte mit Hugo reden lässt. Ich bitte dich, sage
nicht Nein, du kannst nicht den furchtbaren Sturm in meinem Herzen ahnen, sonst würdest du dich keinen Augenblick besinnen!"

Sie war so erregt, dass der junge Rechtsanwalt Mühe hatte, sie aufrecht zu halten. „Ich sterbe vor Herzeleid, wenn du
meine Bitte nicht erfüllst! Sei barmherzig, ich muss ihn sprechen!" Sie brach in bitteres Schluchzen aus.

Eine Viertelstunde später fuhr das Geschwisterpaar bereits
durch die entblätterte Ahornallee nach der Stadt. Vor dem
Gerichtsgebäude angekommen, stiegen beide aus, und Rudolph geleitete seine Schwester nach der um diese Stunde
völlig leeren Anwaltsstube. Dort bat er Hildegard, ruhig auf
ihn zu warten. Er selbst eilte nach der Amtsstube des Untersuchungsrichters Alberti und ließ sich von dem Diener melden. Indessen der Bote meinte, schon ehe er noch das Zimmer betrat: „Es wird wohl schwer halten, jetzt bei dem
Herrn Untersuchungsrichter anzukommen, der verhaftete
Herr von heute Nachmittag befindet sich noch immer im

Zimmer. Der Herr Rat hat ihn schon stundenlang vor, er will aber bis jetzt nicht mürbe werden. — Na, das gibt sich mit der Zeit", schloss der Beamte mit dem Brusttone tiefster Überzeugung, die offenbar das Resultat längerer Erfahrung war, seine Rede und begab sich in das Amtszimmer.

Zwei Minuten darauf kehrte er, von dem Polizeikommissär Grösser gefolgt, zurück. Letzterer eilte auf den jungen Rechtsanwalt zu und tauschte einen herzlichen Händedruck mit demselben aus. „Sie führt jedenfalls begreifliche Wissbegierde hierher", versetzte er, Rudolph in eine der vor dem Gaslicht nicht so grell beleuchteten Fensternischen ziehend. „Der Herr Untersuchungsrichter wird Sie aber heute nicht mehr empfangen können, er ist immer noch im ersten Verhör mit dem Baron von Engler begriffen."

„Ich erfuhr es bereits durch den Boten", entgegnete Rudolph ebenfalls mit gedämpfter Stimme. „Die lange Dauer dieses Verhörs will mir wenig günstig erscheinen."

„Da mögen Sie Recht haben. Wir haben es mit einem hartgesottenen Burschen zu tun, der sich jedes Wort aus dem Munde reißen läßt und nur widerwillig zugibt, was ihm als bewiesene Tatsache vorgehalten wird."

„Er legt sich also aufs Leugnen?" fragte Rudolph bekümmert.

„So ist es", versetzte der Kommissär. „Trotzdem die Beweise niederschmetternde sind, will er nicht das Geringste von den ihm zur Last gelegten Verbrechen wissen."

„Dann fürchte ich, dass der Wunsch meiner Schwester wohl kaum erfüllt werden kann", erwiderte Rudolph und teilte hierauf dem Kommissär das Verlangen seiner Schwester mit.

Dieser zuckte die Achseln. „Ja, wenn der Baron bereits ein Geständnis abgelegt hätte, dann wäre Alberti schließlich kein Unmensch, so aber —"

„Ich wusste es von vornherein", schaltete Rudolph ein. „Aber bringen Sie einer halb Verzweifelten Vernunft bei! Ich habe meine Schwester noch niemals in solch beispielloser Erregung gesehen wie heute, sie kennt sich selbst nicht mehr."

„Hm, hm, warten Sie einmal", meinte Grösser, dem es ersichtlich darum zu tun war, dem Wunsche des jungen Rechtsanwaltes zu entsprechen. „Könnte ich es auf meine eigene Kappe nehmen, dann würde ich Ihrem Verlangen, obwohl es gegen den offiziellen Gebrauch ist, ohne Weiteres entsprechen. Aber Sie kennen ja Alberti, er ist die Höflichkeit selbst, dabei aber ebenso fest. Nun, ich will sehen, was sich machen lässt." Er nickte dem jungen Rechtsanwalt zu und begab sich dann in das Amtszimmer Albertis.

Es dauerte eine geraume Weile, bis er zurückkehrte. Schon im Heraustreten aus dem Zimmer zuckte er vielsagend mit den Achseln. „Ich habe es mir gedacht, Alberti lässt es unter keinen Umständen zu", meinte er. „Dagegen will er es Ihnen gern gestatten, ja es ist ihm sogar wünschenswert, dass Sie dem weiteren Verhör beiwohnen. Sie haben ja als Verteidiger Becks großes Interesse dabei."

„Ich mache von dem Anerbieten des Untersuchungsrichters natürlich gern Gebrauch", entgegnete Rudolph. „Wenn ich nur erst meiner armen Schwester — "

„Nun, ich weiß ein Mittel, die herbe Pille zu versüßen", wandte Grösser ein. „Auf mein Zusprechen hin hat Alberti wenigstens erlaubt, dass sie dem Verhafteten einige Zeilen des Trostes schreiben darf. Natürlich wird Alberti dann erst zu entscheiden haben, ob er das Geschriebene dem Baron zu lesen geben wird." Rudolph atmete auf. „Ich danke Ihnen herzlich für Ihren Freundschaftsdienst", versetzte er. „Hildegard wird hoffentlich vernünftig sein und einsehen, dass man nicht Unmögliches verlangen darf."

„Wenn es Ihnen recht ist, begleite ich Sie, ich kann alsdann sofort den Zettel in Empfang nehmen und ihn Alberti überbringen." Damit eilten beide Herren nach dem Anwaltszimmer zurück.

Hildegard vermochte nur mühsam die Tränen zurückzuhalten, dann aber meinte sie: „Sie haben Recht, es ist schon eine große Gunst, meinem Verlobten einige Zeilen schreiben zu dürfen."

„Dort findest du Schreibmaterial", unterbrach sie Rudolph, auf einen der in dem geräumigen Zimmer aufgestellten Tische weisend, die sämtlich mit schwarzen Papiermappen belegt waren. Hastig ließ sich Hildegard vor einem der Tische nieder, und in fieberhafter Hast, ohne sich einen Augenblick zu besinnen, warf sie einige Worte auf einen halben Bogen Papier. Ohne deren Inhalt noch einmal zu durchlesen, faltete sie dann das Papier leichthin doppelt zusammen. Hierauf stand sie auf und händigte das Blatt dem Kommissär ein. „Wenn Sie die Güte haben wollen, dies dem Herrn Untersuchungsrichter zu übergeben. Ich glaube kaum, dass er gegen die Aushändigung an meinen Verlobten etwas einzuwenden haben wird."

Beide Herren begleiteten sie darauf bis an den Wagen, dann kehrten sie nach dem Amtszimmer des Untersuchungsrichters zurück.

XXIV

Ein neues Rätsel

Alberti schien sich mit seinen Akten zu beschäftigen und kaum Acht auf den unruhig in seiner Nähe sitzenden Baron zu haben. In Wahrheit aber ließ er keine Bewegung desselben außer Acht.

Schweigend traten der Kommissär und Rudolph in das Gemach ein; der erstere hielt den Zettel Hildegards in der Hand, den er auf den Schreibtisch vor dem Untersuchungsrichter niederlegte. Als der junge Baron Rudolphs ansichtig wurde, schnellte er wie elektrisiert von seinem Stuhle in die Höhe und warf einen fragenden Blick auf den jungen Rechtsanwalt, der indessen für den Gefangenen nur ein flüchtiges Kopfnicken hatte. Resigniert, die Zähne tief in die Unterlippe eingrabend, ließ sich Hugo wieder auf den Sessel nieder.

Der Rechtsanwalt tauschte mit Alberti einen stummen Gruß aus und nahm dann seitwärts von dem Verhafteten Platz. Der Untersuchungsrichter aber ergriff das ihm von Grösser überreichte Blatt und durchlas dessen mit Bleistift flüchtig hingeworfenen Inhalt zu wiederholten Malen aufmerksam.

Dann erhob er sich plötzlich und trat hart an den Verhafteten heran. „Ich übergebe Ihnen hier eine Botschaft Ihrer Braut", sagte er. „Die junge Dame hat Sie zu sprechen verlangt, aber ich konnte einem solchen Ansinnen gemäß den bestehenden strengen Vorschriften keine Folge geben. Ich gehe bis an die Grenze des Erlaubten, indem ich Ihnen hiermit einige Zeilen übergebe, welche Fräulein Hildegard Wichern, nur wenige Schritte von Ihnen entfernt, für Sie aufgezeichnet hat."

Hugo war wiederum von seinem Stuhle aufgesprungen. „Hildegard schrieb mir?" murmelte er. „Sie ist hier — sie will mich sprechen? So weiß sie, dass —" Sein unruhig flackernder Blick schweifte von neuem zu dem jungen Rechtsanwalt hin. Dieser sah ihn mit einem durchdringenden Blicke an. „Ich habe es für meine Pflicht gehalten, meiner Schwester alles mitzuteilen", sagte er bedeutsam.

„Alles mitzuteilen?" stieß Hugo ingrimmig hervor. „Das heißt, Sie verdächtigen mich, den Wehrlosen, in hinterlistiger, tückischer Weise. Oh, dass ich wehrlos sein muss! — Meine holde, teure Braut, welche Lügen werden sie dir über mich berichtet haben!"

„Lesen Sie die Zeilen der jungen Dame", unterbrach ihn der Untersuchungsrichter kurz, „dann sprechen Sie, nicht eher!" Mechanisch las der Baron die an ihn gerichteten Zeilen. Er erkannte die Handschrift seiner Braut sofort, obwohl die furchtbare Erregung die Schriftzüge zitternd und unregelmäßig gemacht hatte.

„Rudolph hat mir alles gesagt", las er. *„Ich weiß nun, warum du leidest, aber ich sage dir, ich bleibe dein bis über den Tod hinaus, wenn du ein Mann bist. Verstehe mich recht, ein voller, ganzer Mann sollst du sein! Du sollst nicht lügen, du sollst ein Held bleiben bis zuletzt. Ich glaube nicht an deine Schuld, wenigstens weiß ich, dass der Mann, dem ich meine Liebe geweiht, nicht zum Raubmörder herabgesunken sein kann. Bist du Buße schuldig, so unterwirf dich ihr. Gibt es hier auf Erden für dich kein Verzeihen, so wird dir der*

Himmel gnädig sein. Bei unserer Liebe flehe ich dich an, sei
ein Mann, dann bin und bleibe ich dein auf ewig!

Hildegard

Der Baron las das Schreiben bis zu Ende durch, seine Ge-
sichtsfarbe veränderte sich auffällig während desselben. Der
letzte Blutstropfen schien aus seinem Gesicht zu verschwinden, so fahl und gespenstisch blaß wurde es. Dann las er von
neuem und immer wieder von neuem. Es schien, als ob er
sich nicht trennen könne von den wenigen Zeilen, die Hildegard ihm geschrieben hatte.

Sowohl Alberti als auch der Kommissär hatten ihren Blick
unverwandt auf den Verhafteten gerichtet, aber sie wagten
nicht, in diesem Augenblick auch nur einen Laut von sich zu
geben. Sie begriffen den furchtbaren Seelenkampf, der sich
soeben im Inneren Hugos abspielen musste, und von dem ein
krankhaftes Zittern äußerlich Zeugnis gab. Plötzlich nahm
der Baron den Zettel und drückte ihn innig an seine Lippen;
diese bewegten sich dabei leise. Es war, als ob er unhörbare
Worte vor sich hinsprach.

Mit einem Male wandte er sich an den Untersuchungsrichter. „Ich widerrufe den Inhalt meiner vorhin gemachten
Eröffnungen", sagte er mit bebender, vor innerer Erregung
kaum verständlicher Stimme. Seine Worte überstürzten sich
dabei; es war, als ob er fürchte, im nächsten Augenblick
wieder anderen Sinnes werden zu können, als ob er sich
beeilen wolle, dem guten Engel Folge zu leisten, der mit
mahnendem Finger sein Herz berührt hatte.

Ein Zug lebhafter Überraschung glitt über das Gesicht des
Untersuchungsrichters. „Wie soll ich das verstehen? Sind Sie
bereit, ein Geständnis abzulegen?"

Da ließ der Gefangene das Haupt plötzlich tief auf die
Brust hinabsinken. „Ja", sagte er im Flüstertone, „ich will

gestehen. Um ihretwillen will ich gestehen, sie soll mich nicht der Lüge zeihen." Er atmete tief aus. „Meine vorige Aussage hinsichtlich der verflossenen Nacht halte ich voll und ganz aufrecht", begann er. „Ich habe mich zu dem Trödler Schimmel begeben, um dessen fortgesetzten Erpressungen endgültig ein Ziel zu setzen, aber jeder Gedanke an Mord stand meiner Seele fern."

Unverkennbare Enttäuschung sprach sich in den Gesichtszügen der Anwesenden aus. „So beharren Sie also auf Ihrem vorigen Leugnen?" meinte Alberti mit finster gerunzelter Stirn. „Sie geben nicht zu, heute nacht den Trödler getötet zu haben?"

„Wie sollte das mir möglich gewesen sein?" entgegnete Hugo, die Augen nicht vor dem forschend auf ihn gerichteten Blicke des Untersuchungsrichters niederschlagend. „Wie hätte ich auch in den Besitz jenes ebenso furchtbaren, wie seltenen Giftes kommen sollen, das dem Leben des Trödlers ein Ende gemacht hat? Wahrheitsgetreu habe ich alles berichtet. Wir waren in heftigem Streit miteinander geraten, er bekam den Krampfanfall, hatte aber noch die Kraft, mir den Aufbewahrungsort des Mittels zu bezeichnen. Wieviel kleine Kristalle ich unter das Wasser mengen sollte, verstand ich nicht genau, ich glaubte zwölf zu hören. Jedenfalls war die Aufregung bei mir eine beispiellose. Ich war nicht im Stande, achtzugeben, wie viel Kristalle ich dem Wasser beimengte, insofern trifft mich ein Verschulden an dem Tode des Trödlers. Aber ich rufe den Himmel zum Zeugen an, dass auch nicht im erbittertsten Streite der Gedanke an mich herangetreten ist, einen Mord zu begehen."

„Wie sind Sie dazu gekommen, sich zu solch vorgerückter Nachtstunde zu Schimmel zu begeben? Wollen Sie nicht mir wenigstens darauf eine wahrheitsgetreue Auskunft erteilen?"

„Es geschah dies auf direkten Wunsch des Trödlers, und

hier setzt das mich so sehr beschämende Bekenntnis meines eigenartigen Vergehens ein", entgegnete Hugo. „Ich habe vorhin die Auskunft verweigert, als Sie die Frage an mich stellten, ob die Unterschriften meines Onkels auf den drei Akzepten echt seien. Ich will jetzt unumwunden einräumen, dass ich mich eines schweren Vergehens schuldig gemacht und die Unterschriften sämtlich selbst geschrieben habe."

„Sie bezichtigen sich also der zum Nachteil Ihres Onkels ausgeführten Wechselfälschung?"

„Ja, ich bekenne mich schuldig. Ich wusste mir in meiner Verzweiflung nicht mehr zu helfen. Ehe ich meine Braut kennenlernte, war ich ein leichtsinniger Mensch, der plan- und ziellos in den Tag hineinlebte. Ich will meinen verstorbenen Vater nicht anklagen, aber er hätte mir eine bessere Erziehung geben sollen. So aber zog er mich mit in schlechte Gesellschaft Gleich meinem Vater wurde ich ein Spieler. Als er starb, erwies sich sein Nachlass als überschuldet.

Ich wäre sicherlich schon damals dem Untergange verfallen, wenn nicht mein Oheim, meines Vaters Bruder und dessen gerades Gegenteil, sich meiner angenommen hätte. Aber es war schon zu spät. Der Trödler Schimmel hatte mir bereits geringe Summen geliehen. In der bekannten Art prolongierte er die verfallenen Wechsel, welche ich nicht einlösen konnte, zu immer höheren Beträgen, so dass schließlich aus Hunderten Tausende wurden. Machte ich ab und zu einen Spielgewinn, so bezahlte ich dem Wucherer etwas ab, ohne dass jedoch meine Schuldenlast dadurch nennenswert geringer wurde.

In jene Zeit fiel mein Bekanntwerden mit Hildegard Wichern. Ich gelobte, ein anderer, besserer Mensch zu werden und der unendlichen Liebe, die Hildegard mir entgegenbrachte, mich würdig zu machen. Aber das Verhängnis wich nicht von mir, ich sah mich in unlösbare Bande verkettet, aus denen es kein Entrinnen gab. Schimmel hatte Kenntnis von meinem Verlöbnis bekommen, er drohte mir, da er wusste, dass mein Oheim keinen Pfennig bezahlen würde, mich bei meinem zukünftigen Schwiegervater anzuklagen, wenn ich nicht endlich meine längst verfallenen Akzepte, die damals die Höhe von viertausendfünfhundert Mark erreicht hatten, einlösen würde. Was dann geschehen würde, konnte ich mir denken, dann war mein junges Liebesglück dahin.

An jenem Tage, als ich um Hildegards Hand anhielt, hatte Herr Wichern mich gefragt, ob ich Schulden habe, und hinzugefügt, er wünsche, dass meine Vergangenheit tot sein, dass ich um seines Kindes willen ein neues Leben anfangen möge. Er stellte mir glänzende Zukunftsbilder in Aussicht. Wer weiß es, wenn ich in jener Stunde den Mut gehabt hätte, ihm alles einzugestehen, er würde vielleicht milde gewesen sein, so aber schämte ich mich vor mir selbst, und diese Scham trieb mich zur Lüge. Von nun an musste ich alles daransetzen, den Trödler hinzuhalten mit seinen Drohungen, wenn ich nicht als Lügner vor dem Vater meiner Braut dastehen wollte.

Zu wiederholten Malen hatte ich den Versuch gemacht, mich meinem Oheim zu offenbaren, aber er besaß niemals viel Wohlgefallen für mich. Seine eigene übertriebene Sparsamkeit, aber auch die hämischen Einflüsterungen meiner Base Dora, die vielleicht zuerst gehofft, mich an sich ketten zu können, aber seit meiner Verlobung meine unversöhnliche Widersacherin geworden war, mochten gleichmäßig zu der immer mehr hervortretenden Abneigung meines Oheims gegen mich beigetragen haben. Als ich mich endlich in der äußersten Bedrängnis, da Schimmel keinen Tag länger warten zu wollen erklärte, dem alten Herrn offenbarte — es war am 24. Januar, seinem Geburtstage — da kam es zum Bruch. Erbarmungslos wies er mir die Tür.

Mit verzweifeltem Herzen schlich ich mich in der Dämmerstunde jenes Tages zu Schimmel, tagsüber ihn zu besuchen, hatte ich nicht gewagt. Mit Hohn wies Schimmel mich zurück, er erklärte mir, bereits am nächsten Tage meinem zukünftigen Schwiegervater meine längst verfallenen Akzepte zur Einlösung vorlegen zu wollen. Ich versuchte nochmals, ihn zu beschwichtigen. Ich teilte ihm mit, obwohl ich das gerade Gegenteil bereits wusste, dass mein Oheim nicht abgeneigt sei, mir die benötigte Summe zur Tilgung meiner Verbindlichkeiten vorzustrecken, nur befinde er sich augenblicklich ebenfalls nicht im Besitze der erforderlichen Mittel, sondern diese seien zur Zeit in Spekulationen festgelegt. Aber da meinte der Trödler, dass gar kein bares Geld nötig sei, die bloße Unterschrift meines Onkels tue es auch, jedoch müsse sich der Gesamtbetrag der Wechsel auf fünftausendfünfhundert Mark belaufen. Wirklich gelang es mir, dem Wucherer das Versprechen abzugewinnen, noch drei Tage warten zu wollen. Es war eine Galgenfrist!"

Ein banges Stöhnen glitt über die Lippen des Verhafteten, der immer noch nicht wagte, seinen Blick vom Boden zu erheben. „Als ich ging, wusste ich, dass ich nach drei Tagen noch ebenso ratlos dastehen würde", begann er dann wieder. „Verzweiflungsvolle Reue folterte mein Herz, aber was vermochte diese an dem Geschehenen zu ändern! Ich zitterte vor dem Augenblick, wo ich dem höhnisch lachenden Blutsauger von neuem gegenübertreten und ihm bekennen musste, dass ich nicht zu zahlen vermochte. Ich wusste es, dass er sich allen meinen Vorstellungen gegenüber taub und ablehnend verhalten würde, hatte ich ihn doch schon vergeblich auf den Umstand hingewiesen, dass ich nach geschehener Heirat ja eher imstande sein würde, seinem Verlangen nachzukommen. Er pochte auf sein Recht und erklärte, lieber den sicheren Weg gehen zu wollen.

Meine nochmaligen Bemühungen, unter der Hand von Bekannten die nötige Summe aufzutreiben, scheiterten. Nochmals bittend vor meinen Onkel zu treten, durfte ich nicht wagen, denn dieser hatte mir sein Haus verboten. Immer verführerischer stieg in meinem Innern der Gedanke auf, dass mir mit einem Schlage aus aller Verlegenheit geholfen sei, wenn es mir gelänge, dem Trödler Akzepte zu überbringen, welche die Unterschrift meines Onkels trugen. — Gestatten Sie mir, mich kurz zu fassen. Im Kampfe mit dem bösen Dämon in meinem Herzen, von dem leidenschaftlichen Wunsche beseelt, mir Hildegards Liebe zu erhalten, unterlag ich. Die Unterschrift meines Oheims nachzuahmen, wurde mir nicht schwer, denn ich besaß verschiedene Briefe von ihm. Am Abend des vierten Tages kam ich wieder zu Schimmel und brachte ihm die Akzepte. Er nahm sie und besah sie scheinbar gleichgültig, aber ein höhnisches Lachen umspielte seine Lippen. Oh, hätte ich mich warnen lassen und lieber das Schlimmste ertragen, als mich ganz und gar in die Hände jenes Elenden zu geben! Aber ich war zu feig, zu mutlos, um dies zu tun! Um kurz zu sein, er schloss die verhängnisvollen Wechsel, die jetzt in Ihren Händen sind, ein und gab mir die verfallenen Papiere zurück."

„Seitdem hat Ihnen Schimmel vermutlich keine Ruhe gelassen, besonders nach dem Tode Ihres Oheims begann er wohl von neuem zu drohen?"

„So ist es. Ich habe keine ruhige Stunde mehr gehabt; es war eine entsetzliche, fürchterliche Zeit, die ich durchleben musste. Zwar hoffte ich von Tag zu Tag, dass irgend ein unvorhergesehener Zufall mich in den Stand setzen würde, die Wechsel rechtzeitig einzulösen, aber es geschah kein Wunder, das mir mein Verbrechen hätte vertuschen helfen."

„So kam der Verfalltag heran, und Sie konnten die Wechsel nicht einlösen. Wurden dieselben Ihrem Onkel präsentiert?" fragte Alberti?

Hugo schüttelte den Kopf. „Ich wunderte mich selbst über das Entgegenkommen Schimmels. Als ich kurz vor dem Verfalltage ihn zu bestimmen suchte, die Wechsel nicht vorzuzeigen, erklärte er mir lachend, dass er sich den Grund meiner Verlegenheit wohl denken könne und durchaus nicht wünsche, aus dieser für sich Nutzen zu ziehen. ›Ich lasse die Papiere ruhig liegen‹, sagte er damals in seinem näselnden Ton zu mir, ›solche Wechselchen verlieren ihre Gültigkeit nie, jetzt hat es Zeit mit ihrer Bezahlung, bis Sie verheiratet sind.‹

Ich war zu verblüfft über seine Nachgiebigkeit, als dass ich ernstlich über den tieferliegenden Grund derselben hätte nachdenken können, erst später wurde mir die schreckliche Drohung, die in derselben gelegen hatte, klar. Jetzt begriff ich auf einmal, warum Schimmel so nachgiebig gegen mich gewesen war. Mit vollem Vorbedacht hatte er mich zu den Wechselfälschungen gezwungen, wohl wissend, dass mir kein anderer Ausweg offen stand; mit teuflischer Berechnung hatte er mich in seine Gewalt gebracht, um große Vorteile für sich zu erlangen. Gott allein weiß, was ich erlitten habe in den darauffolgenden Wochen und Monaten.

Dann kam die Ermordung meines Onkels. Wie von einem schweren Alp befreit, atmete ich auf. Sie wunderten sich damals, Herr Untersuchungsrichter, dass ich die Ermordung so gleichgültig aufnahm, aber wie hätte ich aufrichtiges Bedauern fühlen sollen, wo mir die Rettung aus meiner fürchterlichen Lage zu winken schien! Endlich sollte es mir möglich sein, den schrecklichen Bann, und sei es auch mit den größten Opfern, von mir abzustreifen. Ein Testament war nicht gefunden, ich war der nächste Erbe meines Oheims, sein Vermögen, das ich mindestens auf eine halbe Million schätzte, fiel mir unausbleiblich zu.

Aber der Himmel wollte es anders. Im Buche des Schicksals stand geschrieben, dass ich der Strafe für meinen frevelhaften Leichtsinn nicht mehr entgehen sollte. Mein Vetter Gerstenberg begann gegen mich zu klagen. Noch heute ist der Prozess nicht entschieden. Meine Hoffnung schwand dahin. Schimmel streckte gierig seine Faust immer drohender und begehrlicher nach mir aus. Ich suchte ihn jetzt zu vermeiden, in der Hoffnung, er würde es nicht bis zum Äußersten treiben, da sein wahrhafter Vorteil gebot, abzuwarten, bis ich verheiratet war. Ich war für ihn nicht mehr zu Hause, nahm Briefe von ihm nicht mehr an, schon aus dem Grunde, weil ich mich vor meiner Wirtin zu kompromittieren fürchtete.

Aber er ließ mich nicht locker, er zwang mich, nachdem ich alle anderen Ausflüchte ihm gegenüber erschöpft hatte, dazu, in einen Chiffrebriefwechsel mit ihm zu treten. Oh, es waren grässliche Briefe, die er mir schrieb, jeder derselben stürzte mich immer mehr in Besorgnis — und immer wurden die Nachrichten über den Fortgang meines Prozesses nicht besser. Schimmel hatte in Erfahrung gebracht, dass nun auch von seiten der angeblich testamentsbedachten milden Stiftungen meine Erbschaftsberechtigung bestritten wurde, und daraufhin erklärte er mit einem Male, nicht länger warten, sondern sich sichern und die Wechsel dem Nachlassgerichte übergeben zu wollen.

Mit Mühe und Not gelang es mir, ihn noch einmal zu beschwichtigen. Er erklärte nun, noch den Ausgang des Verhandlungstermins abwarten zu wollen, der am gestrigen Tage stattgefunden, und der mir, wie ich hoffte, endgültige Entscheidung bringen sollte. Ich hatte die Aufforderung von ihm erhalten, ihm noch am selben Abend Sicherheit für seine Forderung zu bringen oder gewärtig zu sein, dass er am nächsten Tage die Wechsel dem Gericht übergeben und damit meinen Ruin herbeiführen werde.

Zwischen Furcht und Hoffen brachte ich den Tag hin. Die Mitteilung meines Anwalts traf mich gleich einem Keulenschlage, sie schmetterte mich vollständig nieder. Ich wusste nicht mehr was tun. Auf jeden Fall musste ich mich noch einmal zu Schimmel begeben und ihn bitten, mich nicht elend zu machen. Deshalb brach ich gestern abend früher von meiner Braut auf, um rechtzeitig noch bei Schimmel eintreffen zu können. Er hatte schon Kunde von dem Ausgange des Termins, er zeigte sich überhaupt immer völlig unterrichtet. Meine Bitten um fernere Nachsicht beantwortete er höhnisch, endlich vergaß auch ich mich und nannte ihn bei seinem richtigen Namen. Es kam zu einem Wortwechsel zwischen uns beiden, und das tragische Ende ist Ihnen ja bekannt." Hier hielt Hugo inne, mühsam rang er nach Atem.

„Warum riefen Sie keinen Arzt?" fragte Alberti.

„Ich sagte Ihnen bereits vorhin, dass ich daran dachte. Aber versetzen Sie sich in meine Lage; wie hätte ich meine Anwesenheit bei dem Trödler rechtfertigen sollen? Zudem hatte das furchtbare Entsetzen über meine Unvorsichtigkeit mich ganz sinnlos gemacht; ich wusste kaum selbst, was ich tat. Nur ein unbeschreibliches Angstgefühl war noch in mir vorherrschend dem ich willenlos alle anderen Gemütsregungen unterstellte. Mir graute davor, mich vor Gericht verantworten oder auch nur Anzeige von dem Geschehenen machen zu müssen. Darum kam ich auf den wahnwitzigen Plan, den Trödler zu entkleiden und ins Bett zu legen, um den Anschein zu erwecken, als ob ihn ein Schlaganfall getroffen habe.

Dann fiel mir auch der Gedanke schwer aufs Herz, dass die Wechsel im Nachlasse gefunden und mich verderben würden. Ich begann die Habseligkeiten des Trödlers zu durchwühlen. Stundenlang habe ich gesucht, aber ich fand die Akzepte nicht. Unverrichteter Sache musste ich mich — endlich entfernen."

Der Untersuchungsrichter schüttelte den Kopf. „Ihre Erzählung klingt sehr romantisch", versetzte er dann. „Sie werden indessen schwerlich damit bei Gericht durchdringen, noch dazu, wo Ihnen schon so gut wie nachgewiesen ist, Ihre Base Dora von Gerstenberg mit demselben Gift getötet zu haben."

„Herr Untersuchungsrichter, es berechtigt Sie nichts, mir diese unerhörten Beschuldigungen —"

„Hugo von Engler", begann der Untersuchungsrichter eindringlich, „wollen Sie wirklich nicht der Wahrheit die Ehre geben? Wollen Sie sich hartnäckig noch länger der Erkenntnis verschließen, dass nur ein reumütiges Bekenntnis Ihr Herz entlasten und Ihnen Frieden geben kann?"

„Also Sie glauben mir nicht?" stöhnte Hugo auf. „Was soll ich noch sagen? Ich bin unschuldig, ich weiß nichts von alledem, was Sie mir vorzuwerfen trachten."

Rudolph näherte sich plötzlich dem Untersuchungsrichter, beugte sich zu ihm nieder und flüsterte ihm einige Worte ins Ohr. Der Beamte blickte überrascht auf, dann nickte er hastig zustimmend und zog seine Uhr. „Es ist acht Uhr", meinte er nachdenklich. „Die Sache wird sich noch ermöglichen lassen." Er stand auf und setzte den Klingelzug in Bewegung. „Wir werden Ihnen jetzt beweisen, dass Sie gelogen haben", wandte er sich an den Gefangenen. „Es existiert jemand, der Sie an dem Vorabend des an Ihrem Oheim verübten Mordes im Hause des Trödlers gesehen hat."

Hugo hielt den Blick Albertis ruhig aus. „Ich bin öfters bei dem Trödler gewesen, abgesehen von der letzten Zeit", meinte er dann; „aber zufällig weiß ich genau, dass ich mich an jenem Abend nicht dort befunden haben kann. Ich war von fünf Uhr ab in Gesellschaft und begab mich um halb elf

Uhr in meine Wohnung."

Ein Diener trat ein. „Der heute verurteilte Karl Beck soll aus dem Untersuchungsgefängnis vorgeführt werden", befahl ihm Alberti. „Ich habe Ihren Klienten aus seiner bisherigen Zelle nach einer freundlicheren verbringen lassen", fuhr er zu Rudolph gewendet fort. „Ich glaube, dass Sie damit einverstanden sind."

„Herzlichen Dank." Beide Herren tauschten einen Händedruck aus, dann blieb es auf Minuten still im Zimmer.

Endlich wurden von draußen her Schritte vernehmbar. Gleich darauf wurde die Tür geöffnet, und der Gerichtsdiener trat mit Beck ein. Ein freudiger Ausdruck glitt über des letzteren Gesichtszüge, als er Rudolph bemerkte.

„Verzeihen Sie, dass ich heute noch nicht zu Ihnen kommen konnte", sagte der junge Rechtsanwalt zu ihm. „Aber es ist so viel Unerwartetes geschehen, Sie werden morgen alles von mir hören."

„Bitte, treten Sie näher", bat Alberti in höflicherem Ton, als er bis dahin Beck gegenüber angewendet hatte. „Stellen Sie sich mehr in das Licht", befahl er darauf Hugo. Eine jähe Röte überflutete dessen Gesicht, aber gehorsam folgte er der Anweisung des Untersuchungsrichters.

„Nun sehen Sie sich einmal diesen Mann hier an!" wandte sich Alberti wieder an Beck. „Erinnern Sie sich, denselben schon jemals in Ihrem Leben gesehen zu haben?"

Eine bange Pause entstand; erwartungsvoll schauten nun alle auf Beck. Sekunden hindurch ließ dieser seinen Blick prüfend auf den Gesichtszügen Hugos, der ihn ebenso frei und unerschrocken anschaute, ruhen, dann schüttelte er den Kopf. „Meines Wissens habe ich diesen Herrn noch niemals in meinem Leben gesehen", sagte er. Bestürzt trat Rudolph auf ihn zu, während es auch in Grössers Gesichtszügen befremdet aufleuchtete.

„Aber besinnen Sie sich doch", rief der Untersuchungs-richter. „Bedenken Sie, es hängt für Sie sehr viel davon ab!"

„Nein, ich habe ein sehr gutes Auge und kenne jeden wie-der, der mir einmal in meinem Leben gegenübergetreten ist", beharrte Beck, noch immer Hugo betrachtend. „Dieser Herr hat viel Ähnlichkeit mit jenem jungen Mann, der mir am Vorabend des Mordes unter der Ladentür des Trödlers Schimmel begegnet ist, aber er ist mit demselben nicht iden-tisch."

„Sind Sie Ihrer Sache ganz sicher?" fragte Rudolph, be-stürzt seinen Klienten anschauend. „Ich bitte Sie nochmals, überlegen Sie genau, ehe Sie aussagen."

„Ich täusche mich nicht", entgegnete Beck. „Das Gesicht jenes Menschen hat sich meinem Gedächtnis derart einge-prägt, dass ich ihn jederzeit auf den ersten Blick wiederer-kennen würde, und wenn er selbst die größte Veränderung mit seinen Zügen vorgenommen hätte. Ich habe ja Monate hindurch Zeit gehabt, mir jenes zuerst nur flüchtig von mir gesehene Gesicht mit unvergänglichen Zügen in meinem Gedächtnis einzuprägen. Der Herr hier hat viel Ähnlichkeit mit dem Verdächtigen, aber letzterer trug eine kleine schwarze Bartfliege am Kinn, sein Gesichtsausdruck war schärfer markiert, ich möchte sagen, seine Züge waren weni-ger weichlich, aber gewöhnlicher."

Der Untersuchungsrichter schüttelte den Kopf. „Denken Sie nochmals reiflich darüber nach", sagte er. „Ich werde Sie heute noch nicht zu Protokoll vernehmen, sondern werde Ihnen morgen bei hellem Tageslichte nochmals Gelegenheit zur Konfrontation geben. Es hängt viel für Sie davon ab." Dann zog er wieder die Klingel. „Heute breche ich das Ver-hör ab", wandte er sich an den eintretenden Gerichtsdiener. „Der Gefangene Beck ist abzuführen, außerdem sind zwei Aufseher aus dem Gefängnis zu beordern, um hier diesen

Mann als Untersuchungsgefangenen zu übernehmen." Er deutete dabei auf Hugo.

Dieser atmete tief und schwer auf. Er verhüllte sein Gesicht mit beiden Händen. In dieser Stellung verharrte er, bis von draußen wieder Schritte ertönten, und die beiden Wärter in das Zimmer eintraten. Der Kommissär und Rudolph hatten inzwischen flüsternd miteinander gesprochen; jetzt, nachdem Hugo von Engler abgeführt war, verabschiedeten auch sie sich von Alberti und verließen zusammen dessen Amtszimmer.

„Was sagen Sie nun?" meinte Grösser, während sie langsam den Korridor entlangschritten.

„Ich hatte meine ganze Hoffnung auf diese Konfrontation gesetzt", gestand der Rechtsanwalt, „Beck aber verneint mit solcher Bestimmtheit, dass gar kein Zweifel an seiner Aussage möglich ist."

Der Kommissär pfiff leise vor sich hin. „Ich glaube, wir stehen einem neuen Rätsel gegenüber", meinte er endlich. „Und diesmal bin ich auch so ziemlich mit meiner Weisheit zu Ende. Soviel aber weiß ich schon heute, der junge Baron wird einen schweren Stand haben, um sich frei zu lotsen."

„Sie halten ihn für schuldig?"

„Offen gestanden habe ich bis vorhin die Überzeugung von seiner Schuld gehabt", entgegnete der Kommissär. „Aber auch jetzt habe ich mich noch nicht zu einer gegenteiligen Ansicht bekehrt. Der unseren Erwartungen entgegengesetzte Ausgang der Konfrontation gibt indessen zu denken, obwohl freilich nicht ausgeschlossen ist, dass Beck sich entweder geirrt, oder einen harmlosen anderen gesehen haben kann. Was mir weniger gefallen will, das ist der Umstand, dass wir den ominösen grauen Radmantel nicht in der Wohnung des Barons vorgefunden haben. Entweder ist dieser ein ganz geriebener Fuchs, oder er hat unverdient viel Pech. —

Und nun gute Nacht, Herr Doktor. Sie werden einen angestrengten Tag gehabt haben, und wenn ich mich nicht irre,
werden wir, bis der Fall ganz geklärt ist, noch manche harte
Nuss knacken müssen."

XXV

Gewissenspflicht

Auf dem Heimweg kam Rudolph erst die Erinnerung, dass er Hedwig hatte vergeblich auf sich warten lassen. Der Tag mit seinen unerhörten Aufregungen war so schnell an ihm vorübergegangen, dass die Stimme seines Herzens völlig hatte schweigen müssen. Jetzt freilich war es zu spät, aber er beschloss, schon in aller Frühe des nächsten Morgens Hedwig zu besuchen und ihr, so gut er vermochte, Worte des Trostes zu spenden.

Als der junge Rechtsanwalt das väterliche Haus betrat, so nahm er alsbald eine befremdliche Unruhe in demselben wahr. Mit verstörten Gesichtszügen eilte ihm auf dem unteren Hausflur die Wirtschafterin entgegen. „Gut, dass Sie endlich kommen", rief sie aufgeregt, „Fräulein Hildegard —"

„Was ist geschehen?" forschte Rudolph, von banger Ahnung erfasst.

„Sie ist krank, schwer krank. Der Doktor ist bereits bei ihr, er hat den Friedrich nach der Apotheke geschickt."

„Wo befindet sich meine Schwester?"

„Sie liegt oben in ihrem Schlafzimmer. Ach, mein Gott, sie sah gleich so verstört aus, wie sie vorhin nach Hause kam. Aber es lässt sich ja denken, das zarte junge Blut vermag unmöglich einen so großen Schrecken zu ertragen. Ich werde es mein Lebtag nicht vergessen, wie sie mir die Hand drückte, als sie aus dem Wagen stieg. ›Ich bin so müde‹, sagte sie, und dabei schauten ihre Augen so traurig auf mich. ›Ich will schlafen, recht lange schlafen‹, und dann fing sie plötzlich zu weinen an. Ich weiß nicht, wie es kam, aber es schnitt mir ins Herz, und ich wusste gleich, dass das Unglück da war. Aber kaum hatte ich sie zu Bett gebracht — sie ließ sich still und ruhig ausziehen, wie früher als Kind — da fing sie schon an irre zu reden. Ihr Gesicht wurde ganz dunkelrot, man sah ihr ordentlich an, wie das Fieber stieg. Das machte mich ängstlich, und ich rief den Herrn Vater herbei. Er schickte sofort nach dem Arzt, und der ist nun schon seit einer Stunde oben."

Die letzten Worte der geschwätzigen Alten hörte Rudolph kaum mehr. Er eilte die Treppe nach dem ersten Stockwerk empor. Auf dem oberen Korridor traf er mit dem Arzt und seinem Vater zusammen. Beide hatten soeben das Krankenzimmer verlassen und waren in angelegentlichem Gespräch miteinander.

„Ich werde Ihnen, wie gesagt, sofort eine zuverlässige Krankenwärterin senden, spätestens in einer Stunde ist sie hier, denn ich fahre unverzüglich beim Krankenhaus vor", hörte Rudolph den Arzt soeben sagen, der ihn jetzt erst bemerkte und grüßte. Er bestätigte auf Rudolphs ängstliche Frage, dass die Gefahr keine geringe sei, und empfahl, die Kranke bis zur Ankunft der Krankenpflegerin ungestört in der Obhut des Dienstmädchens zu lassen. Der Rechtsanwalt gab dem Doktor das Geleite. Als er wieder in das Haus zurücktrat, das so plötzlich eine Stätte des Jammers und der Sorge geworden war, erstaunte er nicht wenig, als er oben auf der Treppe seinen Vater auf sich warten sah.

„Ich wünsche mit dir zu sprechen", sagte der alte Herr, und Rudolph nahm mit Befremden wahr, wie die Stimme seines Vaters von innerer Gereiztheit durchbebt war. Schweigend folgte er dem alten Herrn nach dem von dem

Krankenzimmer Hildegards durch mehrere Räume getrennten Rauchzimmer.

„Hast du mir etwas Dringendes mitzuteilen", meinte Rudolph, verstimmt durch die barsche, fast verletzende Art seines Vaters, „sonst —"

„Doch, doch, es muss klar zwischen uns werden", sagte der alte Herr. „Du bist es, der die arme Hildegard vielleicht aufs Sterbelager geworfen hat!"

„Ich weiß nicht, was du damit sagen willst", entgegnete der Sohn in nur mühsam ruhig gehaltenem Ton. „Ich begreife deine tiefe Verstimmung, aber bitte, werde erst ruhiger, ehe du sie mir gegenüber zum Ausdruck bringst. Die Ereignisse des heutigen Tages haben mich ebenfalls schwer getroffen, und —"

„Ach was, dadurch wird nicht das Geringste an der Tatsache geändert, dass du es gewesen bist, der unauslöschlichen Schimpf auf unser Haus, unseren Namen gebracht hat."

„Ich verstehe dich noch immer nicht", entgegnete Rudolph. „Du ließest heute Nachmittag schon solche Andeutungen fallen. Ich möchte dich wirklich bitten, dich deutlicher auszudrücken."

Auch Rudolphs Stimme war während der letzten Worte immer gereizter geworden.

„Ich nenne es gemein und hinterlistig gehandelt, gegen den Bräutigam deiner Schwester zu intrigieren. Anscheinend verfolgtest du seine Interessen vor Gericht, in Wirklichkeit aber denunzierst du ihn eines ungeheuerlichen Verbrechens."

Rudolph hatte sich hoch aufgerichtet, sein Gesicht war totenbleich geworden, und ein tiefer Ernst sprach aus seinen Zügen. „Du bist gereizt, Vater, das entschuldigt viel", meinte er ruhiger wie vorhin. „Indessen irrst du dich, wenn du mich für einen Denunzianten hältst. Ich habe zur Sache wenig getan, sondern die Wucht plötzlich eingetretener Verhältnisse hat mich selbst überwältigt. Und übrigens", setzte er in entschiedenerem Ton hinzu, „wenn dieser Herr von Engler wirklich, wie ich glaube, das unerhörte, ihm jetzt zur Last gelegte Verbrechen, wegen dessen ein Unschuldiger heute verurteilt worden ist, begangen hat, so wäre es nur meine Pflicht und Schuldigkeit als ehrlicher Mann gewesen, die Sache zur Anzeige zu bringen, unbeschadet dessen, dass dieser Mensch es verstanden hat, das Herz meiner armen, unglücklichen Schwester zu betören."

„Nein", widersprach der alte Herr, „deine Pflicht und Schuldigkeit war es, das graue Haar deines alten Vaters zu respektieren und seinen makelreinen Namen, den er durch ein langes, arbeitsreiches Leben erworben, nicht in den Kot hinabzuziehen! — Sprich mir nicht dagegen", stammelte er in fast sinnloser Wut. „Das hast du getan, du selbst bist es gewesen, der die Schergen auf meinen Grund und Boden geführt hat. Unsere Wege sind fortan geschieden. Die Wunde, die du mir geschlagen, ist unheilbar, der Riß, der zwischen uns beiden entstanden ist, wird nicht wieder vernarben!" Ohne seinem Sohn noch ein Wort der Entgegnung zu gönnen, wandte er sich hastig und eilte aus dem Zimmer.

Rudolph sah ihm traurig nach. Lange Zeit sah er düster vor sich hin, endlich aber forderte die Natur ihre Rechte. Er begab sich zur Ruhe, aber der Schlaf floh ihn. Fast die ganze Nacht hindurch wälzte er sich wach auf seinem Lager umher, tausend quälende Gedanken folterten sein ermüdetes und überreiztes Gehirn.

Erst gegen Morgen schlief er auf eine kurze Weile ein. Als er sich aber gegen die achte Morgenstunde erhob, da fühlte er sich noch matter und niedergeschlagener wie am Abend vorher. Sein erster Gang war nach dem Schlafzimmer seiner kranken Schwester. Er fand eine Diakonissin dort vor, welche bei seinem Eintritt mahnend den Zeigefinger an den Mund legte, um anzudeuten, dass äußerste Ruhe geboten sei. Auf den Zehenspitzen trat Rudolph näher an das Lager seiner Schwester heran. Tiefes, bitteres Weh durchzuckte ihn, als er wahrnehmen musste, welche Veränderung mit den lieblichen Gesichtszügen des jungen Mädchens vorgegangen war. Ihre sonst so kirschroten Lippen waren schwärzlich, sie zeigten sich angeschwollen und gesprungen. Ein unsagbar schmerzlicher Ausdruck prägte sich in ihren Zügen aus, pfeifend, röchelnd kam der Atem in unregelmäßigen Zwischenräumen über ihre Lippen. Letzteren entrangen sich unverständliche, halblaute, zuweilen wie an einen Schreckensruf gemahnende Worte.

„So ist es schon die ganze Nacht hindurch", sagte die Wärterin im Flüstertone zu dem ergriffen dastehenden jungen Rechtsanwalt. „Es wird immer noch schlimmer werden. Das geht bis in die dritte Woche, es ist der Typhus. Ich habe ihn schon an manchem Krankenbette zu beobachten Gelegenheit gehabt. Aber Sie brauchen sich nicht zu ängstigen, gerade solch zarte Wesen kommen am ersten glücklich durch, während er starken, kräftigen Männern meist verhängnisvoll wird."

Rudolph ließ, einer unwillkürlichen Regung nachgebend, beide Hände wie schirmend über die fieberglühende Stirn des jungen Mädchens gleiten, dann reichte er der barmherzigen Schwester seine Rechte und verließ mit stummem Gruße das Zimmer.

Eine furchtbare Erbitterung hatte sich seiner bemächtigt. Wie er jenen Mann hasste, der all das Weh und Herzeleid über Hildegard verhängt und diese an den Rand des Grabes gebracht hatte! Die flüchtigen Zweifel, die gestern und die schlaflose Nacht über in seinem Innern an Hugos Schuld aufgetaucht waren, wurden von dieser Fülle des Hasses und der Erbitterung überstimmt und zum Schweigen gebracht.

Er vermied es an diesem Morgen, mit seinem Vater zusammenzutreffen. Frühzeitig verließ er die Villa und begab sich nach der Stadt. Noch ehe er indessen sein Bureau aufsuchte, begab er sich nach dem entlegenen Hause, in welchem Hedwig früher gewohnt hatte. Dieselbe war, ihrem Versprechen getreu, bei ihrer früheren Wirtin abgestiegen und von dieser herzlich aufgenommen worden. Sie empfing Rudolph in offenbar ängstlicher Spannung. „Du musst verzeihen, dass ich nicht gestern bereits bei dir vorgesprochen habe", begann Rudolph, nachdem die erste Begrüßung vorüber und er von Hedwig nach ihrem Zimmer geführt worden war. „Aber du wirst mein Fernbleiben begreifen, wenn ich dir alles erzählt haben werde."

„Vor allen Dingen sage mir nur eines", entgegnete Hedwig, ihm angstvoll in die Augen schauend. „Ich habe die ganze Nacht nicht schlafen können, nachdem ich gestern abend vergeblich auf dein Kommen gewartet hatte. Du sprachst in gar hoffnungsvollem Ton von meinem armen unglücklichen Vater, ehe wir gestern schieden. Ich suchte ihn im Gefängnis auf, aber er teilt deine frohen Hoffnungen nicht, er scheint endgültig mit dem Leben abgeschlossen zu haben. Ich kann nicht sagen, wie sehr es mir ins Herz schnitt, als er den Tod als Erlöser von allen Leiden herbeisehnte."

Rudolph schaute einen Augenblick nachdenklich zu Boden. „Es ist vielleicht vorschnell von mir gehandelt gewesen, liebe Hedwig, in dir Hoffnungen rege zu machen, denen eine augenblickliche Erfüllung nicht nachfolgen kann. Aber verstehe mich recht", setzte er gleich darauf hinzu, als er das tiefe Erschrecken in den Gesichtszügen des geliebten Mädchens wahrnahm, „du sollst und darfst hoffen, denn Unerwartetes ist geschehen, doch haben sich die Verhältnisse noch nicht klar genug entwickelt, um die sofortige Freilassung deines Vaters, dessen Unschuld sich in Bälde herausstellen wird, jetzt schon herbeiführen zu können."

„Du spannst mich auf das Äußerste", unterbrach ihn Hildegard. „So sage mir endlich, was ist eigentlich geschehen?"

In gedrängter Kürze berichtete Rudolph, oftmals von den erstaunten Ausrufen des jungen Mädchens unterbrochen, diesem die Vorkommnisse des letztvergangenen Tages. Als er geendet hatte, starrte ihn Hedwig verständnisvoll an. „Mein Gott, alles, was du sagst, klingt so überzeugend und wahrhaftig", murmelte sie, „aber dennoch kann ich mich keiner rechten Freude hingeben. Es will mir so ungeheuerlich erscheinen, dass ein hochgebildeter und vornehmer junger Mann ein solches Verbrechen begangen haben soll! — du sagst doch, dass mein Vater in ihm nicht jenen Mann mit dem grauen Mantel wiedererkannt hat; sollte da nicht wiederum ein verhängnisvoller Irrtum vorliegen? Ach, Rudolph, seit ich jene Gefängnisräume betreten, weiß ich erst, was es eigentlich heißt, hinter Schloss und Riegel ausharren zu müssen. Mein armer, teurer Vater, was alles mag er an jenem grässlichen Orte erlitten und durchgemacht haben!"

„Seine Leidenszeit wird sich hoffentlich bald ihrem Ende nähern", entgegnete Rudolph. „Freilich, heute und morgen dürfen wir noch nichts hoffen. Indessen ist sein Los schon jetzt ein bedeutend milderes geworden. Der Untersuchungsrichter hat in anerkennenswerter Weise dafür gesorgt, dass ihm eine freundlichere Zelle angewiesen worden ist. Ich werde ihn gleich nachher besuchen und ihm Grüße von dir übermitteln."

Hedwigs Augen füllten sich von Neuem mit Tränen, und es schnitt dem jungen Rechtsanwalt tief ins Herz hinein, als er die Geliebte weinen sehen musste. Er fasste plötzlich beide Hände der leise Widerstrebenden. „Hedwig, lass mich heute ein aufrichtiges Wort zu dir sprechen", begann er. „Umstände, die ganz unabhängig von unserer Verlobung sind, haben eine tiefgehende Entfremdung zwischen meinem Vater und mir herbeigeführt. Ich werde nicht lange mehr im Hause meines Vaters bleiben, und da möchte ich dich doch fragen, Hedwig —"

„Sprich nicht davon, Rudolph", bat sie mit zuckenden Lippen, „du kennst meine Antwort, rühre nicht an meinen Entschluss, der unwiderruflich ist! Gerade, wenn du in Zukunft auf deine eigenen Kräfte allein angewiesen im Kampfe ums Dasein bestehen sollst, darf ich deine Frau nicht werden. Du kennst die kleinlichen Ansichten in dieser Stadt noch nicht genug, man würde dich ebenfalls wie einen Verpesteten meiden, besonders jetzt, wo mein Vater, wenn auch nur vorläufig, wie du sagst, verurteilt worden ist. Mein Entschluss ist bereits gefasst. Wie du wohl in Erfahrung gebracht haben wirst, wohnte ich die letzten Wochen in einem kleinen Gasthofe außerhalb der Stadt, morgen reise ich von hier ab, ich begebe mich nach der Residenz."

„Hedwig, das könntest du tun?" rief der junge Rechtsanwalt außer sich.

Aber mit ruhiger Entschlossenheit, während trotzdem ihre Lippen leise bebten, neigte Hedwig den Kopf. „Ich muss es tun", sagte sie mit zitternder Stimme. „Mein teurer Vater gab mir gestern bedingungslos Recht. Ich finde in der Residenz Mittel und Wege genug, mich ehrlich und rechtschaffen zu ernähren. Dringe nicht in mich, lieber Rudolph! dir deinen Wunsch schon in deinem eigenen Interesse versagen zu müssen, tut mir bitter weh. Aber wir sind beide noch jung, und das Leben liegt noch vor uns. Du weißt ja, dass ich dich über alles liebe; sieh es als meine größte Liebestat an, dass ich meiner Pflicht Folge leiste. Und wenn mich früher der Schmerz ein wenig bitter gemacht und Worte gegen meinen

Wunsch unfreundlicher von meinen Lippen hat klingen lassen, wie es von mir in Wirklichkeit gemeint war, so nimm die Versicherung jetzt in dieser Scheidestunde hin, dass ich ewig dein bleiben werde. Fügt es der Himmel so, dass ich in Ehren auch vor deinem Vater deine Frau werden kann, dann rufe mich, dann will ich gern alles verlassen, um dir anzuhangen bis in den Tod. Aber höher als selbst meine Liebe steht mir meine Gewissenspflicht und meine Ehre!

Und nun, lieber Rudolph, lass uns nicht mehr darüber reden, lass uns so lange, bis jener Zeitpunkt eintritt, treue Freunde sein, nicht wahr?"

„Du hast unser beider Urteil gesprochen, und ich muss mich fügen", versetzte Rudolph mit leisem Vorwurf. „Gott allein weiß, ob du Recht getan hast. Ich bin zu sehr Partei, als dass ich nicht gestehen sollte, dass deine Worte alte Wunden neu in mir aufgerissen haben. Aber sei es denn", setzte er mit männlichem Stolze, als er das Erbleichen Hedwigs wahrnahm, hinzu. „Warten wir, bis die Sonne wieder scheint. Das Eine aber musst du mir versprechen, du darfst mir nicht verloren gehen. Ich verspreche dir dagegen, dass bis zu glücklicheren Zeiten kein Liebeswort mehr zwischen uns beiden gewechselt werden soll."

„Ich werde dir zuweilen schreiben", entgegnete das junge Mädchen.

„Auf jeden Fall werde ich mir angelegen sein lassen, dich über alle deinen Vater betreffenden Angelegenheiten auf dem Laufenden zu erhalten. Ich will mich jetzt zu ihm begeben, um mich mit ihm wegen der einzulegenden Nichtigkeitsbeschwerde zu beraten. Dich aber werde ich jedenfalls nochmals vor deiner Abreise sehen?"

„Nein, mache mir das Herz nicht noch schwerer, als es ohnehin schon ist", flüsterte sie leise. „Lass es genug sein, Rudolph, geh' jetzt, und Gott sei mit dir!"

Der junge Rechtsanwalt senkte das Haupt und schwieg; tief ergriffen legte er seine Rechte in die schmale, feine Hand des jungen Mädchens. „Mein bist du, mein bleibst du", sagte er mit zitternder, dennoch aber von unbeugsamer Willensfestigkeit zeugender Stimme. „Ich verliere die Hoffnung nicht, dass ein Tag kommen wird, an welchem die Sonne wieder scheint. Und nun lebe wohl, meine süße, holde Braut!"

In plötzlicher Ergriffenheit beugte er sich über sie und küsste sie auf ihre zuckenden Lippen.

Sie ließ es willenlos geschehen.

XXVI

Auf dem Holzweg

Zur selben Stunde, als Hedwig und Rudolph sich zum letzten Male gegenüberstanden, nahm der Polizeikommissär Grösser in der Wohnung des ermordeten Trödlers eine erneute Haussuchung vor, bei welcher er von verschiedenen geschickten Kriminalbeamten unterstützt wurde.

Der Leichnam Schimmels war schon am Vorabend nach dem Leichenhause, in welchem während der Vormittagsstunden die Sezierung stattfinden sollte, geschafft worden. Das Endergebnis der gestrigen Haussuchung genügte dem Beamten durchaus noch nicht. Grösser hatte nun einmal die Überzeugung von der Mitschuld des Trödlers an der Ermordung des Barons von Engler und seiner Nichte, wenigstens hielt er ihn der Hehlerschaft für dringend verdächtig. So sorgsam er gestern aber auch die Haussuchung vorgenommen, hatte er außer den in der Wohnung Becks vorgefundenen Gegenständen nichts Verdächtiges wahrzunehmen vermocht.

Er schob die Schuld an seinem Misserfolge seiner gestrigen natürlichen Erregtheit zu. Heute nun, nachdem er einige Stunden sich in tiefem Schlafe neu gekräftigt hatte, nahm er die Arbeit von neuem wieder auf. Ein ungeahnter Erfolg sollte auch schon bald sein Bemühen krönen. Gestern bereits hatte Grösser einen Sekretär durchsucht, dessen Schlüssel er in den Kleidungsstücken des verstorbenen Trödlers vorgefunden. Er hatte indessen nichts Verdächtiges finden können. Heute nun nahm er den Sekretär nochmals eingehend vor.

Eine geraume Weile brauchte er dazu, bis er den gesamten Inhalt, der ihm manchen interessanten Einblick in die Verhältnisse der jungen Lebewelt der Stadt gewährte, einzeln durchgesehen und sortiert hatte, aber kein noch so geringer Anhalt, der auf das in der Nachbarschaft verübte zwiefache Verbrechen hingewiesen hätte, fand sich vor.

Schon wollte Grösser, der inzwischen von den Beamten die Meldung erhalten hatte, dass auch sie nichts Verdächtiges in den vielen Kleiderbündeln, Möbeln und sonstigem Trödelkram vorzufinden vermocht hätten, sich von dem Sekretär abwenden, als er noch einmal einen prüfenden Blick darüber hingleiten ließ. Die Einteilung der Schubfächer kam ihm mit einem Male seltsam vor. Unterhalb der Schreibplatte war zwar ebenfalls ein Behältnis angebracht, aber dessen oberes Ende befand sich wohl einen halben Fuß unter dem Beginn der ersteren. Ein nochmaliges Ausziehen der untersten Schublade über der Platte belehrte den Kommissär, dass der ersteren Boden sich durchaus nicht tief in den Schrank einsenkte. Unmöglich konnte der Erbauer des wohl schon ein Jahrhundert alten Schrankes einen unbenutzten, etwa fußbreiten und die ganze Tiefe des letzteren einnehmenden Raum gelassen haben.

Sofort stieg in dem Kommissär die Gewissheit auf, dass das Möbel einen geheimen Verschluss enthalten musste. Nach einigem Nachsuchen gelang es ihm in der Tat, dadurch, dass er die Platte zur Hälfte emporrichtete und dann auf einen seitwärts im Schranke angebrachten und nun erst sichtbar werdenden Knopf drückte, ein geheimes Fach von ziemlicher Ausdehnung zu öffnen.

Die Ausbeute, welche dieses darbot, war überraschend und mannigfach. Zuerst waren es ganze Bündel von Papieren, die sich vorfanden, außerdem aber standen zwei Schwingen mit Goldmünzen gefüllt in dem Verschlusse. Letztere waren so schwer, dass der Kommissär sie nur mit Mühe aus der engen Spalte ans Tageslicht hervorzuziehen vermochte.

Ein flüchtiger Blick auf den Inhalt ließ ihn denselben auf weit über fünfzigtausend Mark schätzen. In den Augen des Kommissärs leuchtete es auf; hastig setzte er sich wieder vor der geöffneten Schreibplatte nieder. Sofort begann er mit der Sortierung des Vorgefundenen. Zuerst sah er die Schriftstücke durch. Zumeist waren es gegen bare Darlehen gegebene Wechsel; aber auch von ungeübten, steifen Fingern geschriebene Quittungen befanden sich darunter, welche Namen aufwiesen, deren Träger dem Kommissär aus seiner Kriminalpraxis nur zu gut bekannt waren.

Triumphierend leuchtete es in seinen Augen auf. „So habe ich doch Recht gehabt mit meiner Vermutung: Der Trödler war der durchtriebenste Schuft, den der Erdboden trug", murmelte er vor sich hin. „Hier ist der Schwarze Max, hier wieder der Einbrecher Bode, hier der Rüben-Anton, lauter schwere Burschen. Wofür mögen sie dem dunklen Ehrenmann wohl Quittungen erteilt haben, und zwar auf Beträge, die durchaus nicht unerheblich sind: 500, 300, sogar 600 Mark!"

Er fuhr mit der durchsicht der Papiere weiter fort. Eine Reihe von Briefen hatte er schon aus den Umschlägen gezogen; ihr Inhalt musste dem Kommissär ein lebhaftes Interesse abgewinnen, denn ab und zu ließ er einen leisen Pfiff hören. Unter anderem kam ihm ein graues Geschäftskuvert in die Hände. „Na, wie kommt Saul unter die Propheten?" meinte er lächelnd vor sich hin, erstaunt die geachtete Firma eines Großkaufmanns auf dem Umschlage vorgedruckt findend. Er zog den in letzterem befindlichen Bogen Papier hervor und entfaltete ihn, er nahm zu seiner Enttäuschung eine quittierte und über einen kaum nennenswerten Betrag lautende Rechnung wahr.

Schon wollte er den Bogen wieder zusammenfalten und in den Umschlag zurückstecken, als es ihm vorkam, als ob der Bruch des Papiers sich unregelmäßig hart anfühle. Er schlug den nur auf der ersten Seite beschriebenen Bogen auseinander. Sein Erstaunen war kein geringes, als er zwischen den beiden leeren Seiten ein beschriebenes Blatt Papier sorgsam und zwar so kunstvoll eingeklebt fand, dass selbst ihm, dem geübten Kriminalisten, dessen Vorhandensein beinahe entgangen wäre. Es war offenbar eine Damenhand, auf deren Schriftzüge sein Blick fiel. Gleichgültig überflog der Kommissär zuerst die Zeilen, aber sein Interesse wurde ein immer lebhafteres.

„Lieber Schatz!" las er. *„Hoffentlich erreichen dich diese Zeilen heute noch. Ich habe heute eine günstige Gelegenheit gefunden, ein ungestörtes Zusammensein für uns zu ermöglichen. Die K. hat mich um Erlaubnis gebeten, auszugehen, den D. will ich auch schon zum Abend entfernen. O. aber wird uns nicht wieder stören, wie das letzte Mal, denn er hat vom Arzt einen Schlaftrunk verschrieben bekommen. Ich habe für einen guten Bissen Sorge getragen und auch Deinen Liebling Johannisberger Kabinett nicht kalt zu stellen vergessen. Komme auf jeden Fall, ich erwarte dich am gewohnten Orte um zehn Uhr.*

deine dir treu ergebene D.

Zu wiederholten Malen las Grösser den Brief mit immer gesteigerter Aufmerksamkeit durch; endlich atmete er tief auf. „Das ist eine unbezahlbare Entdeckung", flüsterte er vor sich hin. „Wenn mich nicht alles trügt, so ist das die Handschrift der ermordeten Dora von Gerstenberg, sie kam mir gleich so bekannt vor. Ganz recht, dieselben eckigen Schriftzüge habe ich schon in den beschlagnahmten Haushaltungsbüchern gesehen... und dann die Schmauserei, die Entfernung der Dienstboten, der Schlaftrunk des Alten — das wird alles stimmen."

Er stand plötzlich in tiefer Bewegung von seinem Stuhle auf und durchmaß den mit Gerätschaften aller Art angefüllten Raum. Fast unwillig blieb er stehen, als eilfertig ein Kriminalbeamter eintrat. „Nun, was gibt es denn?" versetzte er kurz. „Stören Sie mich nicht unnötig, ich bin beschäftigt."

„Wir haben unten im Keller eine Entdeckung gemacht", berichtete der Beamte. „Pohl hat in alle Ecken geleuchtet, da sind wir auf frische Stellen im Mauerwerk gestoßen. Wir haben den Mörtel abgestoßen, und dann haben wir eine Unmenge gestohlenes Gut entdeckt. Die große goldene Monstranz aus der Marienkirche, welche voriges Jahr nach dem Fronleichnamsfeste geraubt wurde, ist auch da."

Zu jeder anderen Zeit würde den Kommissär diese Kunde höchlichst interessiert haben, jetzt aber winkte er dem Beamten kurz ab. „Es ist gut, Pohl ist zuverlässig, er soll alles notieren — oder noch besser, er lässt alles am Platze, bis ich selbst herunterkomme. Augenblicklich habe ich noch hier zu tun."

Er ging wieder nach dem Schreibsekretär, dann wendete er sich nochmals nach dem Beamten um. „Erstatten Sie unten Meldung, dann können Sie mir hier beim Geldzählen helfen." Der Beamte machte kehrt und verließ den Raum.

In tiefes Sinnen versunken setzte sich Grösser wieder vor dem Sekretär nieder, und von neuem durchlas er den Brief. „Hm", murmelte er vor sich hin, „Schimmel muss doch Grund gehabt haben, den Zettel so sorgsam aufzubewahren; er hat offenbar eine Haussuchung im Auge gehabt, darum die künstliche Einklebung zwischen den leeren Seiten des unverfänglichen Briefes. Aber welchen Grund kann er dazu gehabt haben?" ...

Er sann einige Augenblick hindurch nach. „Entschieden ist der Brief an den Mörder gerichtet. Die Annahme der Verteidigung, dass es sich um eine Liebschaft zwischen der ermordeten Dora und ihrem Mörder handeln müsste, ist so gut wie bestätigt. Aber wie kommt der Trödler zu diesem Schreiben?"

Er wurde in seinem Nachsinnen unterbrochen; der Beamte trat wieder ein. „Kommen Sie her", befahl Grösser. „Wir wollen das Geld hier sortieren." Er machte sich selbst mit ans Werk, fand aber bald, dass dasselbe sich zu einem sehr zeitraubenden gestaltete. Zu seinem Befremden nahm er wahr, dass die fast ausschließlich den Inhalt bildenden Goldstücke aus den verschiedensten Münzsorten, und zwar fast ausschließlich ausländischen Gepräges, zusammengesetzt waren.

Auch das öftere Fragen des helfenden Beamten, der viele der Goldstücke nicht einmal kannte, machte ihn stutzig. Da waren Goldstücke aller Herren Länder, und zwar in tadelloser neuer Prägung, als ob sie eben erst die Münze verlassen hätten, obwohl ihre Jahreszahlen zumeist bis in die dreißiger und vierziger Jahre zurückdatierten. Eine weitere Eigentümlichkeit fiel dem geübten Auge des Kommissärs sofort auf, dass nämlich die neuen und ausnahmslos fremdländischen Goldstücke mit einem kleinen eingekritzelten, vielleicht von einer Stecknadel herrührenden Kreuzchen gezeichnet waren, das sich durchgehend an derselben Stelle nahe am oberen Rande der jeweiligen Jahreszahl befand.

Die verhältnismäßig seltener vorkommenden abgenutzten Goldstücke trugen diese Bezeichnung nicht, auch waren sie ebenso ausnahmslos deutschen Ursprungs. Je weiter die Sor-

tierung der großen Schwinge vorrückte, desto mehr überzeugte sich Grösser davon, dass dieselbe ausnahmslos ge-
kennzeichnete, tadellos erhaltene Goldstücke fremdländischen Ursprungs enthielt. Sein Erstaunen wuchs noch mehr,
als eine zufällige Vergleichung herausstellte, dass von jedem
Jahrgange und von jeder der vertretenen Münzarten mindestens zwei Exemplare vorhanden waren; das weitere Sortieren
ließ den Kommissär erkennen, dass die letztverflossenen
hundert Jahre ausnahmslos vertreten waren. Selbst die Münzen, welche die ältesten Jahreszahlen aufwiesen, bildeten eine
vollständige Kollektion aller damals existierenden ausländischen Goldmünzen; wenigstens konnte sich der Kommissär
auf keine anderen besinnen. So ging es fort bis in die Neu-
zeit. Je mehr die Jahreszahlen sich aber verjüngten, in desto
mehr Exemplaren waren die Goldstücke jedes Jahrganges
und Landes vertreten. Es waren zusammen über zweitausend
Goldstücke, welche einen hohen Münzwert repräsentierten,
der sich indessen für den Sammler auf das Doppelte erhöhen
mochte.

Ganz zuunterst in der großen Geldschwinge lag ein offenbar aus einem Schreibheft gerissenes Blatt Papier; es mochte
zum früheren Einrollen des Goldes benutzt und vielleicht
auch von einer Rolle beim Öffnen derselben abgerissen worden sein. Den geübten Augen Grössers entgingen nicht die
scharfen, fettig ausschauenden Kanten sowie der schmale,
der Länge nach sich hinziehende Staubstreifen auf dem Papiere, welcher die Außenseite der Rolle gebildet haben mochte. Als Grösser das Papier oberflächlich in die Hand nahm
und es umwendete, staunte er nicht wenig, als er auf der
Rückseite dieselben Schriftzüge wahrnahm, die ihn vorhin in
dem offenbar von Dora herstammenden Schreiben so sehr
befremdet hatten. Kein Zweifel war vorhanden, auch diese
wenigen abgebrochenen Worte — Grösser durchlas sie flüch-

tig, sie bildeten offenbar Bruchstücke einer Seite eines Haus-
haltungsbuches — hatte Dora von Gerstenberg geschrieben.

Der Kommissär kombinierte schnell. Es war sicher anzunehmen, dass ein Teil des Geldes in dem von Dora herrührenden Papier eingewickelt gewesen war, dann aber hatte sie
selbst oder vielleicht ihr Oheim das Papier derart verwendet.
In einem solchen Falle aber stammte das Gold aus dem Besitze des ermordeten Barons. Der Kommissär entsann sich
wieder der lebhaften Enttäuschung, die sich sowohl seiner
als auch Albertis bemächtigt hatte, als in dem Kassenschranke verhältnismäßig so wenig aufgefunden worden war. Der
damalige Fund schien mit der häufigen geheimnisvollen
Hantierung, die nach Aussagen der Zeugen der Ermordete
im verschlossenen Zimmer an dem Kassenschranke vorgenommen haben sollte, nicht recht übereinzustimmen. Wenn
aber diese Münzen damals zu Lebzeiten des Barons in dem
Schranke gelegen hatten, dann erklärte sich das hochgradige
Interesse des Geizhalses. Derselbe war also ein leidenschaftlicher Münzensammler gewesen. Er hatte vielleicht mit derselben innigen Liebe, welche andere Menschenherzen widmen,
an dem glänzenden Golde gehangen. Es hatte ihm eine eigen-
tümliche Befriedigung gewährt, die Münzsorten der verschiedensten Länder systematisch zu sammeln und sich an
ihrem Schimmer zu erfreuen.

Sorgfältig verpackte der Kommissär das Vorgefundene
und versiegelte es. „Ich komme vielleicht heute abend nochmals zur Haussuchung", wandte er sich an den Beamten.
„Inzwischen soll Pohl unten im Keller ausräumen und ein
vollständiges Verzeichnis abfassen. Er soll mir dasselbe noch
heute abend, wenn ich bis sieben Uhr nicht hier gewesen bin,
im Bureau vorlegen." Damit nahm Grösser das versiegelte
Paket unter den Arm und begab sich aus dem düsteren Hause auf die Straße hinaus.

Er beachtete nicht die zahlreichen Neugierigen, die sich noch immer vor der von einem Schutzmannsposten bewachten Haustür ansammelten und ihn mit scheuen Blicken betrachteten, sondern winkte einen eben vorüberfahrenden Kutscher heran und befahl ihm, nach dem Justizgebäude zu fahren.

Der Untersuchungsrichter hatte gerade ein erneutes Verhör mit Hugo von Engler zu Ende geführt, als der Kommissär, ohne sich vorher melden zu lassen, in das Zimmer eintrat. Alberti stand am Fenster und blickte mit finster gerunzelter Stirn auf die Straße hinab. Wiederum waren all seine Bemühungen an dem unbeugsamen Leugnen des Verhafteten gescheitert. Auch hatte Hugo sich in keinerlei Widersprüche, aus denen sich weitere Folgerungen ergeben hätten, verwickelt; seine Antworten hatten kurz und bestimmt gelautet, aus jedem seiner Worte aber hatte scheinbar tiefe Empörung über den ihm angetanen Schimpf durchgezittert.

„Nun, was bringen Sie? Ihre Miene weissagt viele Neuigkeiten", wandte sich der Untersuchungsrichter hastig an den Eintretenden.

„In der Tat, ich habe sehr wertvolle Entdeckungen gemacht, die unter Umständen der ganzen bisherigen Untersuchung eine andere Wendung geben können", entgegnete der Polizeikommissär.

„Sie machen mich neugierig", äußerte Alberti, wieder an seinem Schreibtische Platz nehmend und durch eine Handbewegung den Kommissär auffordernd, sich zu setzen. Der Kommissär öffnete das mitgebrachte Paket, und sofort vertiefte sich der Untersuchungsrichter in das Studium der vielen ausländischen Goldmünzen, während Grösser berichtete.

„In der Tat, Ihre Annahme, dass wir es hier mit einem Teil des bei dem Baron von Engler geschehenen Raubes zu tun haben, macht Ihrem Scharfsinn alle Ehre", meinte er endlich gedankenvoll. „Wir haben alsdann in dem Trödler den Hehler und vielleicht auch den Anstifter zum Verbrechen zu erblicken." Er stand plötzlich auf und trat an einen der hohen Aktenständer, welche längs der Wände des Zimmers aufgestellt waren; er zog den grünen Vorhang beiseite und entnahm einem Fache ein dickleibiges Aktenbündel. Dieses schlug er auf dem Schreibtische auf und blätterte eine Weile darin.

„Ganz recht, sehen Sie hier", wandte er sich dann wieder an den Kommissär, „da haben wir die beschlagnahmten Haushaltungsregister der verblichenen Dora von Gerstenberg, sie hat dieselben mit der größten Gewissenhaftigkeit geführt, selbst die geringsten Ausgaben sind verbucht — und hier", setzte er hinzu, das ihm von Grösser gleichfalls eingehändigte abgerissene Blatt, in dem unzweifelhaft Geld eingerollt gewesen war, prüfend betrachtend, „hier haben wir zweifellos ein Blatt aus einem ebensolchen Haushaltungsregister vor uns. Wenn ich richtig zu entziffern vermag, so steht hier oben noch die letzte Jahreszahl, ich glaube, es war eine Sieben, das wäre achtzehnhundertsiebenundachtzig, wir hätten also ein Blatt aus dem vorjährigen Haushaltungsbuche vor uns."

Der Kommissär hatte sich ebenfalls über die Akten gebeugt. „Die Handschrift ist unzweifelhaft dieselbe. Hier auf dem Blattfragmente ist deutlich zu lesen ›Seife‹, fast jeder Buchstabe stimmt auffällig überein mit demselben Worte hier, das ich zufällig in dem diesjährigen Haushaltungsbuche aufschlage. Auch hier stehen die Buchstaben B, o, u, das Übrige ist weggerissen, dieselben stimmen gleichfalls mit entsprechenden Buchstaben im Register überein."

„Nun, wenn ich recht berichtet bin, weilt unser gerichtlicher Sachverständiger heute hier im Gerichtsgebäude; es ist Termin in der Rother'schen Fälschungsgeschichte", äußerte

der Untersuchungsrichter nachdenklich. „Wir könnten uns
darüber Gewissheit zu verschaffen suchen." Er zog die Klingel und wandte sich an den gleich darauf eintretenden Boten.
„Sehen Sie im Zimmer 49 nach, ob dort der Schreiblehrer
Glauber anwesend ist, jedenfalls können Sie dort erfahren,
ob er noch im Gerichtsgebäude weilt. Ist letzteres der Fall,
dann bitten Sie den Herrn, sich zu mir bemühen zu wollen."
Der Bote entfernte sich, um den erhaltenen Auftrag auszuführen.

„Wir können dann zugleich ihm den ebenfalls unzweifelhaft von der Gerstenberg herrührenden Brief vorlegen",
bemerkte Grösser.

Alberti nickte zustimmend. „Auf jeden Fall hören wir nur
die Bestätigung unserer Ansichten, obwohl ich meiner Meinung jetzt schon sicher bin. Der Inhalt des Briefes ist zu
deutlich, er lässt gar keine andere Schlußfolgerung zu. Indessen, an wen mag wohl dieser Brief gerichtet gewesen sein?
Zweifelsohne nicht an den Trödler selbst."

„Keinesfalls", bestätigte der Kommissär, „die Gerstenberg
weilte ja tagtäglich im Laden des Trödlers, sie würde ihm
also ihre Mitteilungen ganz gut mündlich haben machen
können. Ich vermute, dass der Trödler nur der Mittelsmann
gewesen ist zwischen der alten Jungfer und deren Liebhaber,
denn dass es sich um einen solchen handelt, steht außer Frage, dafür bürgt schon der Inhalt des Briefes."

„Aber wer könnte sich hinter dem Adressaten verbergen?"
meinte Alberti gedankenvoll. „Jedenfalls wird es der verhaftete Hugo von Engler sein."

Der Kommissär schüttelte den Kopf. „Daran vermag ich
nicht recht zu glauben", meinte er. „Warum sollte denn die
Dame, wenn sie in Korrespondenz mit ihrem Vetter stand,
sich der Vermittlung des Trödlers, von dem sie ja eine Indis-
kretion befürchten musste, bedient haben?"

„Sie vergessen, dass sie sehr vorsichtig sein musste, weil sie von ihrem Oheim abhing, der ja mit Hugo von Engler völlig zerfallen war."

„Dessen ungeachtet hätte sie die Briefe doch ruhig der Post anvertrauen können, sie machte ja täglich Einkäufe, bei dieser Gelegenheit hätte sie immer einen Brief in den nächsten Postkasten werfen und ihn so mit weniger Schwierigkeit und erhöhter Sicherheit an den Adressaten gelangen lassen können", gab Grösser zu bedenken.

Alberti schaute eine Weile nachdenklich vor sich nieder. „Sie mögen Recht haben", meinte er schließlich. „Indessen glaube ich doch, dass der junge Baron der Adressat gewesen ist. Seinem eigenen Geständnisse nach hat er sich ja öfters zum Trödler begeben. Bei dieser Gelegenheit hat er dann wohl auch die Briefe in Empfang genommen."

„Ich glaube trotzdem nicht daran", widersprach der Kommissär hartnäckig. „Erstlich aus den vorhin angeführten Gründen, dann aber auch, weil wir keinen einzigen Brief Doras in dem Besitze des Verhafteten gefunden haben. Ich mache nochmals darauf aufmerksam, Herr Rat, dass die von mir persönlich geleitete Haussuchung in der Wohnung des Barons nicht das geringste Belastungsmoment gegen denselben ergeben hat."

„Wir haben es eben mit einem besonders schlauen Burschen zu tun, der uns noch manches zu raten aufgeben wird."

„Das mag sein, aber der Adressat ist er nicht. Es will mir vielmehr erscheinen, dass Dora mit jemandem in Briefwechsel gestanden, dessen Adresse sie entweder selbst nicht wusste, oder an den direkt zu schreiben sie aus irgend einem Grunde vermieden hat. Es kommt ja oft vor, dass eine alte Jungfer sich in den ersten besten hübschen Burschen vergafft und ihn, obwohl er tief an Bildung und gesellschaftlicher

Stellung unter ihr steht, schließlich gar heiratet. Meiner Meinung nach haben wir es mit einem solchen Verhältnisse zu tun; die Gerstenberg war sehr vorsichtig dabei. Es ist kein Name erwähnt, selbst die Unterschrift ist unbestimmt, obwohl der Ton selbst auf hohe Vertraulichkeit hinweist. Ich meine nun aber, gerade letzterer Umstand lässt nicht auf den jungen Baron schließen. An diesen, der doch ein hochgebildeter Mann ist, würde die Dame wohl in einem anderen gewählteren Ton geschrieben haben, während sie sich in den vorliegenden Zeilen durchaus hat gehen lassen."

„Sie mögen Recht haben", meinte Alberti nachdenklich. „Schon die verführerisch ausgemalte Einladung zu einem guten Abendbrot mit obligatem Weintrunke würde dem jungen Baron gegenüber eigentümlich erscheinen und jedenfalls nicht von dem Taktgefühl der Absenderin Zeugnis ablegen. Aber im Übrigen müssen Sie zugeben, dass der Umstand den Verdacht gegen den Verhafteten erhöht, dass er früher —"

Ein Klopfen an der Tür unterbrach die Schlussfolgerungen des Untersuchungsrichters. Auf sein „Herein" trat der gerichtliche Schreibsachverständige in das Zimmer. Alberti machte ihn mit seinem Wunsche bekannt, und der Experte nahm sofort die Schriftvergleichung vor. Sein Urteil lehnte sich vollständig an die Folgerungen an, welche die beiden Beamten schon vorher aus den Schriftstücken gezogen hatten. „Es ist unzweifelhaft eine und dieselbe Handschrift", versetzte er. „In dem Brief zwar gibt sich dieselbe flüchtiger, er ist offenbar in größter Hast geschrieben. Aber die charakteristischen Schriftzüge — zum Beispiel die immer lang hingestreckten, säbelförmigen, schmalen Unterbogen des h, des g, des z — lassen sich ebenso wenig verkennen wie die eigentümlich bauchige Rundung des a, b und o. Ich bin jederzeit bereit, die Identität sämtlicher dreier Handschriften auf meinen Sachverständigeneid zu nehmen."

Wieder trat der Gerichtsdiener ein und meldete, dass der Redakteur Stichler von der *Tagespost* draußen sei und um eine Unterredung in der Engler'schen Angelegenheit ersuche. Alberti sah überrascht nach der Uhr. „Hm, das passt mir eigentlich nicht recht, es ist bereits fünf Uhr nachmittags. Ist draußen vielleicht schon die Frau Godesberger und ihr Dienstmädchen?" wandte er sich fragend an den Boten. Dieser verneinte. „Nun, dann lassen Sie den Herrn eintreten", entschied der Untersuchungsrichter.

Der gemeldete Redakteur wurde gleich darauf von dem Boten in das Zimmer geführt. Der Schriftvergleicher empfahl sich, während der Kommissär sich auf einen Wink seines Vorgesetzten in eine Fensternische zurückzog. „Was verschafft mir die Ehre Ihres Besuches?" fragte Alberti in verbindlichem Ton, sich höflich vor dem Eingetretenen verneigend. „Herr Redakteur Stichler, wie mir gemeldet wurde?"

„So ist mein Name", lautete die Antwort des bebrillten, intelligent und energisch aussehenden Herrn, der auf eine zuvorkommende Handbewegung des Beamten diesem gegenüber Platz nahm. „Ich habe von der Verhaftung des jungen Barons von Engler Kenntnis erhalten; die erste Notiz darüber werden Sie bereits in unserer heutigen Morgennummer gefunden haben. Meine Wohnung liegt der seinigen gerade gegenüber, und ich halte mich für verpflichtet, einzelne, vielleicht belanglose Wahrnehmungen, die ich, wie ich mich zufällig ganz genau zu entsinnen vermag, während der Mordnacht vom 20. auf den 21. Juli dieses Jahres gemacht, zur Gerichtskenntnis zu bringen."

„Worin bestanden dieselben?"

„Wenn ich mich nicht irre, wurde in der gestrigen Schwurgerichtsverhandlung festgestellt, dass die Ermordung des alten Barons von Engler spätestens zwei Uhr morgens, frühestens eine Stunde nach Mitternacht stattgefunden haben muss", fuhr Stichler fort. „Nun glaube ich in der Lage zu sein, angeben zu können, dass sich während dieser Zeit der junge Baron in seiner Behausung aufgehalten hat."

„Wirklich?" rief überrascht der Untersuchungsrichter, und auch der Kommissär trat gespannt näher heran. „Das ist allerdings eine wichtige Mitteilung. Womit können Sie dieselbe bekräftigen?"

Stichler lächelte leicht. „Ich erinnere mich dieser Nacht sehr deutlich, denn gerade in jener Stunde, in welcher der mörderische Überfall geschehen sein soll, beschenkte mich meine liebe Frau mit einem prächtigen Jungen, unserem zukünftigen Stammhalter. Ich muss nun schon ein wenig ausholen. Wie das so geht, wenn man den ersten Familienspross zu erwarten hat, befindet man sich in erklärlicher Erregung. Ich wartete im Nebenzimmer ungeduldig auf das Erscheinen der Hebamme und trat zuletzt ans Fenster. Die Straße war menschenleer, das Gewitter, welches die Nacht über getobt, hatte sich ein wenig verzogen. Die Laternen waren des im Kalender stehenden Vollmondes wegen programmmäßig ausgelöscht, und daher herrschte draußen eine undurchdringliche, rabenschwarze Finsternis. Die meiner Wohnung gegenüberliegende Häuserreihe lag lichtlos, dunkel da.

Ich entsinne mich noch deutlich genug der Gefühle, die mich damals beschlichen. Ich beneidete die glücklichen, friedlichen Menschen, die da drüben hinter der verhangenen Fensterreihe ruhig schliefen und kein teures Wesen in Gefahr sehen durften. Zufällig hatte ich meinen Blick gerade auf die direkt mir gegenüberliegenden Fenster des jungen Barons gerichtet, mit dem ich auf oberflächlichem Grußfuße stehe. Wenn man sich ein Jahr oder länger gegenüber wohnt, weiß man, ohne selbst in der Wohnung des anderen gewesen zu sein, doch ziemlich Bescheid mit der Einrichtung, und so wusste ich genau, dass das zweite Fenster in der Fensterreihe des ersten Stockwerkes zum Schlafgemach des jungen Barons gehörte, während das dritte und vierte Fenster die Erhellung seines Wohnzimmers besorgten.

Da sah ich mit einem Male einen schwachen Flammenschein durch die Gardine des Schlafzimmers aufleuchten, wie wenn jemand Licht anzündet. Ich hatte mich nicht getäuscht, ich sah sogar in dunklen Umrissen durch die zugesteckte Gardine eine langsam durch das Zimmer gehende Gestalt. Das dauerte etwa zwei bis drei Minuten, dann verlosch das Licht wieder."

„Um welche Zeit geschah dies?"

„Es ging stark auf ein Uhr, ich kann mich des Momentes noch genau entsinnen, denn gerade, ehe ich an das Fenster trat, hatte ich auf meine Uhr geschaut, und da war es zehn Minuten über halb ein Uhr gewesen."

„Und Sie können beschwören, dass das Licht im Schlafzimmer des Barons entzündet wurde, oder war es derart, als ob jemand mit einer Lampe in das Zimmer eintrat?"

„Nein, nein", widersprach der Redakteur. „Ich gewann den Eindruck, als ob ein im Bett Liegender und dadurch unbeholfen sich Anstellender Licht zu entzünden trachtete, irre ich nicht, erlosch sogar zuerst der Flammenschein wieder, um dann von neuem aufzuleuchten, dann wurde er heller, die Kerze war entzündet. Ich dachte mir gleich, der Baron sei vielleicht aus dem Schlafe aufgewacht, er habe sich am Abend vorher ein wenig übernommen und suche nun nach der Wasserflasche; ich fand gewissermaßen darin etwas Trost für meine eigene Situation."

„Und nahmen Sie sonst noch etwas wahr?"

„Jawohl, ganz derselbe Vorgang wiederholte sich um ein Uhr fünfundfünfzig Minuten."

„So genau wissen Sie die Zeit anzugeben?" fragte der Untersuchungsrichter. „Wie kommt es, dass Sie sich einer solchen nichtigen Sache so genau zu entsinnen vermögen?"

„Die Erklärung ist sehr einfach. Ich war gerade eben wieder an das Fenster getreten, als ich den Lichtschimmer von neuem sah."

„Und wie lange hat diesmal das Licht gebrannt?"

„Das entzieht sich meiner Kenntnis, denn ich war kaum eine Minute am Fenster, da hörte ich von der Nebenstube her das Schreien einer mir bis dahin unbekannt gewesenen Stimme. Fast instinktiv sah ich auf die Uhr und erfuhr gleich darauf aus dem Munde der ›weisen Frau‹, dass ich Vater eines prächtigen Jungen geworden sei, der sich, den Umständen angemessen, wohl befinde."

„Weitere Wahrnehmungen machten Sie in dieser Nacht nicht?"

„Nein, wenigstens was mein Gegenüber, den Herrn Baron von Engler, anbelangt", entgegnete der Redakteur. „Hätte ich freilich gewusst, welche verhängnisvollen Folgen diese Nacht noch für den Bedauernswerten zeitigen sollte, würde ich mich nicht derart in das Studium der Gesichtszüge meines Sprösslings vertieft haben, wie dies in Wirklichkeit geschehen ist."

„Wenn Sie mir eine Frage gestatten, Herr Rat", mischte sich Grösser in das Gespräch ein. „Sie sind doch nicht etwa durch den Blitzesschein, der sich in den Fenstern widerspiegeln musste, getäuscht worden? Es brannten auch keine Laternen, deren Licht Sie irreführen konnte?"

„Durchaus nicht", widersprach Stichler bestimmt. „Unser ebenso weise wie ökonomisch denkender Magistrat hatte wegen des angesetzten, leider aber nicht in Wirksamkeit getretenen Vollmondes schon pünktlich zwölf Uhr sämtliche Laternen in der Kaiserstraße auslöschen lassen. Es war, wie gesagt, stockfinster auf der Straße, so dass ich kaum die mir gegenüberliegende Fensterreihe erkennen konnte. Das Gewitter hatte sich überdies schon verzogen."

„Sie würden also diese Umstände beschwören können?"

„Jederzeit."

Alberti erhob sich, nachdem er ein kurzes Protokoll aufgesetzt hatte und dieses von dem Redakteur unterzeichnet worden war. „Ich sage Ihnen einstweilen für Ihre Mitteilungen meinen besten Dank und darf wohl die Bitte hinzufügen, dieselben vorläufig sekret zu behandeln."

„Gewiss", antwortete der Redakteur, „das heißt, um offen zu sein, ich traf gerade vorhin vor dem Gerichtsportale einen guten Bekannten, den gestrigen Verteidiger des früheren Fabrikanten Beck —"

„Ah, Herrn Doktor Wichern", rief Alberti, ihm ins Wort fallend. „Dem konnten Sie es ruhig sagen, ich würde es ihm jedenfalls auch selbst mitgeteilt haben." Der Redakteur verabschiedete sich darauf.

„Was sagen Sie nun, Herr Rat?" fragte der Kommissär, als sich die Tür hinter Stichler geschlossen hatte.

Alberti schaute gedankenvoll vor sich hin. „Ich bin auf die Aussage der Wirtin gespannt. Ich glaube sicherlich, dass dieselbe in dem Zimmer ihres Mieters gewesen ist."

Soeben trat der Bote wieder ein. „Frau Godesberger und ihr Dienstmädchen warten draußen", meldete er.

„Lassen Sie die erstere sofort eintreten!" befahl der Untersuchungsrichter.

Die Dame trat sehr ängstlich und befangen ein. „Ach mein Gott", sagte sie, nachdem sie auf einen Wink des Untersuchungsrichters Platz genommen hatte. „Es ist mir so peinlich, vor Gericht zu erscheinen. Was ist denn nur mit dem armen Herrn Baron, er war doch ein so lieber und pünktlicher Herr, ich kann mir gar nicht denken, dass er etwas Böses begangen haben soll —"

„Ich möchte Sie nur bitten, mir einige Fragen zu beant-

313

worten", unterbrach sie Alberti. „Haben Sie öfters in der Wohnung des Barons geweilt?"

„Tagtäglich zu wiederholten Malen", versicherte Frau Godesberger. „Ich hielt die Garderobe und Wäsche des Herrn Barons in Stand, da gab es immer etwas auszubessern und nachzusehen."

„Wissen Sie zufällig, wie viele Überzieher der Herr Baron besessen hat?"

„Die kann ich Ihnen alle der Reihe nach herzählen: einen gelbbraunen Sommerüberzieher, einen glattanschließenden Winterpaletot, einen sogenannten Ulster, das ist ein schwarzbrauner Havelock, sowie einen Nerzpelz; der letztere ist den Sommer über beim Kürschner in Aufbewahrung gegeben."

„Haben Sie einen grauen Radmantel bei dem Herrn Baron gesehen? Besinnen Sie sich wohl!" sagte Alberti eindringlich, die Zeugin scharf beobachtend. „Es hängt von Ihrer Aussage sehr viel ab. Ich mache Sie darauf aufmerksam, dass Sie dieselbe später vor Gericht werden beschwören müssen."

„Ach du meine Güte, ich werde ganz sicherlich die Wahrheit sagen", entgegnete die Frau. „Aber einen grauen Radmantel hat der Herr Baron niemals besessen. Er konnte die graue Farbe überhaupt nicht leiden, er —"

„Haben Sie vielleicht vor oder nach dem 21. Juli irgendwelche Kleidungsstücke des Herrn Barons vermisst, vielleicht einen Anzug oder Wäschestücke?"

Die Wirtin schüttelte den Kopf. „Durchaus nicht. Der Herr Baron hielt seine Sachen sehr gut."

„Sie hätten einen etwaigen Verlust aber vielleicht auch nicht bemerken können?"

„Doch, doch, ich wusste sogar genau, wie viel Halsbinden der Herr Baron hatte, aber noch heute befinden sich in dem Kleiderschranke und in der Wäschekommode dieselben Gegenstände, die damals vorhanden gewesen sind. Der Herr Baron hat sich seitdem nur einen neuen Sommeranzug angeschafft.

„Können Sie sich noch der Vorgänge in der Nacht vom 20. Juli dieses Jahres entsinnen?" forschte der Untersuchungsrichter weiter.

„Jawohl", bestätigte eifrig Frau Godesberger. „Ich war um halb vier Uhr morgens bei ihm, er stöhnte so sehr — ich muss hinzufügen, dass mein eigenes Schlafzimmer nur durch eine dünne Wand von demjenigen des Herrn Barons getrennt ist — dass ich es für nötig hielt, nachzuschauen."

„Machte der Herr den Eindruck, als ob er schon längere Zeit im Bett gelegen habe?"

„Oh, ganz sicher, er sah ganz erhitzt aus. Er sagte mir auch gleich, dass er sich ein bischen beim Champagner übernommen und dies immer bitter zu büßen habe. Er war um elf Uhr nach Hause gekommen."

„Haben Sie das etwa selbst wahrgenommen?"

„Das nicht, aber der Herr Baron sagte es, und dann muss er auch mindestens schon stundenlang im Zimmer gewesen sein, denn die Luft in demselben war eine schwüle. Ich hatte, wie ich mich ganz genau entsinne, die Fenster offen gelassen. Da das Gewitter eine große Abkühlung mit sich gebracht hatte, so hätte frische Luft im Zimmer sein müssen, wenn der Baron nicht gleich nach dem Heimkommen das Fenster geschlossen hätte. In seinem Salon standen die Fenster die ganze Nacht über auf, und da war es schön kühl und frisch."

„Die Verbindungstür war geschlossen?"

„Jawohl, der Herr Baron riegelte sich immer ein", versicherte Frau Godesberger.

„Haben Sie etwa Blutflecken an irgendwelchen Kleidungsstücken des Barons wahrgenommen, vielleicht auch abgeschabte Stellen am Knie oder Ellenbogen, die von Rutschen oder hartem Gegenstreifen, an einer Mauer zum Beispiel, herrühren könnten?"

„Durchaus nicht, der Herr Baron ging immer sehr sauber, er gab sehr viel auf seine äußere Erscheinung. So liebenswürdig er sonst auch war, wenn sich nur das geringste Stäubchen auf seinem Rock vorfand, konnte er ganz außer sich geraten."

„Wie waren denn die Stiefel des Barons in jener Nacht? Kotig, vielleicht mit Mörtel beschmutzt?" „Das kann ich nicht sagen, denn das Stiefelwichsen besorgt mein Dienstmädchen.

Alberti entließ die Wirtin und beorderte das Dienstmädchen in das Zimmer. Dieselbe wusste indessen fast nichts anzugeben, nur behauptete sie mit Entschiedenheit, sich genau darauf entsinnen zu können, dass die Stiefel des Barons durchaus nicht besonders beschmutzt gewesen seien. Der letztere habe in der Regel bei zweifelhaftem Wetter Gummischuhe über seinen Lackstiefeln getragen, und auch diese seien kaum nenneswert bespritzt gewesen. Auch das Mädchen wusste sich nicht auf Blutflecken in Hugos Kleidungsstücken oder seiner Wäsche, sowie auf eine auch nur wahrnehmbar erregte Gemütsstimmung des jungen Barons an jenem Tage zu besinnen. Im Gegenteil, als ihm die Kunde von der Ermordung seines Oheims geworden, sei er sehr vergnügt gewesen, und sie habe noch bei sich gedacht, dass es doch sehr gottlos von ihm sei, sich so über den Tod seiner Verwandten zu freuen.

Als das Mädchen entlassen worden war, schüttelte Alberti den Kopf. „Die Sache wird immer verwickelter", meinte er dann zu dem Kommissär. Grösser schwieg eine Weile. „Ich glaube schon deutlich zu sehen", meinte er endlich. „Ich fürchte, wir haben uns alle auf dem Holzweg befunden."

XXVII

Hohes Fieber

Neun Tage lang rang Hildegard Wichern auf ihrem Schmerzenslager mit dem Tode. Rudolph weilte fast unausgesetzt
bei seiner geliebten Schwester. Er hatte die wilden Phanta-
sien der im Fieber Rasenden anhören und mit blutendem
Herzen erkennen müssen, dass Hildegard mit heißer, selbst-
verleugnender Liebe an ihrem bisherigen Verlobten hing.

Am Vormittag des neunten Tages hatte Rudolph seinen
Klienten im Gefängnisse aufsuchen müssen. Gleich am ersten
Tage nach der Verurteilung Beckis hatte er für denselben die
Nichtigkeitsbeschwerde eingelegt und ausführlich begründet.
Sie lag zur Zeit dem Reichsgerichte vor, und Rudolph hoffte
darauf, in einigen Wochen schon den Erfolg melden zu können. Beck war verzagt und niedergeschlagen, obwohl man
ihm alle tunlichen Erleichterungen in seiner harten Lage
gewährt hatte.

Als der junge Rechtsanwalt wieder nach der Villa zurückkehrte, sah er von weitem seinen Vater ihm entgegenkommen. Dieser aber schien ihn ebenfalls erblickt zu haben; er
wandte sich plötzlich um und ging eilig nach der Fabrik
hinüber. Dieses offenbare Ausweichen, das sich selbst am
Krankenlager Hildegards in seiner ganzen Schroffheit zeigte,
erfüllte Rudolph mit bitterem Weh.

Gerade als Rudolph das Krankenzimmer wieder betreten
wollte, kam der Arzt aus demselben. Ein tiefer Ernst lagerte

auf seinen Zügen. „Ich glaube, wir werden zum Abend die Krisis haben", meinte er. „Es ist mir darum lieb, dass ich Sie getroffen habe, obwohl die Wärterin ja auch zuverlässig ist. Gestern abend hatte das Fieber um einen Viertelgrad nachgelassen —"

„So meinen Sie wirklich, dass wieder Hoffnung ist?" rief Rudolph.

„Jubeln Sie nicht zu früh", meinte der Medizinalrat in ernstem Ton. „Steigert sich die Temperatur auch nur um einen halben Grad, so ist die Katastrophe unvermeidlich. Sobald die Hitze heute abend zu steigen beginnt, bitte ich Eis aufzulegen und mich unverzüglich rufen zu lassen." Dies versprach der junge Rechtsanwalt und begleitete höflich den Arzt nach dem Wagen hinunter. Er ließ sich nochmals alle Verhaltensmaßregeln einschärfen und eilte dann nach dem Krankenzimmer hinauf.

Hildegard lag im Gegensatz zu ihrem unruhigen, fieberhaften Schlummer der letzten Tage in einem festen Schlafe. Rudolph ließ sich neben ihr nieder und erfasste ihre Hände. Ein freudiger Schreck wollte ihn durchzittern, als er statt des trockenen, heißen Fieberbrandes die Haut des jungen Mädchens mit leichten Schweißtropfen bedeckt fand. Er entsann sich der Äußerung des Medizinalrates, dass mit Eintritt des Schweißes schon viel gewonnen sei. Stundenlang blieb er geduldig neben dem Lager seiner Schwester sitzen, immer friedlicher und ruhiger wurde das Angesicht des jungen Mädchens, auch der schwere Schlaf schien allmählich von ihr zu weichen, während immer zahlreichere Schweißtropfen aus den Poren der Stirn und der Hände hervortraten.

Das dauerte bis zum Abend; da schlug Hildegard mit einem Male die Augen wieder auf; sie waren wieder mit klarem Ausdrucke auf ihn gerichtet; vorsichtig beugte er sich ganz nahe zu der unbeweglich Liegenden, da ging ein flüchtiges Lächeln über ihre Lippen. „Rudolph", flüsterte sie, „du bist es, ich erkenne dich." Nur angestrengt und mühsam kamen die Worte über ihre Lippen.

„Mein liebes, teures Schwesterchen", rief der junge Rechtsanwalt, während ein glückliches Lächeln um seine Lippen erschien. „Gottlob, du kennst mich wieder, das böse Fieber ist von dir gewichen."

„Ich war schwer krank", hauchte Hildegard, während sie die Augen schloss. „Aber freilich, der hässliche Schreck —"

„Nein, nein, du sollst jetzt nicht daran denken", unterbrach sie Rudolph. „Lasse uns Gott danken, dass das Schlimmste überwunden und du gerettet bist, jetzt aber schlafe und träume süß. Später, wenn dir Gesundheit und Kraft zurückgekehrt sind, dann wollen wir alles miteinander besprechen, aber jetzt nicht, jetzt hast du Ruhe nötig!"

„Wo ist Hugo?"

„Denke nicht an ihn", bat Rudolph.

„Ich träumte ja immer nur von ihm", murmelte Hildegard, während sie die Augen wieder ein wenig öffnete und einen matten Blick auf Rudolph richtete. „Ich wusste wohl, dass du bei mir saßest, und ich bin dir sehr dankbar. Ich habe es dir immer sagen wollen die letzten Tage über, dass Hugo unschuldig ist, aber ich konnte es nicht tun, oh, es war grässlich, dieser Zwang; ich glaube, er hat mich so elend gemacht."

Liebkosend streichelte Rudolph ihre Schläfen. „Nun schlafe, Schwesterchen", drängte er sie. „Sei folgsam, das Sprechen strengt dich an."

„Noch mehr drückt mich die Kummerlast nieder. Ach, Rudolph, du liebst ja auch. Ich ängstige mich um Hugo, er hat keinen Freund, und doch ist er unschuldig, Rudolph!"

„Gib dich nur zufrieden, Hildegard", flüsterte Rudolph wieder. „Ich glaube ja auch nicht mehr so fest an seine

Schuld. Es hat sich manches ereignet — aber das erzähle ich dir später."

„Ich glaube, ich könnte ruhig sein, wenn ich nur wüsste, dass er einen einzigen Freund hat", stammelte das junge Mädchen. „Aber er ist so allein, und ich bin krank."

Da leuchtete es in Rudolphs Augen auf. „Aber dein Bruder kann ihm mit Rat und Tat zur Seite stehen", meinte er leise, „schon um deinetwillen, Hildegard. Schlafe jetzt nur, morgen Früh gehe ich zu ihm, ich wollte es ohnehin schon tun. Ich will mich offen und ehrlich mit ihm aussprechen, und dann sage ich dir genau, wie ich es meine."

„Oh, dann ist alles gut", hauchte Hildegard. Sie schloss die Augen, und ein Lächeln umspielte ihre Lippen. So lag sie lange Zeit hindurch bewegunglos, bis ihre Atemzüge verkündeten, dass sie von neuem in tiefen Schlaf gesunken war.

Die an ihn gerichtete Bitte Hildegards hatte einen tieferen und nachhaltigeren Eindruck auf Rudolph hervorgerufen, als er sich selbst eingestehen mochte. Als er sich am nächsten Morgen im Amtszimmer des Untersuchungsrichters einfand und diesen bat, Hugo im Gefängnis aufsuchen zu dürfen, schaute dieser überrascht auf. „Sie wollen doch nicht etwa auch den Baron verteidigen?"

„Ich denke ihm in der Tat meinen Beistand anzutragen. Ich weiß ja aber noch nicht, ob er annehmen wird."

„Gegen Ihren Besuch habe ich nichts einzuwenden. Zudem bin ich eben im Begriffe, die Voruntersuchung zu schließen und die Akten der Staatsanwaltschaft einzureichen." Er füllte eine Erlaubniskarte für den jungen Rechtsanwalt aus.

Als Rudolph die Zelle Hugos betrat, fand er letzteren in tiefem Nachdenken verloren. Der Baron war auffällig bleich. „Sie kommen, mich zu besuchen, Herr Doktor?" rief er. „In der Tat, das hätte ich nicht erwartet."

„Ich komme, um Ihnen Grüße meiner Schwester zu bringen", entgegnete Rudolph.

„Sie kommen von Hildegard? Mein Gott, was hat sie
Schlimmes ertragen müssen um meinetwillen."

„Sie hat eine schwere Krankheit durchgemacht."

„Mein Gott, sie ist tot?" schrie Hugo auf, und ein solches
Zittern überfiel seine ganze Gestalt, dass er sich gegen die
Mauer des Gefängnisses stützen musste, um nicht umzusin-
ken.

Das rührte Rudolph. „Sie scheinen meine Schwester wirklich lieb gehabt zu haben", versetzte er, „um Sie indessen zu
trösten, kann ich Ihnen sagen, dass Hildegard lebt und sich
sogar auf dem Wege der Genesung befindet. Auf ihre Veranlassung bin ich bei Ihnen erschienen."

„Oh, sie ist ein Engel", flüsterte der Gefangene. „Sie ist ja
auch die einzige, die an mich glaubt, die anderen verdammen
mich alle." In plötzlicher Aufwallung schlug er beide Hände
vor das Gesicht und sank auf den nahe stehenden Schemel
nieder.

„Die Teilnahme aller rechtlich Denkenden wird mit Ihnen
sein", sagte Rudolph ernst, dicht an ihn herantretend, „wenn
Sie wirklich unschuldig sind."

Hugo von Engler sprang plötzlich vom Schemel auf; er
trat ganz dicht an Rudolph heran und sah ihm flammenden
Blickes in die Augen. „Schauen Sie mich an", stieß er hervor.
„Sieht so ein Mörder aus, oder besser noch, halten Sie mich
wirklich für das Scheusal, das in einem Atem einem holden,
reinen Mädchen von Liebe sprechen und zwei Mordtaten
begehen kann?"

„Geben Sie mir Ihre Hand, Herr Baron", sagte Rudolph
tiefbewegt. „Ja, ich glaube an Ihre Unschuld. Aber das ge-
nügt nicht zur Wiederherstellung Ihrer Ehre vor der Welt.
Ich will Ihr Verteidiger sein, wenn Sie es wünschen."

„Dank, tausend Dank", stammelte der Baron.

„Aber wohl gemerkt, Sie müssen mir Ihr ganzes Herz er-
schließen! Sagen Sie mir alles, was Sie wissen."

„Ich habe die ganze Wahrheit bereits gesagt. Vergeblich
habe ich mein Gehirn zermartert, um noch irgendwelche
Anhaltspunkte zu finden, welche für oder meinetwegen auch
wider mich zeugen könnten. Oh, glauben Sie wirklich, Hildegards Aufforderung gegenüber hätte ich noch lügen können?" — Er zog ein zerknittertes, von den darauf gefallenen
Tränentropfen fast unleserlich gewordenes Blatt Papier hervor. „Dies schrieb sie mir; gleich einem Talisman habe ich es
auf meinem Herzen getragen, es ist ja alles, was sie mir von
Hildegard gelassen haben, selbst den Verlobungsring zogen
sie mir ab, ehe sie mich in diese Zelle sperrten! Aber freilich,
ich verdiene sie nicht mehr, ich bin Ihrer Schwester nimmer
würdig." Die letzten Worte Hugos kamen nur noch gebrochen hervor, dann senkte sich sein Haupt tief auf die Brust
herab.

Rudolph eilte auf den Reuevollen zu und ergriff dessen
Hände mit kräftigem Druck. Eine Weile herrschte Stillschweigen in der Zelle, dann aber begann der Rechtsanwalt
damit, alle Hugo belastenden Verdachtsmomente nochmals
mit demselben durchzugehen und sich Notizen darüber zu
machen.

„Sie können unbesorgt sein", meinte er endlich, „eine
Anklage gegen Sie wegen des Doppelmordes kann nicht erhoben werden, da Ihr Alibibeweis als gelungen zu betrachten
ist. Schlimmer für Sie aber liegt der Todesfall des Trödlers.
Sie behaupten in Ihrer Aussage, dass Sie sich nur in der Anzahl der von Schimmel verlangten Tikunakristalle geirrt
haben können. Seien Sie offen. Es stieg vielleicht doch der
Gedanke in Ihnen auf: Nun könnte ich der Rechnung mit
jenem Unhold quitt werden? Sagen Sie es mir, dem Bruder

Hildegards!"

Aber der andere schaute ihm freimütig in die Augen. „Wenn ich auch nur vor dem eigenen Herzen Sekunden hindurch ein Mörder gewesen wäre, dann würde ich niemals wieder vor Ihre Schwester hinzutreten gewagt haben!"

Rudolph drückte ihm von neuem die Hand. „Ich glaube Ihnen auch in diesem Falle, wir werden zwar einen harten Stand haben, aber ich denke mein Möglichstes vor den Geschworenen zu tun. Ich werde Sie in den nächsten Tagen wieder besuchen, bis dahin seien Sie guten Mutes."

„Grüßen Sie Hildegard von mir", stammelte Hugo beim Abschied.

Die Vorhersage Rudolphs traf fast buchstäblich ein. Der Staatsanwalt erhob nicht einmal Anklage gegen Hugo wegen des in der Engler'schen Villa verübten Doppelmordes. In der Schimmel'schen Angelegenheit aber hatte die Voruntersuchung noch nicht abgeschlossen werden können, sondern zum Zwecke neuer Beweiserhebungen hatte die Staatsanwaltschaft die Akten dem Untersuchungsrichter zurückgegeben. Rudolph stellte den Antrag, zu ermitteln, ob der Trödler wirklich an Krämpfen gelitten habe, und welcher Art dieselben gewesen seien; zugleich hatte er um Vernehmung ärztlicher Autoritäten gebeten, die aussagen sollten, ob unter Umständen die sogenannten Rückenmarksgifte, zu denen auch das Tikunagift gehörte, in geringen Dosen gegen Krämpfe angewendet würden, und mit welchem Erfolge.

Ungleich trüber hatte sich das Los Becks gestaltet. Die von Rudolph eingelegte Nichtigkeitsbeschwerde war vom Reichsgericht zurückgewiesen worden. Die Entscheidung des betreffenden Senates lautete dahin, dass durch die Nichtvernehmung Hugos sowie des Trödlers ein dem Angeklagten nachteiliger Einfluss nicht ausgeübt worden, dieselbe vielmehr als durchaus überflüssig anzusehen sei. Hugos Täter-

schaft an den Verbrechen schien nach den Erhebungen ausgeschlossen, der Trödler aber, falls er wirklich der Mittäter-
schaft schuldig gewesen, würde keinesfalls von seinem in der
Voruntersuchung abgelegten eidlichen Zeugnisse abgewichen
sein.

Somit war die Verurteilung Becks eine endgültige geworden, und die Staatsanwaltschaft ordnete seine Überführung
nach der Landesstrafanstalt Z., einem etwa zwei Eisenbahn-
stunden entfernten kleinen freundlichen Landstädtchen, an.

Schon tags darauf wurde der Unglückliche nach der Strafanstalt verbracht. Rudolph ließ sich nicht abhalten, ihm das
Geleite bis an den Bahnhof zu geben. Als dann Beck mit
seinen Transporteuren schon im Eisenbahnwagen saß,
sprang Rudolph nochmals auf das Trittbrett und tauschte
einen langen Händedruck mit dem Verurteilten aus. „Mut
und Hoffnung aufrecht erhalten, lieber Herr Beck", rief er
dem Scheidenden, der trübe und trostlos dareinblickte, noch
zu, als der Zug sich schon in Bewegung setzte. Die Antwort
Becks verhallte im Winde.

Mit Hedwig stand Rudolph im Briefwechsel, der indessen
nur von seiner Seite aus regelmäßig geführt wurde. Notgedrungen hatte er dem jungen Mädchen die wenig erfreuli-
chen Nachrichten mitteilen müssen. Bitter schmerzlich hatte
es ihn berührt, der Geliebten die anfänglichen frohen Hoffnungen wieder nehmen zu müssen; indessen Hedwig hatte
sich wunderbar gefasst erwiesen. In wenigen Worten hatte
sie Rudolph nochmals für alle seine Liebe und Güte gedankt,
zugleich aber ihn gebeten, nunmehr sie zu vergessen; sie
befände sich in geordneten, ihr Auskommen sichernden Verhältnissen, aber die Kluft zwischen einst und jetzt sei zu weit
und tief.

Diese lange befürchtete Absage beugte den jungen Anwalt
tief. Wäre nicht die rasch voranschreitende Wiedergenesung

Hildegards gewesen, es wäre ihm sterbensweh ums Herz gewesen.

Vater und Sohn verkehrten fast gar nicht miteinander. Der alte Herr hatte sich vollständig zurückgezogen und mit verdoppeltem Eifer sich wieder seinem Fabrikgeschäft zugewendet. So schlich sich das Leben in eintönigem Verlauf bis kurz vor Weihnachten hin, ohne dass sich etwas Nennenswertes ereignet hätte. Hugo, der von seinem Verteidiger nun häufig besucht worden war, befand sich noch immer im Gefängnisse. Die Voruntersuchung gegen ihn war nunmehr endgültig abgeschlossen, und die Staatsanwalschaft bereitete die Anklageschrift vor. Gleich nach Weihnachten hatte voraussichtlich die Strafkammer über die Eröffnung des Hauptverfahrens zu entscheiden.

Da, am kürzesten Tage des Jahres, als ringsum Berg und Tal in tiefem Schnee eingehüllt lagen, erhielt Rudolph einen Brief aus Z. Er war von Beck und enthielt nur wenige Zeilen. Dessenungeachtet aber machte der Inhalt einen erschütternden Eindruck auf den jungen Anwalt.

Mein teurer Herr Doktor!

Ich habe jenen Mann gesehen, welchem ich damals vor dem Laden des Trödlers Schimmel begegnet bin. Er ist ebenfalls in der hiesigen Strafanstalt, wollte Gott, Sie könnten kommen!

In alter Treue Ihr dankbarer
Karl Beck

Es wurde Rudolph mit einem Male warm und verheißungsreich ums Herz. Nach kurzem Besinnen beschloss er, den Kommissär Grösser ins Vertrauen zu ziehen.

„Wissen Sie was", sagte dieser, nachdem er den Brief gelesen, „dem Untersuchungsrichter sagen wir vorläufig nichts, der verfährt uns sonst noch die ganze Geschichte. Wir beide wollen einmal die Sache allein in die Hand nehmen. Ich mache mich dienstfrei, und morgen in aller Frühe dampfen wir nach Z. Ist's Ihnen so recht?"

Dankerfüllt drückte Rudolph ihm die Hand.

XXVIII

Der Gefangene aus Zelle 326

Der direktor des Landesgefängnisses in Z., ein liebenswürdiger alter Herr, dessen straffer, ungebeugter Haltung man den ehemaligen Offizier deutlich ansah, empfing den Rechtsanwalt und seinen Begleiter äußerst zuvorkommend.

„Ich dachte es mir, dass ich dieser Tage Ihren Besuch erhalten würde", meinte er. „Ich war gleichfalls nicht wenig erstaunt, als der Gefangene Beck mir den für Sie bestimmten Brief zur Beförderung einreichen ließ. Ich habe mir natürlich den Mann sofort vorführen lassen und suchte aus ihm herauszubekommen, wen er unter den Gefangenen meiner Anstalt erkannt zu haben glaube, aber er erklärte, er werde nichts aussagen, ehe Sie selbst zur Stelle seien."

„Vielleicht dürfen wir von Ihrer Liebenswürdigkeit, Herr direktor, hoffen, eine Unterredung mit dem Gefangenen Beck bewilligt zu erhalten, obwohl wir vorläufig nur in privater Eigenschaft erscheinen."

„Ganz gewiss; wenn ich Sie aber bitte, Beck hier in meinem Zimmer und in meiner Gegenwart zu sprechen, so wollen Sie darin nicht irgendwelches Misstrauen sehen. Ich interessiere mich lebhaft für den Mann; soweit es mit meinen Dienstpflichten im Einklange steht, habe ich ihm ein möglichst erträgliches Los zu bereiten gesucht. Er wird mit Schreiben beschäftigt, und sein Arbeitspensum ist ein äußerst leichtes." Er klingelte und befahl dem eintretenden Aufseher, den Gefangenen aus Zelle 287 vorzuführen.

Mit sichtlicher Freude eilte der Eintretende, durch einen Wink des direktors dazu ermächtigt, auf Rudolph zu. Lange Zeit standen beide Männer Hand in Hand einander gegenüber und blickten sich stumm bewegt in die Augen. „Endlich, endlich kommen Sie", unterbrach Beck zuerst mit zitternder Stimme das Stillschweigen. „Ich wage freilich noch immer kaum zu hoffen, dass mein, durch die Güte des Herrn direktors ja gemildertes, Los sich ändern und günstiger gestalten könnte."

„Hoffen wir das Beste, Herr Beck", entgegnete Rudolph. „Zuerst aber ist es nötig, dass Sie Ihren Brief ergänzen und uns eine genaue Schilderung der Art und des Ortes ihrer Begegnung mit jenem Mann geben."

Der direktor bot auch dem Gefangenen einen Stuhl an. „Erzählen Sie ohne Scheu und seien Sie überzeugt, dass niemand glücklicher sein würde als ich, wenn es Ihnen gelänge, Ihre Unschuld nachzuweisen", versetzte der gütige Mann.

„Ich befand mich in der Krankenabteilung", begann Beck seinen Bericht, „ich fühlte mich recht elend und lag im Bett. In meinem Saale standen ungefähr zwölf Betten, die sämtlich belegt waren. Am Montage vergangener Woche nun wurde nachmittags die gebrauchte Wäsche abgeholt und frische gebracht. Ich achtete zuerst nicht auf die verschiedenen Männer, welche eifrig im Saale hantierten, aber auf einmal fiel mein Blick auf einen jungen Menschen, der mir seltsam bekannt erschien. Starr blickte ich nach dem Gesicht des mit seiner Arbeit Beschäftigten, der darum nicht meine rege gewordene Aufmerksamkeit bemerkte. Da durchzuckte mich plötzlich siedendheiß die Ahnung, dass ich jenen Menschen unter anderen Verhältnissen schon einmal gesehen habe. Nein, nein, kein Zweifel war möglich, ich hatte den Mann vor mir, der am Vorabend des mir so verhängnisvoll gewordenen Mordes mir auf der Türschwelle des Schimmel'schen Ladens begegnet war."

„Aber wie ist das nur möglich?" schaltete der Kommissär ein. „Nichts entstellt mehr als die Abnahme des Bartes, besonders, wenn man den Betreffenden nicht früher schon einmal bartlos gesehen hat. Ich weiß das aus meiner Praxis. Wir Kriminalbeamte bedürfen eines sehr geübten Blickes, um in einer solchen Entstellung einen gesuchten Verbrecher wiederzuerkennen."

„Oh, ich erkannte ihn sofort wieder", rief Beck hastig. „Ich sagte ja damals schon, als mir der junge Baron von Engler gegenübergestellt worden war, dass wohl eine große Ähnlichkeit vorhanden, aber dass er nicht identisch mit dem anderen sei. Ich habe mir jeden einzelnen Zug des Gesichtes dieses Mannes während der Monate andauernden Kerkerhaft in meinem Gedächtnis mit unauslöschlichen Zügen eingeprägt. Je länger ich den ahnungslos arbeitenden Mann beobachtete, desto überzeugter wurde ich. Derselbe scheue, versteckte Blick, der mich damals im Vorübergehen achtlos gestreift hatte, flog auch jetzt bald dahin, bald dorthin durch den Saal. Und würden mir tausend ihm ähnlich Sehende gegenübergestellt, ich wollte ihn aus dieser Unzahl mit zweifelloser Sicherheit herausfinden und erkennen."

„Nun, der Sache wollen wir bald auf den Grund kommen", äußerte der direktor. Er zog die Klingel und befahl dem eintretenden Oberaufseher, das Tagesjournal vom vergangenen Montag aus der Registratur herbeizubringen. Wenige Minuten später schon lag das dünne Heft vor dem Gefängnisdirektor, und dieser blätterte einige Augenblick in demselben.

„Glücklicherweise sind sämtliche Kalfaktoren vom vorletzten Montage noch in Haft", bemerkte er. „Es sind achtzehn Mann, davon sind sechs zum Wäschetragen an diesem

Tage bestimmt gewesen." Er wandte sich an den seiner Befehle harrenden Oberaufseher. „Lassen Sie die Nummern 37, 71, 113, 198, 211, 326 antreten und in dem dritten Innenhof spazierengehen." Der Beamte verließ das Zimmer.

„Meine Herren", fuhr der direktor fort, „wir werden uns nun sämtlich, Sie inbegriffen", die letzten Worte richtete er an Beck, „nach dem Vorraum jenes Innenhofs begeben, es ist das unser sogenannter Isolier- und Beobachtungshof. Vermittels eines sinnreich konstruierten Schiebefensters vermag man die auf dem Hofe vorübergehenden Leute genau zu beobachten und ihre Gesichtszüge zu studieren, ohne selbst gesehen werden zu können."

Unter dem Vorantritt des direktors begaben sich die Herren nach dem geschilderten Vorraum, einem zellenähnlichen Lokale, das durch eine einzige, einer Schießscharte in Festungswällen ähnliche Luke sein Licht erhielt. „So, Beck, stellen Sie sich hierher", befahl der direktor, auf den Mittelplatz vor der Luke zeigend. „Hier haben Sie am besten Gelegenheit, die Gesichtszüge der Vorüberschreitenden zu beobachten. Wir werden Ihnen zur Seite treten und haben ebenfalls noch einen freien Blick nach dem Hofe."

Einige Minuten vergingen, dann wurde Schlüsselgerassel laut; die in einer Seitenmauer befindliche Tür wurde geöffnet, und unter Vorantritt eines Aufsehers marschierten sechs Sträflinge in den Hofraum ein. Der Aufseher schloss die Tür wieder, dann stellte er sich inmitten des Hofes auf, und die Sträflinge begannen, immer in sechs Schritt Abstand voneinander bleibend, einen einförmigen Rundgang längs der Mauern des Hofes. Rudolph, der zur Linken Becks stand, hatte unwillkürlich dessen Hand erfasst. Jetzt verspürte er auf einmal ein heftiges Erzittern derselben.

„Dort, dort", hauchte Beck, während es mächtig in seiner Brust zu arbeiten schien. „Jener Mensch, der soeben vorüberkommt, er hat eine römische IV in gelber Litze auf dem linken Oberarm eingenäht, mit dem bleichen, eingefallenen Gesicht."

„Aha", äußerte der direktor, dem kein Wort Becks entgangen war und der den bezeichneten Gefangenen scharf ins Auge genommen hatte. „Das ist freilich ein alter Bekannter von uns, dem jede Schandtat zugetraut werden kann. Der Bursche trug auch bei seiner Einlieferung einen schwarzen Schnurr- und Knebelbart."

„Auch mir kommt der Mensch bekannt vor", meinte der Polizeikommissär nachdenklich, unausgesetzt mit scharfen Blicken den eben den Rücken wendenden und langsam sich fortbewegenden Verbrecher verfolgend. „Einen schwarzen Schnurrbart, sagen Sie, soll er getragen haben. Das kann kein anderer als Fritz Thomas, der ›Kellnerfritz‹, wie er in den Verbrecherkreisen heißt, sein!"

„Erraten", bestätigte der direktor, während er gleich den anderen vom Fenster zurücktrat. „Es ist ein Landsmann von Ihnen. Das letzte Mal hat ihn uns die Residenz hierher geschickt, dort hat er bei der bekannten Juwelierfirma Huger ein höchst raffiniertes Betrugskunststück in Szene gesetzt, das indessen glücklicherweise noch rechtzeitig entdeckt worden ist. Das Gericht hat ihn noch einmal mit einem blauen Auge davonkommen lassen, das nächstemal geht er sicher am Zuchthause nicht vorüber, und dann werde ich wohl des zweifelhaften Vergnügens, ihn beherbergen zu müssen, enthoben sein."

„Der Kellnerfritz", murmelte der Kommissär nachdenklich vor sich hin, „zum Henker, wie konnte ich nur diesen Burschen vergessen! Aber freilich, er hat sich die letzten Jahre über gut geführt, gemeldet wurde nichts über ihn. Schwarzer Schnurrbart und Kinnfliege, natürlich —" Plötzlich wandte er sich an den direktor. „Sind seine bei der Verhaftung beschlagnahmten Sachen hier mit eingeliefert?"

„Gewiss, aber Sie werden wenig genug finden; der Bursche muss bei seiner Verhaftung so ziemlich abgebrannt gewesen sein", bestätigte der direktor. „Sonst würde er auch wohl nicht das verzweifelte Manöver bei der Juwelierfirma versucht haben, denn seine eigentliche Spezialität sind doch Einbruchsdiebstähle. Nur wenige Mark sind bei ihm vorgefunden worden, außerdem eine Brieftasche mit geringem, gleichgültigem Inhalt, ein noch ziemlich neuer blauer Kammgarnanzug, ein Filzhut und ein grauer Radmantel."

Diese letzten gleichgültig gesprochenen Worte versetzten die übrigen Anwesenden in die hochgradigste Aufregung, selbst der sonst so kaltblütige Kommissär verlor auf einen Augenblick seine Fassung und Selbstbeherrschung. „Was sagen Sie? Einen grauen Radmantel besitzt er? Dann wäre der Bursche gefasst!"

„Gottlob", rief Rudolph. „Das ist ja eine unerwartete erfreuliche Wendung, von welcher wir das Beste erhoffen dürfen!"

„Jubilieren wir nicht zu früh", wandte Grösser ein. „Vor allen Dingen müssen wir den Herrn direktor um die Liebenswürdigkeit bitten, die Effekten von —"

„Nummer 326", ergänzte der direktor.

„Also die Effekten von Nummer 326 in genauen Augenschein nehmen zu dürfen."

„Dem steht kein Hindernis entgegen. Wenn Sie es wünschen, werde ich sofort den Hausverwalter beauftragen, uns die Sachen in mein Amtszimmer schaffen zu lassen." So geschah es. Schon als ein Sträfling in Begleitung des Hausverwalters das Paket hereinbrachte, ging ein befreiender Atemzug über die Lippen der Anwesenden. Sämtliche Gegenstände waren nämlich in ein graues Tuch, das sich aber bei näherer Besichtigung als ein Mantel herausstellte, eingebunden worden. Der direktor trat zu dem Kommissär und sagte: „Sie sehen, dass ich die Sachen ziemlich gut im Gedächtnis hatte, das gewöhnt man sich durch die lange Praxis an; besonders einem solchen Bekannten wie dem ›Kellnerfritz‹ ist man schon einige Aufmerksamkeit schuldig."

Der Kommissär lächelte nur flüchtig. In großer Hast hatte er den Knoten gelöst und die anderen Gegenstände aus dem Mantel genommen. Letzteren entfaltete er nun und legte ihn prüfend auf die eigenen Schultern.

„Jawohl, das ist der Mantel, darauf möchte ich schwören", rief Beck in höchster Erregung.

„Nun, das wäre schon ein wichtiges Beweisstück", versetzte Grösser. „Auf jeden Fall würde der mir auch nicht ganz unbekannte ehrenwerte Herr über seine damaligen geschäftlichen Beziehungen zu Schimmel Auskunft geben müssen. — Aber sehen wir weiter zu, was der Inhalt der Brieftasche sein mag."

„Da machen Sie sich nur auf eine kleine Enttäuschung gefasst", lächelte der direktor, der die Brieftasche aufgenommen hatte und deren Inhalt nun auf den Tisch schüttelte. „Einige Liebesbriefe, wie es scheint von einem überspannten Frauenzimmer geschrieben, einige unbezahlte Hotelrechnungen, und dann verschiedene Notizen von der Hand des Verbrechers selbst."

Grösser hatte sich über die Brieftasche und deren entleerten Inhalt gebeugt. Gleich darauf entrang sich ein leiser Ausruf äußerster Überraschung seinen Lippen; er hatte ein Papier entfaltet und einen schnellen Blick auf dasselbe geworfen. „Meine Herren, ich glaube Ihnen eine bemerkenswerte Entdeckung mitteilen zu können", sagte er. „Der Gefangene ist im Besitze zweier Briefe, welche augenscheinlich von der Hand der ermordeten Dora von Gerstenberg herstammen. — Hier ist übrigens noch mehr", setzte er gleich darauf hinzu, während er Rudolph beim Arm erfasste und ihn gewaltsam zwang, den Blick in ein von ihm geöffnetes kleines Notizbuch zu werfen. „Kommt Ihnen diese ungefüge, fast wie verstellt erscheinende Handschrift nicht bekannt vor?"

„Diese Handschrift und jene Schriftzeichen in dem Begleitzettel des damals an Hedwig gelangten Wertpaketes... „

„Sie rühren von ein und derselben Hand her, darauf möchte ich jeden Eid schwören, obgleich ich kein vereidigter Schriftvergleicher bin."

„Nun will es endlich lichter Tag werden, nachdem ich selbst schon fast alles Hoffen aufgegeben hatte", sagte Rudolph tief ergriffen, immer wieder von neuem dem selbst fassungslos dastehenden Beck die Hände schüttelnd.

„Nun aber, lieber Freund", wandte er sich dann an den Kommissär, „handeln Sie sofort. Der Herr direktor ist gewiss so gütig, jenen Burschen herbeiholen zu lassen — und dann —"

„Dann verfahren wir den Karren noch gründlicher", fiel der Kommissär lachend ein.

„Wieso?"

„Ich will damit nur ausgedrückt haben, dass wir es vorläufig nur mit Vermutungen zu tun haben, aber noch nichts Bestimmtes wissen", entgegnete Grösser. „Ich werde jetzt zunächst nach der Residenz reisen und mir dort die Akten über den Fritz Thomas vorlegen lassen. Erst muss ich vor allen Dingen klar sehen, bevor ich Weiteres beschließen kann, zudem muss man solch einem gewiegten, hartgesottenen Burschen gegenüber einen ganz bestimmten Plan befolgen, wenn man nicht ein eklatantes Fiasko erleiden will. Er muss derart überrascht werden, als wenn ein Blitz aus heiterem Himmel direkt vor seinen Füßen in den Boden niederschlägt, und dazu brauche ich noch mehr Beweismaterial und ein wenig mehr Kaltblütigkeit, als ich sie in diesem Augenblick besitze."

Rudolph musste dem Besonnenen Recht geben. „Ich stimme Ihnen bei", versetzte er, „aber es ist mir nur um Herrn Beck zu tun, es widerstrebt meinem Gefühl, ihn auch nur einen Tag länger unschuldig leiden zu sehen."

„Nun, dafür lassen Sie mich nur sorgen", fiel der direktor ihm ins Wort. „Ihr Klient soll es nicht zu schlimm bei mir haben; hat er hier so viele Wochen hoffnungslosen Kummers durchlitten, wird es ihm auch auf die wenigen Tage hoffnungsfreudigen Zuwartens, die er noch in dieser Anstalt verbringen muss, nicht ankommen."

Beck nickte nur mit dem Kopf; zu sprechen vermochte er nicht.

„Nun denn, so wollen wir keine Zeit verlieren", drängte der Kommissär. „Sie gestatten mir wohl, Herr direktor, dass ich die beiden Briefe sowie das Notizbuch des Verbrechers und seinen Radmantel mit Beschlag belegen darf?"

„Es verstößt allerdings gegen die Vorschriften", entgegnete der Beamte, „aber ich liefere Ihnen in Anbetracht des guten Zweckes die Sachen bedingungslos aus."

„Ich danke Ihnen", versetzte Grösser verbindlich. „Vielleicht werden wir uns schon morgen wieder bei Ihnen vorzusprechen erlauben. Sie werden mich doch nach der Residenz begleiten?" wandte er sich dann an Rudolph.

„Selbstredend."

Beck ergriff seine beiden Hände. „Wie soll ich Ihnen nur danken, was Sie alles an mir getan haben?" stammelte er gerührt.

Da leuchtete es in den Augen Rudolphs freudig auf und er neigte sich ganz dicht zu dem Ohre des anderen. „Wenn Sie wieder frei sind, legen Sie ein gutes Wort für mich ein", flüsterte er ihm zu. Ein freudiges Lächeln umspielte seine Lippen, als er den kräftigen Händedruck des schicksalsgeprüften

Mannes empfand. Während Beck nach seiner Zelle zurück-
geführt wurde, verabschiedeten sich die beiden Herren in
herzlichster Weise von dem direktor.

Bereits am zweiten Tage kehrten sie indessen wieder zurück. Grösser hatte eine unermüdliche Tätigkeit entfaltet.
Binnen vierundzwanzig Stunden war es ihm mit intensiven
Nachforschungen gelungen, das notwendige Material zu
erhalten. Nunmehr hatte Grösser allerdings nicht mehr allein
zu handeln gewagt, sondern den Untersuchungsrichter Alberti von dem Vorgefallenen unterrichten müssen. Er hatte
zuerst einen schweren Stand bei ihm gehabt, schließlich aber
doch die Voreingenommenheit Albertis besiegen können.

„Dann freilich dürfen wir keinen Augenblick Zeit verlieren", sagte Alberti, in Eifer geratend. „Ich werde der Vorsicht halber gleich meinen Protokollanten mit nach Z. nehmen. Suchen wir den Burschen sofort auf!"

„Aber gestatten Sie mir, Herr Rat, zuerst allein mit ihm zu
verhandeln", bat Grösser.

„Nun, meinetwegen, ich bin Ihnen ja gewissermaßen eine
Genugtuung schuldig", gab Alberti zu. „Gelingt es Ihnen,
wie vorauszusehen, nicht, aus dem verstockten Burschen
etwas herauszubekommen, dann bin ich ja immer noch da."

Als die vier Herren in der Strafanstalt eintrafen, wurden
sie von dem direktor zuvorkommend aufgenommen. Besonders herzlich begrüßte er den ihm persönlich bekannten Untersuchungsrichter. „Sie sehen uns in einer fatalen Sache
hier", meinte Alberti nach der ersten Begrüßung. „Sie kennen ja ohne Zweifel den verwickelten Fall Beck und Konsor-
ten, nun ist es unserem Kommissär Grösser hier anscheinend
gelungen, etwas Licht zu schaffen, und so bin ich denn gekommen, um die Sache in das richtige Fahrwasser zu bringen."

„Wenn Sie mir gestatten, Herr direktor", wandte der

Kommissär sich an den Gefängnisvorstand, „so bitte ich Sie, den Gefangenen Thomas ohne eine vorherige Benachrichtigung unseres Hierseins vorführen zu lassen. Er kann ja in den Glauben versetzt werden, dass er wegen einer anderen Angelegenheit vernommen werden soll."

„Ganz nach Ihrem Wunsche. Soll eine Konfrontation mit Beck stattfinden?"

„Durchaus nicht", erwiderte Grösser. „Im Gegenteil, denn der begreiflicherweise erregte Mann könnte mich in durchführung meiner Absichten durch irgendeinen unvorsichtigen Ausruf behindern. Wenn Sie also gestatten, Herr Rat", wandte er sich an Alberti, „werde ich den Burschen zuerst vernehmen."

„Tun Sie das nur; wir können uns ja einstweilen in den Hintergrund zurückziehen." Der direktor klingelte und gab dem eintretenden Aufseher den Auftrag, Nummer 326 vorzuführen. Dann traten mit ihm die anderen Herren in eine der geräumigen Fensternischen zurück und ließen sich auf dort bereitstehende Sessel nieder, während der Kommissär scheinbar harmlos und unbefangen neben dem Schreibtische des direktors lehnte und die Arm über der Brust gekreuzt hatte.

Die Tür öffnete sich, und der Sträfling trat ein. Als er den Kommissär erblickte, den er gleich auf den ersten Blick erkannte, stutzte er. „Tritt nur näher, Thomas", begann Grösser in gemütlich klingendem Ton, „ich möchte nur eine kleine Frage an dich stellen."

Mißtrauisch trat der Sträfling näher. In anscheinend kordialer Vertraulichkeit fasste der Kommissär ihn bei einem Knopfe seiner Jacke und sah ihm durchdringend in die Augen. „Nun sage einmal, Thomas", meinte er in gedämpftem Ton, als ob die übrigen im Zimmer Befindlichen es nicht zu hören brauchten, „hast du zuerst das Fräulein von Gerstenberg abgetan, oder bist du zuerst dem alten Rentier ans Leben gegangen?"

Bei dieser unerwarteten Frage ging es wie ein elektrisches Zucken durch den Körper des Sträflings. Er prallte jäh zurück und starrte wie entgeistert auf den mit liebenswürdig und behaglich lächelnder Miene vor ihm stehenden Kommissär.

„Wie — was?" stammelte er, mühsam nach Fassung ringend. „Sie scherzen wohl, Herr Kommissär. Ich — ich weiß von nichts."

„Ach, alter Freund, habe dich doch nicht", meinte Grösser wieder und trat noch näher an ihn heran. „Schimmel hat gepfiffen."

Der Verbrecher lachte höhnisch auf. „Oho, Sie wollen mich wohl fangen, Herr Kommissär? Aber machen Sie sich keine vergebliche Mühe, denn ich weiß von gar nichts!"

„Sei kein Esel", unterbrach ihn Grösser immer noch mit behaglichem Schmunzeln. „Du hast natürlich die Zeitungen in den letzten Wochen nicht gelesen. Du weißt gar nicht, dass dein guter Freund Schimmel bei einem Raubmord an dem Gastwirt Brendel auf frischer Tat ergriffen worden ist?"

Der andere starrte ihn misstrauisch an. „Beim Brendel, dem Herbergswirt?" murmelte er.

„Natürlich, bei dem dicken, groben Kerl", log der Kommissär mit der glaubwürdigsten Miene. „Er hatte eine Erbschaft von seiner Mutter gemacht, und die mag dem Trödler wohl in die Nase gestochen haben. Er hat mir aber auch eine Geschichte erzählt, wie er den Unterhändler zwischen dir und jener Dora gemacht hat."

„Das ist gelogen", stieß der Sträfling hervor.

„Aber lasse mich doch erst ausreden", fuhr der Kommissär fort. „Er hat mir ja den letzten Brief gegeben, den Dora dir geschrieben hat; weißt du noch: Was Gutes zu essen sollte es geben und einen Tropfen Johannisberger." Bei diesen Worten reichte er wie zur Bestätigung seiner Worte den Brief Doras, den er inzwischen seiner Brieftasche entnommen hatte, dem Sträfling. „Na weißt du, die Nacht hast du einen guten Griff getan", fuhr er dann gleich wieder fort, ohne dem anderen Zeit zur Überlegung zu lassen. „Hast du denn das viele Geld eigentlich auch richtig gezählt? Gerade 71000 Mark waren es und lauter schöne Goldstücke, leider waren sie alle gezeichnet.

Deshalb hat Schimmel sie dir auch nicht mitgegeben, aus lauter Besorgnis, du könntest bei der Verausgabung beim Kragen genommen werden, ein verteufelt schlauer Fuchs! Er sitzt auf den Geldsäcken, und du musst dich in Ungelegenheiten bringen, könntest als Baron leben, was du ohnehin so gut verstehst, und nun stehst du in solch einer erbärmlichen Kluft vor mir!"

Röchelnd pfiff der Atem über die Lippen des Sträflings, dessen Augen weit aus den Höhlen quollen, während maßlose Wut sein bis dahin farbloses Gesicht bläulich anlaufen ließ.

„Das hätte Schimmel wirklich gesagt?" stieß er endlich hervor. „Er hat das Geld ausgeliefert?"

„Nun, so schlecht will ich ihn gerade nicht machen, ich habe das Geld in seiner Gegenwart bei einer Haussuchung gefunden. Ich sagte dir ja vorhin schon, wir haben ihn kaltgestellt, und um sich womöglich durch ein reumütiges Geständnis seinen eigenen Hals zu sichern, redet er dich nun in die Tinte."

„Der Hund!" stieß der Sträfling plötzlich in nicht zu schildernder Wut hervor. „Wer ist es denn gewesen, der die ganze Sache angestiftet hat! Oh, ich weiß viel von ihm, ich will ihm eine Suppe einbrocken —"

Der Kommissär blieb völlig gelassen. „Auch den Grabstichel habe er dir verkauft, mit dem du den Alten abgetan hast —"

„Geradezu aufgedrängt hat er ihn mir", stieß Thomas hervor. Aber die Worte waren noch nicht seinen Lippen entflohen, als er sich auch schon entfärbte. „Das weiß ich nicht", stammelte er verwirrt.

„Sei still und ziere d:ich nicht. Komm her und mache deinem gepressten Herzen Luft, sag's jenem Herrn dort, er ist dir ja auch nicht ganz unbekannt, wie's zugegangen ist, dann bist du der Sache ledig. Ein schlauer Bursch bist du auch und weißt, dass es dir nur nützlich sein kann. Der Trödler hat dich schon zu tief in die Tinte hineingeritten, und sagst du es nicht freiwillig, dann wirst du eben auf Grund eines Indizienbeweises verurteilt, und dass es dir dann an den Kragen geht, das kannst du dir wohl denken."

„Sie sind ein Schlauer, Herr Kommissär, ich kenne Sie wohl", meinte der Sträfling, „Sie haben schon so manchen hineingelegt, dass ihm die Ohren gesaust haben."

„Unsinn, Junge, das waren Grünschnäbel, aber alte Bekannte, wie wir beide — Zum Henker, man weiß doch am Ende, was man sich gegenseitig schuldig ist", lachte der Kommissär.

Sichtlich mit sich kämpfend stand der Verbrecher da. „Und er hat mich wirklich verraten?" rief er dann heiser.

„Woher sollte ich's denn sonst wissen?" versetzte Grösser scheinbar sorglos.

„Gut denn, wenn ich schon einmal in der Tinte sitze, dann soll der andere es aber auch ausbaden müssen!"

Dies schien das Stichwort für die Herren am Fenster zu sein. Ernst und gemessen näherte sich Alberti. „Wollen Sie ein unumwundenes, offenes und wahrheitsgetreues Geständnis ablegen?" fragte er. „Auch ich kann nur wiederholen, dass Sie der Tat bereits so gut wie überführt sind, es geschieht zu Ihrem eigenen Besten, wenn Sie gestehen!"

Da aber glitt ein fast verächtliches Lächeln über die Lippen des Sträflings. „Ich erlebe es doch nicht mehr, dass ich aus den Gefängnismauern herauskomme", murmelte er. „Aber dem anderen will ich den Brei erst recht versalzen." Auf einen Wink Albertis nahm der Protokollant am Tische Platz, und nun begann der geschickt durch den Untersuchungsrichter ausgefragte Verbrecher ein Geständnis abzulegen, das endlich volles, klares Licht brachte.

XXIX

Kommissär Grössers Genugtuung

Das Geständnis, welches der Sträfling ablegte, war ein ebenso umfassendes wie weittragendes. Die Ermordung des alten Barons von Engler und seiner Nichte war ein von langer Hand vorbereitetes und planmäßig ausgeführtes Verbrechen. Der Trödler Schimmel war die leitende Seele des Ganzen gewesen. Grössers Verdacht, dass derselbe ein Haupthehler sei, hatte sich schon durch die gelegentlich der Haussuchung zu Tage geförderten Funde vollauf bestätigt, Thomas gestand nun, dass der Trödler mit einer großen Anzahl der berüchtigtsten Einbrecher in steter Verbindung gestanden, es aber immer so klug einzurichten gewusst habe, dass ihm niemals etwas nachzuweisen gewesen, und die Polizei überhaupt nicht dazu gekommen war, eine Haussuchung bei ihm abzuhalten.

Er hatte das gestohlene Gut immer nur zum geringsten Teile in seinem Hause verborgen gehabt, es vielmehr fast ausnahmslos seinen Spießgesellen in der Residenz zum „Verschärfen" zugesandt. Da der rachsüchtige Verbrecher ungescheut eine große Anzahl von Namen nannte, so war es der Polizeibehörde ein Leichtes, eine ganze Genossenschaft von Hehlern dingfest zu machen.

Gelegentlich eines ihrer Besuche in dem Laden des Trödlers hatte Dora von Gerstenberg ganz zufällig die Bekanntschaft des hübschen, keck auftretenden jungen Mannes gemacht; ihr alterndes Herz war von dem zündenden Strahle einer leidenschaftlichen Liebe erfasst worden, und sie hatte nicht angestanden, dem Auserkorenen ihre Neigung alsbald verständlich zu machen. Der Trödler hatte nun Thomas zu veranlassen gewusst, auf die Liebesleidenschaft des Fräuleins einzugehen. Der Verbrecher hatte dies nur widerstrebend getan, da ihm Dora im höchsten Grade unsympathisch gewesen war; aber als ihm der Trödler auseinandergesetzt hatte, welch eine vortreffliche Gelegenheit zu einem Hauptschlag bei dem alten Baron auszukundschaften war, da hatte er zugegriffen.

durch Vermittlung des Trödlers war nun ein Briefwechsel zwischen Dora und Thomas unterhalten worden, dem sich alsbald eine heimliche Zusammenkunft im Engler'schen Hause zugesellt hatte. Lachend hatte der Verbrecher seinem Komplizen erzählt, wie die alte Närrin wirklich und wahrhaftig in ihn verliebt sei und ernstlich sogar an eine Heirat mit ihm denke; sie wolle nur noch die Erbschaft abwarten, die ihr nach dem schon in Bälde in sicherer Aussicht stehenden Tode ihres Oheims zufallen müsse. Im Auslande wollte sie dann den Geliebten trotz aller gesellschaftlichen Unterschiede heiraten.

Dora von Gerstenberg hatte nicht geahnt, mit welch beißendem Spotte Thomas, der sich bei ihr als Ingenieur eingeführt, dem Trödler ihre Worte wiedergegeben, sondern im Laufe der Zeit war sie nur noch mehr entflammt. Der ersten Zusammenkunft folgte eine zweite; schon gelegentlich dieses Zusammentreffens, bei welchem von der vorsichtigen Dora die Dienerschaft entfernt worden war, hatte Thomas nach seiner Verabredung mit dem Trödler zum Raube schreiten sollen.

durch die Schilderungen Doras war er mit der Einrichtung der Wohnung genau bekannt geworden; ja er wusste sogar, dass der alte Herr seinen Schlüssel zum Geldschrank unter seinem Kopfkissen verborgen hielt. Die arglose Dora, der nicht entfernt in den Sinn kam, dass ihr Auserkorener ein solch furchtbares Spiel mit ihr treiben könne, hatte sogar keinen Anstand genommen, dem Geliebten mitzuteilen, dass sie allabendlich das Buchstabenschloss auf Geheiß ihres Oheims stellen müsse.

Thomas hatte dann aber die Gelegenheit zur Ausführung der Tat noch nicht für günstig gehalten. Er hatte das Fläschchen Chloroform, welches ihm vom Trödler zur Betäubung Doras eingehändigt worden war, ruhig in seiner Brusttasche belassen und war unverrichteter Dinge wieder gegangen.

Nicht lange hatte es gedauert, bis der von seinem Komplizen heftig Geschmähte von Dora zu einer dritten Zusammenkunft bestellt worden war. Thomas hatte aus Doras Mitteilungen die Bestätigung seiner Annahme entnommen, dass wirklich zahlreiche Gelder in dem Kassenschranke des alten Barons aufgespeichert lagen. Nun war es auch dem Trödler gelungen, seinen Komplizen zu überreden, Gift in Anwendung zu bringen. Schon vor Jahren hatte Schimmel in der Residenz nach dem Tode eines alten Chemikers auf einer Auktion fast dessen gesamten Nachlass, meist aus Erzeugnissen der Tropenländer bestehend, angekauft.

In einer altertümlichen Schatulle hatten sich vielerlei Gifte vorgefunden; der Gewissenlose hatte damals schon erkannt, dass dieselben ihm unter Umständen einmal von großem Vorteil sein könnten. In dem Giftschränkchen hatte sich ein von der Hand des Verstorbenen geschriebenes Rezeptbuch befunden, aus welchem hervorging, dass der Gelehrte sich viel mit der Erforschung des menschlichen Körpers und der Heilung der diesen bedrohenden Krankheiten abgegeben hatte. Der Trödler, welcher in einer müßigen Stunde das Heftchen durchgelesen, hatte zu seinem nicht geringen Erstaunen auch ein unfehlbares Mittel gegen Krämpfe und Fallsucht darin entdeckt. Da er an letzterer nun selbst litt, so hatte er bei seinem nächsten Anfalle die aufgefundene Vorschrift befolgt und zwei Kristalle des furchtbaren Tikunagiftes, in einem Glase Wasser aufgelöst, zu sich genommen. Die Wirkung war eine überraschend günstige gewesen; er hatte sich sofort, ohne dass der Krampf völlig zum Ausbruch gekommen war, wieder erheben können.

Eine Dosis dieses Tikunagiftes nun hatte der gewissenlose Schurke seinem Komplizen mit der Weisung eingehändigt, es der nichtsahnenden Dora unter den Wein zu mengen. Schließlich hatte bei Thomas die Habgier ebenfalls den Ausschlag gegeben, und es war zwischen ihnen verabredet worden, dass gelegentlich einer dritten Zusammenkunft Dora beseitigt und dann der Kassenschrank ausgeraubt werden sollte. Nach der Schilderung Doras war der kranke Baron ja hilfloser als ein Kind. Thomas konnte demzufolge, selbst auf die Gefahr hin, dass er um Hilfe rief, gemächlich an die Ausraubung des Kassenschrankes gehen und sich auf demselben Wege, wie er die Villa betreten hatte, wieder aus derselben entfernen.

Wenige Stunden vor der verabredeten Zeit, in welcher er Doras Weisung zufolge an der hinteren Mauerpforte erscheinen sollte, um von ihr in die Villa eingelassen zu werden, hatte Thomas sich bei Schimmel eingefunden. Höhnisch lachend hatte dieser ihm erzählt, dass der hohläugige Mann, der ihm zwischen Tür und Angel eben begegnet, ein Mieter von ihm sei, ein ehemaliger Kassenschrankfabrikant, dem der Gerichtsvollzieher jetzt nicht mehr von der Seite weiche. „Da hat er mir eben einen ganzen Pack Werkzeuge verkauft, sie sind mindestens bare dreihundert Mark wert, und ich habe ihm fünfzig dafür gegeben", hatte der Trödler gesagt.

Dann aber hatte es plötzlich tückisch in seinen Augen

aufgeleuchtet. „Da wüsste ich übrigens einen guten Ausweg", hatte er hinzugefügt, einen blinkenden Grabstichel aus den Instrumenten wählend, „auf der Klinge hier sind die Anfangsbuchstaben seines Namens angebracht, vielleicht wäre es für alle Fälle gut, du stecktest dir dieses artige spitze Ding bei; falls dir heute nacht der Alte doch Ungelegenheiten macht, so bist du ihn schnell los — und findet man am nächsten Morgen solch einen Grabstichel in seiner Brust, dann denkt man an jeden anderen und nicht an dich."

Nach seiner Schilderung hatte Thomas nur widerstrebend den Grabstichel zu sich gesteckt; dann hatte er sich zum Stelldichein mit Dora begeben. Diese hatte ihn wieder an der Hinterpforte empfangen und ihn nach ihrem Wohnzimmer geleitet. Unterwegs hatte sie ihm bedeutet, dass er vorsichtig auftreten möge, da ihr Oheim trotz des genossenen Schlaftrunkes unruhig zu schlafen scheine. In ihrem Wohnzimmer hatte Thomas eine reichgedeckte Tafel vorgefunden, wie auch das Fräulein festlich herausgeputzt erschienen war. Sie hatten dann getrunken, gegessen und geplaudert. Lange hatte der Verbrecher mit sich kämpfen müssen, bis er endlich zu einem Entschlusse gekommen war und in einem unbeobachteten Augenblick das Gift wirklich in das Glas der Unglücklichen geschüttet hatte. Die Wirkung war eine augenblickliche gewesen; mitten im Satze, kaum dass sie das Glas an die Lippen gebracht hatte, war Dora entseelt zu Boden gesunken.

Vorsichtig, um jede Verdachtsspur zu beseitigen und den Anschein zu erwecken, als ob Dora einem Schlaganfall erlegen und allein in der Wohnung gewesen sei, hatte Thomas das eine Glas und das von ihm selbst benutzte Gedeck beiseite in die Küche geschafft. Auf den Zehenspitzen hatte sich der Verbrecher alsdann durch den Verbindungsgang nach dem Schlafgemache des Barons begeben. Er bestritt es auf das entschiedenste, anfänglich auch schon Mordgedanken gegen den letzteren gehabt zu haben. Unglücklicherweise habe der Baron aber wach dagelegen; im selben Augenblick, als er ihm heimlich den Schlüssel habe entwenden wollen, habe der alte Mann ihn bei der Brust gepackt. Ein heftiger, erbitterter Kampf habe dann zwischen ihnen stattgefunden, der damit geendigt, dass Thomas den Greis mit dem Grabstichel niedergestochen hatte. Getreu dem erhaltenen Rate des Trödlers hatte er die Mordwaffe in der Brust seines Opfers steckenlassen.

Er selbst aber hatte sich in begreiflicher Hast, nachdem er sich notdürftig an der Bettdecke des Entseelten vom Blute gereinigt, in das Kassenzimmer begeben. Dort war er an die Ausraubung des Geldschrankes gegangen. Obwohl ein hartgesottener Verbrecher, hatte ihn doch die Doppelmordtat furchtbar erregt; mit zitternder Hand hatte er erst nach manch vergeblichem Versuche die Kassentür zu öffnen vermocht; dabei hatten sich sowohl auf dem Boden wie unten am Schranke selbst von der abtropfenden Kerze Stearinspuren gebildet. Nun hatte er sich aufs Geratewohl den Inhalt des Schrankes zu eigen gemacht. Das Testament, dessen Verschwinden dann so auffällig vermerkt und an das so viele trügerische Schlussfolgerungen geknüpft wurden, hatte er ohne besondere Absicht mitgenommen; es war wenige Stunden später bei der Sichtung des Raubes in der Behausung seines Komplizen von diesem verbrannt worden. Sein Blick war aber auf gemünztes Gold gefallen; mit diesem hatte er sich sämtliche Taschen angefüllt. Auch die Geschmeide, die in dem oberen Verschlusse lagen, hatte er sich deshalb nicht mehr anzueignen vermocht. Nur eine besonders prächtige Amethystkette hatte ihn gereizt; aber sie war seiner Hand entglitten, und als er sie hatte aufraffen wollen, hatte sie sich zwischen Schrank und Tür eingeklemmt und war zerrissen.

Die Bruchteile hatte er nun aufgerafft und sie in die bereits übervolle Tasche gesteckt; alsdann waren seine Blicke noch auf verschiedene Tausendmarkscheine gefallen; er hatte auch diese noch mitgehen lassen. Dann aber hatte er, um die Nachforschungen zu erschweren, so viel Geistesgegenwart gehabt, den Schlüssel in den Schrank zu legen und die Tür in das Schloss zu werfen.

Inzwischen war er wieder ruhiger geworden und dann, indem er es vermied, den Blick auf den blutüberströmten Leichnam des alten Barons zu werfen, durch dessen Schlafgemach wieder nach dem Wohnzimmer der unglücklichen Dora geschritten. Er hatte bemerkt, dass sein Anzug ziemlich befleckt war, und er hatte nun in Doras Schlafzimmer, da er dort eine Waschvorrichtung wusste, sich säubern wollen. Im Verbindungsgange mochte seine blutbefleckte Hand mit der Wandtapete in Berührung gekommen sein und die verräterische Spur hinterlassen haben, die im übrigen auch mit seiner Handfläche ganz übereinstimmte.

Nach geschehener notdürftiger Säuberung war Thomas, nachdem er vorsichtig genug gewesen, erst noch Umschau zu halten, ob er auch nichts zurückgelassen, das auf seine Spur führen könne, aus der Villa geeilt. Trotz all seiner an den Tag gelegten Umsicht aber hatte er es verabsäumt, aus der Tasche der Ermordeten den Schlüssel zur Mauerpforte an sich zu nehmen. Der Gedanke an diese Unterlassung war ihm erst gekommen, als er die nach dem Hofe führende Tür der Villa, welche ein sogenanntes Schnepperschloss besaß, hinter sich zugeworfen hatte und nun nicht mehr in das Haus zurückkehren konnte. Die leuchtenden Blitze hatten ihm indessen schon einen anderen Weg gezeigt; er war von jeher ein vorzüglicher Turner gewesen, und da er überdies mit der Lokalität genau Bescheid wusste, so war es ihm ein Leichtes gewesen, über das Dach des Stallgebäudes sich auf die Trennungsmauer zu begeben.

Jenseits derselben hätte der Trödler auf ihn warten sollen; aber er war nicht dagewesen. Sich von der ziemlich hohen Mauer aufs Geratewohl herabzulassen, hatte der Mörder aber nicht gewagt, weil er sich erinnerte, dass allerlei Eisengerät und sonstiges Gerümpel vom Trödler dort aufgestapelt war. Sein Standort war ein derartiger gewesen, dass er gerade über den Balkon hinweg durch das halb offenstehende Fenster in das Arbeitszimmer Becks hatte schauen können. Dieser hatte an seinem Tisch gelehnt und offenbar geschlafen.

Da war ein verzweifelter Plan in dem Verbrecher rege geworden. Kurz entschlossen hatte er sich mit einem kühnen Satze nach dem Balkon hinübergeschwungen; diesen hatte er glücklich erreicht, und nachdem er sich vergewissert, dass durch den jähen Anprall der Schlafende nicht geweckt worden war, hatte er sich an dem erleuchteten Fenster vorüber nach der Straßenseite schleichen wollen, um sich von dem Balkon auf diese herabzulassen.

Da aber, als er an dem offenstehenden Fenster vorübergeschritten, hatte sich seiner ein teuflischer Gedanke bemächtigt. Die Schilderung Schimmels am vorhergehenden Nachmittag war ihm eingefallen, und er hatte bei sich gedacht, dass, da nun schon einmal der Grabstichel, der notwendig auf die Spur des Schlossers führen musste, in der Brust des Ermordeten steckte, es auch nichts schaden könne, wenn er dem Schlafenden durch das offenstehende Fenster etwas von den geraubten Gegenständen auf seinen Arbeitstisch schob. Eingehend schilderte Thomas, wie er die günstige Gelegenheit sofort erfasst, sich nicht lange bedacht, sondern aufs Geratewohl in die Tasche gegriffen und aus dieser einige Tausendmarkscheine und den größten Teil der Amethystkette herausgezogen habe. Vorsichtig habe er unter das zahl-

reich aufgestapelte Werkzeug die leicht zu versteckenden
Gegenstände geschoben, ohne dass der tief und schwer
Schlafende sich auch nur im geringsten geregt habe. Dann
habe er sich nach vorn begeben und, nachdem er sich davon
überzeugt, dass weit und breit niemand auf der Straße zu
sehen war, sich vermittels des ihm eine bequeme Gelegenheit
bietenden Firmenschildes vom Balkon herabgelassen. Durch
das aber immerhin verursachte Geräusch sei der Trödler
aufmerksam geworden; er habe verstohlen die Haustüre
geöffnet und seinen Komplizen in das Haus hineingelassen.

Dort hatte Schimmel es fertiggebracht, Thomas zu bere-
den, den Raub einstweilen bei ihm zu verbergen, da man
abwarten müsse, ob die Polizei nicht in den Besitz eines genauen Vermögensverzeichnisses kommen und etwa gar
Warnungen erlassen werde. Richtig waren denn auch schon
am zweiten Tag darauf, nachdem inzwischen Beck verhaftet
worden, die Nummern der Tausendmarkscheine in den
Amtsblättern veröffentlicht worden.

Thomas hatte nun doch das Gewissen ein wenig geschlagen, und mit Zustimmung des Trödlers hatte er, um womöglich die Polizei wiederum auf eine falsche Fährte zu lenken,
das Wertpaket mit dem bewussten Inhalt, der für sie doch
wertlos geworden war, an Hedwig Beck abgeschickt. Er also
war es gewesen, der in Kreuzlingen das Paket aufgegeben
hatte. Von dort war er dann direkt, von dem Trödler mit
Geldmitteln versehen, nach der Residenz gefahren. Als ihn
Schimmel unter allerlei Ausflüchten im Stich gelassen, war
ihm nichts übriggeblieben als auf eigene Faust wieder etwas
zu unternehmen, und so hatte er den Betrug bei der Juwelierfirma versucht. Bei dieser Gelegenheit war er dingfest gemacht und zu zwei Jahren Gefängnis verurteilt worden.

Seine ganze Hoffnung hatte darauf beruht, dass nach
Verbüßung seiner Strafzeit ihm der Trödler seinen Beutean-

teil ausfolgern, und er dadurch in den Stand gesetzt sein werde, in Amerika ein anderes Leben zu beginnen. Die enorme Anzahl der geraubten Goldstücke war ohne Zweifel ein unverfänglicher Besitz; hatte doch die Gerichtsbehörde keinerlei Anzeige wegen des geraubten baren Geldes veröffentlicht, also wahrscheinlich selbst keine Ahnung von dem Vorhandensein eines solchen gehabt. Der misstrauische alte Baron hatte seinen Besitz höchst wahrscheinlich selbst seiner Nichte und seinem vertrauten Diener gegenüber verschwiegen. Wie der gelähmte Mann sich die nur gar schwierig und mit Aufwendung von viel Zeit und Mühe anzuschaffenden Goldmünzen hatte besorgen können, ohne dass etwas über seine Liebhaberei zur Kenntnis der täglich um ihn anwesenden Personen gelangt war, musste freilich ein unaufgeklärtes Geheimnis bleiben; hohe Wahrscheinlichkeit sprach aber für die Vermutung, dass der vor Jahresfrist verstorbene Justizrat Braun, der Sachwalter und vertraute Freund des Ermordeten, letzterem die Anschaffung der Münzen diskret vermittelt hatte.

Die Wut des aus Rachsucht geständigen, sich von seinem Spießgesellen betrogen wähnenden Verbrechers kannte keine Grenzen, als der Kommissär ihm nach geschehener Protokollierung erklärte, dass Schimmel längst tot und begraben, und er von ihm — dem Kommissär — gründlich hinter das Licht geführt worden sei.

Noch an demselben Tage schickte Alberti einen telegraphischen Bericht an den Justizminister ab, um die Freilassung des unschuldig verurteilten Beck zu bewirken. In dem ungesäumt nachfolgenden ausführlichen Berichte vergaß er auch nicht der außerordentlichen Geschicklichkeit Erwähnung zu tun, welche Kommissär Grösser an den Tag gelegt hatte. Der letztere hatte denn auch die Genugtuung, bald darauf unter ebenso ehrenvollen wie vorteilhaften Bedingungen befördert und auf einen verantwortungsvollen Posten nach der Residenz berufen zu werden.

Zurückgekehrt hatte der Untersuchungsrichter dann mit dem ersten Staatsanwalt eine lange Unterredung. Beide Beamte gingen nochmals auf das Eingehendste alle Belastungsmomente, welche gegen Hugo von Engler vorlagen, durch und kamen zu der Überzeugung, dass den Worten des Gefangenen angesichts der völlig veränderten Sachlage durchaus Glauben geschenkt werden müsse. Durch das Geständnis war festgestellt worden, dass der Trödler an Krämpfen gelitten und gegen dieselben in winzigen Dosen Tikunagift einzunehmen sich gewöhnt hatte. Die Gerichtsärzte, welche die Sezierung der Leiche vollzogen, hatten denn auch erklärt, dass aller Wahrscheinlichkeit nach dem Tode selbst ein Krampfanfall vorausgegangen sei. Eine Anklage gegen den jungen Baron wegen der von diesem eingestandenermaßen verübten Wechselfälschungen konnte aber schon aus dem Grunde nicht erhoben werden, weil Hugo das Vergehen gegen einen nahen Verwandten aufsteigender Linie begangen hatte und die strafrechtliche Verfolgung nur auf des letzteren Antrag hätte eintreten können.

Schon am nächsten Tage wurde Hugo in Freiheit gesetzt, während der vor Wut schäumende und heulende Thomas in der benachbarten Zelle untergebracht worden war. Der überlistete Verbrecher richtete sich in seiner Raserei selbst. Als der Aufseher am nächsten Morgen die Zelle betrat, fand er Thomas tot vor. Der Unselige hatte sich mit seinem Handtuch erdrosselt.

Noch am Vorabend dieses Geschehnisses war eine telegraphische Order des Justizministers bei dem Untersuchungsrichter eingetroffen, welche den Befehl zu der vorläufigen Haftentlassung Becks und die Weisung an denselben enthielt, einstweilen bis zur endgültigen gerichtlichen Erledigung seines Prozesses zur Verfügung der Behörde zu bleiben.

In Begleitung Rudolphs fuhr Alberti persönlich nach Z., um dem unschuldig Verurteilten die Ankündigung seiner wiedererlangten Freiheit zu überbringen. Sie trafen gerade im Gefängnisse ein, als der Weihnachtsgottesdienst in demselben zu Ende geführt worden war. Der direktor zeigte sich über die unverhofft schnell eingetretene günstige Wendung in dem Geschick des hartgeprüften Mannes ebenfalls hocherfreut. Er ließ unverzüglich seinen bisherigen Gefangenen vorführen. In seiner und des Untersuchungsrichters Gegenwart verkündete ihm der freudig bewegte Rudolph die zurückgewonnene Freiheit.

Weinend und schluchzend fiel Beck dem jungen Rechtsanwalt in die Arme. Er hörte kaum auf die beglückwünschenden Worte des Untersuchungsrichters, der näher getreten war und sich seiner diesmal ebenfalls angenehmen Amtspflicht entledigte, den Worten Rudolphs die amtliche Bestätigung folgen zu lassen. Als Beck dann Arm in Arm mit Rudolph, ein freier Mann, nach herzlichem Abschied von dem direktor die Anstalt verließ, da konnte er sich nicht halten, sondern er musste weinen. Zum Glück war der Abend schon herabgesunken, und seine Freudentränen wurden durch keinen neugierigen Blick entweiht.

Am Bahnhof trennten die beiden sich von Alberti. Der letztere fuhr zurück, während Rudolph den in Freiheit Gesetzten nach der Residenz begleitete, um der dort weilenden, noch nicht von dem Vorgefallenen in Kenntnis gesetzten Hedwig eine unvergleichlich schöne Weihnachtsfreude zu bereiten.

So geschah es denn auch. Die Ankommenden trafen das junge Mädchen in ihrem kleinen, dunklen Stübchen. Mit wortlosem Entzücken hielt Hedwig gleich darauf den so langentbehrten, heißinnig geliebten Vater umfangen. Rudolph stand feuchten Blickes daneben, und ein Gefühl hohen, heiligen Glückes beschlich sein so lange Zeit hindurch schmerzgefoltertes Herz; er durfte sich sagen, dass es zum großen Teil sein Werk war, dass der Freigelassene in diesem Augenblick seine Tochter umschlungen halten durfte.

Dann kam die Reihe des Begrüßens auch an ihn. Hedwig, die sonst so Besonnene, wusste sich vor freudigem Entzücken kaum mehr zu fassen. Sie weinte, lachte und schluchzte in einem Atem. Es waren wonnige Stunden, welche die drei glückseligen Menschenkinder miteinander durchleben durften. Rudolph ging trotz der vorgerückten Abendstunde noch auf kurze Zeit aus und kaufte einen Baum. Beim brennenden Kerzenschimmer und einem ebenfalls mitgebrachten Glase feurigen Weines entflohen ihnen die Glückesstunden wie im Traum.

Auf Rudolphs Bitten kehrten Vater und Tochter mit ihm schon am nächsten Tage nach der Heimat zurück. Zwar graute es Beck davor, wieder unter die Augen derjenigen zu treten, die ihn so lange Zeit hindurch schnöde verkannt und verdammt hatten, andererseits aber zog ihn tiefe Sehnsucht nach jenem unscheinbaren Hügel, unter welchem das treue Herz, das ihn im Leben über alles geliebt, zu ewigem Schlummer gebettet worden war.

Der alte Fabrikant Wichern hatte, noch ehe Rudolph zurückgekehrt war, bereits aus den Zeitungen das sensationelle Ereignis der endlichen Freilassung Becks und Hugos vernommen. Als Rudolph nun heimkehrte, wusste der alte Herr vor Verlegenheit nicht, wie er seinem Sohn begegnen sollte. Er war zu gerecht, als dass er nicht inzwischen zu der Überzeugung gekommen wäre, dass er in seinem Hochmut zu weit gegangen und sich in den Augen seiner eigenen Kinder unwürdig benommen hatte. Rudolph machte ihm die peinliche Aussprache, die notwendig erfolgen musste, über Erwarten leicht. In der glücklichen Weihnachtsstimmung, in welcher der junge Rechtsanwalt sich befand, hatte kein Groll in seinem Herzen mehr Raum.

Kaum war er seines Vaters ansichtig geworden, als er auch schon auf denselben zueilte. „Frohe, glückliche Weihnachten, lieber Vater", begann er mit tiefbewegter Stimme. „Nun ist es Tag geworden und die Sonne scheint wieder. Freut es dich nicht auch, Vater, dass alles so gekommen ist?"

Da leuchtete es in den Augen des alten Herrn auf. Gerührt drückte er beide Hände seines Sohnes an seine Brust und hielt sie lange dort fest. „Rudolph, mein lieber Junge", begann er dann mit halb erstickter Stimme, „ich bin an mir selbst irre geworden, ich hätte nicht geglaubt, so kurzsichtig zu sein und —"

Rudolph ließ ihn nicht ausreden. „Irren ist menschlich, lieber Vater", sagte er. „Von deinem Standpunkte aus hattest du ja in mancher Beziehung Recht, aber ich musste wiederum handeln, wie es mir Pflicht und Gewissen klar und bestimmt vorschrieben. Wie du siehst, habe ich Recht behalten und" — er stockte —"und nun ist es doch nicht eitel Schimpf und Schande gewesen, was ich über dein Haus gebracht habe."

Da leuchtete es fast auf in den Augen des alten Herrn. „Dein alter Vater kann stolz auf solch einen Sohn sein; hast dir einen berühmten Namen gemacht. Glückauf für die Zukunft, mein Sohn, nun kann dir's nimmer fehlen! Die lohnendste Praxis ist dir sicher, und — und dass dein Glück ganz vollkommen sei", setzte er in innigem Ton hinzu, „dafür lass nur deinen alten Vater sorgen, ich bin dir's schuldig, mein Junge. — Und nun komm zu deiner Schwester", brach er ab. „Sie ist auch glücklich, nur Eines beunruhigt sie, dass Hugo sich noch nicht bei uns hat sehen lassen. Vorhin hat sie übrigens einen Brief von ihm bekommen, sie ist damit nach ihrer Stube gegangen."

Als Vater und Sohn in Hildegards Zimmer eintraten, fanden sie das junge Mädchen in seltsamer Gemütsbewegung vor. Mit freudigem Aufschrei eilte Hildegard auf den eintretenden Bruder zu und umschlang dessen Hals. „Gottlob, dass du da bist", stammelte sie, als die erste Begrüßung vorüber war und der Vater die Geschwister allein gelassen hatte. „Du hast mir schon so viel zulieb getan, dass du mir sicherlich jetzt, wo sich alles geklärt hat, auch noch ferner beistehen wirst." „Gewiß, liebe Schwester, zähle getrost auf mich", sagte Rudolph. Er beugte sich zu ihr nieder und küsste sie auf die Stirn. „Was ist es denn, das dein Gewissensrat wieder vollbringen soll?"

Statt aller Antwort reichte ihm Hildegard, der plötzlich die Tränen wieder die Augen verdunkelten, einen Brief. Rudolph erkannte Hugos Schriftzüge und erstaunte nicht wenig, als er, den Inhalt überfliegend, wahrnahm, dass es ein Abschiedsbrief war, den der junge Baron an seine Braut gerichtet hatte.

„Verzeihe, meine teuerste Hildegard", las er, *„wenn ich dir nicht mehr vor die Augen zu treten wage, sondern diesen Weg vorziehe, dir Lebewohl zu sagen. Liegt doch darin die härteste Strafe, welche ich über mich selbst zu verhängen vermag. Aber ich bin deiner nicht mehr würdig. Es ist wahr, ich habe hart und schwer für mein Verschulden gebüßt, trotzdem aber wage ich nicht mehr daran zu denken, dass dein Besitz mich jemals wieder beglücken könnte. Wie mir der Staatsanwalt sagte, ist es in der Zwischenzeit den unausgesetzten Bemühungen Deines Bruders gelungen, mir zu meinem Erbe zu verhelfen. Das ungeteilte Vermögen meines unglücklichen Oheims fällt endgültig mir zu. Ich werde schon in wenigen Tagen dieses Land verlassen, in welchem*

*ich mich durch eigenes Verschulden unmöglich gemacht
habe. In ernster, redlicher Arbeit will ich jenseits des Ozeans
mein Vermögen zu vermehren und ein braver, achtenswerter
Mensch zu werden suchen.*

*Noch gebe ich die Hoffnung nicht auf, dass, wenn ich
mich bewährt habe und zu dir zurückkehre, du nicht mich,
wohl aber mein schweres Verschulden vergessen hast. Bis
dahin, teuerste, heißgeliebte Hildegard, lebe wohl.*

*Auf ewig dein
Hugo von Engler*

Ein Aufleuchten ging über Rudolphs Gesicht. „Das ist ein
wackerer Brief", meinte er, das Schreiben Hildegard zurück-
gebend.

„Er darf so nicht gehen", fiel ihm entschlossen das junge
Mädchen ins Wort. „Mein Platz ist und bleibt an seiner Seite."

„Lass mich zuerst allein mit ihm sprechen", bat Rudolph.
„Ich werde versuchen, ihn zu dir zu bringen, dann mögt ihr
unter vier Augen das Richtige suchen und finden!"

Eine Stunde später legten Vater und Sohn denselben Weg
zurück, den der alte Herr Wichern Wochen vorher gegangen,
als er sich zu Hedwig begeben hatte. Diesmal aber hatten
nicht Hochmut und Stolz seinen Sinn verhärtet; sondern
diesmal kam er mit bittendem und friedfertigem Herzen. Es
war ein ergreifender Augenblick, als Andreas Wichern in das
einfache, bescheidene Stübchen zu seinem alten, verkannten
und vielgeschmähten Freunde eintrat, aber Beck machte dem
Reumütigen den ersten schlimmen Augenblick leicht. Er trat
zuerst auf den anderen zu und streckte ihm beide Hände
entgegen. „Vergeben und vergessen, alter Freund", sagte er
in herzlichem Ton. „Danken wir Gott, der alles so herrlich

hinausgeführt hat!"

Der alte Herr musste wiederholt zum Sprechen ansetzen, bevor er das richtige Wort fand. „Des Menschen stetes Verhängnis bleibt der Irrtum", begann er dann in unsicherem Ton. „Kannst du mir verzeihen, dass ich auch unter der Menge war, die dich erbarmungslos gesteinigt hat?"

Der hartgeprüfte Mann unterbrach des Freundes demütigendes Selbstbekenntnis. „Ich selbst zweifelte mitunter an meiner Unschuld", sagte er mit bebenden Lippen, „so furchtbar waren die wider mich angehäuften Scheinbeweise, so wenig hoffte ich jemals wieder freizukommen! Aber lassen wir die Vergangenheit mit ihren trüben Schatten. Nicht wahr, Hedwig, das ist auch deine Meinung?" wandte er sich an seine soeben eintretende Tochter.

Diese begrüßte mit artigem, aber doch zurückhaltendem Gruße den alten Herrn, der ihr in einer bitteren Stunde so unsagbar wehgetan hatte. Andreas Wichern aber trat auf sie zu; er erfasste ihre beiden Hände und schaute ihr tief in die Augen. „Hedwig", murmelte er mit gepresst klingender Stimme. „Ich bin ein alter Mann, der nicht mehr weit vom Grabe hat, und darum kommt mir's vielleicht schwerer wie anderen an, den steifgewordenen Nacken zu beugen und begangenes Unrecht einzugestehen. Ich habe Ihnen wehgetan, ich weiß es wohl, aber Gott ist mein Zeuge, dass es nur aus missverstandener Liebe für meinen Sohn geschehen ist. Ich hielt Sie immer für ein braves, liebes, gutes und herrliches Mädchen. Sie sagten damals, wenn ich käme, und wollte werben für meinen Sohn, dann sollte alles vergessen und vergeben sein. Bleibt's bei der alten Abrede?"

Da ging es wie Sonnenschein über das Gesicht des jungen Mädchens. „Ja", hauchte sie und beugte sich auf die Hand des alten Herrn nieder. Wie erschrocken aber wehrte Andreas Wichern sie ab und küsste sie auf die reine Stirn.

„Und nun sei es wieder wie in der alten, guten Zeit", sagte er, die Erglühende seinem Sohn zuführend. „Liebt euch, meine Kinder. Es ist ein köstlich Ding um die Liebe, nun hab' ich's auch begriffen, dass die Liebe alles kann, alles erduldet und erträgt. Gott segne euch!"

Die Liebenden aber hielten sich innig umschlungen. Jenes reine und hohe Glück, das nur heilige und wahrhaftige Liebe zweien Menschenherzen zu verleihen vermag, lebte und webte in ihnen. Sie hatten sich gefunden, um nimmer voneinander zu lassen in Freud und Leid, in Glück und Unglück.

Erst am anderen Morgen vermochte Rudolph sein der Schwester gegebenes Versprechen wahr zu machen und Hugo aufzusuchen. Er fand denselben in seiner früheren Wohnung, eifrig mit Packen beschäftigt. „Ich habe bereits gehört, dass Sie Europa verlassen wollen", sagte er, dem Errötenden die Hände schüttelnd. „Das ist nicht recht von Ihnen, Herr Baron, denn ich habe noch mit Ihnen abzurechnen, und die Erhebung Ihres Vermögens wird noch die Erfüllung mancher Formalität nötig machen."

„Es duldet mich nicht länger hier", gestand Hugo. „Es ist mir, als ob jeder Mensch verdammend auf mich herabschauen müsse. Wenn ich auch jetzt aller Schuld und Strafe ledig bin, die Erinnerung daran, dass nur mein Leichtsinn es gewesen ist, der dieses furchtbare Unglück über mich heraufbeschworen hat, vermag ich nicht zu bannen, sie schleift mir wie eine hemmende Kette am Fuße nach. Drüben in der Ferne, wo mich niemand kennt, will ich Freiheit und Frieden suchen."

Rudolph hielt seine Hand gefasst. „Das sind wackere, vernünftige Ansichten, die Sie nur ehren können, Herr Baron", sagte er in warmem Ton. „Aber Sie vergessen Eines: dass jemand lebt, der heilige Ansprüche an Sie hat und nicht verpflichtet ist, Sie so ohne weiteres ziehen zu lassen. Hildegard verlangt nach Ihnen. Wollen Sie wirklich scheiden, ohne ihr wenigstens Lebewohl gesagt zu haben?"

„Sprach sie Ihnen nicht von meinem Brief", murmelte Hugo.

„Ich las ihn."

„Und dennoch kommen Sie, um —"

„Ich komme, um Sie zu Hildegard zu bringen, Sie Kleinmütiger", rief Rudolph lebhaft. „Wie wenig kennen Sie doch meine herrliche, unvergleichliche Schwester!"

„Und Sie glauben wirklich?"

„Kommen Sie, kommen Sie", drängte Rudolph. Wie im Traum folgte ihm Hugo; er nahm kaum wahr, dass der Rechtsanwalt, um ihn den neugierigen Blicken der Vorübergehenden zu entziehen, schon an der nächsten Ecke einen Wagen nahm. Dann aber, als sie vor der Villa ausstiegen und nebeneinander über den schneebedeckten Parkweg schritten, da wollten die Füße den maßlos erregten Mann kaum mehr tragen. „Ich bin Ihrer Schwester nimmer würdig", murmelte er und blickte Rudolph verstört an.

Dieser sah ihm aber mit warmer Herzlichkeit in die Augen. „So werden Sie ihrer würdig", versetzte er ermunternd. „Hildegard will Ihr guter Engel sein. Denken Sie immer daran, machen Sie meine Schwester recht glücklich, auch wenn Sie fern von uns weilen." Dann standen die Liebenden sich allein gegenüber.

„Hildegard, meine teure, süße Hildegard", schluchzte Hugo in maßloser Ergriffenheit auf. „Ist's denn Wahrheit, du kannst mir verzeihen, du willst die Meine sein und bleiben?"

„Bis in den Tod", hauchte das junge Mädchen, sich zärtlich zu ihm herabbeugend. „Nun soll uns nichts mehr scheiden. Ich gehe mit dir als deine treue Gefährtin."

In den Augen Hugos leuchtete es auf. „Ich bin dieses Glückes unwürdig, Hildegard", stammelte er mit bebenden Lippen. „Es ist zuviel der Freude, zuviel der Wonne, die mit einem Male über mich hereinbrechen. Du willst es wirklich mit mir wagen, willst dich mir anvertrauen, gehst mit mir in ein fernes, unbekanntes Land?"

Hildegard schmiegte sich nur noch inniger an ihn. „Ja, ich gehe mit dir, um nimmermehr von dir zu scheiden", hauchte sie. „Voll frohen Mutes lass uns Hand in Hand dem Ziele zustreben, gute, pflichtgetreue Menschen zu sein. Tatvolles Ringen und Schaffen sei unser Los. Denn, Geliebter, nur die Arbeit ist es, in der du dich wieder finden, die Arbeit ist der segensvolle, fruchtspendende Boden, aus dem du unser dauerhaftes Glück erbauen wirst."

Ende

August Weißl : Die Affäre Sternburg

Doktor Leo Specht, k.k. Polizeikommissär des Wiener Sicherheitsbureaus, warf einen letzten Blick in den hohen Spiegel.

Alles korrekt! Der Frack saß tadellos; die Enden des braunen Schnurrbarts zeigten einen liebenswürdig weichen Bug, und die steife Hemdbrust glich einem Kürass der Unschuld. „Auf in den Kampf, Torero..." summte der Kommissär lächelnd vor sich hin, füllte seine blanke silberne Zigarettentasche, parfümierte sich etwas, schlüpfte in den Pelz und tänzelte, die blühweißen Glacés in der Hand, aus dem Zimmer. „Zum Sophiensaal!" befahl er dem Fiaker, der ihn vertraut devot vor dem Tore begrüßte. Zittrig und geräuschlos sauste der „Gummiradler" durch die Lichtensteinstraße dem Ring zu.

Doktor Specht lehnte nachlässig in der Ecke und sah nachdenklich durch die Scheiben, an denen der Schnee in großen losen Flocken vorbeijagte. Seine Gedanken beschäftigte, trotzdem er jetzt außer Dienst war, wieder die Spionageaffäre, die seit einer Woche die Öffentlichkeit in Spannung hielt. Aus dem Schreibtisch eines hohen Generals waren nämlich wichtige Aktenstücke gestohlen worden, ohne dass man bisher auch nur die geringste Spur des Täters hätte finden können.

Auf ganz merkwürdige Art musste der Dieb vorgegangen sein. Der General hatte bis spät in den Nachmittag hinein gearbeitet und die Papiere dann in die Schreibtischlade gesperrt. Zwei Stunden später rückten die ersten Gäste an und füllten alle Räume mit Ausnahme des Arbeitszimmers. Als der General sich dann abends in sein Zimmer zurückzog, um weiterzuarbeiten, fehlten die Papiere. Sie mussten also in der Zeit entwendet worden sein, als das Haus mit Gästen überfüllt war. Die Liste der Eingeladenen zeigte aber fast durchweg Offiziere und Persönlichkeiten, auf die nicht der geringste Verdacht fallen konnte.

Barry Pain : Die Memoiren des Constantine Dix

Ich bin also ein Laienpriester und ein gewohnheitsmäßiger Dieb. Sie werden wohl hinzufügen, dass ich ein Heuchler bin: offen gestanden, ich weiß nicht, ob ich das bin oder nicht. Ich spreche hier die Wahrheit; die Veröffentlichung dieser Memoiren kann erst geschehen, wenn die Wahrheit mich nicht länger schädigen kann. Und ich sage wahrheitsgemäß, dass mir mein Rettungswerk völlig ernst ist. Ich habe auf diese Menschen mit Tränen in den Augen  eingeredet; ich habe nie gepredigt, ohne jedes Wort, das ich sagte, selbst zu glauben. Die Polizei könnte Ihnen Männer zeigen, die ich bekehrt habe — Männer, die jetzt ehrlich und durch meine Hilfe in guten Stellungen leben. Ich kann andern helfen, aber mir selbst nicht. Das ist, glaube ich, meine Bestimmung. Ich gebe mich mit den Dingen zufrieden, wie sie sind, und quäle mich nicht um ihre Prüfung.

Als Ikey (nicht zum ersten oder zweiten Male) sich zur Frömmigkeit bekehrte, kam er natürlich zu mir. Er erzählte mir, was er von Binghams entlassenem Diener gehört hatte, und gestand mir, dass er sich wahrscheinlich in jenem Augenblick nach Binghams Diamanten umgesehen haben würde, wenn seine Wiedergeburt nicht gewesen wäre. Er schien mir sehr dankbar zu sein, und sein ganzes Gesicht strahlte. Ich bedaure, sagen zu müssen, dass er ein Jahr später wieder auf schlechte Wege geriet.

lincom pocket

bisher erschienen